AGATHA CHRISTIE COMPLETE COLLECTION

MURDER AT THE VICARAGE

AGATHA CHRISTIE COMPLETE COLLECTION

MURDER AT THE VICARAGE

목사관의 살인

애거서 크리스티 장편 소설 | 김지현 옮김

황금가지

THE MURDER AT THE VICARAGE

by Agatha Christie

정식 한국어 판 출간에 부쳐

나는 한국에서 우리 할머니의 작품을 정식으로 출간한다는 소식을 듣고 무척 기뻤다. 할머니가 1920년부터 1970년 무렵까지 오랜 세월에 걸쳐 집필한 작품들은 21세기인 지금 읽어도 신선하고 재미있다. 등장 인물들이 워낙 자연스러워서 요즘 사람들과 다를 바 없고 이들이 등장하는 상황과 장소가 전 세계 사람들의 애정과 향수를 자극하기 때문이다. 한국 독자들은 이번에 새로 나온 정식 한국어 판을 통해 그 동안 접하지 못했던 애거서 크리스티의 일부 작품들을 읽을 수 있을 것이다. 덕분에 한국에 새로운 세대의 애거서 크리스티 팬들이 탄생할지도 모르겠다는 생각을 하면 가슴이 벅차다.

애거서 크리스티는 대표적인 두 명의 주인공으로 기억되는 작가이다. 14권의 작품에 등장하는 마플 양은 영국의 작은 시골 마을에서 평온한 나날을 보내며 뜨개질과 수다로 소일하는 미혼의 할머니

이지만, 놀라운 기억력과 날카로운 두뇌 회전으로 주변에서 벌어진 살인 사건을 해결한다.

그리고 마플 양과 상반되는 성격을 지닌 에르퀼 푸아로는 자신만만하고 콧수염을 포함한 자신의 외모와 벨기에라는 국적에 대한 자부심이 상당하다. 그는 이집트와 이라크를 비롯한 세계 각지에서 수수께끼를 해결하며 『오리엔트 특급 살인 *Murder On The Orient Express*』, 『나일 강의 죽음 *Death On The Nile*』, 『애크로이드 살인 사건 *The Murder Of Roger Ackroyd*』 등 애거서 크리스티의 여러 대표작에 모습을 드러낸다.

황금가지의 대담하고 참신한 표지와 전반적인 디자인 덕분에 작품의 성격이 잘 살아난 것 같아 기쁘다. 또한 한국 독자들이 할머니의 원작이 지닌 참된 묘미를 느낄 수 있도록 충실한 번역을 위해 애써 준 점도 높이 사고 싶다.

할머니의 작품이 20세기의 그 어떤 작가들보다 많이 팔리고 있는 이유는 나이와 국적에 상관없이 읽을 수 있는 재미와 감동을 갖추었기 때문이다. 모쪼록 한국 독자들도 황금가지에서 선보이는 애거서 크리스티 작품들을 즐겁게 감상하기를 바란다.

매튜 프리처드

애거서 크리스티의 손자

ACL 이사장

로잘린에게

차례

1장

이 이야기를 어디에서부터 시작해야 할지 잘 모르겠지만, 그냥 목사관에서 오찬을 나누던 수요일부터 말해야겠다. 그날은 비록 앞으로 직면하게 될 사건과는 별 상관없는 대화를 주로 나누기는 했지만 나중에 일어날 사건을 암시할 만한 내용이 한두 가지 있었기 때문이다.

나는 삶은 쇠고기 요리를 썰어 나누어 주고 나서(그나저나 고기가 무척 질겼다.) 자리에 앉으며 사제복을 입는 사람답지 않은 태도로 프로더로 대령을 살해하는 자는 이 세상에 큰 공헌을 하는 거라고 말했다.

그러자 어린 조카 데니스가 얼른 말을 받았다.

"그 노인네가 피범벅이 된 채로 발견되기라도 한다면 지금 이 말이 삼촌에게 불리하게 작용할 걸요. 메리가 증언을 할 테니까요. 그렇지, 메리? 그리고 메리는 삼촌이 복수하듯 고기 자르는 칼을 휘둘렀다는 사실도 말할걸요."

메리는 더 나은 대우와 더 높은 급료를 받을 수 있는 곳으로 가기 전에 중간 디딤돌로 잠시 목사관에서 일하고 있었다. 그녀는 큰 목소리에 사무적인 말투로 무뚝뚝하게 "여기 야채요."라고 내뱉으며 이 빠진 접시를 거칠게 데니스 쪽으로 밀었다.

아내가 동정 어린 목소리로 물었다.

"대령이 몹시 골치를 썩이나 봐요?"

나는 곧바로 대답할 수 없었다. 야채 요리 접시를 요란하게 식탁에 내려놓던 메리가 이상하게 국물이 많고 냄새가 역겨운 덤플링(한 입 크기로 고기와 야채를 밀가루 반죽 속에 넣고 쪄낸 것 — 옮긴이) 접시를 내 코 아래로 쑥 밀었던 것이다. 내가 "됐다."고 사양했는데도 메리는 달그락거리며 접시를 식탁에 내려놓고 부리나케 방을 나갔다.

"내가 집안일에 서툰 게 유감이에요."

아내가 마치 진심으로 유감스러운 듯 말했다.

나는 그 말에 맞장구를 치고 싶은 심정이었다. 아내의 이름은 그리젤다(중세 문학에 등장하는 모범적이고 정숙한 여자 — 옮긴이)이다. 성공회 목사의 아내로서 더할 나위 없이 적절한 이름이다. 하지만 적절한 것은 이름뿐이었다. 아내는 온순하고 순종적인 구석이라고는 하나도 없는 여자였다.

나는 성직자는 결혼을 해서는 안 된다는 생각을 늘 갖고 있었다.

그런 내가 어떻게 만난 지 하루도 채 지나지 않은 여자에게 결혼해 달라고 졸랐는지 알다가도 모를 일이었다. 나는 평소 결혼이란 오래 생각하고 신중하게 판단해야 하는 중대사이며, 무엇보다 서로의 취미라든지 성격을 고려하는 것이 중요하다고 믿어 왔다.

그리젤다는 나보다 거의 스무 살이나 어렸다. 그녀는 보는 사람의 정신이 아찔해질 만큼 예쁘지만 뭐든지 깊이 생각하지 않는 성격이었다. 제대로 할 줄 아는 것이라고는 하나도 없고 같이 살기에는 몹시 피곤한 상대였다. 게다가 교구 신자들을 자신의 즐거움을 충족하기 위한 거대한 농담거리로밖에 취급하지 않았다. 나는 그녀의 마음을 바로잡아 보려고 애썼지만 허사였다. 그래서 더욱 성직자는 독신으로 살아야 한다는 확신을 갖게 되었다. 이런 내 심정을 그리젤다에게 자주 내비쳐도 그녀는 웃기만 할 뿐이었다.

"여보, 당신이 조금만 더 신경 쓴다면……."

내가 입을 열자 그리젤다가 말했다.

"이따금씩 저도 신경을 써 봐요. 하지만 노력해도 나빠지기만 하는걸요. 난 확실히 집안일이 천성에 안 맞아요. 메리에게 맡기는 편이 낫다는 걸 알았어요. 그냥 조금 불편하게 지내고 형편없는 음식을 먹기로 했어요."

"그리젤다, 그럼 당신 남편은 어떻게 되지?"

나는 비난하듯 말한 뒤 계속해서 목적을 관철하기 위해 성서의 구절을 인용한 사탄의 본을 받아 다음 말을 이어 갔다.

"성경 말씀에도 '자기의 집안일을 보살피고……'라고 되어 있으니……."

그리젤다는 얼른 말허리를 잘랐다.

"당신이 사자에게 갈기갈기 찢기거나 화형에 처해지지 않는 것만으로도 얼마나 다행인지 생각해 봐요. 맛없는 음식이나 먼지투성이 집, 말라붙은 벌레 정도는 난리 칠 일이 전혀 아니라구요. 어서 프로더로 대령 이야기나 더 해 봐요. 아무튼 초기 기독교인들은 교구 위원들이 없어서 정말 편했을 거예요."

"잘난 체나 하는 짐승 같은 사람이에요. 그러니 첫 번째 아내가 도망을 갔죠."

데니스가 말했다.

"달리 어떻게 할 도리가 없었을 거야."

그리젤다도 거들었다.

"그리젤다, 그런 식으로 말하는 것은 용납할 수 없어요."

내가 날카롭게 쏘아붙이자 그리젤다가 애교 섞인 목소리로 대꾸했다.

"여보, 어서 대령 얘기나 해 보세요. 뭐가 문제예요? 혹시 호즈가 손짓, 고갯짓에 수시로 성호를 그어 대는 것 때문인가요?"

호즈는 우리 교회의 신임 부목사다. 우리와 함께 지낸 지는 겨우 3주일밖에 되지 않았다. 그는 고교회파(高敎會派, 중세 교회와의 연속성을 강조하고 교회의 권위와 역사적 주교제, 의식 등을 중시하는 고교회를 지지하는 영국 교회 중의 한 종파 — 옮긴이) 신자로 금요일이면 금식을 했다. 반면 프로더로 대령은 어떤 형태의 종교 의식도 결사반대하는 사람이었다.

"그건 아니에요. 그 점에 대해선 지나가는 말로 한마디 했을 뿐이지. 그게 아니라 프라이스 리들리 부인의 그 치사한 1파운드짜리 지폐 때문이에요."

프라이스 리들리 부인은 우리 교구의 헌신적인 신자였다. 매년 아들이 세상을 떠난 날이 되면 그녀는 새벽 기도 헌금 주머니에 1파운드짜리 지폐를 넣었다. 그런데 나중에 공개한 헌금 납부 현황 보고서를 보고 그녀가 헌금한 것 중에 10실링이 가장 큰 액수라는 사실을 발견하고는 펄펄 뛰었다.

그녀가 그 문제를 항의하러 왔을 때 나는 지극히 이성적으로 부인이 잘못 알고 있는 거라고 말했다.

"나이를 먹지 않는 사람은 없지요. 그리고 그 흘러간 세월만큼 손실을 입게 마련이고요."라고 말하며 그녀의 분을 풀어 주려고 애썼다. 하지만 이상하게도 내 말에 부인은 더욱 격분했다. 자기는 아무래도 이상하다고 말하며 내가 자기와 다르게 생각하는 것이 놀랍기만 하다고 했다. 그러고는 자리를 박차고 나갔다. 추측하건대 그녀는 프로더로 대령에게 달려가 자기 이야기를 털어놓았으리라.

프로더로는 사소한 일을 가지고도 야단스럽게 소란 피우기를 좋아하는 사람이었다. 이번에도 한바탕 야단법석을 떨었다. 게다가 수요일에 그런 짓을 하다니 유감스러운 일이었다. 나는 수요일 아침마다 주일학교에서 선생 노릇을 하는데 그 일로 신경이 상당히 날카로워져 하루 온종일 마음이 평안하지 못했다.

"대령이 꽤 재미있어했겠군요."

아내는 중립적으로 상황을 정리하려고 애쓰는 듯했다.

"그의 주변에서 얼쩡거리며 '존경하는 목사님'이라고 불러주는 사람도 없고, 그를 위해 슬리퍼에 아름다운 수를 놓아주는 사람도 없고, 크리스마스에도 폭신한 보온 양말 한 짝 선물 받지 못하는 사람이잖아요. 아내와 딸조차 그라면 넌더리를 내죠. 그러니 어디선가 매우 중요한 사람인 양 구는 게 무척 즐거운 거예요."

"그렇게까지 무례하게 굴 것까진 없는 일이었단 말이에요."

나는 조금 열을 내며 말했다.

"내가 보기에 그는 자신의 말이 어떤 결과를 초래하게 될지도 제대로 모르더군. 그는 횡령 운운하면서 교회 장부를 조사해 봐야겠다고 말했어요. 세상에 횡령이라니! 나를 교회 기금이나 횡령하는 사람으로 의심하다니!"

"여보, 누구도 당신을 어떤 이유로든 의심하지 않을 거예요. 당신은 의심받을 일을 저지르기에는 너무 정직하니까요. 당신의 결백을 입증할 수 있게 되었으니 오히려 잘된 일 아니에요. 난 솔직히 당신이 특별 목적 보조금 기금을 좀 돌려 썼으면 할 때도 있었어요. 어쨌든 난 선교사들이 싫어요. 이전부터 그랬어요."

아내의 그런 태도를 마땅히 나무라려 했는데, 그때 메리가 반쯤 익은 라이스 푸딩을 가지고 들어왔다. 내가 가볍게 사양하자 그리젤다는, 일본인은 덜 익은 쌀을 주로 먹어서 머리가 비상하다고 했다.

"장담하건대 당신이 일요일까지 매일 이런 라이스 푸딩을 먹으면 아주 멋진 설교를 하게 될 거예요."

나는 몸서리를 치며 말했다.

"당치도 않은 소리! 내일 저녁에 프로더로 대령이 오면 함께 회계 장부를 검토할 거예요. 그래서 오늘은 C.E.M.S.(영국 성공회 남신도 협회)에서 연설할 문안을 마무리해야 해요. 참고 문헌을 뒤적이다가 캐넌 셜리의 『실체(Reality)』에 푹 빠지는 바람에 진도를 제대로 못 나갔거든. 당신은 오늘 오후에 뭘 할 작정이에요, 그리젤다?"

"제 일을 해야죠. 목사의 아내로서 해야 할 일 말이에요. 4시 30분에 차와 함께하는 중상 비방이 있을 예정이에요."

"누가 오기로 되어 있어요?"

그리젤다는 얼굴에 상냥한 표정을 담뿍 담고 손가락을 꼽으며 말했다.

"프라이스 리들리 부인, 웨더비 양, 하트넬 양 그리고 그 끔찍스러운 마플 양도요."

"나는 마플 양이 좋던데. 적어도 유머 감각은 있거든."

"그녀는 마을에서 가장 고약한 여자예요. 일어나는 일마다 사사건건 다 알려고 들고, 게다가 늘 최악의 결론만 내리죠."

앞에서도 언급했지만 그리젤다는 나보다 훨씬 어리다. 나 정도 살아 본 사람들은 모두 진실은 대개 최악이게 마련이라는 것을 알고 있다.

"참, 저는 티타임에 끼지 않을 거예요, 그리젤다."

데니스가 말했다.

"정말 싫다!"

그리젤다가 말했다.

"그러게요. 하지만 프로더로 집안 사람들이 오늘은 테니스 모임에 꼭 오라고 청했거든요."

"정말 싫어!"

그리젤다가 다시 중얼거렸다.

데니스가 슬금슬금 물러나고 나서 나는 그리젤다와 나란히 서재로 갔다.

그리젤다가 내 책상에 걸터앉으면서 말했다.

"차와 함께 뭘 내놓으면 좋을지 모르겠어요. 스톤 박사와 크램 양도 올 것 같고, 어쩌면 레스트랭 부인도 올지 몰라요. 그런데 어제 레스트랭 부인 집에 들렀는데 외출 중이더군요. 그래요, 레스트랭 부인도 분명 올 거예요. 그런데 정말 이상하지 않아요? 이런 곳으로 내려와 정착한 것이나, 좀처럼 밖으로 나오지 않는 거 말이에요. 추리소설에나 나오는 이야기 같아요. 그녀는 누구인가? 창백하고 아름다운 얼굴의 신비한 여인. 그녀의 과거? 아무도 모른다. 하지만 어렴풋이 짐작하건대 불행한 과거를 가지고 있으리라. 헤이독 의사 선생님이라면 그녀에 대해 뭔가 알고 있을 거예요."

"당신 추리소설을 너무 많이 읽었군, 그리젤다."

내 가벼운 대꾸에 그녀가 맞받아쳤다.

"당신은 어떻구요? 일전에 당신이 이 방에서 설교문을 작성하고 있을 때 난 『계단의 얼룩』을 사방으로 찾아다니다가 당신에게 그걸 본 적이 있느냐고 물어보려고 이 방에 들어왔죠. 그런데 그때 내가 뭘 발견한 줄 알아요?"

나는 얼굴을 붉힐 수밖에 없었다.

"되는 대로 집어 들다가 보게 된 거예요. 한 문장이 우연히 눈에 들어오길래……."

"당신이 어떤 문장을 우연히 보았는지 알아요."

그리젤다가 말했다. 그리고 감정을 섞어 읊조리기 시작했다.

"그때 매우 이상한 일이 일어났다. 그리젤다가 자리에서 일어나 방을 가로질러 걸어오더니 나이 많은 남편에게 열렬히 입을 맞춘 것이다."

그녀는 말에 어울리는 동작도 함께 했다.

"그게 그렇게나 이상한 일인가?"

내가 물었다.

"물론이죠. 렌, 당신도 알고 있을 거예요. 난 장관, 준남작, 그리고 돈 많은 회사 사장, 장교 셋, 그리고 매너는 좋은 게으름뱅이 중에 한 명과 결혼할 수도 있었어요. 그런데 그들을 모두 물리치고 당신을 선택했죠. 당신 놀라지 않았어요?"

"그때는 그랬어요. 종종 당신이 왜 그랬을까 궁금해했지."

그리젤다가 웃음을 터트리더니 중얼거렸다.

"당신과 결혼하면 내가 정말 힘이 세다는 걸 증명할 수 있다는 생각이 들었어요. 다른 사람들은 그저 나를 아름다운 여자로만 생각했어요. 물론 나 같은 여자를 자기 아내로 삼으면 좋겠죠. 하지만 당신은 달랐어요. 내 모든 점을 끔찍이도 싫어하고 불만스러워했어요. 그러면서도 나를 내치지는 못했죠. 내 허영심이 당신에게 내쳐지는 일 따위를 참아 줄 수 없었거든요. 누군가의 자랑거리가 되기보다 은밀하고 즐거운 악이 되는 편이 훨씬 멋지죠. 나는 지독히도 당신을 불편하게 하고, 줄곧 나쁜 길로 가라고만 부추기죠. 그래도 당신은 날 아직 열렬히 사랑하잖아요, 그렇죠?"

"물론이야, 여보. 나는 당신을 매우 좋아해요."

"오! 렌, 당신은 나를 열렬히 사랑해요. 그날 기억나요? 내가 읍내에 머물게 되어서 당신에게 전보를 쳤는데 우체국장의 여동생이 쌍둥이를 낳는 바람에 전보 돌리는 걸 깜빡했던 일 말이에요. 그때 당신은 너무 불안해한 나머지 런던 경시청에 전화를 걸어서 한바탕 난리가 났었잖아요."

기억하기 싫은 일이었다. 그때 나는 이상하게 제정신이 아니었다. 내가 말했다.

"여보, 괜찮다면 그만 가서 남신도 협회 일을 봤으면 싶은데."

그리젤다는 내 머리카락이 풀럭거릴 정도로 짜증 섞인 한숨을 크게 내쉬었다.

"난 당신에게 과분한 사람이에요. 암 그렇고말고요. 난 예술가와 연애를 할 거예요. 정말이에요. 그러면 교구에 어떤 물의를 일으킬지 생각해 봐요."

"당신은 이미 많이 일으켰어요."

나는 가볍게 말했다.

그리젤다는 웃음을 터뜨리더니 손에 키스를 하고 나를 향해 훅 불어 날린 다음 테라스로 난 프랑스식 유리문(출입문 겸용의 좌우로 여는 큰 유리창문 — 옮긴이)으로 나가 버렸다.

2장

그리젤다는 정말 성가신 여자였다. 점심 식탁에서 물러날 때만 해도 나는 남신도 협회 모임에서 할 근사한 연설문을 쓸 수 있을 것 같았다. 하지만 지금은 마음이 붕 떠 뒤숭숭했다.

겨우 마음을 다잡고 본격적으로 일을 해 보려는데 레티스 프로더로가 흘러 들어왔다.

여기서 흘러 들어왔다는 표현을 사용한 것은 신중하게 고심한 결과다. 소설을 보면 흔히 젊은이들은 에너지가 넘쳐흐르는 것으로 묘사되어 있다. 주아 드 비브르('삶의 기쁨'이라는 뜻의 불어 — 옮긴이), 즉 엄청난 활기와 생명력을 가지고 있다는 것이다. 개인적 의견을 말하자면, 내가 만난 젊은이들은 모두 야성적인 유령 같은 분위기가 있었다.

그리고 오늘 오후 레티스는 특히나 더욱 유령처럼 보였다. 아름다운 외모에 늘씬한 키를 가진 그녀는 매력적이었지만 언제나 애매모호한 말을 늘어놓았다. 그런 레티스가 완전히 넋이 나간 듯한 모습으로 테라스로 난 프랑스식 유리문을 통해 유령처럼 쓱 들어온 것이다. 그러고는 멍하니 노란색 베레모를 벗고 전혀 놀란 기색 없이 희미하게 중얼거렸다.

"오! 목사님이 여기 계셨네요."

올드 홀에서 숲을 통과하는 오솔길을 따라 내려오면 목사관 정원 뒷문에 이르게 된다. 그래서 올드 홀에서 오는 사람들은 대부분 큰길을 따라 빙 돌아서 현관문으로 들어오기보다는 이곳 서재 테라스 유리문으로 들어오곤 했다. 그러니 레티스가 이곳으로 들어온 것에 크게 놀랄 일은 없었다. 하지만 레티스의 태도에 나는 약간 불쾌했다. 목사관에 오면 당연히 목사를 만나게 된다고 생각해야 하는 법이지 않은가.

레티스는 서재에 놓인 커다란 안락의자에 털썩 주저앉아 멍하니 머리카락을 잡아당기며 천장을 쳐다보았다.

"데니스는 어디 있나요?"

"점심 이후로는 보지 못했다. 너희 집으로 테니스를 치러 간 줄 알고 있었는데."

"이런! 우리 집으로 오면 안 되는데……. 지금 집에 아무도 없거든요."

"네가 오라고 했다던데."

"그랬던 것 같네요. 하지만 그건 금요일에 오라는 말이었죠. 오늘은 화요일이잖아요."

"오늘은 수요일이다."

내 말에 레티스가 말했다.

"어머, 정말 끔찍하군요! 그러니까 제 말은 누군가와 함께 점심을 먹기로 약속한 걸 잊어버린 게 이걸로 세 번째란 말이에요."

하지만 다행히도 그것이 레티스에게 그리 문제가 되지는 않아 보였다.

"사모님은 어디 계시나요?"

"정원에 있는 화실에 가면 있을 거다. 로렌스 레딩 앞에게 포즈를 취하고 있을 거야."

"그 사람 한바탕 난리를 겪었어요. 짐작하시겠지만 아버지랑 말이에요. 아버지는 정말 끔찍해요."

레티스가 말했다.

"무슨 일 때문이었는데?"

내가 물었다.

"저를 그려 준 것 때문이었어요. 아버지가 알아 버리셨거든요. 그런데 도대체 수영복 입은 모습을 그리면 안 되는 이유가 뭐죠? 해변에서 입을 수 있는 옷이라면 그림 그릴 때 입어서 안 될 이유도 없지 않겠어요?"

레티스는 잠시 말을 멈추었다가 계속 다음 말을 이어 갔다.

"정말 말도 안 되는 일이에요. 아버지는 젊은 남자는 무조건 출입 금지를 하시잖아요. 물론 로렌스와 저는 그 정도쯤 가볍게 웃어 넘길 수 있어요. 여기 화실에서 만나 다시 작업하면 되니까요."

"이런, 그건 안 된다. 아버지께서 금하신 일이라면 여기서도 할 수 없어."

"어머, 세상에!"

레티스는 한숨을 내쉬며 말했다.

"정말이지 모두 짜증 나요. 완전히 엉망진창이에요. 어딘가로 떠날 수 있는 여비가 조금이라도 있다면 좋을 텐데. 하지만 돈 없이는 그럴 수도 없어요. 아버지가 조용히 돌아가시면 다 해결될 텐데."

"레티스, 그런 말은 함부로 하는 게 아니다."

"아버지는 제가 당신이 돌아가시기를 바라지 않게 하려면 그렇게 돈에 지독하게 구시지 말아야죠. 엄마가 왜 아버지 곁을 떠났는지 이해된다니까요. 목사님도 아시죠? 전 몇 년 동안이나 엄마가 돌아가신 줄로만 알고 있었어요. 엄마가 같이 도망쳤다는 젊은 남자는 어떤 사람이었나요? 좋은 사람이었어요?"

"그건 네 아버지가 여기로 이사 오시기 전 일이잖니."

"엄마가 어떻게 지내는지 궁금해요. 새어머니도 머잖아 다른 남자와 바람을 피우게 될 거예요. 새어머니는 절 미워해요. 깍듯하게 예의를 차리기는 하지만요. 자기가 나이 들어 간다는 사실을 싫어하거든요. 아시겠지만 사람들이란 어느 날 갑자기 나이를 먹게 되잖아요."

레티스가 오후 내내 내 서재에 있을 작정인지 걱정이 되기 시작했다.

"제 축음기 레코드판 혹시 보셨어요?"

레티스가 물었다.

"아니."

"아이 속상해. 어딘가 놔뒀을 텐데. 그리고 저 말이에요, 개도 잃어버렸어요. 게다가 손목시계도 어딘가에 놔둔 모양인데 기억이 안 나요. 물론 고장 난 거라 크게 문제될 건 없지만. 어머! 너무 졸리네요. 왜 이러는지 모르겠어요. 11시까지 잠을 잤는데 말이에요. 하지만 삶이란 늘 이렇게 엉망진창에 녹초가 되는 일이죠. 그렇게 생각하지 않으세요? 어머! 이만 가 봐야겠어요. 3시에 스톤 박사님의 고분을 보러 가기로 했거든요."

나는 시계를 흘깃 쳐다보고 이미 3시 35분이라고 말했다.

"어머! 그래요? 정말 끔찍하네요. 사람들이 저를 기다리고 있을지 아니면 그냥 저 없이 일을 시작했을지 궁금하네요. 빨리 가서 어떻게든 해 봐야겠어요."

레티스는 자리에서 일어나 다시 밖으로 흘러 나가다가 어깨 너머로 중얼거리듯 말했다.

"데니스한테 제 말 전해 주실 거죠, 목사님?"

나는 얼결에 "그래."라고 대답하고 나서 데니스에게 무슨 말을 전해 주라는 것인지 모른다는 사실을 뒤늦게 생각해 냈다. 하지만 아마 십중팔구 별로 중요한 일이 아닐 거라는 결론을 내렸다. 나는 레티스가 말한 스톤 박사에 대해 곰곰이 생각해 보았다. 매우 유명한 고고학자인 그는 최근 블루 보어에 머물면서 프로더로 대령의 소유지에 있는 고분 하나를 발굴하는 일을 감독하고 있었다. 대령과 박사 사이에는 이미 몇 차례 말다툼이 있었다. 그런 상황에서 박사가 레티스에게 작업 현장을 보여 주겠다고 약속했다는 사실이 의아했다.

레티스 프로더로는 상당히 말괄량이 같은 구석이 있었다. 그런 그녀가 어떻게 고고학자의 비서인 크램 양과 어울리는지 궁금할 따름이었다. 크램은 스물다섯 살의 건강한 젊은 처녀로, 요란한 몸짓과 혈색 좋은 얼굴에 생기 있고 활발한 데다 언제나 뭔가를 입에 물고 있었다.

그녀에 대한 마을 사람들의 의견은 크게 두 가지로 나뉘었다. 행실이 좋지 않은 여자라고 생각하는 쪽과 정절을 지키며 머잖아 스톤 부인의 자리를 꿰찰 결심을 단단히 하고 있을 거라는 쪽이었다. 여러모로 보아 레티스와는 완전히 대조적인 여자였다.

올드 홀의 상황이 그리 행복하지만은 않다는 건 쉽게 상상할 수 있는 일이었다. 프로더로 대령은 5년 전에 재혼했다. 두 번째 부인은 매우 또렷한 이목구비를 갖고 있는 조금 특이한 스타일의 여자였다. 그녀와 의붓딸의 사이가 그리 평탄하지만은 않을 것이라는 짐작은 늘 하고 있었다.

나를 방해하는 사람이 또 한 명 있었다. 이번에는 부목사 일을 하는 호즈였다. 그는 프로더로 대령이 방문한 일에 대해 꼬치꼬치 캐물었다. 대령이 호즈의 '가톨릭적 성향'에 대해 무척 유감스럽게 생각하고 있다는 것을 알려 주고, 또 대령이 찾아온 진짜 목적은 다른 데 있었다는 사실도 말해 주었다. 그리고 동시에 나는 평소 그에게 갖고 있던 불만을 터트렸다. 내 지휘에 따르라고 분명히 말했던 것이다. 그는 대체로 내 말을 순순히 받아들였다.

호즈가 돌아가고 나서 그를 별로 좋아하지 않는다는 사실에 약간 양심의 가책을 느꼈다. 이렇게 사람을 가리면서 누구는 좋아하고 누구는 좋아하지 않는 것은 분명 매우 비기독교적인 일이었다.

한숨을 내쉬다가 책상 위에 놓인 시곗바늘이 4시 45분을 가리키고 있다는 사실을 깨달았다. 그렇다면 이건 4시 30분이 지났다는 뜻이었다. 나는 응접실로 나갔다.

우리 교구 신자 네 명이 찻잔을 들고 모여 있었다. 그리젤다는 티 테이블 뒤에 앉아 자연스럽게 보이려 애쓰고 있었지만 오히려 평소보다 더 부자연스러워 보일 뿐이었다.

나는 자리를 돌면서 일일이 악수를 나누고 마플 양과 웨더비 양 사이에 자리를 잡고 앉았다.

마플 양은 상냥하고 사람을 끄는 매력을 가진 백발의 노처녀였다. 반면 웨더비 양은 심술궂고 야단스러운 여자였다. 하지만 둘 중 더 위험한 인물을 꼽으라면 단연 마플 양이었다.

"우린 지금 막 스톤 박사님과 크램 양에 대한 이야기를 하고 있었어요."

그리젤다가 애교가 뚝뚝 떨어지는 목소리로 말했다.

순간 머릿속에 데니스가 만든 상스러운 노랫말이 스쳐 지나갔다.

'크램 양은 누가 뭐래도 아예 신경을 안 쓴다네!'

이 노랫말을 입 밖으로 내면 모두 어떤 반응을 보일지 알아보고 싶은 충동이 갑자기 일었다. 하지만 다행히도 자제할 수 있었다. 웨더비 양은 간결하게 말했다.

"얌전한 아가씨라면 그런 일을 하지 않죠."

그리고 못마땅하다는 듯 얇은 입술을 꼭 다물었다.

"뭘 말씀이시죠?"

내가 물었다.

"결혼도 하지 않은 남자의 비서가 되는 일 말이에요."

웨더비 양은 섬뜩한 어조로 말했다.

"오, 이런! 내 생각에는 오히려 결혼한 남자가 더 안 좋을 것 같은데. 불쌍한 몰리 카터의 일을 생각해 봐요."

마플 양이 말했다.

"물론 결혼하고서 아내와 떨어져 사는 남자의 경우도 안 되는 건 주지의 사실이죠."

웨더비 양의 말에 마플 양이 중얼거리듯 말했다.

"아내와 함께 살고 있는 남자라도 마찬가지예요. 내가 기억하기로는……."

나는 이 재미없는 회고담을 막으며 불쑥 끼어들었다.

"하지만 요즘에는 여자들도 남자들과 마찬가지로 일자리를 얻을 수 있습니다."

"멀리 한적한 시골로 나가는 것도요? 그래서 둘이 같은 호텔에 머무는 것도 말인가요?"

프라이스 리들리 부인이 심각한 어조로 말했다.

"게다가 침실이 모두 같은 층에 있어요……."

웨더비 양은 낮은 목소리로 마플 양에게 웅얼거리듯 말했다.

온갖 풍상을 겪은 얼굴에 괄괄한 성격으로 가난한 사람들에게 두려움의 대상인 하트넬 양은 커다란 목소리로 기운차게 자기 의견을 말했다.

"그 불쌍한 남자는 자기도 모르는 새 꼼짝없이 그 여자에게 발목 잡히고 말 거예요. 봐서 알고 있겠지만, 그 남자는 태중의 아이처럼 순진하기 짝이 없거든요."

우리가 나눈 대화에 쓰인 표현 방식들이 참 별나게 느껴졌다. 여기 자리한 숙녀들이라면 실제로 모두의 눈앞에서 아기가 요람에 안전하게 눕지 않는 한 그런 표현을 언급하는 건 꿈도 꾸지 않을 텐데.

하트넬 양은 평소대로 눈치라고는 찾아볼 수 없는 말투로 말을 이어 나갔다.

"정말 메스꺼워요. 남자가 여자보다 적어도 스물다섯 살은 더 먹었을걸요."

여자들 셋은 즉시 목소리를 높여 소년 성가대 소풍이며, 얼마 전 어머니 모임에서 있었던 안타까운 사건, 교회에서 체커 놀이를 했던 이야기 등을 뒤죽박죽 늘어놓았다. 마플 양은 눈을 빛내며 그리젤다를 쳐다보았다.

"있잖아요. 크램 양이 정말 그 일에 흥미를 느끼는 건지도 모르잖아요? 그렇게 생각진 않으세요? 스톤 박사님에 대해서도 단순히 고용주로만 생각하고 말이죠?"

그리젤다가 말했다.

침묵이 흘렀다. 다른 여자들 네 명은 모두 그 생각에 전혀 동의하지 않는 것이 분명했다. 마플 양이 그리젤다의 팔을 톡톡 치며 침묵을 깼다.

"아유, 사모님. 정말 아직 많이 어리시네요. 젊은이들은 이렇게 순진하다니까."

그리젤다는 분개하며 자신이 전혀 순진하지 않다고 강력하게 말했다.

마플 양은 아내의 항변에도 개의치 않고 말했다.

"사모님은 언제나 사람들이 최선을 다할 거라고 생각하고 좋게만 보시잖아요."

"마플 양은 정말 그 아가씨가 대머리에 재미라고는 눈곱만큼도 없는 그 남자와 결혼하고 싶어 할 거라고 생각하세요?"

"그 남자가 꽤 부유하다고 알고 있어요. 유감스럽게도 성격은 조금 좋지 않은 것 같아요. 프로더로 대령과도 요전 날 꽤 심각하게 다투더군요."

마플 양의 말에 모두 흥미롭다는 얼굴로 몸을 앞으로 숙이며 모여들었다.

"프로더로 대령이 그에게 무식한 사람이라고 비난했어요."

"프로더로 대령다운 말이군요. 정말 어처구니없네요."

프라이스 리들리 부인이 말했다.

"그래요, 프로더로 대령답죠. 하지만 그 말이 그렇게 어처구니없는 것인지는 잘 모르겠네요. 전에 우리 마을에 찾아와 자기가 복지부에서 나왔다고 했던 여자 기억할 거예요. 우리한테 기부금을 받아 내고 소식이 감감했던 그 여자가 사실은 복지부와 전혀 상관없는 사람이었다는 것이 뒤늦게 밝혀졌잖아요. 사람들은 뭐든지 믿고 싶어 하는 마음이 있거든요. 그래서 자신의 생각대로 사람을 평가하려고 하죠."

마플 양이 말했다.

하지만 마플 양은 뭐든지 믿고 싶어 하는, 의심할 줄 모르는 사람이 절대 아니었다.

"그 젊은 화가인 레딩 씨도 한바탕 소동을 벌였죠, 그렇죠?"

웨더비 양이 물었다.

마플 양이 고개를 끄덕였다.

"프로더로 대령이 그를 집에서 쫓아냈죠. 레티스를 수영복 차림으로 세워 놓고 그린 모양이에요."

"그 두 사람 사이에 뭔가가 있을 거라고 늘 생각했어요. 그 젊은이는 항상 그 집에서 어슬렁거리며 돌아다니더라고요. 그 아가씨에게 친엄마가 없으니 정말 불쌍해요. 계모는 절대로 엄마와 같을 수 없죠."

프라이스 리들리 부인이 말했다.

"그래도 프로더로 부인은 최선을 다하고 있다고 생각해요."

하트넬 양이 말했다.

"요즘 젊은 아가씨들은 너무 엉큼해."

프라이스 리들리 부인은 매우 유감스럽게 생각하는 모양이었다.

"정말 멋진 로맨스네요, 그렇지 않나요? 그 젊은이는 무척 잘생겼잖아요."

한결 부드러워진 웨더비 양이 말했다.

"하지만 도덕적으로 무책임해요. 꼭 그런다니까. 화가들! 파리 사람들! 모델들! 모두 그 모양이야!"

하트넬 양이 말했다.

"레티스에게 수영복을 입혀 그림을 그린 건 잘한 일이라고 할 수 없죠."

프라이스 리들리 부인이 말했다.

"레딩 씨가 저도 그려 주고 있는걸요."

그리젤다가 말했다.

"하지만 사모님은 수영복을 입고 계시지는 않잖아요."

마플 양이 말했다.

"더 안 좋은 쪽일 수도 있죠."

그리젤다는 정색을 하며 말했다.

"장난꾸러기 같으니라고."

하트넬 양이 그리젤다의 말을 농담으로 너그럽게 받아들이며 말했다. 하지만 다른 사람들은 모두 약간 놀란 듯 보였다.

"그래, 우리 레티스 양이 목사님에게는 고민을 털어 놓던가요?"

마플 양이 나에게 물었다.

"저에게요?"

"네. 아까 레티스 양이 정원을 가로질러 목사님 서재 유리문으로 들어가는 것을 보았어요."

마플 양은 언제나 모든 것을 보고 있었다. 정원을 가꾼다는 것은 꽤 그럴듯한 연막작전이었다. 쌍안경으로 새를 관찰하는 취미도 언제나 적절하게 활용할 수 있는 핑계였다.

"레티스가 그와 관련된 이야기를 하기는 했습니다."

나는 솔직하게 말했다.

"호즈 씨 얼굴이 안 좋아 보이더군요. 일을 너무 많이 하는 게 아닌지 모르겠어요."

마플 양이 말했다.

그때 웨더비 양이 흥분한 목소리로 크게 말했다.

"아! 깜빡 잊고 있었네. 알려 줄 소식이 있어요. 헤이독 의사 선생님이 레스트랭 부인의 집에서 나오는 걸 봤어요."

모두 서로 시선을 주고받았다.

"어쩌면 부인이 아팠는지도 모르죠."

프라이스 리들리 부인이 조심스럽게 말했다.

"그렇다면 매우 갑자기 생긴 병이어야 할 거예요. 왜냐하면 오늘 오후 3시에 정원을 거니는 부인을 내 눈으로 똑똑히 보았거든요. 그때는 멀쩡해 보였어요."

하트넬 양이 말했다.

"그 부인과 헤이독 의사 선생님은 아마 오래전부터 아는 사이인 모양이에요. 의사 선생님은 그 점에 대해 좀처럼 이야기를 하지 않지만 말이에요."

프라이스 리들리 부인이 말했다.

"그거 이상하네요. 선생님은 한 번도 그런 말씀을 하신 적이 없잖아요."

웨더비 양이 말했다.

"사실은 말이죠."

그리젤다가 은밀한 목소리로 말을 꺼냈다가 잠시 뜸을 들인 후 말을 이었다.

모두 신이 나서 앞으로 몸을 숙이고 그녀의 말에 귀를 기울였다.

그리젤다가 강렬한 인상을 풍기며 말했다.

"우연히 알게 된 일인데 말이죠. 그 부인의 남편이 선교사였대요. 정말 끔찍한 건 그 남편이 잡아먹혔다는 거예요. 말 그대로 잡아먹혔대요. 그리고 그 부인은 추장의 첫 번째 부인이 되라고 강요당했다는군요. 그때 헤이독 선생님은 탐험대하고 같이 있었는데 마침 그 부인을 보고 구해 냈대요."

한동안 실내 가득 흥분이 넘쳤다. 그때 마플 양은 미소를 지으며 비난하는 투로 말했다.

"사모님도 참 짓궂으시네요!"

마플 양은 꾸짖듯 그리젤다의 팔을 살짝 두들겼다.

"사모님, 정말 현명하지 못하세요. 지금 그 말을 꾸며 낸 거라면 사람들이 그 말을 쉽게 믿을 거라는 생각을 하셨어야죠. 때로 이런 장난이 일을 복잡하게 만들 수도 있답니다."

모여 있던 사람들 모두에게 찬물을 끼얹은 듯했다. 귀부인 둘이 그만 가 보겠다며 자리에서 일어섰다.

"로렌스 레딩과 레티스 프로더로 사이에 뭔가가 있는 게 아닌지 궁금하네요. 분명 뭔가 있는 것 같기도 한데 말이야. 마플 양은 어떻게 생각해요?"

웨더비 양이 말했다.

마플 양은 생각에 잠긴 듯 보였다.

"나는 그렇다고 말 못 하겠네요. 레티스가 아니에요. 전혀 다른 사람이라고 생각해요."

"하지만 프로더로 대령은 분명 그렇게 생각하는 것 같던데……."

"그분은 늘 조금 어리석은 구석이 있어 보여요. 잘못된 생각으로 머리를 가득 채우고는 고집스럽게 그 생각을 우겨 대는 그런 종류의 사람이죠. 전에 블루 보어를 운영했던 조 버크넬 기억하세요? 그 집 딸이 베일리 집안 아들하고 놀아난 일로 한바탕 야단법석이 났었잖아요. 하지만 사실은 그의 아내가 바람을 피운 거였죠."

마플 양은 그리젤다를 똑바로 쳐다보며 말했다. 갑자기 나는 화가 치밀어 올랐다.

"마플 양, 지금 우리 모두가 혀를 지나치게 함부로 놀리고 있다는 생각은 안 드십니까? '사랑은 악한 것을 생각하지 아니하며'라는 말을 익히 알고 계실 줄 압니다. 심술궂은 뒷공론으로 그 어리석은 혀를 함부로 휘둘러 수많은 해악을 일으킬 수 있습니다."

마플 양이 말했다.

"이런, 목사님. 목사님은 정말이지 속세의 때가 묻지 않은 순수한 분이세요. 저처럼 사람들의 품성에 대해 오랫동안 관찰하다 보면 사람에게 너무나 많은 것을 기대해서는 안 된다는 생각을 하게 된답니다. 감히 말씀 드리는데 객쩍은 수다와 잡담이 매우 고약하고 잘못된 일인 것은 분명하지만 그래도 종종 그 속에 진실이 있는 법이에요. 그렇지 않나요?"

마플 양의 마지막 공격은 나의 급소를 찔렀다.

3장

"성가신 늙은 고양이들 같으니라고."

그리젤다는 문이 닫히자마자 말했다.

손님들이 사라진 쪽을 쳐다보며 그녀는 잔뜩 인상을 찡그리고 있다가 나를 보고 웃음을 터트렸다.

"렌, 설마 당신, 정말로 내가 로렌스 레딩과 바람을 피우고 있다고 의심하는 건 아니죠?"

"물론 아니지, 여보."

"하지만 마플 양이 그런 생각을 넌지시 내비친 거라고 생각했죠? 그래서 날 변호해 주려고 분연히 일어섰던 거구요. 마치……, 성난 호랑이처럼 말이에요."

순간 그 말이 거북하게 느껴졌다. 영국 성공회의 목사는 절대로 성난 호랑이와 같다는 말을 들을 만한 행동을 해서는 안 되었다.

"아무 말도 하지 않고 그냥 넘길 일이 아니라고 생각했어요. 하지만 그리젤다, 당신도 말을 조금만 더 신중하게 하면 좋겠군요."

그녀가 되물었다.

"그 식인 이야기 말이에요? 아니면 로렌스가 내 누드화를 그렸다고 암시한 이야기 말이에요? 그 여자들이 내가 높은 깃이 달린 두툼한 외투를 입고 포즈를 취했다는 걸 알면 아마 그런 소리는 못 할 거예요. 정말이지 교황을 만나는 자리에도 입고 나갈 수 있을 정도로 정숙한 차림이었다구요. 죄 많은 육신은 눈곱만큼도 보이지 않게 했어요. 사실 지나치리만큼 순수한 차림이라니까요. 로렌스는 단 한 번도 나에게 수작을 부리거나 육체적인 관계를 갖자고 유혹하지 않았어요. 그 이유를 모르겠단 말이에요."

"그거야 당신이 결혼한 여자라는 사실을 분명히 알고 있으니 그런 것 아니겠어요."

"구시대 사람처럼 굴지 말아요, 렌. 당신도 잘 알잖아요. 나이 많은 남편을 둔 젊고 아름다운 여자는 젊은 남자들에게 하늘이 내린 선물과 같은 존재예요. 분명 뭔가 다른 이유가 있을 거예요. 내가 매력적이지 않아서 그런 건 절대 아닐 거라구요. 난 매력적이잖아요."

"당신 그 작자가 당신에게 육체적인 관계를 갖자고 하기를 바라는 건 분명 아니겠지?"

"아, 아니죠."

그리젤다는 내 생각보다 훨씬 더 망설이면서 대답했다.

"만약 그가 레티스 프로더로와 사랑에 빠졌다면 가능하지 않겠어요……."

"마플 양은 그렇지 않다고 생각하는 것 같던걸요."

"마플 양이 잘못 봤을 수도 있잖아요."

"그럴 리가 없어요. 그런 부류의 늙은 고양이는 언제나 옳은 소리만 하는 법이죠."

그리젤다는 잠시 말을 끊고 나를 곁눈질로 한참이나 쳐다보다가 말했다.

"당신 내 말 믿는 거죠, 그렇죠? 그러니까 내 말은 로렌스와 나 사이에 아무 일도 없었다는 거 말이에요."

나는 놀라 말했다.

"그리젤다, 여보. 당연히 믿고 있지."

아내는 방을 가로질러 나에게 다가와 키스했다.

"렌, 당신이 이렇게 순진하고 속여 먹기 쉬운 사람이 아니었으면 좋겠어요. 당신은 내 말이라면 뭐든지 믿잖아요."

"나도 좀 그렇게 되었으면 좋겠어. 하지만 여보, 정말 제발 부탁하는데 말조심 좀 하고, 신중하게 생각한 다음 말하도록 해요. 여기 여자들은 유머 감각이 상당히 부족하다는 걸 기억해요. 모든 것을 심각하게 받아들이지."

"이 사람들은 살아가면서 약간 음란하고 부도덕한 행실을 할 필요가 있어요. 그러면 다른 사람들에게서 그런 행실을 찾느라 부산을 떨지 않을 거예요."

아내는 이 말을 남기고 응접실을 나갔다. 나는 손목시계를 흘깃 쳐다보고는 진작 갔어야 할 곳을 향해 서둘러 나갔다.

그날 수요 저녁 예배에 참석한 사람은 평소처럼 몇 명뿐이었다. 성구 보관소에서 제복을 벗고 예배당으로 다시 나왔을 때는 텅 빈 실내에 여자 한 명만이 교회 창문을 우러러보며 서 있었다. 우리 교회는 그럴듯한 스테인드글라스 창문이 있어서 건물 자체는 볼 만했다. 내 발걸음 소리를 듣고 여자가 나에게 고개를 돌렸다. 레스트랭 부인이었다.

우리 둘은 잠시 머뭇거렸다. 그러다가 내가 말했다.

"우리 작은 교회가 마음에 드셨으면 좋겠군요."

"교회의 본당 칸막이에 감탄하고 있었답니다."

그녀의 목소리는 상냥하고 나직했지만 발음이 정확해 분명하게 들렸다. 그녀는 이어 한마디 덧붙였다.

"어제 사모님의 초대를 받았는데 참석하지 못했어요. 유감스럽습니다."

우리는 교회에 대해 몇 분간 더 이야기를 나누었다. 그녀는 교회 역사와 건축에 관해 상당한 지식을 갖춘 고상한 여자임이 분명했다. 우리는 교회 건물에서 나와 목사관으로 가는 길 중간에 있는 부인의 집까지 같이 걸어갔다. 집 앞에 도착했을 때 레스트랭 부인이 상냥한 목소리로 말했다.

"좀 들어오시겠어요? 제가 집 안을 꾸민 걸 보시고 어떤지 말씀을 좀 해 주시면 좋겠어요."

나는 초대를 흔쾌히 받아들였다. 조그만 대문은 전에 인도계 혼

혈인 대령이 살던 때부터 있던 것이었다. 집 안에 있던 놋쇠 식탁과 미얀마 신상이 없어진 것을 보고 안도하지 않을 수 없었다. 집 안은 이제 매우 간소하면서도 세련되고 고상한 취향으로 꾸며져 있었다. 조화롭고 편안한 분위기였다.

하지만 레스트랭 부인과 같은 여자가 어째서 이곳 세인트 메리 미드까지 내려오게 되었는지 점점 궁금해졌다. 이런 여자가 시골에 묻혀 지내는 건 이상한 취향이라고 할 수밖에 없었다.

응접실의 밝은 조명 아래서 나는 처음으로 부인의 외모를 자세히 살펴보았다. 레스트랭 부인은 키가 컸다. 머리카락은 붉은 기가 약간 감도는 금발이었다. 화장을 한 것인지 자연적인 것인지는 알 수 없지만 속눈썹과 눈썹이 짙었다. 화장을 한 것이라면 그야말로 예술적인 솜씨라고 할 수 있었다. 그리고 무표정한 얼굴일 때는 어딘가 스핑크스와 같은 불가해한 분위기가 느껴졌다. 그리고 내가 지금까지 보았던 그 어떤 것보다 특별한 눈동자를 갖고 있었다. 살짝 그늘이 진 황금빛 눈동자였다.

옷차림도 완벽했고, 교육을 잘 받고 자란 귀부인의 여유가 있었다. 하지만 그녀에게는 어울리지 않고 이해할 수 없는 수수께끼 같은 것이 있었다. 그리젤다가 했던 말이 떠올랐다. 불길했다. 물론 어처구니없는 말이었다. 하지만 정말 그렇게 어처구니없다고만 할 수 있을까? 생각지도 못한 생각이 머릿속에 떠올랐다.

'이 여자는 어떤 일에도 얽매이지 않을 거야.'

우리는 대부분 일상적이고 평범한 이야기를 나누었다. 그림, 책,

오래된 교회당에 관한 것이었다. 하지만 이야기하는 내내 뭔가 다른 것이 있다는 인상을 강하게 받았다. 레스트랭 부인이 나에게 뭔가 특별히 할 말이 있다는 생각이 들었다.

두 번쯤 눈이 마주쳤을 때 부인은 망설이는 듯한 얼굴로 나를 보았다. 마치 마음을 정하지 못하는 듯 보였다. 그녀는 계속 일반적인 이야기로 대화를 이끌어 나갔다. 남편이나 그와 관련된 이야기는 전혀 언급하지 않았다.

하지만 이야기를 나누는 내내 그녀의 시선에는 묘하게 다급하고 간절하게 애원하는 듯한 눈빛이 어려 있었다. 그녀의 눈동자는 이렇게 말하는 듯했다. '목사님께 말해도 될까요? 말하고 싶어요. 도와주실 수 있나요?'

하지만 결국 그런 표정은 사라져 버리고 말았다. 아니 어쩌면 이 모든 것이 나만의 착각이었는지도 모른다. 더 이상 있을 필요가 없다는 느낌이 들었다. 나는 그곳을 떠나려고 자리에서 일어났다. 응접실을 나가다가 뒤를 흘깃 돌아보는 순간 곤혹스러우면서 미심쩍은 듯한 얼굴로 나를 뚫어지게 바라보는 부인의 모습이 눈에 들어왔다. 나는 충동적으로 뒤로 돌아서서 말했다.

"혹시 제가 도와드릴 일이 있다면……."

그녀는 애매모호하게 말했다.

"정말 친절한 말씀이세요."

잠시 침묵이 흐르고 난 뒤 부인이 말했다.

"저도 잘 모르겠어요. 쉽지 않은 일이랍니다. 아니에요, 저를 도와

줄 수 있는 사람은 아무도 없을 거예요. 하지만 도와주시겠다는 말씀만으로도 무척 고맙습니다."

그것이 작별을 고하는 말이라는 생각이 들어 나는 밖으로 나왔다. 하지만 그러면서도 내심 궁금했다. 여기 세인트 메리 미드에서는 수수께끼 같은 미스테리가 흔치 않은 일이었다.

레스트랭 부인의 집 문을 열고 밖으로 나오자마자 별안간 달려드는 사람이 있었던 것도 흔치 않은 일이긴 마찬가지였다. 하지만 하트넬 양은 도무지 피할 길 없이 성가시게 달려드는 일에 아주 능숙했다.

그녀는 지루하고 무거운 말투로 나름 재미있다는 듯 크게 외쳤다.

"제가 분명히 봤어요! 정말 재미있네요. 이제는 우리한테 모두 말씀해 주셔야죠."

"무얼 말입니까?"

"그 수수께끼 같은 부인 말이에요. 과부인가요, 아니면 남편이 어딘가 있다고 하던가요?"

"말씀 드릴 수 없습니다. 그런 이야기를 저에게 하지는 않았으니까요."

"정말 별난 일이네요. 누구라도 이런 경우에는 그런 이야기를 아무렇지도 않게 하잖아요. 이건 마치 남편에 대해 이야기할 수 없는 특별한 이유라도 있는 것 같지 않아요?"

"전 그렇게 생각되지 않습니다만."

"아! 하지만 목사님, 우리의 마플 양이 말하기를 목사님은 너무나

때 묻지 않고 순수하시다잖아요. 좋아요, 그럼 이거 하나만 말씀해 주세요. 그 부인이 헤이독 의사 선생님과는 예전부터 아는 사이라고 하던가요?"

"그 이야기도 하지 않았습니다. 그러니 제가 알 도리가 없죠."

"정말요? 그럼 두 분이 무슨 이야기를 나누신 거죠?"

"그림, 음악, 책에 관해 이야기했습니다."

나는 솔직하게 말했다.

하트넬 양은 도무지 믿지 못하겠다는 듯 미심쩍은 표정을 지었다. 언제나 개인사를 화제로 삼는 그녀로서는 당연히 믿을 수 없을 것이다.

그녀가 무슨 말을 할까 잠시 망설이는 틈을 타서 나는 재빨리 잘 쉬라는 인사를 건네고는 재빨리 그곳을 떠났다.

나는 마을로 한참 더 내려가는 곳에 있는 한 집에 잠시 들렀다가 목사관 정원 옆문을 지나 집으로 돌아왔다. 그렇게 하면 마플 양의 정원이라는 위험 지역을 지나쳐야 했다. 하지만 내가 레스트랭 부인 집에 찾아갔다는 소식이 마플 양의 귀에 지금 들어가는 것은 인간이 할 수 있는 일이 아니므로 크게 안심하고 있었다.

문에 걸쇠를 걸어 닫으면서 나는 문득 로렌스 레딩에게 화실로 쓰라고 내준, 정원 한쪽에 있는 헛간으로 내려가 봐야겠다는 생각이 들었다. 그리젤다의 초상화가 어느 정도 진척되었는지 직접 보고 싶었다.

이 부분은 이후에 일어날 사건과 관련해서 필요한 부분만 자세히

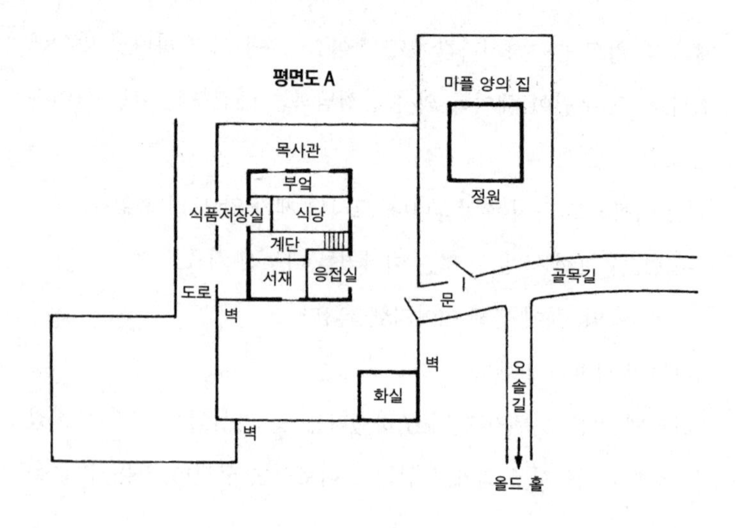

짚고 넘어가고 나머지는 대략 설명하겠다.

나는 화실에 누가 있을 거라고는 전혀 생각하지 못했다. 안에서 아무런 목소리도 들려오지 않아 특별히 조심하지 않았다. 게다가 내 발걸음 소리는 잔디에 묻혀 크지 않았던 모양이었다.

나는 화실 문을 열다가 어색한 얼굴로 문턱에서 멈춰 서고 말았다. 화실에는 두 사람이 있었다. 남자가 여자의 몸에 팔을 두르고 열정적으로 키스하고 있었다.

화가인 로렌스 레딩과 프로더로 부인이었다.

나는 다급하게 뒤로 물러나 서재로 들어갔다. 그리고 의자에 앉아 담배 파이프를 꺼내 들고 천천히 생각해 보았다. 내 눈으로 확인한 장면은 정말 놀라운 것이었다. 그날 오후 레티스와 나눈 대화도 있고 해서 나는 그녀와 그 젊은 화가 사이에 뭔가 있다고 확신하고 있었다. 게다가 그녀 역시 그렇게 확신하고 있는 듯 보였다. 그녀는 이 젊은 화가가 자신의 계모에게 마음을 두고 있다는 것은 꿈에도 생각하지 못하고 있는 것이 분명했다.

추잡하게 얽힌 추문이었다. 내키지 않았지만 마플 양에게 찬사를 보내지 않을 수 없었다. 그녀는 전혀 속아 넘어가지 않았을 뿐 아니라 이 복잡한 애정 행각이 어떤 상태인지 꽤 정확하게 짐작하고 있는 것이 분명했다. 그녀가 그리젤다를 쳐다보던 눈빛의 의미를 내가 완전히 오해한 것이다.

이 문제에 프로더로 부인이 관련되어 있을 거라고는 꿈에도 생각하지 못했다. 그녀는 시저의 아내(의혹을 살 만한 행위를 해서는 안 되는 사람을 비유한 말. 시저의 아내가 의심을 받아 이혼을 한 후 법정에서 이혼한 이유를 묻자 시저는 "나는 내 아내가 그토록 의심받는 것을 원치 않습니다."라고 대답한 데서 유래했다 — 옮긴이)와 같은 분위기를 지니고 있었다. 좀처럼 마음을 터놓지 않는, 입이 무거운 여자로 바람을 피우거나 하는 일로 의심을 사는 일 따위는 하지 않을 것 같았다.

한참 이런 결론을 내릴 즈음에 서재 유리문을 두드리는 소리가 생각에 잠긴 나를 깨웠다. 나는 자리에서 일어나 창가로 다가갔다. 프로더로 부인이 밖에 서 있었다. 나는 유리문을 열었다. 부인은 내가 들어오라는 말을 하기도 전에 서둘러 안으로 들어섰다. 그녀는 숨도 쉴 수 없을 만큼 급히 방을 가로질러 들어와 소파에 털썩 주저앉았다.

이전에 한 번도 본 적이 없는 모습이었다. 내가 알고 있던 과묵하고 조용한 여자는 간데없고 가쁜 숨을 몰아쉬며 자포자기한 듯한 표정을 짓고 있는 하느님의 피조물만이 그 자리를 대신하고 있었다. 처음으로 나는 앤 프로더로가 아름답다는 사실을 깨달았다.

그녀는 갈색 머리에 창백한 얼굴과 매우 깊고 차분한 회색 눈동자를 갖고 있었다. 지금은 빨갛게 상기된 얼굴로 가슴을 들먹거리고 있었다. 마치 동상이 갑자기 살아난 것 같았다. 나는 그러한 변신을 보며 두 눈을 껌뻑거렸다.

"이렇게 찾아오는 게 최선인 것 같아서요. 목사님……. 목사님께서는 방금 보셨죠?"

부인이 말했다.

나는 고개를 끄덕였다.

부인은 아주 작은 목소리로 말했다.

"우린 서로 사랑하고 있어요……."

매우 곤란한 지경에 처해 감정이 동요된 상태인데도 그 말을 하는 부인의 입술에는 얼핏 미소가 어렸다. 마치 매우 아름답고 근사한 것을 바라보는 듯한 여자의 미소였다.

나는 아무런 말도 하지 않고 묵묵히 있었다. 부인은 곧바로 덧붙여 말했다.

"목사님께는 무척 옳지 않은 일로 보이시죠?"

"제가 지금 무슨 말씀을 드릴 수 있으리라 생각하십니까, 프로더로 부인?"

"오, 그래요. 무슨 말을 하실 수 있겠어요."

나는 가능한 한 친절한 목소리로 말했다.

"부인은 결혼한 몸입니다……."

프로더로 부인은 내 말을 가로막았다.

"오! 그건 저도 잘 알고 있답니다. 잘 알고 있어요. 그래서 얼마나 많이 생각하고 또 생각한 줄 아세요? 전 그렇게 나쁜 여자가 아니랍니다. 정말 아니에요. 지금 상황은……, 목사님께서 생각하시는 그런 게 아니랍니다."

나는 심각한 어조로 말했다.

"그러시다면 다행이군요."

그러자 부인은 조금 소심하게 물었다.

"제 남편에게 말씀하실 건가요?"

나는 냉담하게 말했다.

"사람들은 성직자가 신사처럼 행동할 수 없다고 생각하는 모양입니다만 절대 그렇지 않습니다."

부인은 감사의 시선을 내게 보냈다.

"저는 정말 불행하답니다. 오! 저는 정말이지 끔찍한 생활을 하고 있어요. 계속 이렇게 살 수는 없어요. 정말이지 더 이상은 할 수 없어요. 그렇지만 어떻게 해야 할지 모르겠어요."

부인의 목소리는 조금 신경질적으로 높아졌다.

"제가 어떤 생활을 하는지 목사님은 모르실 거예요. 루시어스와 함께하는 생활은 처음부터 비참했어요. 그와 함께 행복하게 지낼 수 있는 여자는 아무도 없을 거예요. 차라리 그가 죽어 버렸으면 좋겠어요……. 정말 끔찍한 말이죠. 하지만 정말……, 저는 절박해요. 정말로 자포자기한 심정뿐이랍니다."

부인은 움찔하더니 창문 너머를 바라보았다.

"뭐죠? 인기척이 들린 것 같은데요? 로렌스인가?"

나는 미처 닫지 않고 놔둔 유리문으로 다가갔다. 밖으로 나가 정원 쪽을 내다보았지만 아무도 없었다. 그러나 나 역시 인기척을 들은 것 같았다. 아니면 프로더로 부인의 확신 어린 말에 넘어가서 그런 생각이 들었는지도 모른다.

다시 서재로 들어와 보니 부인은 고개를 푹 숙이고 몸을 앞으로 기울이고 있었다. 낙담 그 자체였다. 부인은 다시 말했다.

"도대체 어떻게 해야 할지, 무얼 해야 할지 모르겠어요."

나는 그녀에게 다가가 옆에 앉았다. 그리고 의무적으로 해야 할 말들을 했다. 가능한 신념에 찬 목소리로 말하려고 노력했다. 그러나 말하는 내내 바로 그날 아침에 나 역시 프로더로 대령이 없어지면 좋겠다는 소회를 강력하게 피력했다는 사실을 거북한 마음으로 떠올려야 했다.

무엇보다 나는 부인에게 경솔한 행동을 하지 말라고 간청했다. 집을 떠나거나 남편의 곁을 떠나는 것은 예사로 치를 일이 아니었다.

내 말이 설득력이 있었는지는 알 수 없었다. 사랑에 빠진 사람과 말을 섞어 봐야 아무 짝에도 쓸모없는 일일 뿐이라는 것 정도는 알 만큼 세상을 겪어 본 나였다. 하지만 적어도 내 말에 부인이 어느 정도는 위안을 얻은 것 같았다.

부인은 자리에서 일어나 나에게 감사하다는 말을 하고 내가 한 말에 대해 심각하게 생각해 보겠다고 약속했다.

하지만 그녀가 떠난 후 마음이 불편했다. 지금까지 앤 프로더로라는 사람에 대해 완전히 잘못 판단하고 있었던 것이다. 이제 그녀는 자포자기한 심정에 빠져 일단 흥분하면 어떤 일이든 구애받지 않고 저질러 버릴 수 있는 사람으로 비쳤다. 게다가 그녀는 자기보다 몇 년이나 연하인 로렌스 레딩과 정신 못 차릴 정도로 격렬한 사랑에 빠져 있었다. 마음에 들지 않는 일이었다.

4장

로렌스 레딩을 그날 저녁 식사에 초대했다는 사실을 까맣게 잊고 있었다. 그리젤다가 서재로 뛰어 들어와 저녁 식사까지 2분밖에 안 남았다며 야단을 칠 때는 깜짝 놀라고 말았다.

그리젤다는 계단을 올라가는 내 뒤에 대고 소리쳤다.

"모든 것이 완벽했으면 좋겠어요. 오늘 점심때 당신이 한 말이 생각나서 저녁에는 근사한 메뉴를 준비했거든요."

말이 난 김에 이야기하자면 저녁 식사는 평소 그리젤다의 주장이 옳다는 것을 분명하게 증명해 주었다. 신경을 쓰고 애를 쓰면 오히려 상황이 안 좋아진다는 것이었다. 그리젤다는 저녁 메뉴를 매우 야심차게 구상하고 계획했다. 하지만 메리는 설익히거나 지나치게 익히는 것을 번갈아 할 수 있는 자신의 재주를 마음껏 뽐내면서 심술궂은 즐거움을 느끼는 듯했다. 그리젤다가 주문한 굴 요리 역시 실패할 이유가 없었는데도 불행히도 우리는 맛을 볼 수 없었다. 굴껍데기를 깔 도구가 없었던 것이다. 그마저도 음식이 상에 차려지고 먹으려는 순간에야 도구가 없다는 사실을 알았다.

나는 로렌스 레딩이 모습을 드러낼지 궁금했다. 아마도 미안하지만 참석하지 못하게 되었다는 말을 전해 오지 않을까 생각했다.

그러나 그는 시간에 맞춰 도착했다. 우리 네 명은 저녁 식사를 하기 위해 식당으로 갔다.

로렌스 레딩은 부인할 수 없을 만큼 매력적인 인물이었다. 내가 보기에는 서른 살 정도 된 것 같았다. 검은 머리카락을 갖고 있으면서도 거의 경이로울 정도로 아름답게 반짝이는 푸른 눈동자를 갖고 있었다. 그는 모든 일에 능숙한 그런 부류의 남자였다. 게임도 잘하고 명사수에 아마추어 연기자이며 일류급 이야기꾼이기도 했다. 그라면 어떤 파티도 성공적으로 치러 낼 수 있었다. 내 생각에 그의 몸에는 아일랜드인의 피가 흐르고 있는 것 같았다. 그는 흔히 생각하는 예술가 유형이 결코 아니었다. 하지만 나는 그가 현대적 스타일에 능숙한 화가라고 생각했다. 그림에 대해서는 거의 알지 못하지만 말이다.

오늘과 같이 특별한 저녁에는 천하의 그라도 조금은 멍한 표정을 짓고 있을 법했다. 하지만 저녁 내내 그는 시치미를 떼고 태연하게 지냈다. 그리젤다와 데니스는 이상한 구석이 있다고 생각하지 못하는 것 같았다. 나 역시 사전에 알고 있지 않았더라면 이상한 점을 전혀 발견하지 못했을지도 모른다.

그리젤다와 데니스는 무척 즐거워했다. 스톤 박사와 크램 양에 관한 농담을 주고받으며 마을의 스캔들을 즐기고 있었다. 불현듯 데니스가 나보다는 그리젤다와 더 가까운 나이라는 사실이 마음의 고통으로 절실하게 다가왔다. 데니스는 나를 렌 삼촌이라고 부르면서 그리젤다는 그냥 이름을 불렀다. 어쩐 일인지 나는 소외된 느낌이 들었다.

아무래도 프로더로 부인 일로 인해 마음의 평정을 잃어버린 모양이었다. 평소라면 이런 쓸데없는 생각을 하지 않았을 것이다.

그리젤다와 데니스는 이따금 말을 지나치게 했지만 나는 감히 그들을 제어할 엄두를 못 냈다. 성직자가 곁에 있는 것만으로도 사람들이 위축되어 자유롭게 지내지 못한다는 선입견을 평소에 안타깝게 생각하고 있었기 때문이다.

로렌스도 활기찬 어조로 대화에 참여했다. 하지만 그가 계속해서 나를 흘깃흘깃 쳐다보고 있다는 것을 눈치 챌 수 있었다. 저녁 식사가 끝나고 나서 내가 서재로 가게끔 로렌스가 교묘하게 유도하는 데도 그리 놀라지 않았다.

"목사님께서는 저희의 허를 찔러 비밀을 캐내셨습니다. 이제 어떻게 하실 작정이십니까?"

로렌스가 물었다.

프로더로 부인보다는 레딩에게 훨씬 더 분명하게 말할 수 있었다. 그는 내 말을 분명하게 알아듣는 듯했다.

"물론 목사님께서는 그렇게 말씀하실 의무가 있으시겠죠. 목사님도 다른 사람들과 마찬가지일 테니까요. 제 말을 무례하게 받아들이지 않으셨으면 합니다. 사실 목사님 말씀이 다 옳다고 생각합니다. 하지만 저희 두 사람의 관계는 다른 사람들이 흔히 생각하는 것과는 전혀 다릅니다."

나는 사람들이 태초부터 그와 같은 말을 해 왔다고 말했다. 레딩의 입가에 묘한 잔주름이 잡혔다.

"그러니까 사람들이 모두 자기 경우는 특별하다고 생각한다는 말씀이시군요. 그럴 겁니다. 하지만 목사님께서 꼭 믿어 주셔야 하는 것은 말입니다."

레딩은 나에게 거듭 강조하며 말했다. 지금까지 '두 사람 사이에 부정한 일은 없었다.'고 말이다. 그의 말에 의하면 앤은 그 누구보다 정숙하고 진실한 여자였다. 그러나 앞으로 어떤 일이 일어날지는 그도 모른다고 했다.

레딩은 침울하게 말했다.

"이게 책 속의 이야기라면…… 그 늙은이는 죽게 될 겁니다. 그래서 모든 등장인물들은 귀찮은 일에서 해방되는 거죠."

나는 레딩을 나무랐다.

"오! 그렇다고 해서 제가 그 작자의 등에 칼을 꽂거나 하는 일을 하겠다는 뜻은 아닙니다. 물론 누군가 그런 일을 해 준다면 무척 고마워하겠지만 말입니다. 이 세상에는 그에 대해 좋게 말할 사람이 단 한 명도 없습니다. 그의 첫 번째 부인이 그를 죽이지 않고 내버려둔 게 이상할 노릇이에요. 이전에 한 번 만난 적이 있는데 그런 일 정도는 충분히 해낼 분으로 보이더군요. 매우 조용하고 침착하면서도 위험해 보이는 그런 여자였어요. 프로더로는 언제나 호통을 치고 난폭하게 굴고, 여기저기 휘젓고 다니며 문제를 일으키고 악마만큼이나 비열한 데다 성질이 심술궂기 그지없죠. 앤이 그동안 그 작자 때문에 얼마나 많은 일을 참고 지냈는지는 생각도 못하실 겁니다. 제게 단 몇 푼이라도 여유가 있다면 당장이라도 그녀를 데리고 도망가 더 이상 아무런 고통 없이 지내게 할 텐데 말입니다."

그러자 나는 그에게 내 생각을 솔직하게 털어놓았다. 그에게 세인트 메리 미드를 어서 떠나라고 간청한 것이다. 그가 이곳에 머무는 것으로 인해 앤 프로더로는 이미 겪고 있는 불행에 더한 불행을 겪게 될 것이 분명했다. 사람들은 쑥덕거릴 것이고 결국에는 프로더로 대령의 귀에까지 흘러 들어갈 것이다. 그렇게 되면 결국 프로더로 부인에게는 최악의 사태가 벌어질 것이다.

하지만 로렌스는 내 말에 이의를 제기했다.

"목사님, 목사님 말고 우리 일을 아는 사람은 아무도 없습니다."

"이봐요, 당신은 이 작은 마을의 탐정적 본능을 과소평가하고 있군요. 세인트 메리 미드에서는 사적이고 은밀한 사건도 모두가 속속들이 알고 있어요. 시간이 남아도는, 나이가 몇인지 헷갈리는 노처녀만 한 훌륭한 탐정은 없지."

레딩은 내 말을 순순히 인정했다. 모두 그와 얽혀 있는 장본인이 레티스라고 생각하고 있다고도 말했다.

"그런데 이런 생각은 해 보지 않았습니까? 레티스 본인도 그렇게 생각하고 있을지 모른다고 말이죠."

내가 물었다.

레딩은 내 말에 매우 놀라는 듯했다. 그는 레티스가 자신을 조금도 신경 쓰지 않는다고 했다. 그는 그렇게 확신하고 있었다.

"그녀는 좀 별난 여자예요. 언제나 꿈을 꾸는 듯 멍하게 굴어요. 하지만 저는 사실 그 여자가 속으로는 꽤 현실적일 거라고 생각합니다. 애매한 말이나 태도 모두 일부러 꾸민 것이라고 생각합니다. 레티스는 자신이 무슨 일을 하고 있는지 분명히 알고 있을 겁니다. 그 여자는 기묘하게도 집념이 강한 성향을 가지고 있어요. 그리고 이상한 것은 그녀가 앤을 미워한다는 겁니다. 아주 질색을 하죠. 하지만 앤은 언제나 레티스를 천사처럼 완벽하게 대하고 있습니다."

물론 나는 레딩의 마지막 말을 곧이곧대로 받아들이지는 않았다. 사랑에 홀딱 빠진 젊은 남자 눈에 자신의 애인은 언제나 천사처럼 행동하는 법이기 때문이다. 하지만 내가 지켜본 바에 의하면 앤은 정말로 자신의 의붓딸을 언제나 다정하고 친절하게 대했다. 어제 오후 레티스가 비참한 투로 말할 때도 사실 나는 놀랐다.

우리는 그쯤에서 대화를 접어야 했다. 그리젤다와 데니스가 들이닥쳐서는 내가 로렌스를 구닥다리처럼 구석에 처박아 놓는 것을 그대로 두고 볼 수 없다고 말했다.

"오, 이런!"

그리젤다는 안락의자에 몸을 내던지듯 앉으며 말했다.

"정말이지 근사하고 스릴 있는 일이 생겼으면 좋겠어요. 살인이

나 아니면 강도 같은 거 말이에요."

"이 동네에 뭐 훔쳐 갈 만한 것이라도 있는지 모르겠군요. 하트넬 양의 틀니나 훔친다면 모를까요."

로렌스는 그리젤다의 말에 장단을 맞추며 말했다.

"그 틀니는 정말 지독하게도 딱딱거리는 소리를 내죠. 하지만 이곳에 값나가는 물건이 하나도 없다는 말은 틀렸어요. 올드 홀에 오래되고 근사한 은제품이 있다구요. 식탁용 은제 소금 그릇, 높은 굽이 달린 찰스 2세 시대의 접시 같은 것들 말이에요. 아마 수천 파운드는 족히 나갈걸요."

그리젤다가 말했다.

"그러면 아마 그 늙은이가 군용 리볼버로 쏴 버릴걸요."

데니스가 말했다.

"그치가 매우 즐겨 하는 일이잖아요."

"오, 그러기 전에 우리가 먼저 덮쳐서 총으로 겨누고 손 들라고 하면 되지! 누구 리볼버 갖고 있는 사람 없나?"

그리젤다가 말했다.

"저한테 모제르 총이 있습니다."

로렌스가 말했다.

"그래요? 정말 흥미진진하군요. 어떻게 그걸 갖게 되었어요?"

"전쟁 기념품이에요."

로렌스가 간결하게 대꾸했다.

"프로더로 노인네는 오늘 스톤 박사에게 그 은기들을 자랑했어요. 스톤 노인네는 그 물건들에 관심이 많은 척하던걸요."

데니스가 나서서 말했다.

"그 두 사람은 고분 때문에 다퉜던 걸로 아는데."

그리젤다가 말했다.

"아, 화해했어요. 그나저나 도대체 사람들이 무슨 생각으로 고분을 파헤치며 뒤지고 다니는지 짐작도 못 하겠어요."

데니스가 말했다.

"스톤이라는 남자는 정말 당황스럽기만 합니다. 아무래도 완전히 얼빠진 사람 같습니다. 때로는 그 자신이 무슨 일을 하고 있는지도 모르는 게 아닐까 하는 생각이 든다니까요."

로렌스가 말했다.

"그게 사랑이에요."

데니스가 말했다.

"사랑스러운 글래디스 크램, 당신은 거짓이 없소. 당신의 이는 하얗고 날 기쁨으로 가득 차게 만들지. 자 이리 와서 나와 함께 하늘을 날아요. 나의 사랑스러운 신부가 되어 주오. 블루 보어의 객실로 오시오……."

"데니스, 그만 하거라."

내가 말했다.

"그럼, 저는 이만 가 봐야겠습니다. 클레멘트 부인, 이렇게 훌륭한 저녁 식사에 초대해 주셔서 정말 감사합니다."

로렌스 레딩이 말했다.

그리젤다와 데니스는 로렌스를 배웅하러 나갔다. 잠시 뒤 데니스가 혼자 서재로 돌아왔다. 어떤 일 때문에 이 젊은이는 짜증이 나는 모양이었다. 데니스는 얼굴을 찡그린 채 서재 안을 하릴없이 서성거리다가 가구를 마구 걷어찼다.

가구는 이미 오래되고 낡을 대로 낡아서 더 이상 파손될 데가 없을 지경이었지만, 그래도 나는 가볍게 주의를 주어야 한다는 의무감을 느꼈다.

"죄송해요."

데니스는 잠시 침묵하다가 갑자기 꽥 소리를 질렀다.

"정말이지 너무나 역겨운 험담들이에요."

나는 약간 놀라 물었다.

"무슨 일이니?"

"삼촌에게 말을 해야 할지 말아야 할지 모르겠어요."

나는 점점 더 놀랐다.

데니스가 다시 말했다.

"정말 고약하고 역겨운 일이에요. 돌고 도는 헛소문을 가지고 사람들은 이야기를 지어 내죠. 그러고는 대놓고 말하지도 않고 그저 넌지시 빗대요. 정말이지 형편없는 말이에요. 삼촌한테 말하면 정말 제가 낯이 안 설 정도예요. 너무나 역겨운 말이어서요."

나는 호기심 어린 시선으로 데니스를 보았다. 하지만 더 이상 재촉하지 않았다. 그렇지만 나는 매우 궁금했다. 뭔가를 이렇게 진지하게 생각하며 신경 쓰는 건 전혀 데니스답지 않았다.

그때 그리젤다가 들어왔다.

"웨더비 양이 막 전화를 걸어왔어요. 레스트랭 부인이 8시 15분에 밖으로 나갔다가 아직도 돌아오지 않았다는 거예요. 그녀가 어디에 갔는지 아무도 모른대요."

"그걸 누가 알아야만 하는 이유라도 있어요?"

"하지만 헤이독 의사 선생님께도 가지 않았단 말이에요. 웨더비 양이 그건 확실하대요. 헤이독 의사 선생님 집 바로 옆에 사는 하트넬 양에게 전화를 걸어 물어봤는데 레스트랭 부인을 못 봤다고 분명히 말했다는군요."

"정말이지 대단한 미스터리로군. 이 동네 사람들이 어떻게 생존을 위한 영양분을 얻는지가 미스터리란 말이야. 누가 자기 집 앞을 지나가는지 놓치지 않고 다 살펴봐야 하니 식사도 창가에 서서 해야 할 거 아닌가."

내 말에 그리젤다는 흥분으로 끓어오르는 듯한 목소리로 말했다.

"그리고 그게 다가 아니에요. 블루 보어에서 그 사람들이 어떻게 지내는지 다 알아냈단 말이에요. 스톤 박사와 크램 양은 나란히 붙은 방에 투숙하고 있대요. 그렇지만……."

그리젤다는 집게손가락을 의미심장하게 흔들어 대며 말했다.

"하지만 방이 서로 연결되어 있지는 않대요."

그리젤다는 자신의 말을 재미있어하며 크게 웃었다.

목요일은 시작부터 순조롭지 않았다. 교구 신자인 중년부인 두 명이 작정을 하고 교회 장식에 대해 말다툼을 벌였던 것이다. 나는 그들을 중재하기 위해 호출되었다. 두 사람은 말 그대로 분노로 온몸을 벌벌 떨고 있었다. 골치 아픈 일만 아니라면 그 모습을 꽤 흥미로운 육체적 현상으로 연구해 볼 만했을 것이다.

그 일을 정리하고 난 뒤에는 예배 시간에 사탕과자를 빨아먹은 성가대 소년 두 명을 꾸중해야만 했다. 나는 내 일을 성실하게 해내지 못하고 있다는 생각에 마음이 불편했다.

그러고 나서 '까다롭기로' 소문난 우리의 오르간 연주자를 달래주어야 했다. 그리고 우리 교구에서 비교적 가난한 신도 네 명이 찾아와 하트넬 양에 대한 솔직한 반감을 공공연하게 털어놓았다. 그러고 나자 하트넬 양이 찾아와 나에게 그 일에 대해 울화통을 터트렸다.

집으로 막 돌아가려고 할 때 프로더로 대령을 만났다. 그는 치안판사 자격으로 밀렵꾼 세 명에게 형을 선고하고 나서 무척 기분이 좋은 상태였다.

"단호함."

그는 커다란 목소리로 외치듯 말했다. 그는 완전히 귀가 먹은 것이나 다름없어서 보통 귀먹은 사람들이 그렇듯이 목소리를 한껏 키워 말하곤 했다.

"요즘과 같은 때에 꼭 필요한 덕목이죠. 단호함 말입니다. 본보기를 보여야 해요. 그 사기꾼 아처가 어제 나타나서는 저에게 복수를 하겠다고 맹세하더란 말입니다. 저는 그 건방진 악당의 이야기를 다 들어 주었습니다. 속담에도 있듯이 욕을 많이 먹으면 오래 산다지 않습니까. 다음 번에 그 작자가 제 평을 잡으려 할 때는 꼭 현장을 덮쳐서 그놈이 한 복수의 맹세가 아무런 소용이 없다는 것을 분명히 보여 줄 생각입니다. 정말 요즘 법은 너무 느슨해! 그 작자에게 주제를 분명히 알도록 해 줄 필요가 있어요. 목사님은 그 남자에게 아내와 아이들이 있다는 걸 생각해 보라고 늘 말씀하시지만 다 쓸데없는 소립니다. 엉터리 같은 소리죠. 아내와 아이들이 있다고 우는 소리를 한다고 해서 자신이 저지른 일에 대한 책임을 면제해 줄 이유가 어디 있단 말입니까? 저한테는 모두 소용없는 일이에요. 상대가 누구든, 그러니까 의사든 변호사든 성직자든 밀렵꾼이든 주정뱅이 부랑아든 불법을 저질렀다면 반드시 법의 심판을 받아야 해요. 목사님도 분명 제 생각에 동의하실 거라고 생각합니다."

"잊으신 모양이군요. 제가 하느님께 받은 소명은 그 어떤 덕목보다 자비를 중요하게 여기는 것입니다."

내가 말했다.

"뭐 아시겠지만 저는 한낱 인간에 불과합니다. 아무도 그 사실을 부인할 수 없을 겁니다."

프로더로 대령이 내 말을 받아쳤다.

나는 더 이상 말하지 않았다. 프로더로 대령은 날카로운 말투로 말했다.

"어째서 대꾸하지 않는 겁니까? 멍하니 무엇을 생각하고 계시는 겁니까? 대꾸할 사람 어디 갔나요?"

나는 잠시 주저하다가 마음을 정하고 말했다.

"저는 최후의 자리에 서게 되었을 때 내세울 수 있는 게 정의뿐이라면 대단히 유감스러울 것입니다. 오직 공명정대함만을 주장한다면 제가 받을 수 있는 것 역시 오직 공명정대함뿐일 테니까요……."

"푸하! 우리는 호전적인 기독교 정신을 조금 발휘하는 것뿐입니다. 전 언제나 의무를 다하기를 바랄 뿐이에요. 그 이상도 그 이하도 없습니다. 그럼 전에 말씀 드렸듯이 오늘 저녁에 찾아뵙겠습니다. 괜찮으시다면 약속했던 6시보다 조금 늦은 6시 15분에 만났으면 합니다. 그 전에 마을에서 만나기로 한 사람이 있어서요."

"좋습니다. 그렇게 하시죠."

그는 지팡이를 위협적으로 휘두르며 성큼성큼 걸어갔다. 나는 모퉁이를 돌아서다가 호즈와 마주쳤다. 오늘 아침에는 그의 안색이 유난히 안 좋아 보였다. 나는 그가 자신이 맡은 일을 엉망진창으로 깔아뭉개고 있는 점에 대해 야단을 좀 칠 생각이었다. 하지만 막상 그의 긴장한 얼굴을 보자 정말 몸이 아픈 것이라는 생각이 들었다.

내가 몸이 아픈 것이 아니냐고 묻자 호즈는 아니라고 부인했다. 하지만 완강하게 부인한 것은 아니었다. 마침내 그는 몸 상태가 썩 좋은 건 아니라고 솔직하게 고백했다. 일찍 집으로 돌아가 침대에 누우라는 내 충고를 받아들일 마음의 준비가 된 듯했다.

나는 집에서 서둘러 점심을 먹고 찾아갈 곳이 있어 밖으로 나갔다. 그리젤다는 그날 저렴한 목요일 정기 기차를 타고 런던에 갔다.

나는 주일에 할 설교의 윤곽을 잡을 요량으로 3시 45분경에 집으로 돌아왔다. 메리가 서재에서 레딩 씨가 기다리고 있다는 말을 전해 주었다. 서재로 들어가자 걱정스러운 얼굴로 서성이는 레딩의 모습이 보였다. 하얗게 질린 그의 얼굴은 초췌해 보였다.

내가 들어서자 그는 뒤로 획 돌아서서 나를 보았다.

"목사님, 저기 있잖습니까. 어제 하신 말씀을 곰곰이 생각해 보았습니다. 밤에 잠도 자지 않고 골똘히 생각해 보았는데 목사님 말씀이 백번 옳다는 결론을 내렸습니다. 당장 모든 것을 정리하고 서둘러 여길 떠나겠습니다."

"레딩 씨."

"목사님께서 앤에 대해 하신 말씀은 모두 옳습니다. 제가 여기 있으면 그녀에게 어려움만 가중시키게 될 것입니다. 그녀는 그 어떤 것보다 소중한 존재입니다. 저는 어서 떠나야만 합니다. 그렇지 않아도 힘든 그녀를 제가 더욱 힘들게 만들고 있습니다. 오, 하느님 도우소서."

"지금 상황에서 가장 현명한 결정을 내렸다고 생각합니다. 결심하기가 쉽지 않았겠지만 나를 믿어요. 이것이 결국에는 가장 좋은 결과를 가져올 테니까."

하지만 그가 사정도 모르는 사람이 쉽게 하는 말쯤으로 생각하고 있다는 것을 뻔히 알 수 있었다.

"앤을 잘 보살펴 주실 거죠? 그녀에게는 친구가 필요합니다."

"힘닿는 대로 최선을 다할 테니 날 믿어요."

그는 내 손을 꼭 잡았다.

"고맙습니다, 목사님. 목사님은 정말 좋은 분이십니다. 그럼 저는 오늘 저녁 앤을 찾아가 작별 인사를 하고 짐을 꾸린 다음 내일 떠나도록 하겠습니다. 더 이상 고통을 연장해 봐야 아무 소용 없을 테니까요. 저에게 그림을 그릴 수 있도록 헛간을 내주셔서 정말 감사했습니다. 그리고 사모님의 초상화를 마저 끝내지 못하는 건 정말 죄송합니다."

"그건 걱정하지 말아요. 그럼 잘 가요. 하느님의 축복이 함께하길 빕니다."

그가 나가자 나는 설교 준비에 전념하려고 애썼다. 하지만 그러지 못했다. 머릿속에서 로렌스와 앤 프로더로의 생각이 떠나지 않았다.

나는 차갑게 식어 새까맣게 된 맛없는 차를 한 잔 마셨다. 5시 30분에 전화벨이 울렸다. 로우어 농장의 애보트 씨가 죽어 가고 있다며 당장 와 달라는 전화였다.

나는 즉시 올드 홀로 전화를 걸었다. 로우어 농장은 거의 3킬로미터 정도 떨어진 곳에 있어서 6시 15분까지는 도저히 돌아올 수 없기 때문이었다. 자전거를 배우지 못한 까닭에 걸어서 갔다 와야 했다.

그러나 프로더로 대령은 이미 차를 타고 출발했다고 했다. 나는 메리에게 그가 오면 급한 연락을 받고 나가게 되었는데 적어도 6시 30분이나 그 직후까지는 돌아올 테니 기다리라는 말을 남겼다.

5장

목사관 근처에 다시 돌아왔을 때는 6시 30분보다는 7시에 가까운 시각이었다. 집에 들어서려는 순간 대문이 획 열리면서 로렌스 레딩이 나왔다. 그는 나를 보더니 그대로 걸음을 딱 멈추었다. 나는 예상치 못한 그의 등장에 놀라 당황했다. 그는 마치 정신이 완전히 나간 사람처럼 보였다. 두 눈은 괴상할 정도로 말똥말똥했고, 안색은 죽은 사람처럼 창백했다. 그리고 경련이 일어난 듯 온몸을 덜덜 떨고 있었다.

나는 잠시 그가 술을 마신 게 아닌가 생각했다. 하지만 곧 그 생각을 지웠다.

"안녕하세요."

내가 먼저 인사했다.

"나를 다시 만나러 온 건가요? 미안하게도 내가 외출한 사이에 찾아왔군요. 다시 들어가지요. 프로더로 대령과 교회 회계 문제로 조금 상의할 일이 있기는 하지만 그리 오래 걸리지는 않을 테니."

"프로더로 대령요?"

레딩은 말하고 나서 갑자기 웃음을 터트렸다.

"프로더로 대령? 프로더로 대령을 만나기로 하셨다구요? 아, 그러시겠죠! 프로더로를 만나시게 될 겁니다. 오, 이런 세상에! 어련히 그러시려고요!"

나는 눈을 동그랗게 뜨고 그를 보았다. 나는 본능적으로 그에게 한 손을 내밀었다. 그는 흠칫 놀라며 뒤로 비켜서더니 외쳤다.

"아니요. 저는 이만 가 봐야겠습니다. 생각을……, 생각을 해 봐야겠습니다. 생각을 해야만 해요."

그는 갑자기 달리기 시작하더니 마을로 향해 뻗은 길을 따라 순식간에 시야에서 사라져 버렸다. 나는 한동안 그를 뚫어져라 쳐다보았다. 술을 먹은 게 아닌가 하는 생각이 다시 들었다.

마침내 나는 고개를 가로저으며 목사관으로 들어섰다. 현관문은 언제나 열려 있곤 했지만 나는 초인종을 울렸다. 메리가 앞치마에 손을 닦으며 나왔다.

"마침내 오셨군요."

메리가 말했다.

"프로더로 대령은 오셨나?"

"서재에 계세요. 6시 15분부터 와서 기다리셨어요."

"그리고 레딩 씨도 왔었나?"

"몇 분 전에 오셨어요. 목사님을 찾으시더군요. 그래서 곧 오실 것이고 프로더로 대령님도 기다리고 계신다고 말씀 드렸죠. 그랬더니 같이 기다리시겠다며 서재로 가셨어요. 지금 서재에 계실 거예요."

"아니, 그렇지 않아. 방금 길을 따라 가는 걸 봤어."

"이런, 나가는 소리는 못 들었는데요. 오신 지 한 2분도 안 됐는데. 사모님도 아직 안 돌아오셨어요."

나는 멍하니 고개를 끄덕였다. 메리는 서둘러 부엌으로 물러났다. 나는 복도를 걸어가 서재 문을 열었다.

어두운 복도를 걸어간 탓에 방 안 가득 쏟아지는 오후 햇살이 눈부셨다. 나는 한두 걸음 안으로 들어가다가 우뚝 멈춰 서고 말았다.

한동안 나는 눈앞에 펼쳐진 광경을 제대로 이해할 수가 없었다.

프로더로 대령이 사지를 볼품없이 쭉 뻗은 채로 내 책상 위에 엎드려 있었다. 소름 끼치도록 부자연스러운 자세였다. 그리고 그의 머리맡에는 검은색의 액체가 웅덩이로 고여 있다가 몸서리쳐지는 똑똑 소리를 내며 한 방울씩 바닥으로 떨어지고 있었다.

나는 간신히 침착을 되찾고 방을 가로질러 대령에게 다가갔다. 만져 보니 그의 피부는 이미 차가워져 있었다. 손을 들어 올려 보았지만 힘없이 아래로 툭 떨어졌다. 그는 죽어 있었다. 머리에 관통상을 입은 채.

나는 문가로 다시 걸어가 메리를 불렀다. 그녀가 오자 나는 가능한 한 빨리 달려가 헤이독 의사 선생님을 모셔 오라고 했다. 의사의 집은 여기서 길모퉁이만 돌면 있었다. 사고가 생겼다고 전하라고 말했다.

그러고 나서 서재로 다시 들어가 문을 닫고 의사가 오기를 기다렸다.

다행히 메리가 갔을 때 의사는 집에 있었다. 헤이독은 위엄 있어 보이는 얼굴에 정직한 성격을 가진 매우 건강하고 체격이 좋은 사람이었다.

내가 말없이 방 건너편을 손짓으로 가리키자 그는 두 눈썹을 위로 추켜세웠다. 하지만 진정한 의사다운 태도로 그는 어떤 감정의 동요도 보이지 않았다. 그리고 몸을 숙이고 재빨리 사체를 살펴보았다. 그러고 나서 허리를 펴고 일어서서 나를 쳐다보았다.

"어떤가?"

내가 물었다.

"죽은 게 분명하군. 죽은 지 한 30분쯤 됐다고 할 수 있겠네."

"자살일까?"

"말도 안 되는 소리. 총상의 위치를 보게. 게다가 자기가 총을 쏘았다면 그 총은 어디 있단 말인가?"

그랬다. 총과 같은 물건은 그림자도 보이지 않았다.

"더 이상은 아무것도 건드리면 안 되네. 경찰에게 연락하는 게 좋겠군."

헤이독은 수화기를 들고 말했다. 그는 일어난 일을 가능한 한 간결하게 정리해 말하고 나서 수화기를 내려놓고 내가 앉아 있는 곳으로 왔다.

"정말 고약한 일이군. 그래 자네는 프로더로를 어떻게 발견하게 된 건가?"

나는 간단히 설명한 후 조금 머뭇거리며 물었다.

"그런데 이건 살인인가?"

"그렇게 보이네. 달리 뭐라 말할 수 있겠나? 정말 별난 일이야. 누가 이 불쌍한 늙은이에게 이런 적의를 품었는지 궁금하군. 물론 대령이 상당히 인기 없는 인물이라는 건 잘 알고 있네. 하지만 그렇다고 살인을 할 정도는 아니지. 정말 지지리 복도 없는 사람이야."

"그런데 정말 이상한 일이 하나 더 있네. 오늘 오후에 죽어 가는 교인이 있으니 와 달라는 전화를 받았거든. 그런데 내가 그곳에 가자 그 집 식구들 모두 깜짝 놀라더라구. 그 집에 있던 환자가 근래 들어 상태가 많이 좋아졌다는 거야. 그리고 그 부인은 나에게 전화한 적이 없다고 단호하게 말하더군."

내 말에 헤이독은 미간을 찌푸렸다.

"그건 암시하는 바가 많은데. 아주 많아. 일을 저지르기 위해 자네를 잠시 떠나 있게 한 거잖아. 자네 아내는 어디 있나?"

"오늘 런던에 갔네."

"하녀는?"

"부엌에 있지. 여기서 정반대편에 있어."

"그렇다면 여기서 무슨 일이 생겨도 아무런 소리도 듣지 못하겠군. 이건 정말 심상치 않은 일이군. 프로더로 대령이 오늘 저녁에 여기에 온다는 사실을 누가 또 알고 있지?"

"오늘 아침에 마을 길가에서 예의 그 큰 목소리로 나와 약속하며 떠들어 댔지."

"그렇다면 온 마을 사람들이 이 사실을 알고 있다는 말이군? 언제나 그렇듯이 말이야. 그에게 앙심을 품을 만한 사람으로 누구 생각나는 사람 있나?"

그 순간 로렌스 레딩의 하얗게 질린 얼굴과 동그랗게 뜬 눈이 머릿속에 떠올랐다. 하지만 문밖 복도에서 발을 끌며 걷는 소리가 들려와 더 이상 대꾸할 수 없었다.

"경찰이 온 모양이군."

헤이독은 그렇게 말하고는 자리에서 일어섰다.

경찰을 대표해 허스트 순경이 왔다. 그는 매우 거들먹거리며 들어섰지만 당황한 기색이 역력한 얼굴로 우리에게 인사를 건넸다.

"안녕하십니까. 경감님께서 곧 오실 겁니다. 오시기 전까지는 제가 지시받은 대로 현장을 지휘하겠습니다. 프로더로 대령이 총상을 입은 걸로 알고 있습니다만……. 바로 여기 목사관에서요."

순경은 말을 멈추고 의혹이 가득 담긴 눈으로 쌀쌀맞게 나를 바라보았다. 나는 짐짓 아무것도 모르는 듯 순진한 얼굴로 그 시선을 받아 냈다.

순경은 책상으로 다가가 큰 소리로 말했다.

"경감님이 오시기 전까지는 어떤 것에도 손대서는 안 됩니다."

독자들의 편리를 위해 서재의 평면도를 간단히 스케치해서 첨부하겠다.

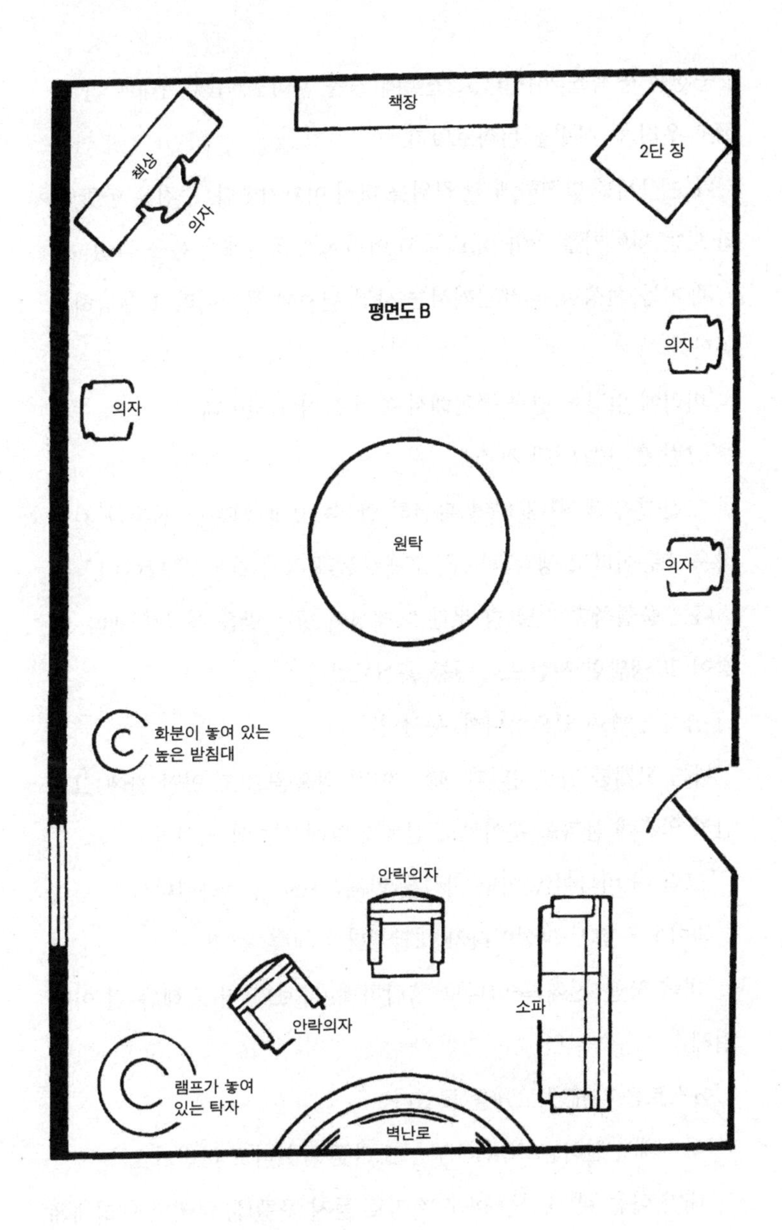
책장
책상
의자
2단 장
평면도 B
의자
의자
원탁
의자
화분이 놓여 있는
높은 받침대
안락의자
안락의자
소파
램프가 놓여
있는 탁자
벽난로

순경은 공책을 꺼내 들고 연필에 침을 묻히고 나서 기대에 찬 얼굴로 우리 두 사람을 바라보았다.

나는 사체를 발견하게 된 경위를 다시 이야기했다. 순경은 한참 동안 모든 이야기를 받아 적고 나서 이번에는 의사에게 몸을 돌렸다.

"헤이독 선생님, 선생님께서는 사망 원인이 무엇이라고 생각하십니까?"

"머리에 맞닿을 만큼 근접해서 쏜 총상이 원인이네."

"그럼 총기는 어떤 거죠?"

"그건 총알을 빼내 봐야 확실히 알 수 있네. 하지만 권총과 같이 작은 소총이라고 생각되는군. 모제르 25구경과 같은 것 말이네."

나는 움찔하며 전날 밤 로렌스 레딩이 했던 말을 생각해 냈다. 순경이 그 냉담한 시선으로 나를 훑어보았다.

"하실 말씀이 있으십니까, 목사님?"

나는 고개를 가로저었다. 내가 어떤 의혹을 갖고 있건 간에 그건 단지 의혹에 불과할 뿐이므로 섣불리 말해서는 안 되었다.

"그럼 이 비극이 일어난 시각은 언제쯤으로 추정하십니까?"

헤이독은 잠시 망설이다가 대답했다.

"대략 30분 전에 죽었다고 생각하네. 그보다 더 오래된 건 아닐 걸세."

허스트는 나에게 고개를 돌렸다.

"여기에서 일하는 하녀는 무슨 소리를 들었다고 하던가요?"

"내가 아는 한 메리는 아무 소리도 듣지 못했네. 하지만 메리에게 직접 물어보게."

내가 말했다.

그때 슬랙 경감이 여기서 3킬로미터 떨어진 머치 벤햄에서 차를 타고 도착했다.

슬랙 경감에 대해 내가 할 수 있는 말은 오로지 이보다 더 자신의 이름을 부인하려 애쓰는 사람은 없을 거라는 정도다.(영어 슬랙(slack)은 '느슨한'이라는 뜻을 가지고 있다. —옮긴이) 그는 거뭇거뭇한 피부에 활동적이며 정력적인 태도를 지니고 있었다. 눈동자를 쉴 새 없이 희번덕거리곤 하는 그는 무례하고 거만하기 그지없었다.

우리가 인사를 건네자 경감은 퉁명스럽게 고개를 까닥이는 것으로 인사를 대신하고는 부하의 공책을 잡아채서 살펴보았다. 그러고는 낮은 목소리로 몇 마디 이야기를 나누고 성큼성큼 사체로 다가갔다.

"엉망으로 어질러 놓았군요. 게다가 이리저리 거칠게 다룬 것 같고요."

그가 말했다.

"아무것도 손대지 않았네."

헤이독이 말했다.

"나 역시 손댄 것은 없네."

내가 말했다.

경감은 테이블 위에 놓인 물건들과 피가 고인 웅덩이를 예리하게 관찰하느라 바삐 움직였다.

"아!"

마침내 의기양양하게 그가 말했다.

"여기 우리가 원하던 것이 있군요. 대령이 넘어지면서 시계도 같이 넘어졌어요. 이것으로 범죄 시각을 정확히 알 수 있습니다. 6시 22분이군요. 의사 선생님, 사망 추정 시각이 언제라고 하셨죠?"

"한 30분 전이라고 말했네만……."

경감은 자신의 손목시계를 쳐다봤다.

"7시 5분이군요. 제가 소식을 들은 게 10분 전이니까 6시 55분이군요. 사체를 발견한 게 6시 45분이구요. 사체를 발견하자마자 즉시 사람을 부르셨을 줄 압니다만 그래도 대략 시체를 발견하고 10분 정도 지체한 것으로 추정하면……, 사망 추정 시각과 범죄 시각이 거의 정확하게 일치하는군요!"

"내가 말한 시각이 정확하다고 단언할 수는 없네."

헤이독이 말했다.

"그건 대략 어림짐작한 시각일 뿐이니까."

"그거로도 충분합니다, 선생님. 충분해요."

나는 한마디 끼어 보려고 계속 기회를 노리고 있었다.

"그 시계 말인데……."

"목사님, 죄송합니다만 제가 알고 싶은 게 있으면 그때 질문을 드리겠습니다. 시간이 없습니다. 지금 제가 원하는 것은 완벽한 침묵입니다."

"그렇겠지. 하지만 꼭 할 말이 있어서……."

"침묵을 지켜 주세요."

경감은 성난 눈초리로 나를 노려보며 말했다. 나는 그가 원하는 대로 해 주었다.

"그런데 왜 여기에 앉아 있었던 거지?"

경감은 투덜거리듯 말했다.

"쪽지라도 쓰려고 했던 걸까? 오호, 이거 봐라! 이게 뭘까요?"

경감은 메모 용지 한 장을 의기양양하게 집어 들었다. 그 습득물에 너무나 흡족한 그는 우리에게 가까이 다가와 함께 살펴볼 수 있도록 허락해 주었다.

그것은 목사관 전용 메모지로 맨 위에 '6시 20분'이라고 시각이 기입되어 있었다.

"클레멘트 목사님께"라고 쓴 다음에 "더 이상 기다리지 못해서 미안합니다. 하지만 저는 이만……"이라는 말이 이어져 있었다.

그 다음부터는 글씨가 마구 휘갈겨 있어서 알아볼 수 없었다.

"뻔한 이야기군요. 대령은 여기 앉아서 이 메모를 쓰고 있었던 겁니다. 그때 범인이 서재 유리문으로 몰래 들어와 글을 쓰고 있는 대령을 쏜 것이죠. 뭐 더 궁금하신 거 있으십니까?"

슬랙 경감은 개선장군처럼 말했다.

"내가 말하고 싶은 건 말이네……."

내가 말을 꺼내는 순간 경감이 자리에서 벌떡 일어섰다. 그는 화를 내진 않았지만 매우 단호하게 말했다.

"자세한 건 나중에 더 조사하도록 하겠습니다. 그럼 이만 모두 자리를 비켜 주시면 감사하겠습니다. 괜찮으시다면 지금 당장 나가 주십시오."

아이들을 쫓아내듯 내모는 경감의 태도에 우리는 순순히 응할 수밖에 없었다.

몇 시간이 지난 듯했지만 이제 막 7시 15분을 지나고 있었다.

"뭐, 가라고 하면 가야지. 저 자만심 가득한 고집쟁이가 혹시라도 나에게 볼일이 남았다고 하거든 병원으로 찾아오라고 전해 주게. 잘 있게."

헤이독이 말했다.

"사모님께서 돌아오셨어요."

메리는 부엌에서 잠시 나와 말했다. 메리의 두 눈은 흥분한 듯 야단스레 커져 있었다.

"오신 지 한 5분쯤 됐어요."

그리젤다는 응접실에 있었다. 그녀는 놀란 듯 보였지만 동시에 매우 흥분한 것 같았다.

나는 그녀에게 모든 것을 말해 주었고, 그녀는 주의 깊게 경청했다.

"편지 맨 위에 6시 20분이라고 시각이 적혀 있었어요."

나는 덧붙여 이렇게 말했다.

"그리고 대령이 넘어질 때 같이 쓰러진 시계는 6시 22분에 멈춰 있었고."

"그렇군요. 하지만 그 시계는 15분 빠르잖아요. 그 사실은 말씀 드렸겠죠?"

"아니, 말하지 못했어요. 경감이 말할 틈을 주지 않아서 말이지. 난 어떻게든 그 사실을 말하려고 애썼지만."

그리젤다는 당황스러운 표정으로 얼굴을 찡그렸다.

"하지만, 렌. 그것 때문에 모든 일이 어긋나게 되잖아요. 시계가 6시 20분경을 가리켰다면 그건 15분이 빠른 거니까 실제 시각은 6시 5분쯤이란 말이에요. 그런데 그 시간이면 프로더로 대령이 이곳에 도착하기도 전이라고요."

6장

아내와 나는 시계에 관한 이야기로 한동안 옥신각신했다. 하지만 결국 아무런 수확도 올릴 수 없었다. 그리젤다는 슬랙 경감에게 시계에 대해 이야기해야 한다고 고집했다. 하지만 그 문제에 관한 한 나는 그저 '노새 같은 외고집'이라는 말 이외에는 달리 할 말이 없었다.

슬랙 경감은 지나치게 무례했다. 내가 이 소중한 정보를 마침내 넘겨주는 순간 그가 얼마나 당황할지 기대되었다. 그때는 반드시 매우 온화한 목소리로 이렇게 한마디 덧붙일 것이다.

'슬랙 경감, 그러니까 처음부터 내 말을 좀 들어 주었어야지.'

나는 경감이 적어도 인사 한마디는 하고 집을 떠나리라 생각했다. 하지만 놀랍게도 메리로부터 그가 서재를 완전히 잠가 놓고 아무도 들어가게 해서는 안 된다고 명령한 후 이미 집을 나갔다는 말을 전해 들었다.

그리젤다는 당장 올드 홀로 가 보자고 말했다.

"앤 프로더로 부인에겐 정말 끔찍한 일일 거예요. 경찰이며 온갖 것들이요. 그러니까 우리가 가면 뭔가 도움이 될 수도 있잖아요."

나는 진심으로 아내의 생각에 동의했다. 그리젤다에게 프로더로 집으로 가서 여인들을 위로하거나 혹 다른 일에 내가 필요하다고 생각되면 전화하라고 다짐했다.

나는 당장 주일학교 교사들에게 전화를 걸었다. 매주 있는 수업 준비를 위해 7시 45분에 찾아오기로 되어 있었는데, 이런 상황에서는 모임을 미루는 게 나을 것 같았다.

이 난리 통에 두 번째로 들이닥친 사람은 데니스였다. 테니스 모임에서 막 돌아오는 참이었다. 목사관에서 살인 사건이 일어났다는 사실만으로도 데니스는 충분히 만족스러워하는 듯했다.

"살인 사건 현장에 있게 되다니!"

데니스는 크게 외쳤다.

"언제나 사건의 한가운데 있어 보고 싶었거든요. 경찰은 서재 문을 왜 잠가 놓은 거죠? 혹시 여분의 열쇠를 갖고 계신 건 없으세요?"

그런 일은 절대로 허락할 수 없었다. 데니스는 마지못해 포기했다. 그러고는 나에게 이것저것 꼬치꼬치 캐물어 가능한 한 자세한 내용을 최대한 얻어듣고 나서 정원으로 나가 혹시 발자국 같은 것이 남아 있는지 살펴본답시고 수선을 떨었다. 그러면서 살해당한 사람이 모두가 싫어하는 프로더로라서 다행이라고 유쾌한 어조로 말했다.

데니스의 마음에서 우러나온 무정함이 귀에 거슬렸다. 하지만 나는 어쩌면 내가 지나치게 엄하게 구는지도 모른다고 생각했다. 데니스 나이 또래라면 탐정소설이 일생 최대의 오락거리로 여겨질 것이다. 그런데 정말 탐정소설에나 나올 법하게 바로 자기가 머무는 곳에서 사람이 죽은 채 발견되었다면 그야말로 지복의 경지인 제7천국에라도 간 것처럼 여기는 것도 당연한 일이었다. 열여섯 살 소년에게 죽음은 별다른 의미를 갖지 못하는 법이다.

그리젤다는 약 한 시간 후에 돌아왔다. 그녀가 올드 홀에 도착했을 무렵 슬랙 경감이 막 이 놀라운 소식을 프로더로 부인에게 전하고 있었다고 했다.

프로더로 부인이 마지막으로 남편을 본 것이 5시 45분경 마을에서였고, 그때는 수상한 기미 같은 것을 전혀 눈치 채지 못했다고 했다. 그러자 경감은 더 자세한 조사를 위해 다음 날 다시 찾아오겠다고 말하고 그곳을 떠났다고 했다.

"경감이 나름대로 예의를 차리던걸요."

"프로더로 부인은 이 소식을 어떻게 받아들이던가요?"

"글쎄요……. 앤은 매우 조용했어요. 하지만 뭐 항상 그런 사람이잖아요."

"그렇지. 앤 프로더로 부인이 히스테리를 부리거나 하는 모습은 상상할 수 없긴 해요."

"물론 매우 놀라기는 했어요. 얼굴에 나타났으니까요. 내가 찾아와 줘서 고맙다고 말하더군요. 고마워하기는 했지만 사실 내가 가서 해 줄 일은 아무것도 없었어요."

"레티스는 어떻던가요?"

"어디론가 테니스를 치러 나갔다고 하더군요. 내가 있는 동안은 집에 돌아오지 않았어요."

그리젤다는 잠시 말을 멈췄다가 다시 말을 이었다.

"렌, 그거 알아요? 프로더로 부인 말이에요, 너무 조용하더라고요. 기묘한 기분이 들 정도로 침착하더란 말이에요."

"충격 때문일 거예요."

나는 조심스럽게 말했다.

"그렇겠죠. 그래서겠죠. 하지만……."

그리젤다는 갈피를 잡지 못하겠다는 듯한 얼굴인 채 미간을 찌푸렸다.

"그런 것 같지는 않았어요. 그리 놀라거나 당황한 기색이 아니었거든요. 오히려 겁에 질렸다고나 할까?"

"겁에 질렸다고?"

"그래요. 물론 겉으로 드러나 보이지는 않았어요. 그러니까 그런 기색을 애써 숨겼단 말이죠. 하지만 눈동자에 묘하게 조심스러운 표정이 있었어요. 누가 대령을 죽였는지 알기라도 하는 건 아닌가 하는 생각이 들었다니까요. 경감에게 범인으로 의심할 만한 사람이 있느냐고 거듭 묻고 또 묻더라구요."

"그랬어요?"

나는 생각에 잠겼다.

"그래요. 물론 앤은 놀랄 정도로 자기 통제력이 강한 여자예요. 하지만 누가 보더라도 평정을 잃고 있다는 것을 알 수 있었어요. 내가 생각했던 것보다 훨씬 더요. 솔직히 앤이 평소에 대령에게 그렇게 헌신적이었다고는 할 수 없거든요. 오히려 그를 싫어했다고 말하는 게 더 정확할걸요."

"가까운 사람의 죽음을 겪게 되면 사람들의 감정도 변하는 법이 질 않아요."

"그래요. 그럴 수도 있겠죠."

데니스가 응접실로 들어와 화단에서 발견한 발자국을 놓고 흥분해 떠들어 댔다. 경찰이 미처 그것을 발견하지 못한 모양이라며 이 발견이 미스테리한 사건의 새로운 전환점이 될 것이라고 확신했다.

그날 밤은 무척 뒤숭숭했다. 데니스는 아침 식사를 하기 훨씬 전부터 일어나 온 집 안을 종횡무진 쏘다니며 그의 말을 그대로 인용하면 '최근의 상황 진전에 대해 숙고했다.'

하지만 정작 우리 부부에게 충격적인 아침 뉴스를 전해 준 것은 데니스가 아니라 메리였다.

막 아침 식사를 하려고 식탁에 앉아 있는데 메리가 갑자기 식당으로 달려 들어왔다. 그녀는 두 볼이 빨갛게 상기되어 있고 두 눈은 반짝거린 채 평소처럼 예의라고는 찾아볼 수 없는 태도로 불쑥 말을 꺼냈다.

"도대체 이게 믿어지세요? 빵집 아저씨에게 방금 들은 건데요, 경찰이 레딩 씨를 체포했대요."

"로렌스를 체포하다니."

그리젤다는 믿을 수 없다는 듯 외쳤다.

"말도 안 돼. 뭔가 바보 같은 실수를 한 걸 거야."

"사모님, 실수는 전혀 없었다는데요."

메리는 고소해 죽겠다는 듯 크게 기뻐하며 말했다.

"레딩 씨가 스스로 경찰에 찾아가 자수했대요. 지난밤에 일어난 그 사건 말이에요. 일을 해치우고는 권총은 책상 위에 내던지고 '해냈어.'라고 말했대요. 그냥 그렇게 해치웠대요."

메리는 우리 두 사람을 똑바로 쳐다보며 힘차게 고개를 끄덕여 보이고는 자신의 말이 일으킨 파장에 매우 만족한 얼굴로 물러났다. 그리젤다와 나는 서로 멍하니 마주 보았다.

"오! 그럴 리가 없어요. 사실일 리가 없어요."

그리젤다가 말했다.

그녀는 내가 아무런 말도 하지 않자 먼저 말을 꺼냈다.

"렌, 설마 이게 사실이라고 생각하는 건 아니죠?"

나는 대꾸할 말을 찾기가 어려웠다. 묵묵히 침묵을 지킬 뿐이었다. 하지만 머릿속에는 온갖 생각이 소용돌이치고 있었다.

"아마 완전히 제정신이 아닌 상태였을 거예요. 완전히 정신이 나가서 그랬을 거예요. 아니면 두 사람이 권총을 갖고 옥신각신하다가 갑자기 잘못 발사된 건 아닐까요?"

그리젤다가 말했다.

"그런 일이 일어날 가능성은 거의 없어 보이는군요."

"하지만 분명히 사고였을 거예요. 동기가 없잖아요. 로렌스가 도대체 무슨 이유로 프로더로 대령을 죽였겠어요?"

나는 그 질문에 분명한 답을 해 줄 수도 있었다. 하지만 앤 프로더로의 이야기는 가능한 한 숨겨 주고 싶었다. 이 사건에 그녀의 이름이 들먹여지는 것은 최대한 막고 싶었다.

"두 사람이 다툰 적이 있다는 이야기가 있었잖아요."

내가 말했다.

"레티스와 그 수영복 이야기요. 그래요, 기억나요. 하지만 그건 말도 안 돼요. 설혹 그와 레티스가 뭔가 은밀하게 얽혀 있다 하더라도, 그렇다고 로렌스가 레티스의 아버지를 죽일 이유는 없어요."

"사건의 진상을 우리가 다 알고 있는 건 아닐 거예요, 그리젤다."

"당신은 로렌스가 살인을 했다고 믿고 있군요, 렌! 어떻게 그럴 수가 있어요. 분명히 말하지만 로렌스는 절대로 대령의 털끝 하나도 건드리지 않았을 거예요."

"하지만 내가 어제 저녁에 우리 집 앞에서 그를 만났다는 사실을 기억해 봐요. 그때 그는 마치 미친 사람 같았다고요."

"그래요. 하지만……. 오! 이건 말도 안 되는 일이에요."

"그리고 시계도 있잖아요. 이걸로 그 시계에 관한 것도 모두 해명이 되는군요. 로렌스는 자신의 알리바이를 만들기 위해 시계를 일부러 6시 22분으로 돌려놓은 게 분명해. 슬랙 경감이 그 덫에 얼마나 쉽게 속아 넘어갔는지 보라고요."

"렌, 당신 말은 틀렸어요. 로렌스는 그 시계가 제시간보다 더 빠르다는 걸 알고 있어요. 로렌스라면 시계를 6시 22분으로 돌려놓는 그런 실수는 하지 않았을 거예요. 시곗바늘을 돌려놓으려 했다면 그때가 아니라……, 그러니까 6시 45분으로 해 놓았겠죠."

"어쩌면 프로더로 대령이 여기 오기로 한 시각이 언제인지 정확하게 알고 있었는지도 모르죠. 아니면 로렌스가 시계가 빠르다는 걸 깜빡했는지도 모르고."

그리젤다는 동의하지 않았다.

"아니요. 당신이 살인을 저지른다면 그런 일에 매우 조심하지 않겠어요?"

"그건 모르는 일이잖아요, 여보. 당신도 살인을 해 본 적은 없질 않아요."

내가 조심스럽게 말했다.

그리젤다가 미처 다음 말을 하기 전에 아침 식탁에 그림자 하나가 드리워지면서 매우 부드러운 목소리가 들려왔다.

"아침 식사를 방해하고 싶지는 않지만 어쩔 수 없네요. 너그럽게 이해해 주시길 바라요. 하지만 이런 슬픈 상황에서……, 이렇게 매우 슬픈 상황에서는……."

이웃집에 사는 마플 양이었다. 우리가 정중하게 괜찮다고 말하자 그녀는 식당 테라스 유리문을 열고 안으로 들어왔다. 나는 일어서서 마플 양을 위해 의자를 빼 주었다. 그녀는 얼굴이 조금 상기되어 있었고 상당히 흥분해 있었다.

“정말 끔찍하지 않아요? 불쌍한 프로더로 대령. 그리 유쾌한 사람도 아니었고, 또 사실 매우 인기 있었다고 말할 수도 없지만, 이런 상황은 정말 슬프기 짝이 없군요. 더구나 목사관 서재에서 총에 맞았다고요?”

나는 그렇다고 확인해 주었다.

“하지만 우리 목사님은 그 시간에 여기 계시지 않았죠?”

마플 양은 그리젤다를 보며 물었다. 나는 그때 내가 어디에 있었는지 설명했다.

“오늘 아침에는 데니스 군이 함께하지 않은 모양이죠?”

마플 양은 주변을 두리번거리며 물었다.

“데니스는 아마추어 탐정 흉내에 심취해 있어요. 화단에서 발자국 하나를 발견하고는 완전히 흥분해 있죠. 아마 그 이야기를 하러 경찰서에라도 간 모양이에요.”

그리젤다가 말했다.

“이런 이런. 정말 대단한 소동이군요, 그렇죠? 그럼 데니스 군은 누가 범인인지 알고 있다고 생각하고 있겠군요. 하긴 아마도 우리 모두 나름대로 누가 범인인지 알고 있다고 생각하고 있을 거예요.”

마플 양이 말했다.

“범인이 누구인지 뻔하다는 말씀이신가요?”

그리젤다가 물었다.

“오, 아니에요, 사모님. 그런 의미로 드린 말씀이 아니랍니다. 제 말은 모두 각자 다른 사람을 범인으로 생각하고 있을 거라는 거죠.

그래서 증거가 중요한 거랍니다. 예를 들어 저도 범인으로 확신하는 사람이 있어요. 하지만 증거를 하나도 갖고 있지 못한 형편이랍니다. 이런 일이 발생한 후에는 모두 말조심을 해야 해요. 자칫하면……. 그걸 뭐라고 부르던데……. 범죄적 비방 행위(극히 악질적인 중상 문서를 내는 일 —옮긴이)라고 하던가요? 특히 슬랙 경감에게는 말조심을 하기로 했어요. 오늘 아침에 나에게 찾아오겠다는 전갈을 보냈는데 다시 전화를 걸어 그럴 필요 없다고 말하더군요."

"아마 용의자를 체포했으니 더 이상 조사할 필요가 없다고 생각했을 겁니다."

내가 말했다.

"체포했다구요?"

마플 양은 두 볼을 핑크빛으로 물들이고 흥분한 듯 몸을 앞으로 기울였다.

"누군가를 체포한 줄은 몰랐어요."

우리가 알고 있는 것을 마플 양이 모르고 있다는 건 드문 일이었다. 그녀는 거의 언제나 최신 사건에 대해 잘 알고 있었다.

"아무래도 우리가 서로 의도를 잘못 알고 대화를 나눈 것 같습니다. 범인이 체포되었다고 합니다. 바로 로렌스 레딩이라는군요."

마플 양은 매우 놀란 듯 보였다.

"로렌스 레딩이라고요? 그렇다면 생각을 바꿔야겠네요……."

그때 그리젤다가 단호하게 말을 가로막았다.

"하지만 지금도 그 사실을 믿을 수가 없어요. 그럼요, 믿을 수 없고말고요. 아무리 그가 자수했다고 해도 말이에요."

"자수요? 그가 자기 입으로 자수했단 말인가요? 오, 이런. 그렇다면 난 완전히 엉뚱한 곳에서 헤매고 있었네. 그래, 정말 엉뚱한 생각을 했어."

마플 양이 말했다.

"아무리 생각해도 어쩌다 우연히 일어난 사고 같아요. 당신은 그렇게 생각하지 않아요, 렌? 그러니까 이렇게 순순히 경찰서에 나타나 범행을 자백한 거 아니겠어요?"

그리젤다의 말에 마플 양은 앞으로 몸을 기울이며 말했다.

"그러니까 그가 자수했다고 말했나요?"

"그래요."

"오, 이런. 정말 다행이에요. 정말이지 너무 다행이에요."

나는 놀라 마플 양을 보았다.

마플 양은 깊은 한숨을 내쉬며 말했다.

"진정으로 양심의 가책을 받아 그런 거겠죠."

내가 말했다.

"양심의 가책이요?"

마플 양은 매우 놀란 듯한 표정을 지었다.

"오, 하지만 우리 존경하는 목사님께서 그가 정말 범인이라고 생각하시는 건 아니겠죠?"

이번에는 내가 놀란 눈으로 뚫어져라 바라볼 차례였다.

"하지만 그가 자수했으니……."

"그래요. 하지만 자수했다는 것만으로는 아무것도 증명할 수 없지 않겠어요? 그러니까 제 말은 그는 이번 사건과 아무런 관련이 없다는 뜻이랍니다."

"글쎄요. 제가 우둔해서 상황을 제대로 파악하지 못하는 건지는 모르겠습니다만, 그래도 그렇게 볼 수는 없을 것 같군요. 살인을 저지르지도 않았는데 굳이 자기가 했다고 거짓말할 이유가 어디 있겠습니까?"

내가 말했다.

"오, 이유가 있고말고요! 당연한 일이에요. 모든 일에는 항상 이유가 있게 마련이잖아요, 그렇죠? 그리고 젊은이들은 너무나 성급해서 때로 최악의 상황을 생각하는 경향이 있거든요."

그렇게 말한 마플 양은 고개를 돌려 그리젤다를 쳐다보았다.

"사모님, 제 말이 맞다고 생각하지 않으세요?"

"글쎄요……. 난……, 난 잘 모르겠어요. 무슨 생각을 해야 할지도 모르겠네요. 나는 로렌스가 그런 완벽한 바보짓을 할 이유가 어디에 있는지 도무지 모르겠거든요."

"어젯밤에 그의 얼굴을 보았다면……."

내가 말을 꺼냈다.

"그래요, 말해 주세요."

마플 양이 말했다.

어젯밤 집에 돌아왔을 때 대문 앞에서 레딩을 본 이야기를 하자 마플 양은 열심히 경청했다.

내가 말을 마치자 마플 양이 말했다.

"제 자신이 때론 아주 멍청하게 굴어서 사실을 있는 그대로 받아들이지 못한다는 건 알고 있지만, 그래도 이번에는 목사님께서 무슨 말씀을 하시는지 정말 모르겠네요. 제 생각에는 한 생명을 앗아 가는 그런 잔혹한 짓을 저질러야겠다고 마음먹은 젊은이라면 그 일을 저지른 직후에 그렇게 제정신이 아닌 듯한 곤혹스러운 표정을 짓지는 않을 거라는 거죠. 이번 일은 비록 약간 당황해서 몇 가지 작은 실수를 저질렀는지는 모르겠지만 사전에 계획하고 냉정하게 진행된 일이었어요. 목사님께서 설명하신 것처럼 동요된 모습을 보일 리가 없다는 거죠. 그런 상황에 처하게 되었을 때 어떻게 할지 생각해 보는 건 쉽지 않은 일이지만, 저라면 그런 모습을 보이지는 않을 것 같아요."

"그 상황이 정확하게 어떠했는지 우리는 모르지 않습니까."

내가 반박했다.

"두 사람이 싸우다가 울컥하는 마음에 우발적으로 총을 쐈을 수도 있다는 거죠. 그 후 로렌스는 자신이 저지른 일에 어안이 벙벙해졌을 수도 있는 겁니다. 사실 저는 이 사건의 전모가 바로 이것이 아닐까 생각하고 있습니다."

"존경하는 클레멘트 목사님, 사람들은 모두 제각기 나름의 방식으로 생각하려 들죠. 하지만 사실은 있는 그대로 받아들여야 하는 법이잖아요. 그렇죠? 지금까지 드러난 사실이 목사님의 해석을 뒷받침해 주지 않는다고 보이는데요. 이 집 하녀가 분명히 말하기를 레딩 씨가 집에 머문 시간은 겨우 몇 분이었다고 했어요. 그건 목사님께서 말씀하신 싸움을 하기에 충분한 시간이 아니라는 뜻이죠. 그리고 다시 한 번 말하는데 대령은 편지를 쓰다가 뒤통수에 관통상을 입었다고 했어요. 적어도 하녀에게 전해 듣기로는 말이죠."

"그건 맞는 말이에요. 대령은 아마 더 이상 기다릴 수 없다는 쪽지를 쓰고 있었던 모양이에요. 쪽지 맨 위에 '6시 20분'이라는 시각이 적혀 있었고, 책상 위에 있다가 엎어진 시계는 '6시 22분'에 멈춰 있었거든요. 그런데 바로 이 부분에서 저와 렌은 심히 당황하지 않을 수 없었어요."

그리젤다는 우리가 늘 시계를 15분 빠르게 맞춰 놓는다고 설명했다.

"그거 참 이상하네요. 정말 이상해요. 그런데 그 쪽지가 더 이상하게 들리는군요. 그러니까 내 말은……."

마플 양은 말을 멈추고 고개를 들어 시선을 옆으로 옮겼다. 레티스 프로더로가 유리문 밖에 서 있었다. 그녀는 안으로 들어와 우리를 향해 고개를 까닥이고 중얼거리듯 "안녕하세요."라고 인사했다.

레티스는 의자에 털썩 주저앉아 평소보다 조금 더 활기찬 목소리로 말했다.

"경찰이 로렌스를 체포했다고 들었어요."

"그래. 우리 모두 깜짝 놀랐어."

그리젤다가 말했다.

"뭐 그 사람 말고 우리 아버지를 살해할 만한 사람이 또 누가 있겠어요."

레티스는 비탄이나 슬픔 같은 감정을 드러내지 않는 것이야말로 자랑스러운 일이라고 믿고 있는 것이 분명해 보였다.

"물론 그 일을 하고 싶어 했던 사람들이야 많았을 거라고 생각해요. 저 역시 제 손으로 그 일을 하고 싶다고 생각한 적이 한두 번이 아니었으니까."

"뭔가 좀 마시거나 먹지 않을래, 레티스?"

그리젤다가 물었다.

"아니에요. 괜찮아요. 제 베레모가 혹시 여기 있을까 해서 그냥 와 본 거예요. 독특한 디자인의 노란색 작은 베레모요. 요전에 서재에 놓고 간 것 같은데요."

"그랬다면 그 자리에 그대로 있겠지. 메리는 절대로 물건을 정리하는 법이 없으니까."

그리젤다가 말했다.

"그럼 가서 보고 올게요."

레티스가 자리에서 일어서며 말했다.

"방해했다면 죄송해요. 하지만 모자 칸에 놓아둔 모자란 모자는 모두 잃어버린 것 같아요."

"안타깝지만 지금 당장은 모자를 가지러 갈 수 없구나. 슬랙 경감이 서재를 잠가 놓았거든."

내가 말했다.

"어머, 정말 성가신 일이군요! 창문을 통해서 살짝 들어가면 안 될까요?"

"유감스럽지만 안 된다. 안에서 잠가 놓았으니까. 그런데 레티스, 지금과 같은 경황에서 노란색 베레모는 전혀 어울리지 않을 것 같은데?"

"지금 상복이나 뭐 그런 걸 말씀하시는 건가요? 전 그런 거 신경 쓰지 않을 거예요. 정말 고루하고 구태의연한 발상이에요. 로렌스한테 폐가 되는 일이에요. 그래요. 정말 그에게 불편을 끼치는 일이 될 거예요."

레티스는 인상을 쓰며 뭔가를 골똘히 생각했다.

"아무래도 그 수영복과 저 때문에 일어난 일 같아요. 정말 어리석기 짝이 없는 일이군요. 이 모든 것이 다 말이에요……."

그리젤다는 뭔가를 말하려고 입술을 열었다가 어떤 이유에서인지 그대로 다물었다.

묘한 미소가 레티스의 입술에 걸렸다.

"집에 가서 로렌스가 체포된 사실을 앤에게 말해 주는 게 좋겠어요."

레티스가 나직하게 말하고 다시 유리문으로 나갔다.

그리젤다는 마플 양에게 고개를 돌렸다.

"왜 제 발을 밟으셨어요?"

노처녀는 미소를 짓고 있었다.

"사모님이 뭔가 말씀하시려고 하시는 것 같아서요. 그런데 때로는 다 각자의 입장에서 멋대로 생각하게 그냥 내버려 두는 게 좋을 때도 있답니다. 아시겠지만 아이들이라도 레티스처럼 애매하고 멍하게 말하기 어려울 거예요. 그러나 사실 그녀는 속으로는 매우 정확하게 판단하고 있어요. 그 판단에 따라 연기를 하고 있는 것일 뿐이죠."

메리가 식당 문을 크게 두들기고는 불쑥 안으로 들어왔다.

그리젤다가 물었다.

"무슨 일이지? 그리고 메리, 내가 문을 두드리지 말라고 했던 말 기억 안 나? 전에 분명히 말했을 텐데."

"말씀 나누시느라 바쁘신 줄 알았죠. 멜쳇 대령님이 찾아오셨어요. 목사님을 만나 뵙겠다고 하시는데요."

멜쳇 대령은 우리 지역의 경찰서장이었다. 나는 즉시 자리에서 일어섰다.

"대령님을 현관에서 기다리게 하는 건 예의가 아닐 것 같아서 응접실로 모셨어요."

메리는 계속 말을 이었다.

"이젠 상을 치워도 될까요?"

"아니, 아직. 이따가 종을 울릴게."

그리젤다는 그렇게 말하고는 마플 양에게 고개를 돌렸다. 그리고 나는 방을 나왔다.

7장

멜쳇 대령은 몸집이 작고 기민한 사내로 이따금씩 코를 킁킁거리는 버릇이 있었다. 그리고 빨간 머리에 조금 매서운 눈매의 청색 눈동자를 가지고 있었다.

"잘 있었나, 목사. 정말 고약한 일이 일어났군. 안 그렇나? 불쌍한 프로더로. 내가 그 사람을 좋아했던 건 아니지만……, 사실 싫어했지. 솔직히 말하면 그를 좋아한 사람이 어디 있겠나? 자네한테도 매우 심술궂게 굴었지. 자네 부인은 이 일로 심기가 불편하지 않은지 모르겠네."

나는 그리젤다가 비교적 잘 견디고 있다고 말했다.

"그렇다면 다행일세. 집 안에서 이런 일이 일어나면 정말 골치 아프지. 레딩이라는 젊은이는 정말 놀라울 따름이야. 이런 식으로 일을 치르다니 말이야. 다른 사람 생각은 조금도 하지 않다니."

순간 마구 웃음을 터트리고 싶었다. 하지만 멜쳇 대령은 살인을 저지르면서 다른 사람을 배려해야 한다는 자신의 말이 전혀 이상하지 않다고 생각하는 것이 분명해 보여서 애써 평정을 유지했다.

대령은 의자에 걸터앉으며 말했다.

"그 친구가 경찰서에 출두해서 자백했다는 말을 들었을 때는 솔직히 좀 놀랐네."

"정확하게 어떻게 된 일인가?"

"지난밤이었지. 대략 10시경이었다는군. 그 친구가 경찰서에 나타나서는 권총을 내던지며 말했다는군. '여기 제가 왔습니다. 다 제가 한 짓입니다.' 그렇게 간단하게 해치웠다는 거야."

"어떻게 된 일이라고 설명하던가?"

"뭐 거의 없었어. 물론 경찰은 정확히 진술해야 한다고 경고했지. 그런데 그저 웃기만 했다는군. 자네를 만나러 왔다가 프로더로가 여기 있는 것을 발견했대. 그리고 말다툼을 하다가 총으로 그를 쐈다는 걸세. 그런데 무슨 일로 싸웠는지에 대해서도 말하지 않고 있네. 이보게, 클레멘트, 우리끼리 하는 말이네만, 자네 혹시 뭔가 알고 있는 거 없나? 소문이 있더라구. 그 친구가 출입 금지당한 일이며 뭐 그런 거 말이야. 그게 무슨 말인가? 그 집 딸을 유혹하거나 뭐 그런 일이라도 했다는 건가? 그 집 딸을 이번 사건에 연루시키고 싶은 마음은 없지만, 모두를 위해서라면 어쩔 수 없는 일이네. 그런 문제가 있었나?"

"아니. 내가 알기로는 그것과는 전혀 다른 일이 있네. 하지만 지금과 같은 상황에서는 더 이상 아무런 말도 해 줄 수 없군."

대령은 고개를 끄덕이고는 자리에서 일어섰다.

"뭐 그 정도만으로도 고맙네. 말들이 여간 많은 게 아니야. 이놈의 세상엔 여자가 너무 많단 말이야. 그럼 난 이만 가 봐야겠네. 헤이독을 만나 봐야 해서. 환자 때문에 왕진을 나갔다는데 지금쯤은 돌아왔을 것 같군. 솔직히 말하면 나는 레딩이 안됐다고 생각한다네. 참 훌륭한 젊은이라고 쭉 생각해 왔거든. 어쩌면 그의 행위에 대해 적당한 변명거리를 생각해 낼 수도 있을지 몰라. 전쟁 후유증, 그러니까 폭탄 후유증 같은 거 말이지. 충분한 범행 동기를 찾아내지 못한다면 더욱 그쪽으로 결론 내리기 쉽겠지. 그럼 난 이만 가겠네. 혹시 함께 가겠나?"

나는 좋다고 말했고, 우리는 함께 밖으로 나갔다.

헤이독의 집은 바로 우리 옆집이었다. 그 집 하인은 의사 선생이 막 들어왔으니 식당으로 가 보라고 했다. 헤이독은 김이 모락모락 나는 달걀과 베이컨이 담긴 접시를 앞에 두고 앉아 있었다. 그는 스스럼없이 가볍게 고개를 끄덕여 인사를 건넸다.

"외출할 일이 있었네. 출산이 있어서. 어젯밤 내내 자네가 부탁한 일을 했네. 총알 여기 있어."

헤이독은 조그만 상자를 식탁 위에 올려놓았다. 멜첫은 상자를 유심히 살펴보았다.

"25?"

헤이독은 고개를 끄덕였다.

"사건 심리를 위해서 전문적인 세부 사항을 적어 놓겠네. 자네가 알고 싶은 건 이거겠지. 프로더로는 총에 맞자마자 그대로 즉사한 거나 다름없네. 거참 어리석은 젊은이야. 도대체 무엇 때문에 이런 짓을 했을까? 그건 그렇고 총소리를 들은 사람이 아무도 없다는 건 정말이지 놀라운 일이야."

"그래. 나도 그 점이 놀라워."

멜쳇이 말했다.

"부엌 창문은 서재 반대쪽으로 나 있거든. 그리고 서재 문이나 식품 저장실 문, 또 부엌 문도 모두 닫혀 있었으니 무슨 소리를 들을 수가 없었을 걸세. 게다가 그때 집에는 하녀 이외에는 아무도 없었으니까."

내가 말했다.

"흠. 그래도 여전히 이상해. 그 늙은 노처녀 있잖나, 이름이 뭐더라……. 마플, 그래 그 여자 역시 아무런 소리도 못 들었다는 거야. 서재 유리문이 열려 있었는데 말이지."

멜쳇이 말했다.

"어쩌면 마플 양은 소리를 들었을지도 모르잖아."

헤이독이 말했다.

"아니 그렇지 않은 것 같아. 지금 우리 목사관에 와 있는데 그와 관련해서는 한마디도 안 했거든. 만약 무슨 소리를 들었다면 말하지 않을 인물이 아닐세."

내가 말했다.

“어쩌면 소리를 들었는데 대수롭지 않게 여긴 건 아닐까. 자동차가 역발진하는 소리라고 생각했던지 말이야.”

순간 헤이독이 오늘 아침 유난히 명랑하고 기분이 좋아 보인다는 생각이 들었다. 티를 내지 않으려고 애써 참고 있는 듯 보였다.

헤이독이 덧붙여 말했다.

“아니면 소음기는 어떤가? 그럴듯하지 않나. 소음기가 있었다면 누구도 소리를 듣지 못하지.”

멜쳇은 고개를 설레설레 흔들었다.

“슬랙은 그런 것은 찾지 못했다고 했어. 그리고 레딩에게 물어보았는데 처음에는 무슨 소리인지도 모르는 눈치였다가 나중에서야 그런 것은 사용하지 않았다고 딱 잘라 말했다는 거야. 그런데 내 생각에 그 점에 있어서는 레딩의 말을 그대로 믿어도 좋을 듯해.”

“그건 그래. 불쌍한 녀석.”

“정말 터무니없이 바보 같은 젊은이야. 미안하네, 클레멘트. 하지만 정말 그렇지 않은가! 도대체 누가 그를 살인범이라고 생각할 수 있겠느냔 말이야.”

멜쳇 대령이 말했다.

“범행 동기는?”

헤이독이 마지막 남은 커피 한 모금을 꿀꺽 삼키고 의자를 뒤로 밀면서 물었다.

“두 사람이 싸우다가 그만 분에 못 이겨 충동적으로 총을 쐈다고 하더군.”

의사는 고개를 저으며 말했다.

"과실치사로 처리되기를 바란 건가? 아니야. 그건 이치에 맞지 않아. 대령이 편지를 쓰는 사이 살며시 뒤로 다가가 머리에 관통상을 입혔잖아. 이 점에 대해서는 다들 '싸움'할 생각이 거의 없을 거야."

나는 마플 양이 했던 말을 떠올리며 말했다.

"그도 그렇지만 그 싸움을 할 시간이란 게 거의 없었을 걸세. 몰래 다가가서 총을 쏘고 시곗바늘을 6시 22분으로 맞춰 놓고 자리를 뜨는 것만으로도 시간이 부족했을 테니. 대문 앞에서 만난 그의 얼굴 표정이나 말하는 태도를 잊을 수가 없네. '프로더로 대령을 만나기로 하셨다구요? 아, 그러시겠죠! 프로더로를 만나시게 될 겁니다!'라고 말했지. 그 말만으로도 바로 전에 무슨 일이 벌어졌던 거로구나 하고 의심하지 않을 수 없었지."

헤이독이 나를 뚫어져라 바라보았다.

"무슨 말인가. 무슨 일이 벌어졌다고? 레딩이 언제 대령을 쐈다고 생각하는 건가?"

"내가 집에 도착하기 몇 분 전이었겠지."

의사는 고개를 설레설레 흔들었다.

"그건 불가능해. 전혀 불가능한 일이야. 대령은 그보다 훨씬 전에 죽었어."

"하지만, 이 친구야, 자네가 말한 30분 전이라는 것도 대략적인 추정일 뿐이라고 자네 입으로 말하지 않았나."

멜쳇 대령이 외쳤다.

"1시간 30분쯤, 그러니까 30분, 25분, 아니면 20분 전일 수도 있지. 하지만 그보다 더 전은 아니야. 그랬다면 내가 도착했을 때 사체가 따뜻했어야 해."

헤이독이 말했다.

우리는 서로를 번갈아 쳐다보았다. 헤이독의 낯색이 변했다. 핼쑥해진 얼굴이 갑자기 침울하게 보였다. 나는 그런 이유가 무엇인지 궁금했다.

멜쳇 대령이 놀란 마음을 진정시키고 다시 말했다.

"하지만 여길 보게, 헤이독. 만약 레딩이 6시 45분에 대령을 쐈다면……."

헤이독이 벌떡 자리에서 일어섰다.

"그건 불가능하다고 말했지 않은가. 만약 레딩이 6시 45분에 프로더로를 살해했다고 말했다면 그건 레딩이 거짓말을 하고 있다는 뜻이야. 이런, 제기랄. 난 의사일세. 그러니 내 말을 믿게. 내가 갔을 때 피가 응고되어 가고 있었단 말일세."

헤이독은 큰 소리로 말했다.

"레딩이 거짓말을 하고 있는 거라면……."

멜쳇은 말을 꺼냈다가 그대로 멈추고 고개를 절레절레 흔들었다.

"우리 모두 경찰서로 가서 그를 만나 보는 게 좋겠네."

멜쳇은 말했다.

8장

경찰서로 가는 내내 우리는 거의 말을 하지 않았다. 헤이독은 약간 뒤처져 걸으면서 나에게 중얼거리듯 말했다.

"자네도 알겠지만 난 이번 일의 모양새가 마음에 들지 않아. 정말 마음에 안 들어. 우리가 모르는 뭔가가 있어."

헤이독은 매우 걱정스럽고 우울한 얼굴을 하고 있었다.

슬랙 경감은 경찰서에 있었다. 우리는 곧 로렌스 레딩과 대면할 수 있었다.

창백한 얼굴의 그는 긴장한 기색이 역력했지만 그래도 꽤 침착해 보였다. 상황을 생각해 보면 그건 정말 놀라운 일이었다. 멜쳇은 코를 킁킁거리며 우물우물 말했다. 긴장하고 있는 것이 분명했다.

멜쳇이 먼저 말을 꺼냈다.

"이보게, 레딩. 자네가 여기서 슬랙 경감에게 진술했다는 건 알고 있네. 자네가 목사관에 찾아간 게 6시 45분이었다고 말했다더군. 거기서 프로더로를 발견하고 싸움을 하게 되었고 그러다가 그에게 총을 쏘고 도망갔다고 말이야. 진술서를 그대로 읽은 건 아니지만, 골자만 추리자면 이렇다는 걸세."

"네."

"몇 가지 물어볼 게 있네. 이미 들었겠지만 자네가 원하지 않으면 질문에 대답할 필요는 없네. 자네 변호사가……."

로렌스가 끼어들었다.

"전 감출 것이 없습니다. 제가 프로더로를 죽였습니다."

멜첫은 코를 킁킁거렸다.

"아! 그렇다면 말이지. 그 권총은 어떻게 가지고 있게 된 건가?"

로렌스는 주저하다가 말했다.

"마침 주머니에 들어 있었습니다."

"권총을 가지고 목사관에 찾아갔다는 말인가?"

"네."

"어째서?"

"항상 가지고 다니거든요."

로렌스는 대답을 하기 전에 다시 한 번 망설이는 모습을 보였다. 나는 그가 진실을 말하지 않고 있다는 것을 확신할 수 있었다.

"그럼 시곗바늘은 어째서 뒤로 돌려놓았나?"

"시계요?"

로렌스는 당황하는 듯했다.

"그래, 시곗바늘이 6시 22분을 가리키고 있었네."

두려움이 로렌스의 얼굴에 번졌다.

"아! 그거 말이군요. 네. 제가……, 제가 바꿔 놓았습니다."

헤이독이 갑자기 말했다.

"프로더로 대령 어디를 쐈나?"

"목사관 서재에서죠."

"그러니까 내 말은 대령의 몸 어디를 쏘았는가 말일세."

"아! 그건……. 머리를 관통한 것 같은데요. 네, 맞아요. 머리를 쐈어요."

"정말 확실한가?"

"이미 다 알고 계시는 걸 어째서 저에게 물어보시는지 그 이유를 알 수가 없군요."

이건 일종의 허세였다. 그가 동요하고 있는 것은 분명했다. 제복을 입지 않은 경찰 한 명이 편지를 가지고 왔다.

"목사님 앞으로 온 겁니다. 긴급 사항이라고 적혀 있군요."

나는 봉투를 찢어 편지를 꺼내 읽었다.

제발, 제발 저에게 와 주세요. 어떻게 해야 할지 모르겠어요. 모든 것이 너무나 끔찍해요. 누군가에게 이야기를 하고 싶어요. 빨리 와 주세요. 동행하고픈 사람이 있으시면 같이 오셔도 좋아요.

앤 프로더로

나는 멜쳇에게 의미심장한 눈짓을 보냈다. 그는 이내 알아차렸다. 우리 세 명은 함께 밖으로 나왔다. 어깨 뒤로 흘깃 로렌스 레딩의 얼굴을 살펴보았다. 그의 두 눈은 내 손에 들린 쪽지에 고정되어 있었다. 그 어떤 사람도 저렇게 절망적이고 비통한 표정을 지을 수 없을 것 같았다.

앤 프로더로가 서재 소파에 앉아 했던 말이 떠올랐다.

'저는 절박해요. 정말로 자포자기한 심정일 뿐이랍니다.'

마음이 무거워졌다. 이제는 로렌스 레딩의 영웅심 섞인 자책의 이유를 이해할 수 있을 것 같았다.

멜쳇은 슬랙과 이야기하고 있었다.

"그날 이른 시간에 레딩의 동선에 대해 진술을 받아 놓았나? 그가 말한 것보다 더 이른 시각에 프로더로가 총에 맞았다는 신빙성 있는 주장이 있네. 그걸 조사해 보게, 알았나?"

멜쳇은 나에게 고개를 돌렸다. 나는 아무 말 없이 앤 프로더로의 편지를 건넸다. 그는 편지를 읽고 나서 놀라 입을 크게 벌렸다. 그리고 의아해하며 나를 바라보았다.

"이게 오늘 아침에 자네가 넌지시 말했던 그 사연인가?"

"그렇다네. 그때는 이 일을 자네에게 말하는 것이 옳은지 어떤지 확신할 수 없었네만 지금은 말해야겠다는 확신이 드네."

그리고 나는 지난밤에 화실에서 목격한 장면을 이야기해 주었다.

대령은 경감과 몇 마디를 나누었다. 그러고 나서 우리 모두는 올드 홀을 향해 걸었다. 헤이독 역시 우리와 함께했다.

매우 깍듯한 모습의 집사가 문을 열어 주었다. 그는 때에 어울리는 적당히 슬픈 표정을 잘 짓고 있었다.

"안녕하신가. 하녀를 통해 우리가 프로더로 부인을 만나 뵙고 싶어 찾아왔다고 부인에게 전해 주게. 그리고 여기로 다시 와서 몇 가지 질문에 답해 주길 바라네."

멜쳇이 말했다.

집사는 서둘러 자리를 물러났다가 곧 다시 돌아와 프로더로 부인에게 말을 전했다고 알렸다.

"그럼 어제 일에 대해 좀 이야기해 보세. 여기 주인은 집에서 점심을 먹었나?"

멜쳇 대령이 말했다.

"네, 대령님."

"평소와 다른 점은 없었나?"

"제가 아는 한은 그러셨습니다. 네."

"그 후에 무슨 일이 있었나?"

"점심 식사를 마치고 프로더로 부인께서는 잠시 자리에 누워야겠다며 침실로 가셨고, 대령님께서는 서재로 가셨습니다. 레티스 아가씨는 2인승 자동차를 타고 테니스 모임에 가셨죠. 대령님과 프로더로 부인께서는 응접실에서 4시 30분에 함께 차를 마셨습니다. 5시 30분까지 자동차를 대기시키라고 지시하셨죠. 마을에 가실 거라고요. 두 분이 떠나시자마자 클레멘트 목사님께서 전화를 주셨습니다. 그래서 제가 두 분이 막 떠나셨다고 말씀 드렸죠."

집사는 나에게 고개를 숙여 보였다.

"흠. 레딩이 마지막으로 여기 있었던 게 언제인가?"

"화요일 오후였습니다, 대령님."

"프로더로 대령하고 레딩 사이에 말다툼이 있었다고 들었는데."

"그랬던 것 같습니다. 대령님께서 저에게 다시는 레딩 씨를 집 안에 들이지 말라고 명하셨으니까요."

"혹시 두 사람이 싸우는 소리를 듣지는 않았나?"

멜쳇이 단도직입적으로 물었다.

"프로더로 대령님께서는 목소리가 매우 크십니다. 더구나 화가 나셨을 때는 말할 필요도 없죠. 그러니 말씀하시는 것을 여기저기서 조금씩 듣게 되는 것은 어쩔 수 없습니다."

"그럼 두 사람이 다툰 이유가 무엇인지도 알겠군?"

"제가 이해하기로는 레딩 씨가 그린 초상화가 관련되어 있었던 것 같습니다. 레티스 아가씨의 초상화 말입니다."

멜쳇은 작은 소리로 투덜댔다.

"레딩이 떠나는 모습을 직접 보았나?"

"네, 제가 직접 배웅했습니다."

"화난 것처럼 보이던가?"

"아닙니다. 오히려 재미있어하시는 것처럼 보였습니다."

"그렇군! 어제 집으로 찾아오지는 않았나?"

"아닙니다."

"그 밖에 찾아온 사람은?"

"어제는 아무도 없었습니다."

"그럼 그제는?"

"데니스 클레멘트 씨가 오후에 찾아왔습니다. 그리고 스톤 박사님도 오셔서 한참 있다가 가셨죠. 그리고 저녁에는 귀부인 한 분이 오셨습니다."

"귀부인? 그게 누구였나?"

멜쳇은 놀라 물었다.

집사는 이름을 기억하지 못했다. 한 번도 본 적이 없는 여자였다고 했다. 물론 그 귀부인은 집사에게 이름을 말했다고 했다. 그래서 집사가 가족들이 저녁 식사 중이라고 말하자 기다리겠다고 했다고 했다. 그래서 작은 거실로 안내해 주었다고 했다.

그녀는 프로더로 대령에 대해서만 물었고, 그 부인에 대해서는 이야기하지 않았다고 했다. 집사는 대령에게 손님이 찾아왔다는 말을 전했고, 프로더로는 저녁 식사를 마치는 즉시 곧바로 작은 거실로 갔다고 했다.

그녀는 얼마나 오랫동안 여기 있었을까? 집사가 생각하기에는 한 30분 정도였다고 했다. 대령이 직접 여자를 배웅했다고 했다. 말하는 동안 드디어 집사가 이름을 기억해 냈다. 그녀의 이름은 레스트랭이었다.

정말 놀라운 일이었다.

"이상하군. 정말 이상해."

멜쳇이 말했다.

하지만 우리는 그 문제를 더 이상 추적하지 않았다. 바로 그 순간 프로더로 부인이 우리를 만나겠다고 전해 왔기 때문이다.

앤 프로더로는 침대에 누워 있었다. 창백한 얼굴에 눈만 반짝거리고 있었다. 부인의 얼굴 표정을 보고 나는 당황하고 말았다. 굳은 결심을 하고 있는 듯했다. 부인은 나에게 말했다.

"이렇게 빨리 찾아와 주셔서 감사해요. 원하시면 다른 사람과 동행해도 좋다고 한 말의 뜻을 정확히 이해하셨군요."

그리고 부인은 잠시 말을 멈추었다.

"빨리 해치워 버리는 게 좋겠죠, 그렇죠?"

부인이 말했다. 그녀의 얼굴에 묘한 분위기, 그러니까 가슴 아픈 듯한 감상적인 미소가 얼핏 어렸다.

"멜쳇 대령님, 대령님이야말로 제가 말씀 드려야 할 분이시네요. 저, 제 남편을 죽인 건 바로 저랍니다."

멜쳇 대령은 부드러운 목소리로 말했다.

"친애하는 프로더로 부인."

"오! 정말이에요. 제가 너무 불쑥 말했나 보군요. 하지만 저는 절대로 히스테리를 부리거나 하지 않는답니다. 저는 오랫동안 남편을 증오해 왔어요. 그리고 어제 제가 그를 총으로 쐈어요."

부인은 베개에 얼굴을 기대고 두 눈을 감았다.

"그게 다예요. 이젠 저를 체포해서 데리고 가셔야겠죠. 가능한 한 빨리 자리에서 일어나 옷을 입을게요. 하지만 지금은 조금 몸이 불편하네요."

"프로더로 부인, 로렌스 레딩 씨가 이미 자신이 범행을 저질렀다고 자백했다는 사실은 알고 계십니까?"

앤은 두 눈을 크게 뜨고 분명하게 고개를 끄덕였다.

"알고 있어요. 어리석은 남자죠. 아시겠지만 그는 저를 무척 사랑하고 있답니다. 정말 놀랄 정도로 숭고한 일이죠. 하지만 어리석기 짝이 없는 일이에요."

"그럼 그가 이 범행을 저지른 것이 당신이라는 사실을 알고 있다는 말씀이십니까?"

"네."

"그가 어떻게 알게 되었죠?"

부인은 머뭇거렸다.

"직접 말씀하셨나요?"

여전히 머뭇거리던 부인은 곧 마음을 굳힌 듯 말문을 열었다.

"네……. 제가 말했어요……."

프로더로 부인은 초조하게 어깨를 움찔거렸다.

"이젠 좀 가 주실래요? 다 말씀 드렸잖아요. 더 이상 이야기하고 싶지 않네요."

"그럼 그 권총은 어디서 나셨죠, 프로더로 부인?"

"권총요! 오, 그건 남편 거예요. 경대 서랍에서 꺼냈죠."

"알았습니다. 그럼 그 총을 갖고 목사관으로 가신 거로군요?"

"네. 거기 가면 있을 줄 알고 있었거든요."

"그게 몇 시였습니까?"

"아마 6시가 조금 넘었을 거예요. 15분? 20분쯤? 그 정도였던 것 같아요."

"남편을 쏘아 죽일 생각으로 권총을 가져가신 겁니까?"

"아니요……. 전……, 자살할 생각이었어요."

"알겠습니다. 그렇지만 목사관으로 가셨잖습니까?"

"네. 유리문으로 들어갔죠. 안에서 아무 소리도 들리지 않더군요. 안을 들여다보았더니 남편이 보이더군요. 순간 저는 충동이 일었어요……. 그래서 총을 쐈죠."

"그러고 나서는?"

"그러고 나서요? 아, 그러고 나서 도망갔죠."

"그리고 레딩 씨에게 무슨 일이 있었는지 말씀하셨나요?"

프로더로 부인의 목소리에 다시 한 번 망설임이 묻어났다.

"네."

"부인께서 목사관에 들어가거나 거기서 나오는 모습을 목격한 사람이 있나요?"

"없어요……. 아, 있어요. 마플 양요. 몇 분 동안 같이 이야기를 나누었어요. 마플 양은 그때 정원에 있었죠."

프로더로 부인은 베개에 기댄 몸을 계속 뒤치락거렸다.

"이 정도면 충분하지 않나요? 다 말씀 드렸어요. 그런데 왜 계속 귀찮게 하시는 거죠?"

헤이독 박사는 부인 옆으로 다가가 맥박을 잰다.

그리고 멜쳇을 손짓으로 불러 작은 목소리로 속삭였다.

"자네가 필요한 조치를 취하는 동안 내가 부인과 함께 있겠네. 혼자 있게 해서는 안 되는 상태일세. 스스로에게 위해를 가할 수도 있으니까."

멜쳇은 고개를 끄덕였다.

우리는 방을 나와 계단을 내려갔다. 그때 부인의 옆방에서 죽은 사람 같은 얼굴을 한 삐쩍 마른 사람이 나오는 것이 보였다. 나는 충동적으로 계단을 다시 올라갔다.

"자네가 프로더로 대령의 시종인가?"

그 남자는 놀란 표정을 지었다.

"그렇습니다, 나리."

"돌아가신 주인이 권총을 어디에 두었는지 알고 있나?"

"그에 대해서는 아는 게 없습니다, 나리."

"경대 서랍에 넣어 두지 않았나? 생각해 보게."

시종은 단호하게 고개를 가로저었다.

"그건 아니라고 확신합니다, 나리. 그곳에 놔두셨다면 제가 못 봤을 리가 없습니다. 반드시 제 눈에 띄었을 겁니다."

나는 서둘러 계단을 내려가 다른 사람들 뒤를 따라갔다.

프로더로 부인은 권총에 관해 거짓말을 한 것이다.

어째서일까?

9장

경찰서에 전언을 남긴 뒤 경찰서장은 마플 양을 만나 보겠다는 뜻을 밝혔다.

"클레멘트 자네가 같이 가 주면 좋겠는데. 목사님의 어린 양에게 히스테리를 선사하고 싶지 않으니까. 같이 가서 그 위로하심을 베풀어 주시길 바라네."

나는 미소를 지었다. 가냘픈 외모와는 달리 마플 양이라면 그 어떤 경찰관이나 심지어 경찰서장이 와도 전혀 기세가 꺾이지 않을 것이다.

초인종을 누르고 나서 대령이 물었다.

"어떤 여자인가? 그녀의 말을 믿어도 좋은가?"

나는 그 문제에 관해 잠시 생각한 후 조심스레 말했다.

"꽤 믿을 만한 여자라고 생각하네. 그러니까 그녀가 직접 본 것에 관한 한 믿을 수 있다는 말이네. 하지만 그녀의 생각을 듣고 조사를 하는 문제라면 좀 다르다네. 워낙 상상력이 풍부하고 사람들에 대해 최악의 상황만을 치밀하게 생각하는 사람이거든."

멜쳇이 웃으며 말했다.

"전형적인 늙다리 노처녀란 말이군. 그럼, 이제 그런 부류의 사람과 만나게 되겠군. 이런, 자칫하다간 여기서 티파티를 하겠네!"

매우 자그마한 체구의 하녀가 우리를 아담한 응접실로 안내했다.

"이거 거의 만원이군. 하지만 훌륭한 물건들이 많이 있군. 과연 숙녀분께 어울릴 만한 곳이야. 그렇지 않은가, 클레멘트?"

멜쳇 대령이 주위를 둘러보며 말했다.

나는 동의했다. 그 순간 문이 열리고 마플 양이 모습을 드러냈다.

"귀찮게 해드려 죄송합니다, 마플 양."

내가 그녀에게 대령을 소개하자 대령은 군인들이 흔히 하듯 무뚝뚝한 태도로 말했다. 그런 태도가 나이 많은 여자들에게는 매력적으로 보일 거라고 생각한 듯했다.

"그럼 곧바로 용건으로 들어가겠습니다."

마플 양이 말했다.

"그러세요. 그러셔야죠. 어떤 상황인지 잘 이해하고 있답니다. 앉으세요. 제가 체리 브랜디 한 잔 대접해 드려도 될까요? 직접 담근 거랍니다. 제 할머니께서 전해 주신 제조법으로요."

"마플 양, 매우 감사합니다. 정말 고마운 말씀이지만 사양하겠습니다. 점심시간까지는 금식, 이게 제 좌우명입니다. 자, 그럼 이번에 일어난 이 슬픈 사건에 대해 몇 가지 말씀을 나누고 싶은데요. 정말 이지 너무나 슬픈 사건입니다. 우리 모두 마음에 큰 슬픔을 갖게 되었으리라 생각합니다. 그런데 마플 양의 집이나 정원에서라면 어제 저녁 일에 대해 우리가 알고자 하는 뭔가를 말씀해 주실 수도 있을 거라고 생각합니다만."

"사실 저는 어제 5시 이후로 계속 저희 집 작은 정원에 나가 있었답니다. 말씀하신 대로 그곳에서는 옆집에서 일어나는 일을 도저히 보지 않을 수가 없지요."

"마플 양, 어제저녁에 프로더로 부인께서 이곳을 지나가셨던 걸로 알고 있습니다만."

"네, 그랬어요. 제가 불러 세웠죠. 부인은 제가 기른 장미가 아름답다고 감탄했답니다."

"그때가 몇 시쯤이었는지 말씀해 주실 수 있습니까?"

"6시 15분에서 한 일이 분 정도 지났다고 말할 수 있어요. 그래요, 맞아요. 15분에 교회 시계 종이 울리니까요."

"좋습니다. 그 다음에 무슨 일이 있었죠?"

"음, 프로더로 부인이 남편을 만나러 목사관에 가는 중이라고 말하더군요. 둘이 같이 집에 갈 거라고요. 그러고는 골목길을 따라 들어가서 생각하시는 대로 목사관 뒷문을 통해 안으로 들어가 정원을 가로질러 갔죠."

"프로더로 부인은 처음부터 골목길을 따라 걸어왔습니까?"

"네, 제가 보여 드릴게요."

마플 양은 열심히 우리 두 사람을 정원으로 안내한 다음 정원 아래쪽 옆으로 난 골목길을 손으로 가리켰다.

"저 문 건너편에 있는 오솔길은 올드 홀까지 이어져 있어요."

마플 양이 설명했다.

"그쪽으로 두 사람이 함께 집으로 갈 생각이었을 거예요. 프로더로 부인은 마을에서 오는 길이었어요."

"딱 들어맞는군. 아주 정확해."

멜쳇 대령이 말했다.

"그러면 프로더로 부인이 목사관 정원을 가로질러 갔다는 말씀이시군요?"

"네, 집 모퉁이를 돌아가는 걸 봤어요. 하지만 대령이 없었던 것 같아요. 가자마자 곧바로 돌아 나와서 잔디밭을 지나 화실로 들어갔어요. 저기 있는 저 건물로요. 목사님이 레딩 씨에게 화실로 사용하도록 한 곳이죠."

"알겠습니다. 그런데……, 총성은 듣지 못하셨나요, 마플 양?"

"그때는 못 들었어요."

"그럼 다른 때는 들으셨단 말씀이신가요?"

"네, 숲 속 어디선가 총성이 들려왔던 것 같아요. 하지만 그건 5분에서 10분 뒤였어요……. 말씀 드렸듯이 숲 속 어딘가에서 들려왔죠. 적어도 제가 생각하기에는 그랬어요. 그럴 리가 없는데……, 정말 그럴 리가 없는데……."

마플 양은 격앙된 표정에 창백해진 얼굴로 말을 멈췄다.

평면도 C

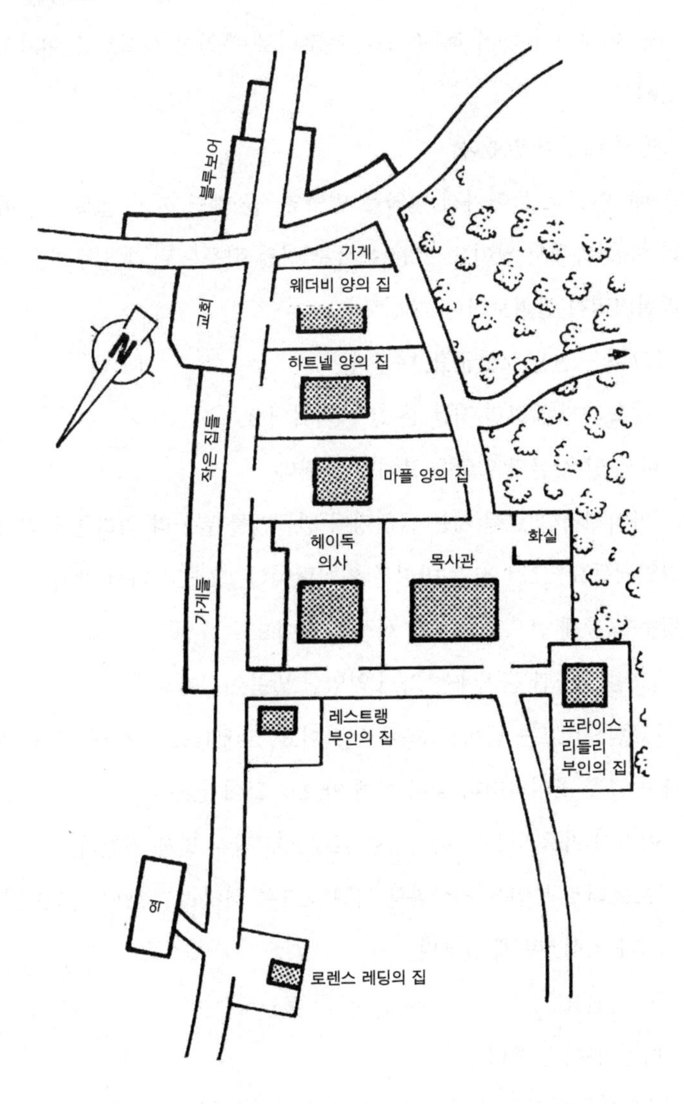

블루보어
가게
웨더비 양의 집
교회
하트넬 양의 집
작은 집들
마플 양의 집
화실
헤이독
의사
목사관
가게들
레스트랭
부인의 집
프라이스
리들리
부인의 집
역
로렌스 레딩의 집

"네, 네. 그 점에 대해서는 곧 조사하도록 하겠습니다. 그러니 하시던 이야기나 마저 해 주시죠. 프로더로 부인이 화실로 들어가고 나서요."

멜쳇 대령이 말했다.

"네, 안으로 들어가서 한참을 있었죠. 곧 레딩 씨가 골목길을 따라 마을 쪽에서 왔어요. 그는 목사관 정원 뒷문으로 가서 주변을 두리번거리며 살펴보더니……."

"그때 당신을 보았군요, 마플 양."

"정확하게 말하면 저를 본 건 아니었어요."

마플 양은 살짝 얼굴을 붉히며 말했다.

"아시겠지만 그때 저는 골칫덩이 민들레를 뽑느라 허리를 굽히고 있었거든요. 그건 정말 어려운 일이랍니다. 그러고 나서 레딩 씨는 뒷문을 통해 안으로 들어가 화실로 갔어요."

"그럼 목사관 근처에는 가지 않았단 말씀이신가요?"

"그럼요! 그는 곧바로 화실로 갔어요. 프로더로 부인이 문 앞에 나와 그를 맞이하더니 둘이 함께 안으로 들어갔죠."

여기서 마플 양은 의미심장한 표정으로 잠시 말을 멈췄다.

"프로더로 부인은 초상화를 위해 포즈를 취하려고 했던 거겠죠?"

내가 조심스럽게 말했다.

"어쩌면요."

마플 양이 말했다.

"그러면 두 사람이 밖으로 나온 게……, 언제쯤인가요?"

"한 10분쯤 뒤였어요."

"대략 그렇다는 거죠?"

"30분을 알리는 교회 시계 종이 울렸어요. 두 사람은 정원 문을 나가서 골목길을 따라 천천히 걸어갔어요. 그때 스톤 박사님이 올드 홀로 이어지는 오솔길을 따라 걸어오시다가 울타리 계단을 넘어서 두 사람과 합세했죠. 제 생각에는 말이죠. 물론 확신할 수는 없지만, 골목길 끝에서 크램 양과도 만나지 않았나 싶어요. 크램 양이 맞을 거라고 생각해요. 치마가 매우 짧았으니까요."

"시력이 무척 좋으신 모양입니다, 마플 양. 그렇게 멀리 있는 사람도 볼 수 있으니 말이에요."

"그때 제가 새를 관찰하던 참이었거든요. 황금 볏을 가진 굴뚝새가 있었던가 그랬어요. 아주 귀여운 녀석이죠. 쌍안경을 들고 있었기 때문에 크램 양이 합류하는 것을 볼 수 있었죠.(그게 크램 양이 맞다면 말이에요. 전 그렇게 생각하고 있어요.)"

"아! 그러시다면 그런 거겠죠."

멜쳇 대령이 말했다.

"마플 양, 관찰력이 매우 뛰어나신 것 같은데, 그럼 혹시 프로더로 부인과 레딩 씨가 골목길을 함께 걸을 때 어떤 표정이었는지도 보셨습니까?"

"두 사람은 미소 띤 얼굴로 이야기하고 있었어요. 함께 있어서 매우 행복한 듯했죠. 제 말이 무슨 뜻인지 아실 거라고 생각해요."

마플 양이 말했다.

"크게 동요하거나 불안해하지는 않았단 말씀이시죠?"

"그럼요! 정반대였어요."

"참으로 이상하군요. 이 일은 전체적으로 참으로 이상한 뭔가가 있어요."

대령이 말했다.

이어 마플 양이 침착하게 던진 한마디에 우리는 숨이 막히고 말았다.

"지금 프로더로 부인이 자신이 범행을 저질렀다고 말한 거죠?"

"이거 놀랐는걸요. 그걸 어떻게 짐작하셨습니까, 마플 양?"

대령이 말했다.

"그런 일이 있을 거라고 생각하고 있었어요. 사랑스러운 레티스도 저와 같은 생각을 했을 거라고 생각되네요. 정말 영리한 아가씨라니까요. 물론 언제나 용의주도하게 구는 건 아니지만 말이죠. 정말 유감이에요. 그래, 프로더로 부인이 자신이 남편을 죽였다고 말했다는 거죠. 이런 이런. 제 생각에는 그건 사실이 아닌 것 같군요. 아니고말고요. 분명 아니라고 장담할 수 있어요. 프로더로 부인 같은 여자는 그런 짓을 못 해요. 물론 사람에 대해 뭔가를 장담할 수는 없지만요. 그렇죠? 적어도 제가 찾아낸 바로는 그 부인은 아니에요. 남편을 언제 쐈다고 하던가요?"

"6시 20분쯤이라고 하더군요. 당신과 이야기를 나눈 직후라고 했습니다."

마플 양은 측은한 표정으로 천천히 고개를 가로저었다. 성인 남자 둘이 이런 한심한 이야기를 믿다니 불쌍하다는 표정이었다. 적어도 그때 우리의 느낌은 그랬다.

"무엇으로 쐈다고 하던가요?"

"권총입니다."

"어디서 났다고 하던가요?"

"집에서 가져왔다고 했습니다."

"그렇다면 그건 아니에요."

마플 양은 예상하지 못한 결연한 태도로 말했다.

"제가 장담할 수 있어요. 프로더로 부인은 그런 물건을 갖고 있지 않았어요."

"마플 양의 눈에 띄지 않았을 뿐인지도 모르죠."

"만약 갖고 있었다면 제가 보지 못했을 리가 없어요."

"핸드백 속에 넣어 두었을 수도 있습니다."

"핸드백은 갖고 있지 않았어요."

"그렇다면 어딘가……. 그러니까 몸속 어딘가 숨겼을 수도 있죠."

마플 양은 불쌍하다는 듯 대령을 바라보며 나무라는 투로 말했다.

"존경하는 멜쳇 대령님, 요즘 젊은 여자들이 어떤지 좀 아셔야죠. 조물주가 자신을 어떤 모양으로 만들었는지 드러내는 데 전혀 주저함이 없답니다. 스타킹 아래 손수건 한 장조차 끼워 넣을 공간이 없답니다."

멜쳇은 완고하게 자신의 의견을 밀어붙였다.

"하지만 모든 것이 딱 맞아떨어진다는 사실은 인정하셔야 할 겁니다. 시간 말입니다. 시계가 엎어져서 멈춘 것은 정확히 6시 22분이고……."

마플 양은 나를 향해 고개를 돌렸다.

"이 말씀은 그럼, 목사님께서 그 시계에 대해 아직 말씀하지 않으셨단 말인가요?"

"클레멘트, 시계라니?"

내가 멜쳇에게 시계에 관해 말하자 그는 곤혹스러운 표정을 지었다.

"그런 일을 어째서 어젯밤에 말하지 않았나?"

"그건 그 경감이 나에게 말할 기회를 주지 않았기 때문이네."

"말도 안 되네. 아무리 그래도 끝까지 말했어야지."

"아마도 슬랙 경감이 자네에게 하는 것과 나에게 하는 것이 많이 다른 모양이네. 그때 나에게는 주장하고 말고 할 여지도 없었네."

"모두 비정상적인 일들뿐이야. 또 다른 사람이 나타나 자신이 이 살인을 저질렀다고 주장한다면, 난 당장 정신병원으로 가겠네."

멜쳇이 말했다.

"혹시 이렇게 해 보시면 어떨까요……."

마플 양이 나직하게 말했다.

"어떻게 말입니까?"

"레딩 씨에게 프로더로 부인이 자백한 일을 말해 주고 나서, 그렇지만 서장님은 부인의 말을 믿지 않는다고 말씀하시는 거예요. 그러고 나서 프로더로 부인에게는 레딩 씨는 이제 괜찮을 거라고 말하는 거죠. 그러고 나면 어쩌면 그 두 사람이 진실을 말해 줄지도 몰라요. 그 진실이야말로 도움이 될 거예요. 비록 두 사람 역시 이 사건의 진실을 제대로 알지 못할 거라고 생각하지만 말이에요. 아, 불쌍한 사람들."

"그렇게 하는 것도 좋겠군요. 하지만 이 두 사람이야말로 프로더로 대령을 처치하고자 하는 범행 동기를 갖고 있습니다."

"오, 저라면 그렇게 말하지 않겠어요, 멜쳇 대령님."

마플 양이 말했다.

"아니, 그럼 다른 누군가가 있다는 말씀이신가요?"

"오, 그럼요. 그야 물론이죠!"

마플 양은 손가락을 꼽아 가며 수를 세기 시작했다.

"하나, 둘, 셋, 넷, 다섯, 여섯……. 그래요, 일곱 명은 되겠네요. 프로더로 대령을 해치고 기뻐할 사람을 적어도 일곱 명은 생각해 낼 수 있어요."

대령은 마플 양을 멍하니 바라보았다.

"일곱 명이라고요? 세인트 메리 미드에 말입니까?"

마플 양은 환한 얼굴로 고개를 끄덕였다.

"하지만 제가 이름을 대지 않는 걸 이해해 주세요. 그건 옳지 않은 일이에요. 하지만 유감스럽게도 이 세상에는 부도덕한 일들이 너무나 많답니다. 대령님처럼 도덕적으로 고결하고 명예를 중히 여기는 훌륭한 분은 이런 것들에 대해 잘 모르실 거예요, 멜쳇 대령님."

나는 경찰서장이 곧 뇌졸중을 일으키는 것이 아닐까 걱정됐다.

10장

마플 양의 집을 나오며 대령이 그녀에 대해 언급한 것은 칭찬과는 거리가 멀었다.

"그 쭈글쭈글한 노파는 자기가 이 세상의 알아야 할 것들을 모두 알고 있다고 생각하는 모양이야. 평생 동안 이 마을 밖으로는 나가 보지도 못했으면서 말이야. 말도 안 되는 터무니없는 일이야. 저런 여자가 인생에 대해 뭘 알겠나?"

나는 조심스러운 말투로 분명 마플 양이 거창한 인생에 대해서는 조금밖에 모를 수도 있지만, 적어도 이곳 세인트 메리 미드에서 일어나는 일은 거의 다 알고 있다고 해도 틀림이 없을 거라고 말했다.

멜쳇은 마지못해 그 사실은 인정했다. 마플 양은 아주 중요한 목격자였다. 특히 프로더로 부인의 입장에서 보면 정말 중요한 사람이었다.

"그녀가 한 말은 모두 확실한 것 같지, 그렇지?"

"마플 양이 프로더로 부인이 총을 지니지 않았다고 말한 건 사실로 받아들여도 좋을 걸세. 가능성이 조금이라도 있다면 마플 양이 칼처럼 날카롭게 파고들었을 테니까."

내가 말했다.

"그건 맞는 말인 듯하군. 그럼 우리는 화실로 가서 좀 살펴보는 게 좋겠네."

화실이라 불리는 그곳은 천장에 채광창이 있는 엉성한 헛간에 불과했다. 창문도 없고 문이라고 달려 있는 것도 출입을 할 수 있다는 것 외에는 별다른 의미가 없었다. 화실을 충분히 살펴본 뒤 멜쳇은 경감을 데리고 다시 목사관을 방문하겠다고 큰 소리로 말했다.

"지금은 일단 경찰서로 가 봐야겠네."

목사관 현관문을 열고 안으로 들어가자 사람들이 웅성거리는 소리가 들렸다. 응접실 문을 열었다.

그리젤다가 소파에 앉아 활기차게 대화를 나누고 있었고, 그 옆에는 글래디스 크램 양이 있었다. 유난히 반짝거리는 핑크빛 스타킹으로 감싼 다리를 한껏 꼬고 앉아 있어서 나는 그녀의 핑크빛 줄무늬 실크 속바지를 보지 않을 수 없었다.

"렌, 왔군요."

그리젤다가 말했다.

"안녕하세요, 목사님. 대령님의 일은 정말 너무나 끔찍하지 않아요? 불쌍한 노인 같으니."

크램 양이 말했다.

"크램 양이 친절하게도 안내 일을 도와주겠다네요. 지난 주일에 도와줄 사람을 구했잖아요. 기억하죠?"

아내가 말했다.

분명히 기억하고 있었다. 그리고 상황을 분명히 알 수 있었다. 그리젤다의 목소리에서 그녀 역시 나와 같은 확신을 갖고 있다는 것을 알 수 있었다. 목사관에서 일어난 흥미진진한 사건이 아니었다면 크램 양은 안내처럼 시시한 일을 하겠다고 할 사람이 아니었다.

"지금 막 사모님에게 말씀드리던 참이었어요."

크램 양은 말을 이어 갔다.

"그 소식을 처음 들었을 때, 정말 망연자실하지 않을 수 없었답니다. 살인이라고? 이렇게 반문했죠. 이 조용하고 조그만 마을에서 말이죠. 적어도 이곳이 조용한 곳이라는 건 인정하실 거예요. 영화관 하나 없고 그저 수다나 떨어야 하는 이곳에서 말이죠! 그런데 그 비극의 주인공이 프로더로 대령님이라는 말을 들었을 때는 정말이지…… 도저히 믿을 수 없었어요. 아무래도 그분은 살해당할 사람으로는 보이지 않았거든요."

"그래서 크램 양은 어떻게 된 일인지 모두 알고 싶대요."

그리젤다가 말했다.

아내가 이렇게 대놓고 말하는 것을 크램 양이 무척 불쾌해하리라고 생각했지만 그녀는 고개를 뒤로 젖히고 이를 모두 드러내며 요란하게 웃었다.

"정말 너무하시네요. 사모님은 정말 영리한 분이세요. 하지만 이런 사건에 대해 세세하게 듣고 싶어 하는 건 매우 자연스러운 일이잖아요? 그리고 원하시는 안내 일을 도와드리겠다는 건 진심이에요. 정말 흥미진진한 일이잖아요. 정말 이건 흥분 그 자체예요. 오랫동안 재미있는 일이라고는 조금도 없어서 죽을 지경이었어요. 정말 그랬죠. 제가 하고 있는 일이 그리 나쁜 것은 아니에요. 보수도 좋고 스톤 박사님은 모든 면에서 신사이시죠. 하지만 여자들은 직장에서 보내는 시간 이외에 다른 삶을 원하잖아요. 여기는 사모님 이외에는 이야기 나눌 사람 하나 없잖아요? 그 늙은 고양이들하고 이야기를 할 수도 없고 말이에요."

"레티스 프로더로가 있잖습니까."

내가 말했다.

글래디스 크램은 머리를 뒤로 젖혔다.

"그 여자는 저 같은 여자를 좋아하기엔 스스로 너무 잘났다고 생각해요. 자기가 대단한 명문가 출신이라고 착각하고는 저처럼 일해서 먹고사는 여자에게 시선을 주는 일로 자신의 품격을 떨어뜨리지 않으려 하죠. 그 여자가 자기도 일을 해 보겠다고 하는 말을 듣기는 했지만, 도대체 그런 여자를 고용할 사람이 어디 있겠어요? 일주일도 못 돼 해고될걸요. 하긴 마네킹처럼 잔뜩 차려입고 옆으로 비스듬히 걸어다니지만 않는다면 어떻게든 일을 할 수도 있겠죠."

"레티스라면 멋진 마네킹이 될 수 있겠네. 정말 근사한 몸매를 갖고 있잖아요."

고양이처럼 심술궂은 기색은 전혀 없는 그리젤다의 말이 이어졌다.

"그런데 레티스가 언제 자기도 일을 하겠다고 말했죠?"

크램 양은 순간 당황한 듯했지만 곧 평소의 장난기를 되찾았다.

"그건 그냥 한번 해 본 말이었을 거예요. 하지만 그렇게 말한 건 사실이에요. 제 생각에 아마 집에서 잘 지내지 못하는 것 같았어요. 계모와 함께 지내야 하다니. 저라면 그런 상황에서는 단 1분도 견디지 못할 거예요."

"아! 하지만 당신은 독립적이고 매우 활기차니까 잘 해낼지도 모르죠."

그리젤다가 진지하게 말했다. 나는 미심쩍은 시선으로 아내를 보았다.

크램 양은 매우 기분이 좋아 보였다.

"그렇죠. 저야 뭐 독립과 활기 그 자체죠. 누군가의 지시를 받기는 해도 억지로 수세에 몰리거나 하지는 않아요. 얼마 전에 손금을 봤는데 그때도 그렇게 말했어요. 그럼요, 전 가만히 앉아서 협박당하거나 하진 않아요. 그래서 스톤 박사님에게도 정기적인 휴식 시간이 필요하다고 분명히 말해 두었죠. 학자분들은 여자를 무슨 일하는 기계쯤으로 안다니까요. 대개 같이 일하는 사람에게 눈길 한번 주지 않고 옆에 누가 있는지도 몰라요. 물론 제가 일에 대해 많이 아는 것은 아니지만 말이에요."

크램 양은 솔직하게 털어놓았다.

"스톤 박사님은 함께 일하기 좋은 분인가요? 고고학에 관심이 있다면 분명 그 일이 무척 재미있을 것 같은데요."

"이미 죽은 사람들, 그러니까 몇백 년 전에 죽은 사람들을 파헤치는 일은 저에게는 여전히……. 그러니까 그냥 꼬치꼬치 따지고 그러는 일에 불과하죠, 뭐. 스톤 박사님은 일에 완전히 빠져 있어서 제가 아니면 식사 시간도 종종 잊어버리시죠."

"박사님은 오늘 아침에도 고분에 계셨나요?"

그리젤다가 물었다.

크램 양은 고개를 가로저었다.

"오늘 아침에는 몸 상태가 약간 좋지 않으셨어요. 일을 할 수 없을 정도예요. 그래서 이 글래디스 크램에게는 하루 휴가가 생긴 셈이랍니다."

크램 양이 자세하게 말했다.

"그것 참 안됐군요."

내가 말했다.

"오, 그리 대단한 건 아니에요. 누군가 또 죽어 나가는 일은 없을 거예요. 하지만 클레멘트 목사님, 어디 말씀 좀 해 주세요. 오늘 아침 내내 경찰과 함께 계셨다면서요? 경찰에서는 이 사건을 어떻게 생각하고 있나요?"

"그게……. 아직도 약간…… 불확실해서……."

나는 천천히 말했다.

"어머!"

크램 양이 크게 외쳤다.

“그러면 로렌스 레딩 씨가 범인이라고 생각하지 않는다는 거네요. 정말 잘생긴 분이에요. 그렇죠? 영화배우같이 생겼어요. 아침에 만나 인사할 때 보이는 미소가 얼마나 근사한데요. 경찰이 그분을 체포했다는 소식을 들었을 때는 정말 제 귀를 의심하지 않을 수가 없었어요. 이러니 만날 멍청하다는 소리를 듣지. 지방 경찰들 말이에요.”

“이번 경우에는 경찰을 비난하기 어려울 것 같군요. 레딩 씨가 자기 발로 찾아와서 자수했으니.”

내가 말했다.

크램 양은 어안이 벙벙한 모양이었다.

“뭐라구요? 저런……. 불쌍한 사람! 저라면 살인을 했다 해도 절대로 경찰서로 직행해서 자수하지는 않을 거예요. 로렌스 레딩이 그런 일을 할 정도로 분별력이 없는 사람이라고는 생각하지 않았는데, 그렇게 굴복해 버리다니! 그럼 프로더로 대령님을 죽인 이유는 뭐래요? 털어놨나요? 다툰 일 때문에 그랬대요?”

“그가 정말 대령을 죽였는지도 확실하지 않습니다.”

내가 말했다.

“하지만 분명히……, 자신이 했다고 말했다면……, 그렇다면 클레멘트 목사님, 그는 뭔가 알고 있겠죠?”

“그렇지 않을까요.”

나는 동의했다.

“하지만 경찰은 그의 이야기에 만족하지 못하고 있어요.”

"하지만 자기가 하지도 않은 일을 했다고 말할 이유가 대체 뭐가 있을까요?"

그 점에 대해서는 크램 양에게 어떤 말도 해 주고 싶지 않았다. 그래서 대신 나는 조금 애매하게 대꾸했다.

"세인의 주목을 끄는 살인 사건의 경우에 경찰들은 자기가 범행을 저질렀다고 주장하는 편지를 많이 받는 모양입니다."

크램 양은 이 말을 사실로 받아들인 모양이었다.

"그 사람들 정말 바보 같군요!"

어이 없어 하는 목소리에는 경멸의 기운도 어려 있었다.

"그렇다면 저는 이만 서둘러 가 봐야겠어요."

크램 양은 한숨을 내쉬며 말하고는 자리에서 일어섰다.

"레딩 씨가 자신이 살인범이라고 자수했다는 사실은 스톤 박사님께 대단한 뉴스가 될 거예요."

"박사님이 이 사건에 관심을 갖고 계시나요?"

그리젤다가 물었다.

크램 양은 당혹스러운 표정으로 미간을 찡그렸다.

"박사님은 좀 괴짜세요. 행동을 예측하기가 불가능하죠. 언제나 과거에 빠져 지내세요. 크리픈(영국에서 아내를 토막 살인 하고 애인과 미국으로 도망가다 무선통신을 이용한 추적으로 배 위에서 체포된 미국 의사 — 옮긴이)이 아내를 갈기갈기 찢을 때 사용했던 칼을 볼 기회가 생겨도, 그것보다 그 언덕에서 파낸 더럽고 낡은 청동 칼을 더 열심히 쳐다볼 분이니까요."

"솔직히 그건 나도 박사와 같은 생각입니다."

크램 양의 두 눈에 어리둥절한 기색이 떠올랐다. 내 말을 알아듣지 못한 듯 의아한 표정과 약간 경멸하는 듯한 표정이 엿보였다. 잠시 후 크램 양은 안녕히 계시라는 말을 되풀이하고 떠났다.

그리젤다는 등 뒤로 문을 닫으며 말했다.

"그렇게 나쁜 사람은 아니에요. 물론 매우 상스럽긴 하지만 그래도 저렇게 활기차고 싹싹한 아가씨를 싫어할 수는 없잖아요. 도대체 여기는 무엇 때문에 온 건지 궁금하네요."

"호기심 때문이겠지."

"그래요, 나도 그럴 거라고 짐작은 했어요. 자, 렌, 이젠 정말 다 말해 줘요. 어서 듣고 싶어 죽겠어요."

나는 자리에 앉아 오늘 아침에 있었던 일들을 하나도 빠짐없이 이야기했다. 그리젤다는 놀람과 흥미로움으로 저절로 터져나오는 감탄사를 추임새로 끼워 넣었다.

"그러니까 결국 내내 로렌스와 앤이 그렇고 그런 사이였다는 거로군요! 레티스가 아니라. 우리 모두 정말 눈 뜬 장님이었네요! 이게 어제 마플 양이 암시했던 그 이야기인 모양이에요. 당신도 그렇게 생각하죠?"

"그래요."

나는 아내의 시선을 피하며 말했다.

메리가 들어왔다.

"남자 두 분이 찾아오셨어요. 신문사에서 오셨다고 말씀하시네요. 만나시겠어요?"

"아니. 당치 않아. 그 사람들한테 경찰서 슬랙 경감에게나 가 보라고 해."

메리는 고개를 끄덕이고는 뒤로 돌아섰다.

"그리고 그 사람들이 가고 나면 다시 이곳으로 와 줘. 물어볼 게 좀 있으니까."

메리는 다시 고개를 끄덕였다.

몇 분 후 메리가 돌아왔다.

"그 사람들을 완전히 쫓아냈어요. 정말 끈질기더라구요. 그렇게 집요하게 뭘 물어보는 사람은 주인님도 처음 보실걸요. 전 대답이 될 만한 건 아무 말도 해 주지 않았어요."

"앞으로도 그 사람들 때문에 굉장히 시달릴 것 같은데. 어쨌든 메리, 내가 물어보고 싶은 건 이거야. 어제저녁에 총성을 듣지 못했다는 거 정말 확실하니?"

"대령님이 죽었을 때 들렸을 총성 말씀이세요? 정말로 못 들었어요. 만약 총소리를 들었다면 무슨 일인가 하고 바로 달려가 보았을 거예요."

"그렇겠지. 하지만……."

나는 마플 양이 숲 속에서 나는 총성을 들었다는 진술을 떠올렸다. 나는 이번에는 질문을 바꿔 보았다.

"그럼 다른 총소리는 들었어? 이를테면 숲 속에서 들리는 총소리 같은 거?"

메리는 멈칫했다.

"아! 그거요? 네, 이제 생각나네요. 들은 것 같아요. 여러 번은 아니었고요, 딱 한 번이었어요. 묘하게 탕 하고 났어요."

"그게 정확히 몇 시였지?"

내가 물었다.

"시간요?"

"그래, 시간."

"확실히는 모르겠는데요. 뭐 티타임 이후였어요. 그건 확실해요."

"더 자세히 말해 줄 수는 없겠어?"

"불가능해요. 저는 할 일이 많다고요. 아시잖아요? 하루 종일 시계나 쳐다보면서 지낼 수는 없어요. 게다가 시계를 쳐다봐야 별 소용도 없고요. 이놈의 자명종은 매일 45분씩 늦어요. 그래서 거기에 45분을 더해서 계산하다 하다 결국에는 정확하게 몇 시인지 계산이 안 되고 말아요."

이 말로 우리의 식사 시간이 어째서 일정하지 않은지 설명이 되었다. 우리 집의 식사 시간은 때로는 매우 늦거나 또 어떨 때는 어처구니없이 이르곤 했다.

"레딩 씨가 집에 오기 훨씬 전이었니?"

"아니요, 그렇게 오래전은 아니었어요. 한 10분 전쯤……. 아니면 30분쯤 됐나……. 그보다 더 오래전은 아니었어요."

나는 만족스럽게 고개를 끄덕였다.

"다 되셨어요? 그러니까 제 말은 오븐에는 커다란 고깃덩어리가 들어 있고, 불에 올려놓은 푸딩은 십중팔구 끓고 있을 거라는 거예요."

메리가 말했다.

"그래, 다 된 것 같다. 가도 좋아."

메리는 방을 나갔다. 나는 그리젤다에게 고개를 돌렸다.

"메리에게 주인님이나 마님이라는 말을 붙이라고 말하는 건 불가능할까?"

"그 이야기는 전에도 했는데 잊어버렸나 봐요. 메리는 그냥 미숙한 아이라서 그래요. 알죠?"

"나도 그건 잘 알고 있어요. 하지만 그렇다고 영원히 미숙한 채로 지내야 하는 건 아니지 않아요? 다른 건 몰라도 요리에 관해서는 조금 더 능숙해지면 좋겠군."

"글쎄요. 전 생각이 달라요. 우리가 하인들에게 얼마나 박한 보수를 주고 있는지 잘 알잖아요. 메리가 조금이라도 영악해지면 당장 우리 집을 떠날 거라고요. 당연한 일이죠. 그러면 더 높은 보수를 받게 될 테니까요. 하지만 메리가 요리도 잘 못 하고 예절도 엉망인 동안은……, 우린 안전해요. 아무도 저 애를 고용하지 않을 테니까요."

나는 내가 생각했던 것처럼 아내가 집안일을 아무렇게나 돌보고 있는 것이 아니라는 사실을 깨달았다. 나름대로 상당한 논리와 근거가 있었다. 요리도 할 줄 모르고, 음식 그릇을 마구 던져 대는 버릇이나 그와 비슷하게 당황스럽도록 무뚝뚝한 말을 해대는 것을 감수하면서 그 하녀를 데리고 있는 것이 옳은 일이냐 아니냐는 논외의 문제로 하더라도 말이다.

"그리고……."

그리젤다는 말을 이어 갔다.

"지금 메리가 평소보다 더 예의 없게 군 건 용납해 줘야 해요. 자기 남자 친구를 감옥에 넣은 장본인인 프로더로 대령의 죽음에 대해 동정심을 갖기를 바랄 수는 없잖아요."

"남자 친구가 감옥에 있다고요?"

"네, 불법 침입 죄로요. 왜 있잖아요, 그 아처라는 남자. 메리는 그 남자와 2년째 사귀고 있어요."

"난 몰랐는데."

"렌, 여보, 당신이 아는 게 뭐가 있겠어요."

"이상하군. 모든 사람들이 총소리가 숲 속에서 들렸다고 말한단 말이야."

"나는 이상할 것도 없는 일이라고 생각되는데요. 아시잖아요. 숲 속에서 총성이 들리는 일이야 흔하잖아요. 너무나 당연한 일이죠. 만약 당신이라도 총소리가 들리면 당연히 그게 숲 속에서 난 거라고 생각할걸요? 아마 평소보다 조금 크게 들린 모양이네요. 물론 바로 옆방에 있었다면야 집에서 총소리가 났다고 생각했겠지만, 서재의 정반대 쪽에 있는 부엌에서야 그런 생각을 할 수가 없죠."

문이 다시 열리면서 메리가 말했다.

"멜쳇 대령님이 오셨어요. 그리고 경감님도 함께요. 목사님과 사모님께서 나와 주시면 감사하겠대요. 그분들은 서재에 계세요."

11장

이 사건에 대해 멜쳇 대령과 슬랙 경감의 견해가 일치하지 않는다는 사실을 한눈에 알 수 있었다. 멜쳇은 상기된 얼굴로 화를 내고 있었고, 경감은 부루퉁해 있었다.

"이런 말을 하게 돼서 유감이네만, 슬랙 경감은 레딩이 범인이 아니라는 내 말에 동의하지 않고 있네."

멜쳇이 말했다.

"자기가 하지 않았으면서 어째서 자기 발로 걸어와 자기가 했다고 말하겠습니까?"

슬랙이 미심쩍다는 듯 말했다.

"프로더로 부인도 그와 똑같은 행동을 하지 않았나? 자네도 기억하지, 슬랙?"

"그건 다른 문제입니다. 프로더로 부인은 여자예요. 여자들은 늘 그런 어리석은 행동을 합니다. 물론 그 여자가 순간적으로 그런 일을 했다고 말하는 건 아닙니다. 레딩 씨가 체포되었다는 소식을 듣고는 이야기를 꾸며 낸 겁니다. 이런 종류의 수법이라면 익히 잘 알고 있습니다. 제가 알고 있는 여자들이 어떤 어리석은 일들을 저지르는지 다 말씀 드려도 서장님께서는 믿지 않으실 겁니다. 하지만 레딩 씨의 경우는 다릅니다. 그의 말과 행동은 빈틈이 없습니다. 그러니 그가 범행 사실을 인정했다면 저는 그가 했다고 말하겠습니다. 그리고 그 총도 그의 것이었습니다. 그걸 무시할 수는 없죠. 게다가 프로더로 부인의 일 덕분에 범행 동기도 확실해졌습니다. 이전에는 이 사건의 약점이 바로 범행 동기였지만 이제는 다 드러났습니다. 그러니 이제 모든 것이 명명백백해졌습니다."

"혹시 레딩이 더 일찍 총을 쏘았을 수도 있다고 생각하는가? 이를테면 6시 30분에?"

"그건 레딩에겐 불가능했을 겁니다."

"그의 동선을 다 확인해 봤나?"

경감은 고개를 끄덕였다.

"레딩 씨는 6시 10분경에 마을에 있었습니다. 블루 보어 근처였죠. 거기서 목사관 옆집 여자분이 말한 대로 뒷골목을 따라 걸어왔습니다. 그 여자분이 거의 다 보셨더군요. 그리고 정원에 있는 화실에서 프로더로 부인과 만나기로 한 약속을 지켰습니다. 두 사람은 6시 30분쯤에 함께 그곳을 나와 골목길을 따라 마을로 향했습니다. 그러다가 스톤 박사를 만나 동행했죠. 이 부분은 스톤 박사에게

서 확인했습니다. 제가 찾아갔거든요. 세 사람은 우체국 옆에 서서 한동안 이야기를 나누었습니다. 그러고 나서 프로더로 부인은 원예 잡지를 빌리러 하트넬 양의 집으로 갔습니다. 이것도 정확한 사실입니다. 하트넬 양을 만나서 확인했습니다. 프로더로 부인은 거기서 7시까지 이야기를 나누다가 시간이 너무 늦었다며 그만 집에 가야겠다고 했답니다."

"그때 분위기는 어땠다던가?"

"매우 편안하고 즐거웠다고 하트넬 양이 말했습니다. 매우 기분이 좋아 보였다고 하더군요. 하트넬 양은 확신하건대 마음에 거리낌이 있어 보이지 않았다고 합니다."

"좋아, 계속해 보게."

"레딩 씨는 스톤 박사와 함께 블루 보어로 가서 같이 술을 한잔 마셨다고 하더군요. 거기서 6시 40분에 자리를 떠나 마을 거리를 따라 빠른 걸음으로 목사관으로 가는 길로 접어들었다고 합니다. 이 부분은 많은 사람들이 증언해 주었습니다."

"이번에는 골목길로 가지 않고?"

대령이 끼어들었다.

"네, 정문으로 와서 목사님을 찾았고, 거기서 프로더로 대령이 안에 있다는 말을 들었습니다. 그래서 안으로 들어가…… 총으로 대령을 쏘았습니다. 딱 그의 말대로죠! 이게 바로 사건의 진상입니다. 더 이상 알아볼 필요도 없습니다."

"하지만 의사 선생의 증언이 있네. 그걸 무시할 수는 없지. 프로더로는 6시 30분 이전에 총상을 입었네."

멜첏은 고개를 저으며 말했다.

"오, 의사들이란! 의사들 말을 다 믿다가는 이를 몽땅 뽑아야 할 겁니다. 요즘 의사들이 흔히 하는 짓이죠. 그러고 나서는 무척 유감스럽다고 하죠. 그렇지만 처음부터 끝까지 진짜 병명은 맹장염이란 말입니다. 의사들이란!"

슬랙 경감은 경멸스럽다는 투로 말했다.

"이건 병을 진찰하는 문제가 아닐세. 헤이독 선생은 시간에 관한 한 의문의 여지가 없다고 자신하고 있네. 의학적 증거를 무작정 부인할 수는 없는 거네, 슬랙."

갑자기 까맣게 잊고 있던 일이 생각나 내가 끼어들었다.

"그리고 내가 거기에 보탬이 될 만한 증거를 줄 수 있네. 내가 사체를 만졌을 때 매우 차가웠어. 분명히 그랬다고 장담할 수 있네."

"들었지, 슬랙?"

멜첏이 말했다.

"네, 물론 그렇다면야. 하지만 그렇다면……, 이건 참 지독한 사건이군요. 레딩 씨는 교수형을 너무나 바란 나머지 결국 교수형을 면하게 되었으니 말입니다."

"그래, 나도 그 점이 조금 이상하다고 생각되네."

멜첏이 말했다.

"뭐 사람마다 생각이 다르니까요. 전쟁 이후 조금씩 문제를 겪고 있는 남자들이 많이 있잖습니까. 그렇다면 이제 사건을 다시 원점으로 돌려야겠군요."

경감은 그렇게 말하고는 나에게 고개를 돌렸다.

"그런데 목사님, 어째서 그 시계에 대해 제가 오해하고 있는데도 모른 척하셨나요? 이유를 알 수 없군요. 정의가 실현되는 것을 방해하신 행위입니다."

"나는 세 번이나 자네에게 사실을 말하려고 했네. 그런데 자네는 번번이 내게 입을 다물라고 하고 내 말에 귀를 기울이지 않았지."

"그건 제 말투가 원래 그래서 그런 것뿐입니다, 목사님. 정말 말씀하시고자 하셨다면 얼마든지 하실 수 있었습니다. 시계와 쪽지는 완벽하게 일치된 증거물입니다. 그런데 목사님 말씀에 의하면 시계가 정확하지 않다는 거죠. 정말 이런 경우는 처음입니다. 도대체 무엇 때문에 시계를 15분 빨리 맞춰 놓고 지내십니까?"

"그건 시간을 잘 지키기 위해서네."

"일단 그 문제에 대해서는 더 이상 이야기할 필요가 없을 것 같군, 경감. 지금 우리가 원하는 건 프로더로 부인과 레딩에게서 진실을 듣는 일일세. 헤이독에게 전화를 걸어 부인을 모시고 이리로 오라고 말해 두었네. 한 30분이면 이곳에 도착할 걸세. 레딩을 서둘러 오라고 해서 먼저 만나는 게 좋을 것 같군."

멜첫 대령이 말했다.

"경찰서에 제가 연락하겠습니다."

슬랙 경감은 전화기를 찾아 들었다.

"그럼 이제는 이곳을 다시 조사해 보도록 하지요."

슬랙은 수화기를 내려놓으면서 말했다. 그러고는 의미심장한 시선으로 나를 보았다.

"아무래도 내가 방해가 될 것 같군."

내가 말하자 경감은 즉시 나를 위해 방문을 열어 주었다. 멜쳇이 큰 소리로 말했다.

"레딩이 도착하면 다시 와 주게. 알겠나, 클레멘트? 그와 친하니 진실을 말할 수 있도록 설득하는 데 충분한 도움이 될 테니."

나는 아내와 마플 양이 머리를 맞대고 이야기를 나누는 모습을 발견했다.

"우린 모든 가능성에 대해 이야기를 나누고 있었어요."

그리젤다가 말했다.

"마플 양, 이번 사건도 해결해 주시면 좋겠어요. 지난번 웨더비 양의 손질된 새우가 사라졌던 때처럼 말이죠. 석탄 자루가 뭔가 달라졌던 점에 착안해서 사건을 해결하셨죠."

마플 양이 말했다.

"놀라지 마세요, 사모님. 하지만 이러니저러니 해도 진실에 도달하는 매우 확실한 방법이 있어요. 사람들이 통찰력이라 부르며 대단한 것인 양 떠들어 대는 것이죠. 하지만 사실 통찰력은 단어의 철자를 일일이 다 외우지 않고도 단어를 읽을 수 있는 것과 같은 일이에요. 어린아이들은 할 수 없는 거죠. 경험이 거의 없으니까요. 하지만 어른들이라면 전에 본 적이 있기 때문에 그 단어를 알 수 있죠. 제가 무슨 말을 하는지 목사님은 아시죠?"

"알 것 같군요. 그러니까 어떤 것을 보고 다른 것이 연상된다는 말씀이시죠. 그러니까 아마도 비슷한 종류의 일이 떠오른다는 말씀 같군요."

나는 천천히 말했다.

"네, 바로 그거예요."

"그럼 프로더로 대령의 살해 사건을 보고는 어떤 것이 생각나시나요?"

마플 양은 한숨을 내쉬었다.

"바로 그게 문제예요. 너무나 많은 유사한 일들이 생각나서 말이에요. 예를 들어 교구 위원이었던 하그리브 소령님요. 매사에 존경받는 분이셨죠. 하지만 사실은 딴살림을 차리고 계셨더랍니다. 이전 가정부와요. 생각해 보세요. 게다가 아이도 다섯 명이나 두었답니다. 정말 다섯 명이나요. 그 부인과 딸의 충격은 말도 못 했죠."

나는 프로더로 대령이 그런 은밀한 일을 꾸미는 모습을 상상해 보려 했으나 잘 되지 않았다.

마플 양은 말을 이었다.

"그리고 세탁소 사건도 있어요. 하트넬 양의 오팔 핀 말이죠. 신중치 못하게 오팔 핀을 주름장식이 달린 블라우스에 그대로 꽂아 놓은 채로 세탁소에 보냈던 거예요. 그 핀을 떼어 놓은 여자는 눈곱만큼도 그 장신구를 탐내지도 않았고, 도둑질할 생각은 전혀 없었답니다. 그냥 그 장신구를 다른 여자 집에 숨겨 놓고는 경찰에게 그 여자가 도둑질한 걸 봤다고 말하기만 했죠. 원한 때문이었어요. 정말 순전히 원한 때문에요. 원한이란 때로 놀랄 정도로 대단한 범행 동기가 된답니다. 물론 원한을 가진 남자도 마찬가지죠. 이런 일은 흔히 일어나죠."

이번에도 나는 프로더로 대령의 사건과 비슷한 점을 찾아보려다가 실패하고 말았다. 어떤 점도 거리가 먼 일이었다.

"그리고 불쌍한 엘웰의 딸이 있었죠. 정말 아름답고 우아한 아가씨였어요. 남동생을 질식사시키려 했답니다. 그리고 소년 성가대의 소풍 비용에 관한 사건도 있었죠. (이건 목사님이 부임하시기 전의 일이랍니다.) 오르간 주자가 횡령한 사건이었어요. 그의 부인이 많은 빚을 지고 있었거든요. 그래요, 이번 사건은 너무 많은 것을 생각하게 해 주네요. 너무나 생각할 게 많아서 진실에 도달하기가 무척 어려워요."

"전에 말씀하셨던 일곱 명의 용의자들이 누구인지 말씀해 주실 수는 없겠습니까?"

내가 말했다.

"일곱 명의 용의자요?"

"프로더로 대령의 죽음을……, 그러니까 기뻐할 만한 사람들을 일곱 명은 생각해 낼 수 있다고 하지 않았습니까?"

"제가요? 아, 네. 그랬죠."

"정말입니까?"

"오! 그렇고말고요. 하지만 이름을 말할 수는 없답니다. 목사님께서도 조금만 생각해 보시면 쉽게 알아내실 수 있을 거라고 생각해요."

"모르겠어요. 레티스 프로더로는 생각할 수 있습니다만, 아버지의 죽음으로 거액의 돈을 상속받게 될 테니까요. 하지만 레티스가 그런 생각을 했다고 보는 건 터무니없는 일이죠. 그 외에 다른 사람은 잘 모르겠군요."

"그럼 사모님은요?"

마플 양은 그리젤다에게 고개를 돌리며 말했다.

놀랍게도 그리젤다는 얼굴을 붉혔다. 눈물 같은 것이 눈동자에서 반짝였다. 그녀는 자그마한 두 주먹을 꼭 그러쥐었다.

"오! 다들 가증스러워요. 가증스러워. 사람들이 이렇게 쉽게 말하다니! 정말 야비한 말들만……."

그리젤다는 분개하며 소리쳤다.

나는 의아한 얼굴로 그리젤다를 보았다. 이렇게 화를 내는 것은 평소의 그녀답지 않았다. 그녀는 내 시선을 의식하고는 애써 미소를 지으려 했다.

"무슨 이해 못 할 흥미로운 종족이라도 되는 양 그렇게 날 보지 말아요, 렌. 괜히 열 내지 않고 사건의 초점에서 벗어나지 않도록 해 볼게요. 나는 범인이 로렌스나 앤은 아니라고 생각해요. 그리고 레티스는 생각해 볼 필요도 없어요. 우리한테 도움이 될 만한 단서 같은 게 꼭 있을 거예요."

"물론 쪽지가 있기는 하죠. 오늘 아침에 그 쪽지가 매우 이상하다고 말했던 거 기억하실 거예요."

마플 양이 말했다.

"거기 적힌 시간이 죽은 시간과 너무나 딱 들어맞는 것 같습니다. 그렇지만 그게 가능할까요? 그 시간이라면 프로더로 부인은 막 서재를 떠날 참이었을 겁니다. 화실에 갈 시간도 빠듯했을 거예요. 제가 설명할 방법은 오직 대령이 자신의 시계만 보고 시간을 적었는데 그의 시계가 늦게 가고 있었다는 것뿐입니다. 그렇게 보면 꽤 그럴듯할 것 같습니다."

내가 말했다.

"내 생각은 달라요. 렌, 만약 시계가 그 전에 이미 돌려놔져 있었다면요. 이런, 이래도 같은 이야기잖아요. 난 왜 이렇게 어리석지!"

그리젤다가 말했다.

"내가 떠날 때까지 시계는 아무런 문제가 없었는걸요. 내 손목시계랑 비교해 봤기 때문에 똑똑히 기억하고 있거든. 그렇지만 당신 말대로 지금으로서는 그게 아무런 도움도 되지 못하지요."

"어떻게 생각하세요, 마플 양?"

그리젤다가 물었다.

"사모님, 솔직히 말씀 드리면 저는 그 점에 대해서는 전혀 생각하고 있지 않답니다. 지금 제가 이상하다고 여기는 건 처음부터 마음에 걸렸던 일인데요. 그 쪽지 내용이 무엇이었을까 하는 것이에요."

"그건 문제가 안 되는 듯한데요. 프로더로 대령은 그저 더 이상 기다릴 수 없다고 쓰려고 했던 거 아닐까요……."

내가 말했다.

"6시 20분에요? 이 집 하녀 메리가 대령에게 목사님은 아무리 빨라도 6시 30분은 되어야 도착할 거라고 말했을 거잖아요. 그때까지는 기다릴 마음을 먹었을 거예요. 그런데 6시 20분에 자리에 앉아서 '더 이상 기다릴 수 없다.'고 적었단 말이죠."

마플 양이 말했다.

나는 이 나이 많은 노처녀를 빤히 쳐다보며 그 놀라운 지성에 존경심을 품을 수밖에 없었다. 그녀의 날카로운 지력은 우리가 간과했던 것을 놓치지 않고 있었다. 대단한 일이었다. 매우 대단한 일.

"만약 그 쪽지에 시각이 적혀 있지 않았다면……."

내가 말하자 마플 양이 고개를 끄덕였다.

"바로 그거예요. 그 쪽지에 시각이 적혀 있지 않았다면!"

나는 이전의 기억을 되살려 쪽지에 휘갈겨 쓴 글씨와 맨 위에 깔끔하게 적혀 있던 '6시 20분'이라는 글씨를 떠올렸다. 그 숫자는 분명 쪽지에 적힌 나머지 글씨체와 완전히 다른 크기였다. 헉하고 숨이 멎는 듯했다.

"만약 그 쪽지에 시각이 적혀 있지 않았다면, 6시 30분경에 짜증이 난 프로더로 대령이 더 이상 기다릴 수 없다는 글을 썼다고 볼 수 있겠군요. 책상 앞에 앉아 글을 쓰고 있을 때 누군가 유리문으로 들어와……."

내가 말했다.

"아니면 서재 문으로 들어왔을 수도 있죠."

그리젤다가 말했다.

"그랬으면 문이 열리는 소리가 들려 고개를 들었겠죠."

"프로더로 대령은 귀가 잘 안 들린다는 사실을 기억하세요."

마플 양이 말했다.

"네, 압니다. 소리를 거의 못 듣죠. 어디를 통해 살인범이 들어왔든 그는 대령의 뒤로 몰래 걸어가 그를 총으로 쏜 겁니다. 그러고 나서 쪽지와 시계를 보다가 좋은 생각이 떠오른 거죠. 쪽지 맨 위에 6시 20분이라고 적어 놓고, 시계를 6시 22분에 맞춰 놓습니다. 아주 영악한 아이디어죠. 그렇게 하면 적어도 자신이 생각하기에는 완벽한 알리바이가 만들어지는 거니까요."

"그런데 우리가 알고 싶은 건, 6시 20분에는 확실한 알리바이가 있지만 진짜 범행 시간에는 알리바이가 없는 사람이 누구냐 하는 거예요……. 이건 쉽지 않겠는데요. 정확한 범행 시간을 알 수 없잖아요."

그리젤다가 말했다.

"근사치는 알 수 있어요. 헤이독이 6시 30분 이후는 아니라고 못 박았으니까. 우리가 방금 추리한 대로라면 한 6시 35분까지는 생각해 볼 수도 있겠지만, 프로더로 대령이라면 6시 30분이 되기 전에 짜증을 냈을 게 분명해요. 그 점은 우리 모두 동의할 거라고 생각합니다."

내가 말했다.

"그리고 제가 들은 총성이 있어요. 그래요. 꽤 그럴싸한 이야기예요. 그 생각은 못 하고 있었네요. 전혀요. 가장 성가신 일이에요. 하지만 기억을 더듬어 보니 그 총성이 평소에 듣던 것과는 달랐던 것 같네요. 그래요. 달랐어요."

마플 양이 말했다.

"더 컸나요?"

내가 물어보았다.

마플 양은 소리가 더 크지는 않았던 것 같다고 했다. 사실 어떻게 다르다고 정확히 말하기 어렵다고 했다. 하지만 그래도 뭔가 달랐다고 계속 이야기했다.

아무래도 실제로 기억하는 것이라기보다는 자신이 기억하고 있다고 생각하려는 것이 아닌가 싶었다. 하지만 지금까지 말한 것만으로도 그녀가 이 사건을 새롭게 조명하는 데 큰 기여를 했으므로 나는 그녀를 매우 존경하게 되었다.

마플 양은 자리에서 일어나 그만 가 봐야겠다고 작은 목소리로 말했다. 존경하는 사모님과 함께 이야기를 나누며 사건을 되짚어 보게 되어 무척 흥미로웠다고 말했다. 나는 그녀의 집과 경계를 이루고 있는 벽 뒷문까지 그녀를 바래다주고 돌아왔다. 그리젤다는 생각에 잠겨 있었다.

"그 쪽지를 아직도 생각하는 거예요?"

내가 물었다.

"아니요."

그리젤다는 갑자기 몸을 부르르 떨더니 짜증스럽다는 듯 어깨를 흔들었다.

"렌, 생각해 봤는데요, 누군가 앤 프로더로 부인을 무척 증오하는 모양이에요."

"그녀를 증오한다고?"

"그래요. 모르겠어요? 로렌스에게 불리한 진짜 증거는 아무것도 없어요. 증거라고 해 봐야 모두 우연한 사고라고 해도 좋은 것들뿐이죠. 그는 우연히 여기로 와야겠다고 생각했어요. 만약 그가 여기올 생각을 하지 않았다면, 그 어떤 사람도 그와 이 사건을 연결지을 생각을 하지 않았겠죠. 하지만 앤은 달라요. 그녀가 여기에 오기로 한 시각이 정확히 6시 20분이라는 것을 누군가 알고 있었다면, 그러니까 시계나 쪽지에 적힌 그 시간 말이에요. 그렇다면 이 모든 일이 그녀를 겨냥해 꾸며진 것이 되잖아요. 시계가 꼭 그 시각에 맞춰진 게 반드시 알리바이 때문만은 아니라는 생각이 들어요. 무언가 더 있어요. 마플 양이 앤 프로더로가 권총을 갖고 있지 않았다는 것과 목사관으로 갔다가 곧 나왔다는 증언을 하지 않았다면……. 그래요, 마플 양의 증언이 없었다면……."

그리젤다는 다시 한 번 몸을 부르르 떨었다.

"렌, 누군가 앤 프로더로를 매우 증오하고 있다는 생각이 들어요. 난……, 정말이지 이런 일이 싫어요."

12장

로렌스 레딩이 막 도착하자마자 나는 다시 서재로 불려 갔다. 초췌한 얼굴에 행동거지가 어딘지 미심쩍어 보였다. 멜쳇 대령은 마음에서 우러나오는 듯한 따뜻한 인사로 그를 맞이했다.

"몇 가지 질문을 하고 싶은데, 바로 여기 현장에서 말입니다."

대령이 말했다.

로렌스는 슬며시 비꼬아 말했다.

"그건 프랑스식 아닙니까? 범죄의 재구성이군요."

"레딩 씨, 우리에게 그런 식으로 말하지 마십시오. 당신이 저질렀다고 주장하는 이 범죄에 대해 자신의 짓이라고 자백한 또 한 사람이 있다는 건 알고 있습니까?"

멜쳇 대령의 말에 로렌스는 즉각적으로 고통스러운 듯한 반응을 보였다.

"또 하, 한 사람이라고요? 누, 누……, 누구죠?"

로렌스는 말을 더듬었다.

"프로더로 부인입니다."

멜쳇 대령은 로렌스를 쳐다보며 말했다.

"말도 안 됩니다. 그녀는 이런 짓을 할 사람이 절대 아닙니다. 그랬을 리가 없어요. 불가능합니다."

멜쳇이 로렌스의 말을 가로막았다.

"그러게 말입니다. 참 이상하게도 우리도 부인의 말을 믿지 않고 있지만 그렇다고 당신 말을 믿는 것도 아닙니다. 헤이독 의사는 살인이 당신이 말한 시각에 일어나지 않았다고 장담하고 있어요."

"헤이독 의사 선생님이 그렇게 말씀하셨습니까?"

"그렇습니다 당신이 원하든 원치 않든 당신에게는 혐의가 없어요. 그러니 이제는 우리를 도와서 정확하게 무슨 일이 있었는지 말해 주십시오."

로렌스는 여전히 주저하고 있었다.

"지금 말씀하신……, 프로더로 부인에 관한 이야기가 거짓은 아니겠죠? 진짜로 그녀가 범인이라고 의심하는 건 아니겠죠?"

"내 명예를 걸고 맹세합니다."

멜쳇 대령이 말했다.

로렌스는 깊은 한숨을 내쉬었다.

"저는 바보였습니다. 완전히 멍청한 바보였죠. 어떻게 잠시 한순간이라도 그녀가 그런 짓을 했을 거라고 생각했던 걸까요……."

로렌스가 말했다.

"우리한테 모든 사연을 다 말해 줄 수 있겠습니까?"

서장이 제안했다.

"말씀 드릴 것이 많지도 않습니다. 전……, 그날 프로더로 부인을 만났습니다."

로렌스는 거기서 말을 멈추었다.

"그 문제는 우리 모두 알고 있습니다. 당신이 프로더로 부인을 마음에 품고 있는 것이나 프로더로 부인이 당신을 생각하는 마음이 당신에게는 엄청난 비밀인 것 같지만 사실은 많은 사람들이 알고 있고 그에 관해 이야기하고 있습니다. 어차피 이제는 모든 것이 다 밝혀졌습니다."

멜쳇이 말했다.

"그렇다면 좋습니다. 서장님 말씀이 맞으시겠죠. 여기 계신 목사님께(그러면서 나를 눈짓으로 가리켰다.) 약속했습니다. 당장 여기를 떠나기로요. 그날 저녁 화실에서 6시 15분에 프로더로 부인을 만났습니다. 부인에게 제 결심을 말했고 부인 역시 그것이 유일한 해결책이라며 동의했죠. 우리는…… 서로에게 작별 인사를 건넸습니다. 그리고 화실을 나서다가 곧 스톤 박사를 만나 같이 길을 가게 되었습니다. 앤은 놀랍도록 자연스럽게 잘 해내고 있었습니다. 하지만 전 그럴 수 없었죠. 그래서 그만 집으로 가야겠다고 생각했습니다. 하지만 이곳 도로 모퉁이에 도착했을 때 마음이 바뀌어서 다시 방향을 바꿔 목사님을 찾아뵙기로 했습니다. 누군가에게 이 문제에 대해 이야기를 하고 싶었습니다. 현관문 앞에서 하녀에게 목사님이 출타 중이시지만 곧 돌아오실 거라는 말을 들었습니다. 그리고 프로더로 대령이 서재에서 목사님을 기다리고 있다는 말도요. 그대로 돌아가고 싶지 않았습니다 ……. 그러니까 마치 그를 피하는 것처럼 보이고 싶지 않았죠. 그래서 나도 같이 기다리겠다고 말하고 안으로 들어가 서재로 갔습니다."

거기서 로렌스는 말을 멈추었다.

"그래서?"

멜쳇 대령이 물었다.

"프로더로는 책상에 엎어져 있었습니다. 목사님께서 발견하실 때 모습 그대로였습니다. 저는 그에게 다가가 몸을 살펴보았죠. 죽어 있었습니다. 그래서 바닥을 보니 그의 옆에 권총이 떨어져 있었습니다. 저는 그것을 집어 들었습니다. 그리고 즉시 제 권총이라는 것을 알았습니다. 저는 깜짝 놀랐습니다. 제 권총이었어요! 순간 저는 선부른 결론을 내렸죠. 앤이 내 권총을 훔쳐 낸 것이 분명하다고 생각했습니다. 그러니까 더 이상 견딜 수 없다고 결론을 내려 저지른 일이 아니겠느냐 하는 것이었습니다. 아마도 그날 총을 갖고 있었고, 우리가 마을에서 헤어진 후에 목사관으로 돌아와서 ……. 아! 그런 생각을 하다니 아무래도 제정신이 아니었나 봅니다. 하지만 당시에는 그렇게 생각했습니다. 그래서 주머니에 권총을 집어넣고 밖으로 나오다가 목사관 바로 앞에서 목사님을 만났습니다. 목사님은 친절하게 맞아 주시면서 프로더로 대령을 만나기로 했다는 말을 자연스럽게 하셨습니다. 갑자기 저는 웃음을 터트리고 싶은 충동이 일었습니다. 목사님의 태도는 너무나 일상적이고 평범해 보이는데 저는 완전히 목매단 심정이었으니까요. 그때 제가 뭔가 말도 안 되는 소리를 크게 외쳤던 것 같습니다. 제 말에 목사님 안색이 변하셨으니까요. 만약 정말 앤이 그 무시무시한 일을 저질렀다면 적어도 도덕적 책임이 저에게 있다고 생각했습니다. 그래서 경찰서로 가 자수했던 겁니다."

그가 말을 마치자 한참 동안 침묵이 흘렀다. 그러다가 대령이 사무적인 투로 말했다.

"한두 가지 질문이 있습니다. 먼저 어떤 식으로든 사체에 손을 대거나 움직였습니까?"

"아닙니다. 손대지 않았습니다. 굳이 만지지 않아도 누구나 그가 죽었다는 것을 알 수 있는 상태였으니까요."

"그의 몸에 깔려 반쯤 가려져 있던 쪽지를 보았습니까?"

"아니요."

"어떤 식으로든 그곳에 있던 시계를 조작하거나 하지 않았고요?"

"시계는 손도 대지 않았습니다. 책상 위에 엎어져 있는 시계를 본 것도 같습니다만 만지지는 않았습니다."

"그럼 당신의 권총에 관한 이야기인데, 그걸 마지막으로 본 게 언제입니까?"

로렌스 레딩은 열심히 생각했다.

"정확히 언제라고 말하기 어렵습니다."

"평소 어디에 보관해 둡니까?"

"아, 제 집 거실에 이런저런 잡동사니들과 함께 두었습니다. 책장 서랍 속에 넣어 두죠."

"그렇게 부주의하게 뒀단 말입니까?"

"네. 사실 총에 대해 그렇게 생각해 보지 않았습니다. 그냥 늘 있던 곳에 있겠거니 했죠."

"그럼 당신 집에 간 사람은 누구라도 그걸 발견할 수 있겠군요?"

"그렇습니다."

"그런데 마지막으로 본 게 언제인지는 기억이 나지 않고?"

로렌스는 미간을 찡그리고 기억을 더듬었다.

"엊그제까지는 제자리에 있었던 것 같습니다. 전에 쓰던 담배 파이프를 찾느라 총을 한쪽으로 밀어 놓은 기억이 납니다. 그게 아마 엊그제였던 것 같습니다. 하지만 그 이전일지도 모릅니다."

"최근 당신 집에 찾아간 사람이 누구입니까?"

"아, 많이 찾아왔죠. 누구나 언제든 드나들 수 있는 곳이니까요. 엊그제도 일종의 티파티 비슷한 모임을 가졌습니다. 레티스 프로더로, 데니스, 그리고 다른 사람들이 몇몇 있었죠. 그리고 또 마을의 늙은 고양이들도 이따금씩 다녀가곤 했습니다."

"외출할 때는 문을 잠가 놓습니까?"

"아닙니다. 뭐 하러 그러겠습니까? 도둑맞을 거라곤 아무것도 없습니다. 그리고 이 근처에서는 집 문을 잠그고 다니는 사람이 없습니다."

"그럼 꼭 필요한 집안일은 누가 돌봐 주고 있습니까?"

"아처 부인께서 매일 아침에 들러 소위 말하는 최소한의 '집안일'을 해 주십니다."

"그 부인이라면 권총이 마지막으로 있었던 때를 기억할 것 같습니까?"

"모르겠습니다. 그럴지도 모르죠. 하지만 그 부인이 꼼꼼하게 청소하는 편은 아니라고 생각합니다."

"그렇다면……, 누구라도 당신 권총을 가져갈 수 있단 말이군요?"

"그런 것 같습니다……, 네."

문이 열리고 헤이독이 앤 프로더로 부인과 함께 들어왔다.

프로더로 부인은 로렌스를 뚫어져라 쳐다보았다. 로렌스는 조심스레 한 걸음 부인에게 다가가 말했다.

"앤, 용서해 줘요. 이런 짓을 할 생각을 하다니 내 자신이 정말 증오스럽군요."

"전……."

부인은 우물거리다가 호소하듯 멜쳇 대령을 바라보았다.

"헤이독 선생님께서 저에게 해 주신 말이 모두 사실인가요?"

"레딩 씨의 혐의가 벗겨졌다는 거 말씀이십니까? 네, 그렇습니다. 그러니 이제는 부인의 이야기를 들어야겠습니다. 프로더로 부인, 어떠십니까?"

부인은 수줍게 미소 지었다.

"제가 형편없는 짓을 했다고 생각하고 계시겠죠?"

"뭐 굳이 말씀 드리자면……, 매우 어리석었다고 할까요? 하지만 모두 지난 일입니다. 프로더로 부인, 지금 제가 원하는 건 진실입니다. 온전한 진실 말입니다."

프로더로 부인은 진중하게 고개를 끄덕였다.

"말씀 드리겠어요. 모두 말이에요. 이미 다 알고 계신 것 같으니까요."

"네, 그렇습니다."

"전 로렌스와 만나기로 되어 있었어요. 여기 레딩 씨 말이에요. 그날 저녁 화실에서요. 6시 15분에 약속했죠. 남편과 저는 함께 차를 타고 마을로 나갔어요. 저는 쇼핑을 좀 해야 했거든요. 일을 마치고 남편과 헤어지려는데 그가 무심코 목사관에 갈 예정이라고 말하더군요. 로렌스에게 연락할 방법이 없었어요. 그래서 저는 마음이 불안했죠. 정말이지……. 남편이 목사관에 있는데 그 정원에서 그와 만나는 건 정말 위험한 일이니까요."

부인은 얼굴을 붉혔다. 이런 말을 하는 것이 그리 유쾌하지만은 않을 것이다.

"어쩌면 남편이 그리 오래 머물지는 않을 거라고 생각했어요. 그래서 저는 뒷골목으로 해서 정원에 들어가려고 했죠. 다른 사람 눈에 띄지 않기를 바랐지만 마플 양이 자기 집 정원에 나와 있었어요. 마플 양은 저를 붙잡았고 우리는 몇 마디 나누었어요. 저는 남편을 만나러 가는 길이라고 둘러댔죠. 뭔가 말해야만 한다는 생각이 들었기 때문이었어요. 마플 양이 제 말을 믿는지는 알 수 없었어요. 마플 양은……, 재미있어하는 것 같았어요. 마플 양과 헤어져 저는 곧 바로 목사관 모퉁이를 돌아 서재로 다가갔죠. 안에서 사람 목소리가 들릴 것이라고 예상하고는 조심스럽게 몸을 숙이고 갔어요. 하지만 놀랍게도 아무 소리도 들리지 않았어요. 저는 서재를 힐긋 쳐다보고 아무도 없다고 생각하고 서둘러 잔디밭을 가로질러 화실로 갔죠. 그리고 거의 동시에 로렌스가 왔어요."

"서재가 비어 있었다고 하셨습니까, 프로더로 부인?"

"네, 남편은 거기 없었어요."

"정말 이상한 일이군요."

"그러니까 부인은 남편분을 보지 못하셨단 말씀이십니까?"

슬랙 경감이 물었다.

"네, 보지 못했어요."

경감은 서장에게 뭔가를 속삭였다. 서장은 고개를 끄덕였다.

"프로더로 부인, 그때 어떻게 하셨는지 정확하게 저희에게 보여 주실 수 있겠습니까?"

"그럼요."

프로더로 부인은 자리에서 일어섰다. 슬랙 경감은 부인을 위해 유리문을 열어 주었고, 그녀는 테라스로 나가 왼쪽으로 돌아 나갔다.

슬랙 경감은 오만한 말투로 나에게 책상 앞으로 가서 앉아 보라고 지시했다. 썩 내키지 않았지만 결국 나는 그의 말에 따랐다.

곧 밖에서 발걸음 소리가 들렸다. 사람들은 한동안 걸음을 멈췄다가 물러났다. 슬랙 경감은 나에게 그만 서재 건너편으로 돌아가도 좋다고 말했다. 프로더로 부인은 유리문을 통해 다시 안으로 들어왔다.

"정확하게 그렇게 하셨단 말씀이죠?"

멜쳇 대령이 물었다.

"정확하다고 생각해요."

"그렇다면 프로더로 부인, 아까 서재를 쳐다보셨을 때 목사님이 어디 계셨는지 말씀해 주시겠습니까?"

"목사님요? 전……, 죄송하지만 보지 못했는데요. 목사님은 보이지 않았어요."

슬랙 경감이 고개를 끄덕였다.

"그래서 남편분을 보지 못하신 거군요. 그는 책상 앞에 앉아 있었습니다."

"아!"

프로더로 부인은 말을 멈추었다. 갑자기 그녀의 두 눈이 공포로 커졌다.

"그럴 리가……. 그럼 그때 거기에……."

"네, 프로더로 부인. 대령이 여기 앉아 있다가 일을 당했던 겁니다."

"오!"

부인이 몸을 떨었다.

슬랙 경감은 질문을 계속했다.

"프로더로 부인, 레딩 씨에게 권총이 있다는 사실은 알고 계셨습니까?"

"네. 전에 말해 줘서 알고 있어요."

"그 권총을 갖고 계신 적이 있으십니까?"

부인은 고개를 가로저었다.

"아니요."

"레딩 씨가 총을 어디에 두는지 알고 계셨습니까?"

"글쎄요……. 제 생각엔……. 네, 전에 그의 집 선반에서 본 것 같기도 하네요. 로렌스, 거기에 놓아두지 않았나요?"

"프로더로 부인, 레딩 씨의 집에 마지막으로 가신 것이 언제였습니까?"

"아! 그건 아마 3주 전쯤일 거예요. 남편과 함께 그곳에서 차를 마셨어요."

"그 이후로는 가지 않으셨습니까?"

"네. 간 적 없어요. 그랬다간 마을에 말이 생길 테니까 조심했죠."

"그랬겠군요."

멜쳇 대령이 담담하게 말했다.

"그럼 레딩 씨와는 어디서 만나셨는지 여쭤 봐도 되겠습니까?"

"로렌스가 올드 홀로 찾아오곤 했어요. 레티스의 초상화를 그려 주고 있었으니까요. 그림을 그리고 나서 우리는……, 종종 숲 속에서 만났어요."

멜쳇 대령이 고개를 끄덕이자 부인이 갑자기 울먹였다.

"이걸로 다 된 건가요? 너무나 끔찍하네요. 이런 일들을 다 말씀드리다니. 그런데…… 정말 부정한 일은 전혀 없었답니다. 해서는 안 될 일은 없었어요. 정말이에요. 우리 그저 친구 사이였어요. 우린…… 어쩔 수 없이 서로를 좋아하게 되었을 뿐이랍니다."

부인은 애절한 눈으로 호소하듯 헤이독을 바라보았다. 그러자 그 마음 착한 남자는 한 걸음 앞으로 걸어 나왔다.

"멜쳇, 내 생각에는 말이야. 프로더로 부인에게 이만 했으면 하네. 그렇지 않아도 충격이 크실 거네. 여러 가지로 말이야."

서장은 고개를 끄덕였다.

"프로더로 부인, 사실 더 물어볼 것도 없습니다. 제 질문에 솔직하게 답해 주셔서 감사합니다."

"그럼……. 저는 이제 가도 되나요?"

"클레멘트, 부인 계신가? 프로더로 부인께서 자네 부인을 만나고 싶어 하실 것 같은데."

헤이독이 말했다.

"그래. 그리젤다는 집에 있네. 응접실에 있을 걸세."

내가 말했다.

부인과 헤이독은 함께 서재를 나갔다. 로렌스 레딩도 그들과 동행했다.

멜쳇 대령은 입술을 잔뜩 오므리고 종이 자르는 칼을 만지작거렸다. 슬랙은 쪽지를 쳐다보고 있었다. 그때 나는 마플 양이 말했던 추리가 떠올랐다. 슬랙은 쪽지를 눈 가까이 대어 보고 있었다.

"이거 참. 그 노처녀의 말이 맞는 것 같습니다. 여기를 좀 보세요, 서장님. 보이십니까? 이 숫자들은 다른 잉크로 쓰여졌습니다. 시간은 만년필로 적혀 있는 게 분명합니다. 아니라면 제가 장화를 먹겠습니다."

경감이 말했다.

우리는 모두 흥분했다.

"자네 물론 그 쪽지에 묻은 지문은 조사했겠지."

서장이 말했다.

"서장님, 이걸 어떻게 생각하십니까? 이 쪽지에는 지문이 하나도 묻어 있지 않았습니다. 하지만 레딩 씨의 총에는 지문이 잔뜩 묻어 있었습니다. 전에 총을 아무렇게나 방치할 때나 또 사건 이후 주머니에 총을 집어넣으면서 묻은 걸로 추정됩니다. 하지만 분명하게 드러나는 것은 하나도 없습니다."

"처음에 이 사건은 프로더로 부인에게 혐의를 둘 수 있을 것처럼 보였네."

서장이 생각에 잠겨 신중하게 말했다.

"레딩보다 부인이 더 의심스러웠지. 하지만 마플 양이라는 노처녀 할머니가 그 부인은 권총을 지니지 않았다고 증언했지. 그렇지만 나이 많은 노파들이란 종종 실수를 하게 마련이야."

나는 침묵을 지켰다. 하지만 서장의 말에 동의하지 않았다. 마플 양이 프로더로 부인이 총을 지니지 않았다고 말했다면 정말 그럴 것이라고 확신했다. 마플 양은 실수를 할 노파가 아니었다. 언제나 옳은 말만 하는 불가사의한 비결을 갖고 있는 사람이었다.

"지금 내가 생각하고 있는 것은 어째서 총성을 들은 사람이 아무도 없느냐 하는 거네. 총이 발사되었다면 누군가 분명히 그 소리를 들었어야 하지 않나. 그게 어디서 들려오든 말이야. 슬랙, 이 집 하녀와 다시 이야기를 좀 해 보게."

슬랙 경감은 민첩하게 문으로 걸어갔다.

"집 안에서 나는 총소리를 들었냐고 묻는 게 아니었어. 그렇게 물으면 메리는 당연히 못 들었다고 할 거야. 숲 속에서 나는 총소리를 들었냐고 말해 보게. 그 소리는 들었다고 할 걸세."

내가 말했다.

"탐문 수사를 어떻게 하는지는 제가 잘 알고 있습니다."

슬랙 경감은 그렇게 말하고 사라졌다.

"마플 양이 총소리를 들었다고 말했네. 그 시각이 정확하게 언제인지 알아봐야지. 물론 그 총소리는 이 사건과 아무런 관련이 없는, 우연히 들린 소리겠지만 말이야."

멜쳇 대령은 생각에 잠겨 말했다.

"물론 그럴 수도 있겠지."

나는 동의했다.

대령은 뒤로 돌아서 방 안을 두 번 가로질렀다. 그가 갑자기 말했다.

"클레멘트 그거 아나? 이 사건이 아무래도 생각보다 훨씬 더 어렵고 복잡한 것 같아. 이런 빌어먹을! 이 사건 뒤에 뭔가 있네."

서장은 코를 킁킁거렸다.

"우리가 모르는 뭔가가 있어. 클레멘트, 우린 이제 시작이네. 내 말을 명심하게. 우린 이제 시작이야. 시계, 쪽지, 권총, 이 모든 것들이……, 도무지 하나도 맞아떨어지지 않고 있어."

나는 고개를 설레설레 저었다. 정말 하나도 맞아떨어지는 것이 없었다.

"하지만 난 반드시 이 사건의 진상을 규명해 내겠네. 런던 경시청으로 이관되지 않도록 할 거야. 슬랙은 영리한 사람이야. 매우 영리하지. 거의 탐정이야. 그라면 진실로 가는 길을 찾아낼 걸세. 그러면 이번 사건은 그의 셰이 되브르('걸작'이라는 뜻—옮긴이)가 될 거야. 누군가 런던 경시청으로 연락할지도 모르지만 나는 하지 않을 생각이네. 여기 다운셔에서 우리 힘으로 진상을 모두 파헤치고 말 걸세."

"나도 그러길 바라네."

나는 그의 말에 열띤 목소리로 동조하려고 노력했다. 하지만 나는 이미 슬랙 경감을 싫어하고 있었으므로 그의 성공에 호응할 수 없었다. 성공한 슬랙의 모습은 실패한 모습보다 더 역겹고 불쾌할 것 같았다.

"이쪽 옆에는 누가 살고 있지?"

갑자기 대령이 물었다.

"이 길 끝에 있는 집 말인가? 프라이스 리들리 부인이지."

"슬랙이 자네 하녀와 이야기를 마치고 나면 그 부인의 집으로 찾아가 보세. 그녀라면 혹시 무슨 소리를 들었을지도 모르지. 그 부인은 귀가 먹었거나 뭐 그렇지는 않겠지?"

"그 부인의 청력은 매우 정확하다고 할 수 있네. 그 부인이 '우연히 엿듣게 되어' 시작된 마을의 뒷담화가 얼마나 많은지 몰라."

"우리가 원하던 사람이군. 오! 여기 슬랙이 왔군."

경감은 심한 격투라도 치르고 온 듯한 모습으로 나타났다.

"휴! 정말 다루기 힘든 아이를 데리고 계시는군요, 목사님."

"메리는 성격이 매우 강한 아이일세."

내가 대꾸했다.

"경찰을 좋아하지 않더군요. 제가 경고까지 했거든요. 공권력의 위엄을 세우기 위해 할 수 있는 최대한의 경고를 했지만…… 소용이 없더군요. 끝까지 자기 주장을 굽히지 않았어요."

"거참 용기가 가상하군."

나는 그 어느 때보다 메리를 후하게 평가하고 있었다.

"하지만 제가 꼼짝 못 하게 만들어 필요한 정보를 얻어 냈습니다. 총소리를 들었다고 하더군요. 그것도 단 한 방을요. 프로더로 대령이 집에 온 후 한참 있다가 들렸다고 말했습니다. 정확한 시각은 알 수 없지만, 그래도 생선을 사용해서 정확한 시각을 알아냈습니다. 생선이 평소보다 늦게 왔다더군요. 그래서 생선 배달을 하는 소년에게 화가 나서 소리를 꽥 질렀답니다. 그랬더니 그 소년이 6시 30분밖에 안 됐다고 했다는군요. 바로 그 직후 총소리를 들었다고 합니다. 물론 아주 정확한 시각이라고 할 수는 없습니다만, 적어도 어느 정도 추정해 볼 수 있는 정보입니다."

"흠."

멜쳇이 가볍게 숨을 내쉬었다.

"아무튼 이 사건에 프로더로 부인이 연루되어 있는 것 같지는 않습니다."

슬랙은 매우 안타깝다는 듯 말했다.

"일단 부인에게는 충분한 시간이 없었습니다. 그리고 여자들은 총기를 만지작거리는 일을 좋아하지 않는 법입니다. 비소가 더 어울리죠. 그래요. 그 부인은 범인이 아니에요. 정말 유감입니다!"

슬랙이 한숨을 내쉬었다.

멜쳇이 프라이스 리들리 부인의 집에 잠시 들러 보는 것이 어떻겠냐고 하자 슬랙이 좋다고 했다.

"같이 가도 되겠나? 나도 점점 흥미가 생기는데."

내가 물었다.

좋다는 말에 나는 멜쳇과 함께 출발했다. 목사관 문을 나서자 "안녕하세요."라는 큰 목소리가 우리를 맞았다. 조카 데니스가 마을 쪽에서 달려와 우리에게 인사했다.

"잠시만요. 제가 말씀 드렸던 발자국은 어떻게 되었나요?"

"정원사의 것이었네."

슬랙 경감은 간결하게 답했다.

"다른 사람이 정원사의 부츠를 신었다는 생각은 안 해 보셨어요?"

"아니!"

슬랙 경감은 상대의 기를 꺾어 버리고자 말했다.

하지만 그 정도로 데니스의 기를 꺾을 수는 없었다.

데니스는 다 타 버린 성냥개비 두 개를 내밀었다.

"이걸 목사관 대문 옆에서 발견했어요."

"고맙구나."

슬랙은 성의 없이 대꾸하고 성냥개비를 받아 주머니에 넣었다.

이제 사건은 교착상태에 빠진 것으로 보였다.

"렌 삼촌을 체포하지는 않으시겠죠?"

데니스가 익살맞게 물었다.

"왜 그래야 하지?"

슬랙이 되물었다.

"그거야 삼촌한테 불리한 증거가 많으니까요."

데니스가 자신 있게 말했다.

"메리한테 물어보세요. 바로 엊그제 삼촌은 프로더로 대령이 이 세상에서 없어졌으면 좋겠다고 중얼거렸다고요. 그렇죠, 삼촌?"

"아……."

내가 말을 하려 하자 슬랙 경감이 미심쩍은 시선으로 나를 보았다. 나는 온몸이 화끈거리는 것을 느꼈다. 데니스는 정말이지 못 말리게 성가신 녀석이었다. 경찰들에게는 유머 감각이란 것이 거의 없다는 사실도 모르고 있었다.

"말도 안 되는 소리 하지 말아라, 데니스."

나는 성마른 목소리로 말했다.

순진한 아이는 놀라 두 눈을 크게 떴다.

"제 말은 그냥 농담이었어요. 렌 삼촌은 그냥 프로더로 대령을 누가 죽여 준다면 그건 세상에 큰 도움을 주는 거라고 말했을 뿐이에요."

"이런! 그렇다면 하녀 메리가 했던 말이 이해가 되는군요."

슬랙 경감이 말했다.

하인들 역시 유머 감각이 별로 없는 사람들이었다. 나는 쓸데없는 말을 만들어 낸 데니스를 진심으로 저주했다. 이것으로 시계 이야기에 이어 경감은 나를 계속 의심하게 될 것이다.

"자, 그만 가세, 클레멘트."

멜쳇 대령이 말했다.

"어디 가시는 거예요. 저도 같이 가도 되나요?"

데니스가 물었다.

"아니, 안 돼."

내가 딱 잘라 말했다.

상처받은 얼굴로 우리를 쳐다보는 데니스를 뒤로한 채 우리는 다시 걸어갔다. 프라이스 리들리 부인 집 현관에 도착하자 슬랙 경감은 문을 두드리고 지극히 격식을 갖춘 태도라고밖에는 달리 표현할 수 없는 모습으로 공손하게 초인종을 울렸다. 예쁘장하게 생긴 하녀가 나왔다.

"프라이스 리들리 부인 계신가?"

멜쳇이 물었다.

"아니요, 선생님."

하녀는 잠시 멈칫하고서 다시 덧붙여 말했다.

"방금 경찰서로 가셨어요."

이건 전혀 예상치 못한 일이었다. 왔던 길을 되돌아가는데 멜첫이 내 팔을 잡고 중얼거렸다.

"만약 리들리 부인 역시 자신이 범인이라고 자수한다면, 난 정말 이지 돌아 버리고 말 걸세."

13장

나는 프라이스 리들리 부인이 뭔가 극적인 반전을 갖고 있으리라고는 생각하지 않았다. 하지만 그녀가 무슨 일로 경찰서에 갔는지 무척 궁금했다. 정말 중요한 증거를 갖고 있거나 아니면 자신이 생각하기에 매우 중요하다고 생각되는 어떤 증언을 하려는 걸까? 어찌 되었건 곧 알게 될 것이다.

우리가 경찰서에 도착했을 때 프라이스 리들리 부인은 당황한 표정을 짓고 있는 경찰에게 매우 빠른 속도로 뭔가 말하고 있었다. 매우 분개해 있다는 것을 알 수 있었는데 모자 위에 얹힌 리본이 파르르 떨리고 있었다. 그녀가 쓰고 있는 모자는 '부인들을 위한 모자'라고 알려진 것으로 보였다. 우리 마을 가까이에 있는 머치 벤햄에서 전문으로 만들어 파는 상표였다. 머리 위에 살짝 올려놓듯 쓰는 이 모자는 커다란 리본 때문에 무게가 만만치 않았다. 그리젤다는 언제나 이 모자를 사겠다는 말로 나를 협박하곤 했다.

프라이스 리들리 부인은 우리가 들어서자 속사포같이 쏟아내던 말을 잠시 멈추었다.

"프라이스 리들리 부인이십니까?"

멜쳇 대령이 모자를 살짝 들어 올리며 물었다.

"프라이스 리들리 부인, 여기는 멜쳇 대령입니다. 이곳 경찰서의 서장이시죠."

내가 말했다.

프라이스 리들리 부인은 차가운 시선으로 나를 보았지만 대령에게는 짐짓 우아한 미소를 지어 보였다.

"방금 부인의 집에 들렀다 오는 길입니다, 부인. 그런데 부인께서 여기로 가셨다고 하더군요."

대령이 설명했다.

프라이스 리들리 부인의 태도가 누그러졌다.

"이런! 이 사건에 주의를 기울이는 사람이 있다니 정말 다행이네요. 망신스러운 일이라고밖에 할 수 없는 일이에요. 정말 수치스러운 일이죠."

부인이 말했다.

살인을 망신스럽고 수치스러운 일이라고 볼 수도 있겠지만 나라면 그런 표현을 사용하지 않을 것이다. 멜쳇 역시 이상한 표현에 나만큼이나 놀란 듯했다.

"이 사건을 해결할 만한 새로운 정보를 갖고 계신 겁니까?"

멜쳇이 물었다.

"그건 대령님 일이시죠. 경찰이 하는 일이 그거잖아요. 저희가 지방세와 국세 등 각종 세금을 내는 이유가 뭔지 정말 알고 싶네요."

매년 저런 질문을 하는 사람이 얼마나 많을까.

"우린 최선을 다하고 있습니다, 프라이스 리들리 부인."

서장이 말했다.

"하지만 여기 이분은 제가 말하기 전까지 아무것도 모르고 계신 것 같던데요!"

부인이 큰 소리로 말했다.

우리는 모두 문제의 경찰을 쳐다보았다.

"부인께 전화가 걸려 왔는데, 매우 짜증스럽고 외설적인 단어를 쓴 모양입니다. 저는 그렇게 이해했습니다만."

그가 말했다.

대령의 미간이 활짝 펴졌다.

"아! 알겠습니다. 서로 오해가 있었던 것 같습니다. 부인께서는 불만 사항이 있어 오신 거로군요. 그러시죠?"

멜쳇은 현명한 사람이었다. 짜증이 잔뜩 난 중년 여인의 질문 공세에 대처하는 법은 오로지 하나, 열심히 들어 주는 것이었다. 부인은 자신이 하고 싶은 말을 모두 하고 나서야 상대의 말을 들을 생각을 하게 될 것이다.

부인은 갑자기 말을 쏟아 내기 시작했다.

"이런 불명예스럽고 수치스러운 사건은 사전에 예방되어야만 해요. 다시는 이런 일이 없어야죠. 다른 사람의 집에 전화를 걸어 모욕을 하다니. 그래요, 모욕 말이에요. 이건 정말 익숙하지 않은 일이에요. 전쟁이 끝나고 나서 다들 도덕심이 해이해졌다니까요. 사람들은 하는 말이나 입는 옷에 도무지 신경을 쓰지 않아요……."

"그렇죠. 정확히 무슨 일이 있었던 겁니까?"

멜쳇 대령이 조금 안달이 나 말했다.

프라이스 리들리 부인은 한숨을 돌리고 나서 다시 시작했다.

"전화가 걸려 왔어요."

"그게 언제였죠?"

"어제 오후에요. 정확히 말하면 저녁이었죠. 대략 6시 30분경이었어요. 저는 아무런 의심도 없이 전화를 받으러 갔어요. 그리고 곧 불결하고 모욕적인 공격과 위협을 당했어요……."

"실제로 무슨 말을 하던가요?"

부인의 볼이 살짝 상기되었다.

"제 입으로 그 말을 옮기는 건 정중하게 거절하겠어요."

생각에 잠긴 듯한 얼굴의 경찰이 낮은 목소리로 중얼거리듯 말했다.

"외설스러운 말이었답니다."

"욕설을 했습니까?"

멜쳇 대령이 물었다.

"어느 정도를 욕설로 보느냐에 따라 다르죠."

"무슨 말인지 이해하실 수 있는 말이었나요?"

내가 물었다.

"물론 이해할 수 있었어요."

"그렇다면 그렇게 심한 욕설은 아니었겠군요."

내가 말했다.

부인은 무슨 소리냐는 듯 나를 보았다.

"품위 있는 부인이라면 당연히 욕설 같은 것은 잘 모르실테니까 말입니다."

내가 설명했다.

"그런 말은 아니었어요. 솔직히 말하면 처음에는 깜빡 속았어요. 진짜로 용건이 있어 걸려 온 전화라고 생각했으니까요. 그런데……, 그…… 그 사람이 독설을 퍼부었어요."

"독설을 퍼부어요?"

"매우 심한 독설이었어요. 저는 꽤 놀랐어요."

"위협적인 단어를 사용하던가요?"

"네. 전 위협을 당하는 일에는 익숙하지 않아요."

"어떤 위협을 했나요? 신체적인 손상을 입히겠다고 했나요?"

"그렇다고 할 수는 없어요."

"죄송합니다만 부인, 좀 더 명확하게 말씀해 주셔야 합니다. 어떤 위협을 당하셨나요?"

프라이스 리들리 부인은 이 질문에 아무래도 답하고 싶지 않은 것 같았다.

"정확히 기억나지는 않아요. 아무튼 모두 매우 불쾌한 내용이었어요. 하지만 마지막에는 정말이지……, 매우 불쾌했어요. 비열한 웃음까지.”

“남자 목소리였나요, 여자 목소리였나요?”

“변조된 음성이었어요. 정신이상자의 목소리 같다고나 할까요. 걸걸한 목소리였다가 날카롭게 삐걱대는 목소리로 바뀌었어요. 매우 특이한 목소리였어요.”

프라이스 리들리 부인은 점잔을 빼며 말했다.

“아마도 질이 나쁜 장난인 것 같군요.”

대령은 부인을 진정시키려 말했다.

“장난치고는 정말 고약한 장난이라고 할 수 있겠죠. 저는 하마터면 심장마비를 일으킬 뻔했다구요.”

“저희가 조사해 보겠습니다. 그렇지, 경감? 전화 내역을 추적해 보게. 더 정확하게는 말씀해 주실 수 없으신 거죠, 프라이스 리들리 부인?”

대령이 말했다.

검은색 옷으로 감싸인 리들리 부인의 풍만한 가슴 속에서는 접전이 벌어지고 있었다. 말을 삼가려는 마음과 복수를 하려는 마음이 싸우고 있었던 것이다. 그리고 마침내 복수의 욕망이 승리를 거두었다.

“물론 그 나쁜 사람이 더 이상 그런 고약한 장난을 하게 해서는 안 되겠죠.”

부인이 말했다.

"물론입니다."

"그 사람은 이렇게 말을 꺼냈어요. 정말이지 이런 말을 내 입으로 직접 옮기기가 그런데요……."

"네, 네, 그러실 겁니다."

멜첫은 부인을 격려했다.

"'소문이나 옮기고 다니는 이 비열한 늙은 여자야!'라고 했어요. 멜첫 대령님, 저보고 소문이나 옮기고 다니는 비열하고 늙은 여자라고 했다니까요. 그리고 다음에는 이렇게 말하더군요. '하지만 이번에는 너무 지나치셨어. 런던 경시청이 명예훼손으로 당신을 쫓고 있어.'"

"무척 놀라셨겠습니다."

멜첫이 미소를 감추기 위해 콧수염을 세게 잡아당기면서 말했다.

"그리고 이렇게도 말했답니다. '앞으로 그놈의 혀를 묶어 놓지 않으면 더 괴로워질 줄 알아. 괴로운 일이 한두 가지가 아닐 테니.' 이때 얼마나 위협적인 말투였는지는 제대로 설명할 수가 없군요. 저는 너무 놀라 숨을 헐떡이며 '누구세요?'라고 희미하게 말했어요. 지금처럼 말이에요. 그러자 상대가 말하기를 '복수다.'라고 하더군요. 저는 낮은 비명을 질렀어요. 너무나 끔찍한 목소리였거든요. 그러고 나서 그 사람이 웃더군요. 웃었다구요! 분명히 들었어요. 그리고 그걸로 끝이었어요. 수화기를 내려놓는 소리가 들려왔어요. 물론 교환수에게 어디서 걸려 온 전화인지 물어보았죠. 하지만 모른다고 하더군요. 교환수들이 어떤지 잘 아시잖아요. 죄다 무례하고 인정머리라고는 눈곱만큼도 없다구요."

"네, 그렇죠."

내가 말했다.

"전 거의 기절하기 직전이었어요."

프라이스 리들리 부인은 말을 계속 이어 나갔다.

"온 신경이 날카롭게 곤두서 있을 때 숲 속에서 총성이 나는 걸 들었어요. 순간 너무 놀라서 완전히 혼비백산했답니다. 제가 얼마나 놀랐는지 짐작하실 수 있을 거예요."

"숲 속에서 총성이 들려요?"

슬랙 경감이 조심스럽게 말했다.

"완전히 흥분해 있던 저에게 그건 마치 대포 소리 같았답니다. '어머나!' 하고 소리를 지른 저는 완전히 탈진 상태가 되어 소파에 주저앉았어요. 클라라가 자두로 빚은 진을 한 잔 가져다주어야 했답니다."

"놀랍군요. 놀라운 일입니다. 무척 힘드셨겠습니다. 그런데 그 총소리가 매우 크게 들렸다고 하셨습니까? 매우 가까이에서 나는 것처럼요?"

멜쳇이 말했다.

"그건 제가 워낙 예민해져 있었기 때문일 거예요."

"물론 그러실 겁니다. 그런데 이 모든 게 몇 시에 일어난 일이었죠? 발신 전화를 추적하는 데 필요해서요."

"대략 6시 30분경이었어요."

"좀 더 자세한 시각을 말씀해 주실 수는 없겠습니까?"

"그게, 벽난로 선반 위에 올려놓은 조그만 시계는 30분마다 벨이 울리고, 그때 제가 '저 시계가 빠른 게 분명해.'라고 말하고(그 시계는 정말 빨라요.) 제가 차고 있던 손목시계와 비교해 보았거든요. 손목시계는 막 10분을 지나고 있었어요. 그렇지만 손목시계에 귀를 대 보니 시계가 멈춰 있더군요. 그래서 생각했죠. '저 시계가 빨리 가는 게 맞다면 한 일이 분 후에 교회 종탑 소리가 들리겠군.' 그러고 나서 문제의 전화가 왔죠. 그래서 저는 시간에 관한 건 까맣게 잊어버렸어요."

부인은 숨을 죽이고 말을 멈췄다.

"네, 그 정도면 충분합니다. 프라이스 리들리 부인, 저희가 최선을 다해 수사하도록 하겠습니다."

멜쳇 대령이 말했다.

"그 전화는 그저 못된 장난이라고 생각하시고 마음을 놓으십시오, 프라이스 리들리 부인."

내가 말했다.

부인은 차가운 시선으로 나를 보았다. 1파운드짜리 지폐 사건이 여전히 부인의 마음속에 사무쳐 있는 게 분명했다.

"최근에 이 마을에서는 매우 이상한 사건들이 계속 일어나고 있어요."

부인은 멜쳇에게 말을 걸었다.

"정말 매우 이상한 사건들이에요. 프로더로 대령님은 그 사건들을 조사하고 있었는데 그 불쌍한 어른에게 이게 무슨 변고래요? 혹시 제가, 다음은 제가 되는 건 아니겠죠?"

그 말을 마지막으로 부인은 의기소침해져 고개를 절레절레 흔들며 자리를 떠났다. 멜첫은 작은 목소리로 중얼거렸다.

"운도 지지리도 없는 여자로군!"

그러고는 진지한 표정으로 돌아와 슬랙 경감에게 질문을 담은 시선을 보냈다.

그 높으신 분은 천천히 고개를 끄덕였다.

"이것으로 하나는 분명해졌습니다, 서장님. 세 명이 총성을 들었습니다. 이제는 그 총성이 무엇이었는지 밝혀야겠습니다. 레딩 씨의 일로 시간을 끌게 되었습니다만, 새로운 출발점으로 삼을 수 있는 것이 몇 개 있습니다. 레딩 씨가 유죄라고 확신하고 있었기 때문에 그동안은 그것들을 애써 주의 깊게 생각해 보지 않았습니다. 하지만 이제는 상황이 완전히 바뀌었습니다. 지금은 일단 가장 먼저 전화 발신자를 찾아보아야겠습니다."

"프라이스 리들리 부인이 받았다는 전화 말인가?"

경감이 씨익 웃었다.

"아닙니다. 물론 사건을 접수해서 정리해 놓을 필요는 있을 것 같습니다. 나중에 그 할머니를 이곳으로 다시 불러 성가시게 해야 할 테니까요. 그렇지만 제 말은 그것이 아니라 목사님을 목사관에서 나오게 한 그 가짜 전화를 말하는 겁니다."

"그렇군. 그게 중요하지."

멜쳇이 말했다.

"그리고 다음으로 그날 저녁 6시에서 7시 사이에 관련된 사람들 전원이 무슨 일을 했는지 알리바이를 조사하겠습니다. 올드 홀에 사는 사람들과 이 마을에 있는 모든 사람들을 말하는 겁니다."

나는 한숨을 내쉬었다.

"정말 의욕이 대단하군, 슬랙 경감."

"열심히 하다 보면 무엇이든 해낼 수 있다고 생각합니다. 그럼 클레멘트 목사님, 그날 목사님의 행적을 먼저 알아보도록 하겠습니다."

"얼마든지. 전화는 5시 30분쯤 왔네."

"남자 목소리였나요, 여자 목소리였나요?"

"여자 목소리였지. 적어도 여자 목소리로 들렸단 말이네. 물론 나는 당연히 애보트 부인이라고 생각했고."

"애보트 부인의 목소리를 정확히 알고 계시지는 않는다는 말씀이신가요?"

"그렇네, 잘 안다고 할 수 없지. 그 목소리를 특별히 주의 깊게 들었거나 누군지 생각해 보지 않았으니까."

"그리고 곧바로 출발하셨나요? 걸어서요? 자전거를 갖고 계시지는 않나요?"

"자전거는 없네."

"알겠습니다. 그럼 거기까지 가는 데 시간이…… 얼마나 걸리셨나요?"

"거리가 거의 3킬로미터 정도 되는 곳이네. 어느 길로 가든지 말이야."

"올드 홀 숲을 가로질러 가는 게 가장 빠른 지름길이죠, 그렇죠?"

"사실 그렇지. 하지만 걸어가기에 좋은 길이 아니네. 나는 들판을 가로질러 난 인도로 갔다 왔네."

"목사관 대문 바로 건너편으로 난 그 길 말입니까?"

"그렇네."

"그럼 사모님은요?"

"아내는 런던에 가 있다가 6시 50분 기차로 돌아왔네."

"좋습니다. 이제 목사관에서 남은 사람은 아까 그 하녀뿐이군요. 목사관에 있는 사람들이 다 끝나면 올드 홀 사람들을 조사하겠습니다. 그러고 나서 레스트랭 부인에게 가서 면담을 좀 하도록 하죠. 이상하게도 프로더로 대령이 죽기 전날 밤 그 부인이 대령을 만났더군요. 이번 사건에는 이상한 점이 한두 가지가 아닙니다."

나도 그렇게 생각했다.

시계를 흘깃 쳐다보니 어느새 점심시간이 다 되었다. 나는 멜쳇을 우리 집에서 열리는 포트럭 파티에 초대했다. 하지만 그는 블루 보어에 가 봐야 한다며 사양했다. 블루 보어는 두 가지 야채와 고깃덩어리로 만든 일류 음식을 제공하는 곳이었다. 나는 멜쳇의 선택이야말로 현명한 것이라고 생각했다. 경찰이 찾아와 꼬치꼬치 캐묻고 난 다음이라면 메리는 평소보다 더 신경질적으로 변할 것이 분명했기 때문이다.

14장

집으로 돌아가는 도중에 우연히 하트넬 양을 만났다. 그녀는 적어도 10분 동안은 나를 붙들고 서서 낮은 계급 사람들이 감사할 줄도 모르는 데다 절약하는 습관이라고는 눈곱만큼도 없다는 말을 그 굵직한 목소리로 과장되게 떠들어 댔다. 그 말의 핵심은 그 가난한 사람들이 부인이 집 안에 들어서는 것을 원하지 않는다는 뜻인 듯했다. 나는 그 사람들 심정을 전적으로 이해할 수 있었다. 하지만 나는 사회적 지위 때문에 그들처럼 적대감을 적나라하게 드러낼 수 없는 처지였다.

나는 가능한 한 하트넬 양을 달래 주고 재빨리 그곳을 벗어났다.

목사관으로 가는 길 모퉁이에 들어서자 헤이독이 차를 내 앞에 세우고 큰 소리로 말했다.

"지금 막 프로더로 부인을 집에 모셔다 드리고 오는 참이었네."

그는 자기 집 대문에 서서 나를 기다렸다.

"잠깐 우리 집에 좀 들러 주게."

나는 순순히 그의 요청에 따랐다.

"이건 정말 이상한 사건이야."

그가 모자를 벗어 의자에 던지고 진료실로 들어가는 문을 열며 말했다.

헤이독은 낡은 가죽 의자에 털썩 주저앉아 방 건너편으로 시선을 주었다. 어찌할 바를 모르는 듯 당황한 기색이 역력했다.

나는 우리가 총성이 들린 정확한 시각을 알아냈다는 소식을 전해 주었다. 그는 멍한 얼굴로 내 말을 들었다.

"그렇다면 그걸로 프로더로 부인도 용의선상에서 확실히 벗어나겠군. 그래, 두 사람 모두 범인이 아니라니 정말 다행이네. 난 그 두 사람 다 좋아하거든."

나는 헤이독의 말을 액면 그대로 받아들였다. 하지만 헤이독이 그들을 좋아한다는 말은 납득하기 어렵다는 생각이 들었다. 그도 그럴 것이 두 사람이 사건에 연루되지 않은 것이 확실해지자 그의 안색이 어두워졌기 때문이다. 오늘 아침 그는 마음에 무거운 짐을 지고 있는 사람처럼 보였고, 지금은 몹시 난처한 듯 동요하는 모습이었다.

하지만 나는 그가 한 말을 그대로 믿기로 했다. 그는 앤 프로더로와 로렌스 레딩을 좋아했다. 그렇지만 저렇게 음울한 얼굴로 생각에 잠겨 있는 이유는 뭘까? 그는 애써 기운을 내며 말했다.

"호즈에 관해 할 말이 있네. 이번 일로 그 친구가 완전히 제정신이 아니야."

"정말 어디가 아픈 건가?"

"의학적으로는 아무런 문제가 없네. 물론 자네도 알고 있겠지만 기면성 뇌염(유행성 뇌염의 일종으로 에코노모형 뇌염이라고도 한다. A형 뇌염으로 고열, 두통, 구토 등의 증세를 수반하며 특징적인 증세는 깊은 수면 상태(기면 상태)에 빠진다는 것이다. 12월부터 3월 사이에 유행하며 성인층에서 많이 나타난다.—옮긴이)에 걸려 있기는 하네. 흔히 말하는 수면병, 알고 있지?"

"이런, 난 몰랐네. 그런 사정은 전혀 모르고 있었어. 호즈는 내게 그런 이야기를 전혀 하지 않았다네. 언제부터 그랬나?"

나는 매우 놀라 말했다.

"한 1년 전부터네. 지금은 거의 회복되었어. 그러니까 일반적으로 회복했다고 하는 상태까지는 나아졌다는 말이네. 이게 아주 이상한 병이야. 도덕적인 면에 이상한 영향을 끼치지. 병을 앓고 난 후 사람의 성격이 완전히 변하기도 한다네."

헤이독은 일이 분간 침묵을 지키다가 다시 말했다.

"지금 우리는 마녀를 화형에 처했던 시대를 끔찍하게 여기고 있지. 마찬가지로 머잖아 범죄자를 교수형에 처하는 지금을 몸서리치며 회상하는 때가 꼭 올 거라고 생각하네."

"사형 제도를 지지하지 않는 건가?"

"뭐 그렇게 거창하게 지지하지 않느니 마니 하는 정도는 아닐세."

헤이독은 잠시 멈칫하다 천천히 말을 이어 갔다.

"자네도 알다시피 나는 자네와는 다른 일을 하는 사람이니까."

"무슨 말인가?"

"자네 일은 우리가 흔히 말하는 선과 악을 전체적으로 다루는 일이잖나. 그런데 나는 그런 선과 악의 구분이 있다고 확신하지 않네. 체액 분비 문제와 같은 것이라고 생각하자는 거지. 분비 기관이 활발하게 움직이는 사람이 있는가 하면 활동이 아주 적은 사람도 있는 거니까. 자네에게도 살인자나 도둑과 같이 습관적인 범죄 습성이 있다는 거야. 클레멘트, 언젠가는 우리가 수 세기 동안 질병을 갖고 있다는 이유로 사람을 처벌했다는 사실을 발견하고 사람들이 몸서리칠 때가 올 거라고 생각하네. 악이란 것도 따지고 보면 자신도 어쩔 수 없는 그런 질병이란 말이야. 불쌍한 사람들이지. 결핵에 걸렸다고 교수형에 처하지는 않지 않나."

"그야 결핵 환자는 사회공동체에 위험한 존재가 아니니까."

"아니, 어떤 면에서는 위험하네. 다른 사람에게 질병을 전염시키니까. 아니면 자신이 중국의 황제라는 환상을 가진 사람도 마찬가질세. 그가 얼마나 악한 존재인지 모르네. 자네가 사회공동체에 관해 했던 말을 그대로 인용해 보겠네. 사회공동체는 반드시 보호되어야만 하네. 그러니 이런 사람들은 아무런 해도 끼치지 못하게 가둬 버려야지. 아니면 아주 평화롭게 정리해 버리거나 말이야. 그래, 내가 말을 좀 심하게 한 건 알아. 하지만 그래도 그걸 처벌이라고 부르지는 말게. 그들을 비난하고 그들의 죄 없는 가족에게 책임을 지우지 말란 말일세.”

나는 의아한 얼굴로 헤이독을 보았다.

“자네가 이렇게 말하는 건 처음 보네.”

“평소에는 내 생각을 입 밖으로 내지 않으니까. 오늘은 좀 잘난 체하게 되었네. 클레멘트, 자네는 다른 목사들과는 달리 지성인이지. 그러니 이 세상에 엄밀하게 말해 ‘죄’라고 불릴 수 있는 것은 없다는 사실을 인정하지 않더라도 그럴 수도 있다는 가능성에 대해 생각해 볼 만큼은 편견 없는 마음을 갖고 있으리라 생각하네.”

“그렇게 되면 많은 사람들이 용인하고 있는 기본적인 것들이 뿌리째 흔들리게 될 걸세.”

“그래, 자네는 속이 좁아 터지고, 혼자만 옳다고 말하는 독선가로군. 알지도 못하는 문제에 대해 섣불리 판단하려고 안달이 난 사람 말이야. 나는 솔직히 범죄란 의사가 다루어야 할 일이지, 경찰이나 목사가 다룰 일이 아니라고 생각하네. 아마 미래에는 범죄란 것이 존재하지 않게 될 걸세.”

“범죄를 치료하겠다는 건가?”

“의사들이 범죄자를 치료하게 될 걸세. 근사하지 않나. 범죄 통계를 조사해 본 적이 있나? 없겠지. 사실 그런 일을 하는 사람은 거의 없지. 그렇지만 나는 했었네. 청소년 범죄가 얼마나 많은지 자네는 상상도 못할 걸세. 다시 한 번 말하지만 이건 분비 기관의 문제라고 할 수 있네. 영 닐이란 소년이 있네. 옥스퍼드셔에서 살인을 저지른 그는 혐의를 추궁받기 전에 어린 소녀 다섯 명을 죽였네. 평소에는 아주 착한 소년으로 어떤 문제도 일으키지 않는 아이였는데 말이야. 릴리 로즈, 콘월에 사는 이 어린 소녀는 자신의 캔디를 잘랐다는 이유로 삼촌을 죽였지. 삼촌이 자는 사이 망치로 때려 죽였어. 그리고 집으로 돌아가 있다가 2주 후에 사소한 일로 자신에게 짜증을 부린다는 이유로 언니를 죽였지. 물론 이 두 아이들의 경우 교수형을 당하지는 않았네. 모두 집으로 돌려보냈지. 어른이 되어서는 괜찮아졌을 거네. 아닐 수도 있지만. 그 여자 아이의 경우 어떻게 되었는지 사실 걱정스러워. 그 여자 아이가 좋아하는 것은 돼지 멱 따는 것을 지켜보는 것이었다더군. 자살이 가장 많이 일어나는 나이가 언제인지 아나? 열다섯에서 열여섯 살 사이야. 자기 자신을 죽이는 것에서 남을 죽이는 것으로 옮겨 가기는 그리 어려운 일이 아니지. 하지만 이건 도덕심이 부족해서가 아니야. 그저 육체적이고 물리적인 문제로 인한 현상일 뿐이지."

"정말 끔찍한 이야기를 하는군."

"아니. 자네에게 생소한 것일 뿐이야. 새로운 진실을 받아들여야 해. 생각을 고쳐야 해. 하지만 때로는 그 새로운 진실 때문에 삶이 어려워지기도 한다네."

헤이독은 자리에 앉은 채로 인상을 찡그렸다. 하지만 어딘가 묘하게 피곤한 표정이기도 했다.

"헤이독. 만약 의심이 가는 사람이 있다면……. 그러니까 살인자라고 생각되는 사람이 있다면 자네는 그 사람을 법의 심판에 맡기겠나 아니면 그를 숨겨 줄 텐가?"

나는 내 질문이 어떤 효과를 가져올지 미처 예상하지 못했다. 헤이독은 이상하리만큼 성난 얼굴로 나에게 대들듯 따졌다.

"왜 그런 이야기를 하는 건가, 클레멘트? 무슨 생각을 하고 있는 거지? 이봐, 다 털어놓게나."

나는 조금 놀라서 말했다.

"아니, 특별히 뭘 생각하고 한 말이 아니야. 그저……, 그러니까 지금 나는 살인 사건에 대해 생각하고 있었으니까 말일세. 혹시 자네가 우연히라도 진실을 찾아냈다면……, 그렇다면 자네가 그것에 대해 어떻게 생각할지 궁금했을 뿐이네. 그게 다야."

헤이독은 화를 누그러뜨렸다. 그는 다시 정면을 응시했다. 당황스러운 수수께끼의 답이 자신의 머릿속에 있는 것이 분명한데 도무지 떠오르지 않아 애쓰는 것 같았다.

"의심이 가는 사람이 있다면……, 내가 범인을 안다면……, 난 의무를 다할 거네, 클레멘트. 적어도 그렇게 할 수 있기를 바라네."

"그런데 문제는……, 자네가 생각하는 자네의 의무란 것이 뭐냐는 거지."

헤이독은 수수께끼 같은 시선을 나에게 보냈다.

"그 문제는 모든 사람들이 살아가면서 한 번쯤은 생각하게 되는 거네, 클레멘트. 그리고 모든 사람들은 자기 나름의 방식으로 결론을 내리지."

"그럼 자네도 아직 정확하게는 모르겠다는 건가?"

"그래, 몰라……."

나는 그만 화제를 바꾸는 것이 좋겠다는 생각이 들었다.

"내 조카는 이번 사건에 아주 희희낙락하고 있다네. 온종일 돌아다니며 발자국이며 담뱃재를 찾고 있어."

헤이독이 미소 지었다.

"그 아이가 몇 살이지?"

"이제 열여섯. 그 나이에는 비극도 심각하게 받아들여지지 않는 법이지. 그저 셜록 홈즈나 아르센 뤼팽이 중요하지."

헤이독은 생각에 잠겨 말했다.

"좋은 아이일세. 앞으로 그 아이를 어떻게 할 셈인가?"

"안타까운 일이지만 대학 교육까지 시킬 경제적인 여유는 없다네. 데니스는 해운업을 하고 싶어 하네. 해군에 지원했다가 떨어졌거든."

"음……. 정말 힘든 일이지. 하지만 잘된 일인지도 모르지. 해군이 되었다면 잘 해내지 못했을 거야."

"난 그만 가 봐야겠네."

내가 시계를 쳐다보고 나서 크게 말했다.

"점심시간에 거의 30분이나 늦었어."

내가 집에 도착했을 때 식구들은 막 자리에 앉고 있었다. 모두 아침에 있었던 일을 자세히 알고 싶어 했다. 나는 순순히 말해 주면서 결국 모든 일이 용두사미처럼 맥이 빠져 가고 있다고 생각했다.

그러나 데니스는 프라이스 리들리 부인이 받았다는 장난 전화 이야기를 매우 재미있어하며 웃음을 그치지 않았다. 특히 부인이 충격을 이기지 못해 진 한 잔을 마시고서야 정신을 차릴 수 있었다는 이야기를 자세히 하자 크게 웃음을 터트렸다.

"그 늙은 고양이는 그런 일을 당해도 싸요. 우리 마을에서 입이 제일 고약한 사람이에요. 진즉에 나도 전화로 부인을 놀라게 해 줄 걸 그랬어요. 그러니까 렌 삼촌, 그 부인에게 다시 한 번 장난 전화가 오면 어떨까요?"

데니스가 큰 소리로 말했다.

나는 서둘러 그런 일은 제발 하지 말라고 부탁했다. 어린 세대들이 괜히 선의나 동정심으로 도와준다고 나서는 것보다 더 위험한 일은 없는 법이다.

데니스가 갑자기 태도를 바꿨다. 그는 얼굴을 찡그리고는 짐짓 세상 물정에 밝은 사람인 양 폼을 잡았다.

"저는 아침에 레티스와 함께 있었어요. 있잖아요 그리젤다, 레티스는 정말 걱정을 많이 하고 있어요. 겉으로 드러내지 않으려고 하지만 정말이에요. 걱정을 많이 하고 있어요."

"그러기도 하겠다."

그녀는 고개를 뒤로 젖히고 말했다.

그리젤다는 레티스 프로더로를 좋아하지 않는 편이었다.

"레티스에게 잘해 주신 적이 없는 것 같아요."

"그렇게 생각하니?"

그리젤다가 말했다.

"요즘은 많이들 상복을 입지 않아요."

그리젤다는 아무 말도 하지 않았다. 나 역시 가만히 있었다. 데니스는 계속 말을 이어 갔다.

"다른 사람들한테는 말을 안 했지만 저에게는 말해 주었어요. 레티스는 이 모든 일에 대해 정말 걱정하고 있고 자신도 뭔가 도움이 될 만한 일을 해야 한다고 생각하고 있어요."

"도울 만한 일이 있지. 슬랙 경감이 이야기를 나누러 갈 테니까. 오늘 오후에 경감이 올드 홀에 찾아갈 거다. 그래서 거기 있는 사람 모두를 참을 수 없게 괴롭힐 거야. 진실을 밝히려는 노력의 하나지."

내가 말했다.

"렌, 당신은 그 진실이 뭐라고 생각해요?"

아내가 갑자기 물었다.

"그건 어려운 문제에요, 여보. 더구나 지금 아는 정도로는 뭐라 말할 수 없군요."

"슬랙 경감이 전화를 추적할 거라고 말씀하셨죠? 애보트 씨 집에서 걸려 왔다는 그 전화요."

"그래요."

"하지만 할 수 있을까요? 매우 어려운 일 아니에요?"

"그렇지 않을 거예요. 전화 교환국에서 통화 기록을 갖고 있을 테니까."

"오!"

아내는 다시 생각에 잠겼다.

"렌 삼촌, 오늘 아침에 삼촌이 프로더로 대령이 죽었으면 좋겠다고 했던 이야기에 대해 농담 좀 했다고 왜 그렇게 화를 내셨어요?"

데니스가 말했다.

"그건……, 매사 때가 있기 때문이란다. 슬랙 경감은 유머 감각이라고는 없는 사람이다. 그러니 네 말을 심각하게 받아들이고서 메리에게 꼬치꼬치 캐묻고 나에 대한 체포 영장을 발부받아 올 사람이란다."

"경감님은 사람이 화가 나면 어떻다는 정도도 몰라요?"

"그래, 그럴 거다. 그는 성실하게 열심히 일하고 자신의 의무에 열중하는 것으로 현재의 지위에 오른 사람이다. 그러니 삶의 소소한 재미 따위로 시간을 보낼 수 없다고 생각한단다."

"삼촌은 그 경감님을 좋아하세요?"

"아니. 좋아하지 않는다. 그를 처음 보는 순간부터 무척 싫어했어. 하지만 자신의 일에 있어서는 매우 유능하다고 인정하지."

"그가 프로더로를 쏜 사람을 알아낼 거라고 생각하세요?"

"찾아내지 못한다 해도 그가 애를 쓰지 않아서는 아닐 거야."

메리가 나타나 말했다.

"호즈 씨가 목사님을 뵙고 싶다고 하세요. 응접실로 안내했고요. 여기 편지도 왔어요. 답장을 기다리고 있거든요. 말로 전해 주셔도 된대요."

나는 쪽지를 펴 내용을 읽어 보았다.

클레멘트 목사님께

오늘 오후에 가능한 한 빨리 저희 집으로 와 주시면 정말 고맙겠습니다. 저에게 매우 어려운 일이 있어서 목사님의 충고를 들었으면 합니다.

에스텔 레스트랭

"30분 내로 가겠다고 전해 줘."

나는 메리에게 말했다. 그러고 나서 호즈를 만나기 위해 응접실로 갔다.

15장

호즈의 모습을 보고 나는 무척 걱정스러웠다. 두 손은 덜덜 떨고, 얼굴은 긴장한 채 계속 실룩실룩 경련을 일으키고 있었다. 아무리 봐도 자리를 보전하고 누워 있어야 할 것 같아 집에 가서 쉬라고 말했다. 하지만 그는 자신이 완전히 나았다고 고집스레 말했다.

"목사님, 정말입니다. 살면서 몸 상태가 이렇게 좋았던 적이 없을 정도입니다."

그건 아무리 봐도 실제와는 완전히 동떨어진 이야기여서 나는 뭐라고 대꾸해야 할지 알 수가 없었다. 질병에 굴복하지 않는 사람들을 찬탄해 마지않는 나였지만 호즈의 행동은 지나쳐 보였다.

"목사님께서 상심이 얼마나 크신지 여쭤 보려고 전화했었습니다. 그런 일이 목사관에서 일어나다니요."

"그래, 매우 불쾌한 일이네."

"끔찍한 일입니다. 정말 끔찍해요. 그런데 레딩 씨는 체포되지 않은 것 같은데요?"

"그렇네. 처음에 체포한 건 실수였네. 그러니까…… 레딩이 좀 바보 같은 진술을 했거든."

"그럼 경찰에서는 그가 무고하다고 확신하고 있나요?"

"그렇지."

"어떻게 그렇게 된 거죠? 그러니까 제 말은……, 다른 누군가 의심 가는 사람이 있어서인가요?"

호즈가 이렇게 자세히 알고 싶어 할 정도로 이 살인 사건에 대해 흥미를 갖고 있으리라고는 생각하지 못했다. 아마도 목사관에서 일어난 일이기 때문인 듯했다. 호즈는 거의 기자처럼 열심이었다.

"슬랙 경감이 내게 모든 것을 이야기했는지는 모르겠네. 내가 아는 한 그가 특별히 의심하는 사람은 없네. 지금은 탐문 수사를 하는 중일 걸세."

"네, 그렇군요. 그래야겠죠. 하지만 이런 끔찍한 일을 저지른 사람이 누구일 거라고 생각하세요?"

나는 고개를 가로저었다.

"사람들이 프로더로 대령을 좋아하지 않았다는 건 저도 알고 있습니다. 하지만 살인이라니요! 살인을 하려면 더 강력한 범행 동기가 있어야 할 겁니다."

"나도 그렇게 생각하네."

"그런 일을 저지를 정도로 앙심을 품은 사람이 누구일까요? 경찰에서는 누구 짐작 가는 사람이라도 있다던가요?"

"내가 말할 수 있는 일이 아닌 듯하네."

"프로더로 대령이 적을 많이 만들기는 한 것 같아요. 생각하면 할수록 적을 많이 가졌다는 생각이 들어요. 재판에서도 매우 엄격하게 군 걸로 유명하니까요."

"그랬을 것 같군."

"왜 기억나지 않으세요? 어제 아침에 아처라는 남자에게 협박을 받았다고 목사님께 이야기하셨죠."

"그러고 보니 기억이 나는군. 정말 그랬지. 물론 기억나네. 그때 자네가 우리 곁에 가까이 있었지."

"네, 그때 대령이 하는 말을 다 들었어요. 프로더로 대령의 말은 듣지 않을 수가 없죠. 목소리가 무척 크니까요, 그렇죠? 그때 목사님 말씀에 제가 깊은 감명을 받았어요. 때가 되면 프로더로 자신도 자비 대신 정의의 심판을 받으리라고 말씀하셨죠."

"내가 그렇게 말했나?"

나는 얼굴을 찡그리며 물었다. 내 기억으로는 그것과 조금 다른 내용이었다.

"목사님께서 무척 인상적인 말씀을 하셨어요. 저는 무척 감명받았죠. 정의란 정말 끔찍한 겁니다. 그 불쌍한 남자가 그 직후 당한 일을 생각하면 더욱 그래요. 그때 목사님 말씀은 사전 예고 같은 것이었습니다."

"나는 그런 예고 같은 걸 한 적이 없네."

나는 간결하게 말했다. 호즈의 신비주의는 마음에 들지 않았다. 그는 어딘지 비현실적인 몽상가의 느낌을 풍겼다.

"경찰에 아처에 관해 이야기하셨나요?"

"나는 그에 대해 아는 게 없네."

"제 말씀은 프로더로 대령이 했던 말을 그대로 옮기셨는가 하는 것입니다. 아처가 그를 협박했다는 것 말이에요."

"아니. 말하지 않았네."

나는 천천히 말했다.

"하지만 곧 말씀하실 거죠?"

나는 침묵을 지켰다. 이미 한 번 치안을 위한 공권력의 심판을 받은 사람을 더욱 괴롭히는 일은 하고 싶지 않았다. 아처의 편을 들고 싶은 건 아니었다. 그는 상습적인 밀렵꾼이었다. 어느 교구에나 있게 마련인 절대로 착한 일을 하지 않는 지독한 사람이었다. 그렇지만 실형을 선고받는 자리에서 홧김에 한 말을 가지고 그가 감옥에서 나올 때도 그와 똑같은 심정일 거라고 섣불리 단정 지을 수는 없었다.

"우리 대화를 다 들은 모양이군. 경찰에게 그 이야기를 해야만 한다고 생각되면 그렇게 하게."

마침내 내가 말했다.

"그건 목사님께서 하시는 게 더 좋을 것 같습니다."

"그럴 수도 있겠지만……, 솔직히 나는 그럴 생각이 없네. 자칫 무고한 사람의 목을 조이는 일이 될 수도 있을 테니."

“하지만 만약 그가 프로더로 대령을 쐈다면…….”

“아, 그놈의 만약! 만약! 그가 그런 일을 했다는 증거는 어디에도 없네.”

“그가 협박을 했잖습니까.”

“엄격히 말하면 그 협박도 그가 한 것이 아니고 프로더로 대령이 한 것일세. 대령은 아처에게 다음에 또 밀렵을 하다가 걸리면 제대로 된 복수가 무엇인지 보여 주겠다고 협박했다네.”

“목사님께서 이렇게 나오시는 이유를 모르겠습니다.”

“이보게. 자네는 아직 젊어서 올바른 일에 열정을 다하려고 하지. 하지만 내 나이가 되면, 사람들의 미심쩍은 점도 웬만하면 선의로 해석하게 된다네.”

나는 지친 목소리로 말했다.

“그게 아니라…… 제 말은…….”

호즈가 갑자기 머뭇거렸다. 나는 놀란 눈으로 그를 보았다.

“그럼 목사님께서는 이 살인 사건의 범인이 누구인지 전혀 생각하지 못하고 계시다는 건가요?”

“당연하지. 나는 모르네.”

호즈는 끈질겼다.

“그럼 혹시 범행 동기라도?”

“모르네. 자네는 아는가?”

“저요? 당연히 모릅니다. 그저 궁금해서 그럽니다. 만약 프로더로 대령이……, 어떤 식으로든 속마음을 목사님께 털어놓았다면…….

그러니까 뭔가를 말했다면……."

"그가 털어놓은 이야기라면 어제 아침 온 마을에 들리도록 말한 그것이 전부네."

나는 냉담하게 말했다.

"네, 네, 물론 그렇겠죠. 그러니까 목사님께서는…… 아처는 의심하지 않는다는 거죠?"

"경찰도 곧 아처에 대해 알게 되겠지. 아처가 프로더로 대령을 협박하는 것을 내가 직접 들었다면 상황이 다르겠지. 하지만 자네도 알다시피 진짜로 그가 대령을 협박했다면 온 마을 사람들이 그 소리를 들었을 것이고, 그 사실은 곧 경찰 귀에 들어갈 걸세. 물론 이 사건에 관해서 자네 역시 하고 싶은 대로 하면 될 것이고."

하지만 이상하게도 호즈는 자신이 직접 나설 마음이 없는 듯했다.

그는 전반적으로 이상하게 불안하고 초조해했다.

나는 헤이독이 호즈의 병에 대해 했던 말을 떠올렸다. 지금의 모습이 설명되는 듯했다.

호즈는 뭔가 할 말이 남아 있지만 어떻게 해야 할지 모르겠다는 듯 석연치 않은 표정으로 자리를 떠났다.

그가 떠나기 전 나는 교구 감찰관 회의 후에 이어지는 어머니 연합회를 위한 예배를 그에게 맡겼다. 그날 오후에 처리해야 할 일이 몇 가지 있어서 조정이 필요했다.

호즈와 그가 갖고 있는 문제를 머릿속에서 지워 버린 나는 레스트랭 부인의 집을 향해 길을 나섰다.

복도 테이블 위에 《가디언》과 《처치 타임스》가 봉투도 뜯지 않은 채 올려져 있었다.

나는 걸어가면서 죽기 전날 밤 프로더로 대령과 레스트랭 부인이 만나 이야기를 나누었다는 사실을 떠올렸다. 그날의 만남에서 혹시 대령의 살인 사건을 해결할 수 있는 실마리가 드러났을지도 모른다.

나는 곧바로 조그만 응접실로 갔다. 레스트랭 부인이 자리에서 일어나 맞아 주었다. 이 여자가 자아내는 신비로운 분위기에 나는 새삼 놀랐다. 그녀는 특이할 정도로 하얀 피부를 더욱 돋보이게 하는 매우 세련되고 짙은 검은색 드레스를 입고 있었다. 그녀의 얼굴은 묘하게도 감각이 없는 듯 보였다. 오직 두 눈만이 불타오르는 듯 살아 있었다. 오늘 그 두 눈은 유난히 경계심을 띠고 있었다. 그 눈이 아니었다면 그녀는 전혀 움직이지 않는 인형처럼 보였을 것이다.

"이렇게 찾아와 주셔서 고맙습니다, 클레멘트 목사님."

부인은 악수를 청하며 말했다.

"요전에도 말씀을 나누고 싶었는데 그냥 포기하고 말았죠. 하지만 그때 제 판단이 틀린 것 같습니다."

"전에도 말씀 드렸습니다만, 제가 도와드릴 수 있는 일이 있다면 언제든지 기꺼이 돕겠습니다."

"네, 그렇게 말씀하셨죠. 목사님 말씀은 정말 진심으로 하신 것 같았어요. 클레멘트 목사님, 세상에 저를 정말로 돕겠다는 사람은 극히 드물답니다."

"글쎄요, 그럴 것 같지 않은데요, 레스트랭 부인."

"정말이랍니다. 사람들은 대부분 특히 남자들은 자기 자신에게 이로운 일만 하죠."

레스트랭 부인의 목소리는 씁쓸했다.

나는 아무런 대꾸도 하지 않았다.

"앉으시죠."

나는 부인의 말을 따랐다. 그녀는 내 건너편 의자에 앉았다. 그러고는 잠시 망설이더니 매우 천천히 신중하게 말을 시작했다. 말 한 마디 한 마디를 숙고하며 내뱉는 듯했다.

"저는 지금 매우 묘한 상황에 처해 있답니다, 클레멘트 목사님. 그래서 충고를 듣고 싶어요. 그러니까 앞으로 어떻게 해야 할지에 대해 말씀해 주시면 좋겠어요. 이미 일어난 일은 어쩔 수 없으니까요. 무슨 말인지 아시겠죠?"

내가 미처 대꾸하기 전에 내게 문을 열어 주었던 하녀가 응접실 문을 열고 들어와 겁에 질린 얼굴로 말했다.

"오! 마님. 경감님이 오셨어요. 지금 당장 마님과 이야기를 하셔야 한다는데요."

레스트랭 부인은 잠시 멈칫했다. 하지만 표정은 변함이 없었다. 다만 두 눈을 천천히 감았다가 다시 떴을 뿐이었다. 그녀는 침을 한두 번 꿀꺽 삼키더니 평상시와 같이 침착하고 명확한 목소리로 말했다.

"이곳으로 안내하세요, 힐다."

나는 일어서려 했지만 부인이 다시 자리에 앉으라고 다급하게 손짓했다.

"괜찮으시다면…… 같이 계셔 주시면 정말 많은 도움이 될 것 같습니다."

나는 다시 자리에 앉았다.

"원하신다면야."

나는 중얼거리듯 말했다. 슬랙이 절도 있는 걸음걸이로 기운차게 들어왔다.

"안녕하십니까, 부인."

그가 먼저 인사를 건넸다.

"안녕하시오, 경감."

경감은 나를 발견하고는 얼굴을 찡그렸다. 더 이상 의심의 여지가 없었다. 슬랙은 날 좋아하지 않았다.

"목사님께서 함께 계시는 데 이의 없으시죠?"

슬랙은 차마 이의가 있다고 말할 수가 없었을 것이다.

"네에……."

슬랙은 마지못해 대답했다.

"그렇지만 혹시 괜찮으시다면……."

레스트랭 부인은 슬랙이 슬쩍 내비치는 말을 무시했다.

"경감님, 무얼 도와드릴까요?"

"몇 마디 해 주시면 됩니다, 부인. 프로더로 대령의 살인 사건에 대해서 말입니다. 제가 사건을 담당하고 있어서 탐문 수사를 하는 중입니다."

부인은 고개를 끄덕였다.

"형식상 모든 사람들에게 어제저녁 6시에서 7시 사이에 어디에 있었는지 물어보고 있습니다. 아시겠지만 이건 의례적으로 하는 조사입니다."

"어제저녁 6시에서 7시 사이에 제가 어디 있었는지 알고 싶으신 건가요?"

"네, 괜찮으시다면 말씀해 주십시오, 부인."

"어디 보자……."

레스트랭 부인은 잠시 곰곰이 생각했다.

"여기 있었군요. 바로 이 집에요."

"아!"

그때 경감의 두 눈이 번득이는 것을 나는 보았다.

"그럼 하녀가……, 하녀가 한 명인 것 같은데……, 그 진술을 뒷받침해 줄 수 있을까요?"

"아니요, 그때 힐다는 외출했거든요."

"알겠습니다."

"그러니 불행히도 제 말을 그대로 받아들여 주셔야겠네요."

레스트랭 부인이 쾌활한 말투로 말했다.

"그럼 부인께서는 그날 오후 내내 집에 계셨다는 말씀인가요?"

"6시에서 7시 사이라고 하셨잖아요, 경감님. 그때 집에 있었다는 거죠. 저는 오후에 산책을 나가곤 한답니다. 그래도 5시 전에는 돌아오죠."

"그렇다면 만약……, 그러니까 가령 하트넬 양 같은 분이 6시에 여기 와서 벨을 눌렀는데 아무 소리도 듣지 못해 그냥 돌아가야 했다면……, 그건 그분이 잘못 기억하는 거라고 말씀하실 겁니까?"

"오, 아니요."

레스트랭 부인은 고개를 가로저었다.

"하지만……."

"하녀가 집에 있었다면 집에 아무도 없다고 했겠죠. 그런데 누군가 혼자 집에 있으면서 방문객을 받지 않으려 했다면, 그때 할 수 있는 방법은 벨이 울리도록 내버려 두는 거죠."

슬랙 경감은 약간 당황한 듯했다.

"그 노처녀들은 정말이지 저를 질리도록 지겹게 하거든요. 그리고 하트넬 양은 특히 지루하기 짝이 없는 사람이에요. 포기하고 돌아가기 전까지 적어도 대여섯 번 벨을 울린 것 같네요."

레스트랭 부인이 말했다.

그녀는 슬랙 경감에게 친절한 미소를 보냈다.

경감은 말을 바꾸어 보았다.

"그렇다면 만약에 누군가 부인께서 나가시는 모습을 보았다고 말했다면……."

"어머! 그럴 리가요, 그렇죠?"

부인은 곧 경감이 찔려 하는 것을 알아챘다.

"제가 나가는 것을 본 사람은 아무도 없을 거예요. 왜냐하면 저는 집에 있었거든요."

"네, 그렇군요, 부인."

경감은 의자를 조금 앞으로 당겨 앉았다.

"네, 그럼 다른 이야기를 하죠. 프로더로 대령이 죽기 전날 밤 올드 홀에 가셨던 걸로 알고 있습니다만."

"네, 그건 맞아요."

레스트랭 부인은 침착하게 말했다.

"그때 무슨 일로 방문하셨는지 말씀해 주실 수 있으십니까?"

"그건 사적인 문제예요, 경감님."

"유감스럽게도 그 사적인 문제에 대해 말씀해 주십사 부탁 드려야겠습니다."

"그날 일에 관해서는 아무것도 말씀 드릴 수가 없습니다. 다만 그날 나눈 이야기는 이 범죄와 아무런 관련이 없다는 것만 분명히 말씀 드리죠."

"그건 부인께서 판단하실 문제가 아니라고 생각합니다."

"어쨌든 경감님께서는 제 말을 믿으셔야 할 거예요."

"사실 부인의 말은 모두 그저 믿는 것 외에는 다른 방법이 없습니다."

"사실이 그러니까요."

레스트랭 부인은 계속 침착한 미소를 지은 채 경감의 말에 맞장구를 쳤다.

슬랙 경감의 얼굴이 붉어졌다.

"이건 심각한 사건입니다, 레스트랭 부인. 그리고 저는 진실을 원합니다……."

슬랙은 주먹으로 탁자를 내리쳤다.

"전 반드시 진실을 알아낼 것입니다."

레스트랭 부인은 아무런 말도 하지 않았다.

"모르시겠습니까, 부인? 지금 자신을 매우 의심스럽게 만들고 계시다는 것을요."

레스트랭 부인은 여전히 묵묵부답이었다.

"배심원 앞에서 증언을 하셔야 할 겁니다."

"그러죠."

이 한 마디뿐이었다. 힘없이 무심하게 내뱉은 한 마디뿐이었다. 경감은 전술을 바꿨다.

"프로더로 대령과 아는 사이셨습니까?"

"네, 아는 사이였죠."

"아주 친하셨나요?"

레스트랭 부인은 잠시 뜸을 들이다가 말했다.

"몇 년간 연락이 닿지 않았어요."

"프로더로 부인과는 아는 사이십니까?"

"아니요."

"죄송합니다만 제가 보기에 당시 올드 홀을 방문하신 시각이 흔히 사람들이 찾아갈 법한 그런 시각은 아닌 것 같습니다만."

"제가 볼 때는 전혀 그렇지 않아요."

"그건 무슨 뜻입니까?"

"저는 프로더로 대령과 단둘이 만나고 싶었어요. 프로더로 부인이나 프로더로 양을 만나고 싶지 않았죠. 그래서 그 시각에 만나는 것이 제 목적을 이루기에 가장 적합하다고 생각했습니다."

"부인께서는 어째서 프로더로 부인이나 프로더로 양을 만나고 싶지 않으셨나요?"

"그건 경감님께서 상관하실 일이 아니에요."

"그럼 더 이상 말씀하지 않겠다는 겁니까?"

"네."

슬랙 경감은 자리에서 일어섰다.

"부인, 이러시면 부인을 의심할 수밖에 없습니다. 조심하시지 않으면 이 모든 일이 매우 좋지 않게 보일 겁니다. 정말 좋지 않습니다."

부인은 큰 소리로 웃었다. 슬랙 경감에게 이 여자는 쉽게 겁을 먹을 사람이 아니라는 것을 진작에 말해 줄 걸 그랬다.

"그럼 제가 미리 경고하지 않았다는 말만 하시지 말기 바랍니다. 그럼 안녕히 계십시오, 부인. 그리고 우리가 진실을 밝혀내리라는 것을 명심하십시오."

경감은 위엄을 잃지 않고 자리에서 물러나며 말했다.

경감은 자리를 떠났다. 레스트랭 부인은 자리에서 일어나 두 손을 맞잡았다.

"그만 가 보셔야겠죠? 아무래도 그게 좋겠네요. 너무 늦은 시간이라 조언을 청할 수가 없네요. 어떻게 해야 할지 이제는 알 것 같아요."

부인은 조금 절망적인 목소리로 되풀이해 말했다.

"어떻게 해야 할지 이제는 알 것 같아요."

16장

레스트랭 부인의 집을 나서다가 현관문 앞 계단에서 헤이독과 마주쳤다. 그는 막 대문을 지나고 있는 슬랙을 날카로운 시선으로 바라보며 물었다.

"저자가 레스트랭 부인을 심문했나?"

"그랬네."

"정중하게 굴던가? 그랬어야 하는데……."

정중함. 그건 슬랙 경감이 절대로 배우지 못할 기술이었다. 하지만 생각해 보면 그 나름대로는 정중했다고 할 수 있었다. 게다가 헤이독의 기분을 상하게 만들고 싶지 않았다. 그렇지 않아도 걱정스러운 표정에 화가 난 것처럼 보였다. 그래서 나는 경감이 꽤 정중했다고 말했다.

헤이독은 고개를 끄덕이고는 곁을 지나 집 안으로 들어갔다. 나는 마을로 향하는 길로 나왔다. 경감이 보였다. 일부러 천천히 걷고 있었던 모양이었다. 나를 무척 싫어하기는 했지만 그 때문에 유용한 정보를 얻을 기회를 놓칠 사람은 아니었다.

“저 부인에 관해 아는 게 좀 있으십니까?”

슬랙 경감은 단도직입적으로 물었다.

나는 아는 것이 전혀 없다고 말했다.

“어떻게 이곳까지 와서 살게 되었는지 이야기한 적이 한 번도 없다는 겁니까?”

“그렇네.”

“그렇지만 목사님은 직접 부인을 찾아가 만나셨잖습니까?”

“내 교구 신자를 방문하는 것은 내 의무 중의 하나이네.”

나는 부인이 청해서 왔다는 말을 교묘하게 피했다.

“흠, 그러시겠죠.”

경감은 일이 분 정도 침묵을 지키다가 방금 있었던 자신의 실패에 대해 이야기하고 싶었는지 결국 말을 이어 갔다.

“수상쩍어요. 그렇게 보입니다.”

“그런가?”

“제 생각으로는 ‘공갈 협박 사건’입니다. 재미있는 일이죠. 프로더로 대령이 평소에 어떻게 하고 다녔는지 생각하면 이상하게 들리겠지만 그건 아무도 모르는 일입니다. 교구 위원 중에 이중생활을 한 사람이 그가 처음은 아니니까요.”

마플 양이 이와 같은 주제로 했던 말이 어렴풋이 머릿속에 떠올랐다.

“정말 그럴 가능성이 있다고 생각하나?”

“모든 사실이 다 맞아떨어집니다, 목사님. 저렇게 근사한 외모에 지적인 부인이 이런 보잘것없고 조용한 시골 구석까지 내려와서 살 이유가 뭐 있겠습니까? 그리고 하루 중 그 묘한 시간에 프로더로 대령을 찾아가 만난 이유가 뭘까요? 게다가 프로더로 부인과 프로더로 양을 애써 피한 이유는요? 그렇습니다. 앞뒤가 딱 들어맞아요. 그런데 순순히 인정하기는 어려웠을 겁니다. 협박은 법적으로 처벌받아야 하는 범죄니까요. 하지만 그 부인에게서 반드시 진실을 알아낼 것입니다. 지금껏 알아낸 것이 이번 사건과 매우 중요한 관련이 있을지도 모른다는 생각이 드는군요. 프로더로 대령이 뭔가 추악한 비밀을 지니고 있었다면, 그러니까 뭔가 불명예스러운 것이 있었다면, 그야말로 이 사건은 새로운 국면을 맞게 된다는 걸 목사님도 분명히 아실 수 있을 겁니다.”

그건 정말 그럴 것 같았다.

“올드 홀 집사의 입을 열게 하려고 계속 노력하고 있습니다. 프로더로 대령과 레스트랭 부인이 나눈 대화를 엿들었을 수도 있으니까요. 집사들이 흔히 하는 일이죠. 하지만 그는 그 대화에 대해 아는 것이 전혀 없다고 잡아떼고 있습니다. 그런데 그 집사가 넌지시 흘린 말이 있습니다. 대령이 그에게 달려와서는 레스트랭 부인을 집에 들인 것에 대해 화를 냈다는 것입니다. 집사는 미리 알려 드렸다고 응수했답니다. 그리고 말하기를 올드 홀이 마음에 들지 않아 그렇지 않아도 머잖아 떠날 생각을 하고 있었다고 하더군요."

"이런."

"그래서 저희는 대령에게 앙심을 품고 있는 또 한 사람을 알게 되었습니다."

"설마 그 집사를 의심하는 것은 아니겠지? 그런데 그의 이름이 뭔가?"

"리브즈입니다. 그리고 그를 의심한다고 말씀 드린 게 아닙니다. 목사님이 모르는 사람을 말한 겁니다. 물론 알랑거리며 구변 좋게 지껄이는 집사의 태도가 마음에 들지는 않습니다."

나는 리브즈가 슬랙 경감의 태도에 대해서는 어떻게 말할지 궁금했다.

"이제는 올드 홀의 운전사를 찾아가 물어볼 겁니다."

"그렇다면 나를 좀 태워 주면 좋겠네. 프로더로 부인과 잠시 이야기를 나누고 싶어서 말이야."

"무슨 일로?"

"장례 절차 때문에."

"아!"

슬랙 경감은 약간 놀랐다.

"사건 심리는 내일, 토요일에 합니다."

"그렇군. 장례식은 아마도 화요일쯤 잡힐 것 같군."

슬랙 경감은 자신이 지나치게 퉁명스럽게 굴었다는 생각이 드는지 약간 계면쩍어했다. 그는 운전사 매닝과의 면담에 나를 끼워 주는 것으로 화해의 올리브 가지(홍수가 끝난 뒤 노아의 비둘기가 물고 온 올리브 나뭇가지는 평화와 화해를 상징한다 — 옮긴이)를 내밀었다.

매닝은 스물다섯이나 기껏해야 스물여섯 정도 되었을 법한 착한 젊은이였다. 경감을 만나게 되어 약간 긴장하고 두려워하는 듯했다.

"자, 그럼 그때 일을 더듬어 봅시다, 젊은이. 자네가 알려 줬으면 하는 것들이 좀 있네."

슬랙이 말했다.

"네, 경감님. 무, 물론이죠, 경감님."

운전사는 더듬거리며 말했다.

그는 살인범이기라도 하는 양 매우 놀라고 당황해했다.

"어제 여기 주인 어르신을 마을에 모셔다 드렸지?"

"네, 경감님."

"그때가 몇 시였나?"

"5시 30분이었습니다."

"프로더로 부인도 같이 갔나?"

"네, 경감님."

"마을로 곧장?"

"네, 경감님."

"중간에 잠시라도 멈추거나 하지 않았나?"

"네. 그런 일 없었습니다, 경감님."

"마을에 도착해서 자네는 무얼 했나?"

"대령님은 차에서 내리시면서 더 이상 차를 사용하지 않겠다고 하셨습니다. 집까지 걸어오시겠다고요. 프로더로 부인은 쇼핑을 하셨습니다. 쇼핑을 끝내고 짐 꾸러미를 차에 실으시고는 일을 다 보았다고 하셨습니다. 그래서 저는 차를 몰고 집으로 돌아왔습니다."

"부인은 마을에 남겨 두고?"

"네, 경감님."

"그때가 몇 시였나?"

"6시 15분이었습니다, 경감님. 정확히 15분이었습니다."

"부인을 어디에 내려 드렸나?"

"교회 옆이었습니다, 경감님."

"대령이 어디에 가겠다는 말은 하지 않았나?"

"수의사였나……, 누군가를 만나러 간다는 말씀을 얼핏 하셨습니다……. 말과 관계 있는 그런 사람을 만나실 것 같았습니다."

"알았네. 그럼 자네는 곧바로 여기로 돌아온 건가?"

"네, 경감님."

"올드 홀에는 입구가 두 개 있지. 북쪽과 남쪽에 말이야. 그리고 각각 수위실이 있고. 자네가 마을로 갈 때는 남쪽 수위실이 있는 출입구로 나간다고 봐도 되겠나?"

"네, 경감님. 언제나 그렇습니다."

"그럼 돌아올 때도 같은 쪽으로 들어오나?"

"네, 경감님."

"흠. 이걸로 다 물어본 것 같군. 아! 프로더로 양이 오는군."

레티스가 우리를 향해 흘러 내려왔다.

"피아트를 타고 싶은데, 매닝. 운전해 줄 수 있겠지?"

"네, 아가씨."

매닝은 2인승 자동차로 다가가 보닛을 열었다.

"프로더로 양, 잠시만요. 기분을 상하게 해드릴 생각은 전혀 없습니다만 어제 오후 모든 사람의 행적을 기록하는 것이 제 임무라서 말입니다."

슬랙이 말했다.

레티스는 경감을 빤히 쳐다보았다.

"저는 시간관념이란 게 없는 사람이랍니다."

레티스가 말했다.

"어제 점심 식사 후에 곧 외출하신 걸로 알고 있습니다."

레티스는 고개를 끄덕여 보였다.

"어디에 가셨는지요?"

"테니스를 치러 갔어요."

"누구와요?"

"하틀리 네이퍼스 네 사람들과요."

"머치 벤햄에서요?"

"네."

"그리고 집으로 돌아오셨나요?"

"잘 모르겠어요. 말씀 드렸듯이 저는 아는 게 없답니다."

"7시 30분쯤에 돌아왔을 거야."

내가 말했다.

"맞아요. 한바탕 소동이 났었죠. 앤이 발끈하고 그리젤다 사모님이 역성을 들어 주셨죠."

레티스가 말했다.

"감사합니다, 아가씨. 제가 알고 싶었던 것은 다 들었습니다."

경감이 말했다.

"정말 이상하군요. 정말 시시해요."

레티스가 말했다. 그녀는 피아트 쪽으로 옮겨 갔다.

경감은 은근슬쩍 손으로 이마를 짚었다.

"조금 머리가 부족한 거죠?"

경감이 물었다.

"전혀 그렇지 않아. 하지만 레티스 본인은 그렇게 생각하고 싶어 하지."

내가 말했다.

"이제는 하녀들에게 질문하러 가 봐야겠습니다."

슬랙은 정말 좋아할 수 없는 사람이지만 그의 왕성한 에너지는 존경하지 않을 수 없었다.

나는 그와 헤어져 리브즈에게 프로더로 부인을 만날 수 있는지 물어보았다.

"목사님, 부인께서는 지금 침대에 누워 계십니다."

"그럼 방해하면 안 되겠군."

"아마 부인께서도 목사님을 꼭 뵙고 싶어 하시는 걸로 알고 있습니다. 조금만 기다려 주실 수 있다면 말입니다. 점심 시간에도 그렇게 말씀하셨습니다."

리브즈는 나를 응접실로 안내하고 블라인드를 쳐 놓아 어두운 실내를 밝히기 위해 조명을 켜 주었다.

"참 슬픈 일이네."

내가 말했다.

"네, 목사님."

그의 목소리는 예의 바르고 정중했지만 냉담하게 들렸다.

나는 그를 보았다. 저 무표정한 얼굴 밑에 뭔가 복잡한 생각이 진행되고 있었다. 그가 우리에게 말해 줄 뭔가를 알고 있는 건 아닐까? 충직한 하인의 가면처럼 비인간적인 것은 없었다.

"더 필요한 게 있으십니까, 목사님?"

저 적절한 얼굴 뒤에 일말의 불안감이 숨어 있는 걸까?

"아무것도 없네."

내가 말했다.

그리 오래 기다리지 않았는데 앤 프로더로가 다가왔다. 우리는 장례식 절차에 관해 의논하고 결정을 내렸다. 그 후 부인이 가벼운 탄성과 함께 말했다.

"헤이독 선생님은 정말 대단히 친절한 분이시더군요!"

"헤이독은 정말 최고죠."

"그동안 저에게 정말 너무나 친절하게 대해 주셨어요. 하지만 매우 슬퍼 보이세요. 그렇지 않아요?"

헤이독이 슬퍼 보인다는 생각은 해 본 적이 없었다. 나는 곰곰이 그 점에 대해 생각해 보았다.

"그 점은 눈치 채지 못했던 것 같습니다."

마침내 내가 말했다.

"저도 오늘에서야 알았답니다."

"자신이 슬픔을 겪게 되면 때로 다른 사람의 슬픔에 민감해지는 법이죠."

내가 말했다.

"그건 정말이에요."

부인은 잠시 말을 멈추었다가 다시 말했다.

"클레멘트 목사님, 제가 정말 절대 이해할 수 없는 일이 하나 있답니다. 만약 제가 떠난 직후 남편이 총에 맞았다면, 제가 어째서 총성을 듣지 못한 거죠?"

"경찰에서 총은 나중에 발사되었을 거라고 생각할 만한 이유가 있는 것 같습니다."

"하지만 그 쪽지에는 '6시 20분'이라고 적혀 있었잖아요?"

"그건 다른 사람이 적어 넣었을 가능성이 있습니다……. 바로 살인범이 쓴 거죠."

프로더로 부인의 안색이 창백해졌다.

"그 시각을 적은 글씨체가 남편 분의 것이 아니었다는 생각은 못해 보셨나 보죠?"

"정말 끔찍한 일이네요!"

"시각을 쓴 글씨는 남편 분의 필체와 전혀 달랐습니다."

이 말은 사실이었다. 글씨가 조금 읽기 어려울 정도로 휘갈겨 쓴 것이기는 했지만 평소 프로더로 대령이 쓰던 글씨체와 딱 들어맞지 않았다.

"경찰에서 로렌스에게 혐의를 두고 있지 않는 것은 확실한가요?"

"그는 혐의를 완전히 벗은 것으로 알고 있습니다."

"하지만 클레멘트 목사님, 그럼 누굴까요? 루시어스가 인기가 없었다는 건 잘 알아요. 하지만 그렇다고 그이에겐 진짜로 적이 될 만큼 원수 진 사람도 없었어요. 그럼요. 이런 정도의 원수를 진 사람은 없었어요."

나는 고개를 설레설레 내저었다.

"이건 미스터리입니다."

나는 마플 양이 말한 용의자 일곱 명에 대해 생각해 보았다. 누구일까?

앤 프로더로와 헤어진 후 나는 나름대로 계획을 세우고 실행하기로 마음먹었다.

나는 오솔길을 통해 올드 홀에서 집으로 돌아왔다. 울타리 계단에 도착했을 무렵 나는 오던 길을 되돌아가 덤불이 망쳐져 있는 것으로 보였던 곳을 찾았다. 그리고 오솔길에서 벗어나 덤불을 뚫고 걸어가 보았다. 숲은 짙은 덤불이 우거져 있어 걸어가기 힘들었다. 빨리 걸어가기가 쉽지 않았다. 그때 갑자기 바로 옆을 지나가는 인기척이 느껴졌다. 나는 잠시 망설이다 천천히 걸음을 멈추었다. 로렌스 레딩이 시야에 들어왔다. 그는 커다란 돌덩이를 들어 나르고 있었다. 내가 무척 놀란 표정을 짓고 있었던 모양인지 나를 본 레딩이 갑자기 큰 소리로 웃음을 터트렸다.

"아닙니다. 이건 단서가 아니에요. 그저 화해의 선물이죠."

그가 말했다.

"화해의 선물?"

"네, 일종의 협상을 위한 포석이라고 할까요? 목사님 댁 이웃인 마플 양을 찾아갈 구실이 필요했습니다. 그런데 일본 정원을 만들고 계셔서 돌덩이나 바위 같은 걸 매우 좋아하신다는 말을 들었죠."

"그건 맞는 말입니다만. 하지만 그 노처녀에게서 뭘 얻으려고 그러는 건가요?"

"이번 사건에 대한 이야기요. 어제저녁에 혹시 뭔가 보셨다면 말이죠. 뭐든지 이번 범죄와 연관 지으려는 건 아닙니다만……, 그냥 마플 양이 생각하기에 이 사건과 연관이 있다고 하는 것들을 좀 들어 보려고요. 이상하고 괴상한 일이 있다면, 그러니까 아주 작은 일이라도 사건의 진실을 풀 실마리를 제공해 줄 수도 있다는 생각이 들어서 말입니다. 마플 양이 경찰에게 말한 것 중에 별로 대수롭지 않게 여겨졌지만 사실은 중요한 그런 것이 있을까 해서 말입니다."

"그럴 가능성도 있겠군요."

"어쨌든 한번 해 볼 만한 일이라고 생각합니다. 클레멘트 목사님, 저는 이번 일을 직접 파헤쳐 볼 생각입니다. 다른 사람도 아닌 앤을 위한 일이니까요. 그리고 슬랙이라는 사람에게 믿음이 가지 않습니다. 물론 매우 열정적으로 열심히 일하는 것 같기는 합니다만 그것만으로 두뇌를 대신할 수는 없으니까요."

"알겠군요. 당신은 그럼 소설에 흔히 나오는 등장인물이 되는 거군.요 아마추어 탐정 말이지. 그 사람들이 실제 생활에서는 무슨 일로 생계를 유지하는지는 모르겠지만."

레딩은 날카로운 시선으로 나를 보다가 갑자기 웃음을 터트렸다.

"그런데 목사님께서는 이 숲에서 무얼 하고 계셨던 겁니까?"

나는 볼을 상기시키는 정도의 아량은 베풀어 주었다.

"제가 하고 있는 것과 같은 일을 하셨던 건 아닌지 감히 말씀 드려 봅니다. 우리 둘은 같은 생각을 한 것 같군요. 살인자가 어떻게 서재로 갔나 하는 문제 말입니다. 첫 번째 경로는 골목길을 따라 정원 문으로 들어가는 것이고, 두 번째 경로는 현관문을 통과 하는 것이고, 세 번째는……. 세 번째 길이 있나요? 저는 여기 목사관 정원벽 부근의 덤불을 어지럽혔거나 부서진 흔적이 있는지 알아보려고 했습니다."

"나도 그 생각을 했습니다."

나는 솔직하게 말했다.

"하지만 저는 아직 그 일을 하지는 않았습니다."

로렌스는 말을 이어 갔다.

"문득 마플 양에게 먼저 찾아가 어제저녁 우리가 화실에 있는 동안 골목길을 따라 지나간 사람이 아무도 없었는지 확인하는 것이 좋겠다는 생각이 들어서입니다."

나는 고개를 가로저었다.

"마플 양은 그때 아무도 없었다고 확실히 말했어요."

"네, 마플 양이 눈여겨본 사람은 분명 없었겠죠. 이상하게 들릴 수도 있겠지만 제 말을 이해하실 겁니다. 정육점 소년이라든지 우편배달부라든지 우유 배달부와 같은 사람은 있을 수 있다는 겁니다. 그곳에 있는 것이 너무나 당연해 그가 있었다는 말을 할 생각조차 나지 않는 그런 사람 말입니다."

"체스터튼(「브라운 신부 시리즈」로 유명한 영국의 소설가 — 옮긴이)의 추리소설을 읽었군요."

로렌스는 내 말을 부인하지 않았다.

"하지만 이렇게 접근해 보면 뭔가 찾을 수도 있을 것 같군요."

그 다음 우리는 별말 없이 마플 양의 집으로 걸어갔다. 마플 양은 정원에서 일을 하다가 우리가 울타리 계단을 넘어 서자 큰 소리로 인사를 건넸다.

"거봐요. 마플 양은 모든 사람을 보고 있다니까요."

로렌스가 작은 목소리로 말했다.

마플 양은 매우 친절하게 우리를 맞아 주었다. 그리고 로렌스가 매우 진지한 얼굴로 건네준 커다란 돌덩이 선물에 매우 흡족해했다.

"레딩 씨, 정말 친절하시군요. 정말이지 매우 사려 깊으세요."

이 말에 용기를 얻은 로렌스는 곧바로 질문 공세를 퍼부었다. 마플 양은 귀 기울여 경청했다.

"네, 무슨 말씀이신지 알겠어요. 그리고 저도 그런 점에는 전적으로 동의해요. 그런 건 사람들이 흔히 간과하거나 굳이 말하지 않아도 된다고 생각하고 넘어가는 것들이죠. 그런데 분명히 말씀 드릴 수 있는 건 그런 건 전혀 없었답니다. 아무것도 없었어요."

"정말 확신하십니까, 마플 양?"

"네, 확신해요."

"그날 오후에 누군가 오솔길을 따라 숲 속으로 들어가는 걸 혹시 못 보셨습니까? 아니면 숲에서 나오는 사람이라도?"

내가 물었다.

"오, 네. 그건 꽤 많았죠. 스톤 박사님과 크램 양도 그쪽으로 갔구요. 그 길이 고분으로 가는 가장 빠른 지름길이니까요. 그게 오후 2시가 조금 지났을 때였어요. 그리고 스톤 박사님은 그 길로 되돌아오셨죠. 레딩 씨도 아실 거예요. 그때 프로더로 부인과 레딩 씨를 만나 함께 걸어갔으니까."

"그건 그렇고 그 총성, 마플 양이 들으셨다는 총성 말씀입니다. 레딩 씨와 프로더로 부인도 그 소리를 들었어야 하는데요."

내가 말했다.

나는 로렌스를 호기심 어린 시선으로 보았다.

"그래요. 저도 몇 번인가 총성을 들은 것 같기도 합니다. 한 방이었던가요, 두 방이었던가요?"

로렌스가 말했다.

"저는 오직 한 번 들었어요."

마플 양이 말했다.

"저는 희미하게 기억하고 있을 뿐입니다. 이런 빌어먹을! 정말 기억이 나면 좋겠습니다. 그걸 알 수만 있다면 이제는 아무런 거리낌 없이 그녀와……."

로렌스는 말을 멈추고 당황스러운 표정을 지었다.

나는 눈치 빠르게 짐짓 헛기침을 했다. 마플 양은 새침한 기색으로 화제를 바꾸었다.

"슬랙 경감은 그 총소리를 들은 것이 레딩 씨와 프로더로 부인이 화실을 떠난 후인지 아니면 그 전인지 계속 추궁하지만 정말 정확하게 말할 수가 없어요. 하지만 생각해 보니, 그러니까 생각하면 할수록 더욱 분명해지는 건데요, 그 소리가 두 사람이 떠난 후에 들렸다고 생각되네요."

"그렇다면 스톤 박사님도 용의선상에서 완전히 제외되는군요. 게다가 그가 불쌍한 프로더로 노인을 총으로 쏴 죽였다는 혐의를 받을 만한 이유가 눈곱만큼도 없으니까요."

로렌스가 한숨을 내쉬며 말했다.

"오! 하지만 언제나 모든 사람을 조금씩은 의심하는 것이 현명하답니다. 그러니까 제 말은 사람 일은 정말로 모른다는 거죠, 그렇지 않나요?"

마플 양이 말했다.

지극히 마플 양다운 말이었다. 나는 로렌스에게 총성에 관해 그녀가 한 말에 동의하는지 물었다.

"뭐라 말할 수가 없네요. 아시겠지만 그건 정말 흔히 들을 수 있는 소리였거든요. 저는 우리가 화실에 있을 때 총이 발사되었다고 생각하고 싶습니다. 총에 소음장치가 되어 있을 수도 있으니까요. 거기에서라면 소리를 잘 들을 수 없을 겁니다."

총소리가 작게 들리는 다른 이유도 많다고 나는 속으로 생각했다.

"앤에게 물어봐야겠습니다. 그녀라면 기억하고 있을지도 모르죠. 어쨌든 아무래도 설명이 필요한 이상한 사실 하나가 있습니다. 레스트랭 부인 말입니다. 세인트 메리 미드의 신비로운 그 부인이 수요일 밤, 저녁 식사 시간 이후에 프로더로 대령을 찾아갔다는 사실입니다. 그런데 그 누구도 무슨 일 때문이었는지는 모르는 것 같습니다. 프로더로 그 노인은 아내나 딸에게조차 한 마디도 하지 않았습니다."

"아마도 목사님은 알고 계시지 않을까요?"

마플 양이 말했다.

'아니, 그날 오후 내가 레스트랭 부인을 만나러 갔다는 것을 마플 양은 대체 어떻게 알고 있는 거지?'

나는 속으로 생각했다. 마플 양이 언제나 모든 것을 알고 있는 것은 참으로 불가사의하기까지 했다.

나는 고개를 가로저으며 그 문제를 밝히는 데 도움이 될 만한 것은 알지 못한다고 말했다.

"슬랙 경감은 어떻게 생각하고 있나요?"

마플 양이 물었다.

"올드 홀의 집사를 위협하는 데 최선을 다하고 있지만, 그 집사가 문밖에서 이야기를 엿들을 만큼 호기심이 많지 않은 것 같더군요.

그러니 결국…… 아는 사람이 아무도 없는 겁니다."

"하지만 그래도 뭔가 엿들은 사람이 있을 거라고 생각해요, 그렇지 않겠어요? 그러니까 내 말은 언제나 누군가가 있다는 거죠. 특히 이 문제는 레딩 씨가 뭔가 알아낼 수 있을 것 같은데요."

마플 양이 말했다.

"하지만 앤은 아무것도 모릅니다."

"프로더로 부인을 말한 게 아니랍니다. 하녀들 말이에요. 그 사람들은 경찰에게 말하는 것을 지독히도 싫어하죠. 하지만 잘생긴 젊은 남자라면……. 실례할게요, 레딩 씨. 게다가 부당한 혐의를 받았던 불쌍한 남자이기까지 하다면……. 오! 정말 그 여자들은 당장 모든 걸 털어놓을 거예요."

마플 양의 얘기에 로렌스가 활기차게 말했다.

"그럼 오늘 저녁에 가서 알아봐야겠군요. 힌트를 주셔서 감사합니다. 그럼 저는 일을 좀 본 후에……, 그러니까 목사님과 제가 원래 하려고 했던 일을 마무리한 후에 가 보겠습니다."

나도 빨리 서둘러야 한다는 생각이 들었다. 마플 양에게 작별 인사를 하고 우리는 다시 숲 속으로 들어갔다.

먼저 우리는 오솔길을 따라 걷다가 누군가 오솔길의 오른편으로 떠난 것처럼 보이는 새로운 장소에 도착했다. 로렌스는 이 흔적을 이미 따라가 보았지만 아무 데도 나오지 않았다고 설명했다. 하지만 우리가 다시 해 보는 것도 좋겠다고 덧붙여 말했다. 그가 틀렸을 수도 있었다.

하지만 그가 말한 대로였다. 약 9미터에서 10미터 정도 더 나간 다음 흔적은 사라지고 풀이 짓밟힌 흔적도 희미해졌다. 바로 여기가 로렌스가 길을 되짚어 돌아가다 나를 만난 곳이었다.

우리는 다시 오솔길로 들어와 길을 따라 조금 더 걸었다. 다시 한 번 짓밟은 흔적이 있는 덤불이 나왔다. 하지만 이번에는 매우 희미했다. 아무래도 잘못 본 것이라는 생각이 들었다. 그러나 이번 흔적은 좀 더 기대가 되었다. 멀리 돌아가고 있기는 했지만 결국은 목사관을 향하고 있었기 때문이다. 우리는 곧 덤불이 벽까지 빽빽하게 자란 곳까지 왔다. 벽은 매우 높았고, 위에는 병 조각이 꽂혀 있었다. 누군가 사다리를 세워 놓았다면 우리는 그 흔적을 찾아내야만 했다.

우리는 벽 주변을 따라 천천히 걸었다. 그때 가지가 우지끈 부러지는 소리가 들려왔다. 나는 관목이 빽빽하게 엉켜 있는 곳을 뚫고 앞으로 나가다 슬랙 경감과 정면으로 부딪히고 말았다.

"목사님이셨군요. 그리고 레딩 씨. 두 신사분께서 지금 무얼 하고 계시는 겁니까?"

슬랙 경감이 말했다.

우리는 살짝 풀이 죽은 채로 사정을 말했다.

"그렇군요. 우리 모두 흔히 생각하는 그런 바보는 아닌 모양입니다. 저 역시 같은 생각을 했습니다. 여기 온 지 한 시간쯤 됩니다. 제가 뭘 찾았는지 알고 싶으십니까?"

경감이 말했다.

"그렇네."

나는 다소곳이 말했다.

"프로더로 대령을 살해한 작자가 누구든 간에 이쪽으로 오지는 않았을 거라는 겁니다. 벽 이쪽에는 아무런 흔적도 없고 저쪽 역시 마찬가지입니다. 프로더로 대령을 살해한 사람은 현관문으로 들어갔던 겁니다. 그 외에는 안으로 들어갈 방법이 없습니다."

"말도 안 되는 일이로군."

내가 크게 말했다.

"어째서 말도 안 되죠? 목사관 문은 언제나 열려 있습니다. 누구라도 안으로 들어갈 수 있어요. 부엌에서는 누가 들어오는지 보이지 않습니다. 범인은 목사님이 없다는 것을 알고 있었고, 클레멘트 사모님 역시 런던에 있었고, 데니스 역시 테니스를 치러 갔으니 안전하다는 것을 알고 있었습니다. 알파벳 ABC처럼 간단한 일이죠. 그리고 마을을 지나 목사관으로 오거나 또 마을을 지나서 나갈 필요도 없었습니다. 목사관 대문 건너편은 사람들이 많이 지나다니는 인도이니 그곳으로 가서 이 숲으로 들어오면 어디든 원하는 쪽으로 나갈 수 있습니다. 프라이스 리들리 부인이 바로 그 순간 대문 앞에 나와 서 있지만 않는다면요. 아주 간단하고 쉬운 일이죠. 벽을 기어 올라가는 것보다 훨씬 품이 덜 드는 좋은 방법입니다. 게다가 프라이스 리들리 부인의 집 2층 창문에서는 저 벽이 거의 다 보입니다. 그래요, 제 말이 틀림없을 겁니다. 바로 이쪽으로 온 겁니다."

슬랙 경감의 말이 상당히 그럴듯하게 들리기는 했다.

17장

다음 날 아침 슬랙 경감이 나를 만나러 왔다. 나에 대한 태도가 누그러진 것 같았다. 곧 시계에 관한 일도 잊어버릴지 모른다.

그는 나에게 인사를 건넸다.

"아, 목사님. 목사님께서 받으신 전화를 추적했습니다."

"정말인가?"

나는 큰 관심을 갖고 말했다.

"그런데 그게 묘합니다. 올드 홀 북쪽 수위실에서 걸려 온 것이었습니다. 그 수위실은 비어 있고, 수위도 해고된 데다 아직 새로운 수위가 들어오지 않았거든요. 완전히 비어 있으니 편리한 장소죠. 뒤쪽 창문이 열려 있더군요. 물론 지문은 남아 있지 않았습니다. 깨끗하게 닦여 있더군요. 그게 시사하는 바가 있습니다."

"무슨 의미인가?"

"무슨 의미인가 하면, 그 전화는 목사님을 유인하기 위해 일부러 건 것입니다. 결국 살인범은 사전에 용의주도하게 계획했던 거죠. 그저 아무 생각 없이 저지른 실없는 장난이었다면 그렇게 말끔히 지문을 지우지 않았을 테니까요."

"그렇군. 이제 알겠네."

"그리고 이 일로 살인범이 올드 홀과 그 주변 환경을 무척 잘 알고 있다는 사실을 알 수 있습니다. 전화를 건 것은 프로더로 부인은 아닙니다. 그날 오후 부인의 행적은 모두 빠짐없이 확인했습니다. 5시 30분까지는 꼼짝도 하지 않고 집에 있었다는 것을 증명해 주는 하인이 여섯 명 이상입니다. 그리고 차가 와서 프로더로 대령과 부인을 마을로 데려갔습니다. 대령은 수의사인 퀸턴을 만나러 갔습니다. 말 때문에요. 프로더로 부인은 잡화점에 들러 물건들을 주문하고 생선 가게에 들렀다가 거기서 곧바로 뒷골목을 통해 마플 양이 보았던 곳으로 왔습니다. 부인이 갔다고 했던 모든 가게에서 부인이 핸드백을 들고 있지 않았다고 증언했습니다. 그 노처녀의 말이 사실인 거죠."

"마플 양의 말은 거의 언제나 맞지."

나는 부드럽게 말했다.

"그리고 프로더로 양은 5시 30분에 머치 벤햄에 있었습니다."

"그래. 내 조카도 거기 있었으니까."

"따라서 프로더로 양은 용의선상에서 제외됩니다. 그 아가씨 말이 맞는 것 같습니다. 히스테리가 조금 심하고 성질이 고약한 것 같지만, 더 기대할 게 없습니다. 물론 저는 집사를 예의 주시했습니다. 그만두겠다는 통고를 했다는 점이나 뭐 그런 것이 여전히 신경이 쓰입니다. 하지만 사실 그가 뭘 알고 있으리란 기대는 버렸습니다."

"경감의 탐문 수사 결과가 썩 좋지만은 않은 것 같군."

"그렇기도 하고 또 그렇지 않기도 합니다, 목사님. 매우 이상한 사실이 하나 드러났습니다. 전혀 예상치 못했던 것입니다."

"그게 뭔가?"

"프라이스 리들리 부인의 전화 소동을 기억하실 겁니다. 바로 옆집에 사는 그 부인이 어제 아침에 난리를 치지 않았습니까? 불쾌한 전화 때문에요."

"그랬지."

"부인을 진정시키기 위해 저희는 그 전화도 추적했습니다. 그런데 세상에 그 전화가 어디서 걸려 왔는지 아십니까?"

"전화국인가?"

나는 어림짐작으로 대답했다.

"아닙니다, 클레멘트 목사님. 그 전화는 로렌스 레딩의 집에서 걸려 온 겁니다."

"뭐라고?"

나는 놀라 크게 소리를 질렀다.

"네. 정말 이상한 일이죠? 하지만 그 전화는 레딩 씨와는 아무런 상관이 없습니다. 그 시간에 그러니까 6시 30분에 그는 온 마을 사람들이 보는 가운데 스톤 박사와 함께 블루 보어로 가고 있었으니까요. 하지만 이것도 주목해야 할 일입니다. 시사하는 바가 있어요, 그렇죠? 누군가 텅 빈 집에 들어가 전화를 사용했다는 겁니다. 그게 누굴까요? 같은 날 걸려 온 또 다른 괴전화. 이 두 전화 사이에 뭔가 연관이 있다는 생각이 듭니다. 이 두 전화가 같은 사람에게서 걸려 온 게 아니라면 저는 모자를 씹어 먹어 버리겠습니다."

"하지만 무슨 목적으로?"

"네, 그게 우리가 알아내야 할 과제죠. 두 번째 전화는 사실 특별한 의미가 없어 보입니다. 하지만 분명 어떤 목적이 있었을 겁니다. 목사님께서도 이 전화의 중요성을 이해하시겠습니까? 레딩 씨의 집이 전화를 거는 장소로 사용된 것입니다. 그리고 레딩 씨의 총도 사용되었지요. 결국 모든 혐의가 레딩 씨를 향하게 됩니다."

"그렇다면 처음 전화도 아예 레딩의 집에서 걸었다면 좀 더 확실했을 텐데."

나는 이의를 제기했다.

"아, 하지만 그건 제가 생각해 봤습니다. 레딩 씨가 평소 오후를 어떻게 보냈죠? 이전의 그라면 올드 홀에 가서 프로더로 양의 초상화를 그립니다. 집에서 오토바이를 타고 북쪽 수위실 문을 통해 올드 홀로 가죠. 이제는 그 전화가 왜 거기서 걸려 왔는지 짐작하실 겁니다. 살인범은 그날 있었던 다툼이나 레딩 씨가 올드 홀에 더 이상 가지 않는다는 것을 모르고 있었던 겁니다."

나는 잠시 생각에 잠겨 경감이 말한 요점을 머릿속으로 정리해 보았다. 논리적으로 불가피한 결론이었다.

"레딩의 집 전화기에 지문이 있었나?"

"없었습니다. 레딩 씨 집에 가서 집안일을 해 주는 그 빌어먹을 여자가 어제 아침에 깨끗이 닦아 버렸습니다."

경감이 씁쓸하게 말했다.

그는 험악한 얼굴로 한동안 생각에 잠겼다.

"정말이지 어리석은 노파예요. 권총을 마지막으로 본 게 언제인지도 기억 못 하니. 사건이 일어난 아침에 거기 있었을 수도 있고 없었을 수도 있습니다. '확실한 건 언제라고 말할 수 없다는 것'이라니. 정말 모두 똑같아! 형식상 저는 순서대로 스톤 박사에게 갔습니다. 그는 이 사건에 대해 무척 고소해하는 기색이 역력했습니다. 그와 크램 양은 어제 2시 30분에 그 둔덕, 아니 고분이라고 하던가? 아무튼 그곳에 갔다고 합니다. 그리고 오후 내내 거기에 있었다는군요. 스톤 박사 혼자 돌아오고 크램 양은 나중에 왔다고 합니다. 박사는 총성을 전혀 듣지 못했지만 멍하니 있어서 실제로 총성이 나도 아마 듣지 못했을 거라고 말했습니다. 하지만 이 모든 것이 우리 생각을 증명해 주고 있습니다."

"그렇지만 여전히 살인범을 잡지 못하고 있잖나."

내가 말했다.

"흠, 목사님께서 받으신 전화가 여자 목소리였다고 하셨죠? 프라이스 리들리 부인이 받은 전화도 여자 목소리일 가능성이 높습니다. 전화를 끊자마자 총성이 나기가 어렵지 않다면……. 어디를 살펴봐야 할지 알겠군요."

"어디를?"

"아! 그건 말씀 드리지 않는 것이 좋겠습니다, 목사님."

나는 개의치 않고 올드 포트 와인 한 잔을 권했다. 오래 묵은 좋은 와인이었다. 아침 11시에 와인을 마시는 것이 흔한 일은 아니지만 슬랙 경감은 개의치 않을 듯했다. 고급 포도주를 이렇게 아무렇게 먹어치우는 건 일종의 낭비일 수 있지만, 이 정도를 가지고 지나치게 까다롭게 굴어서는 안 될 일이었다.

슬랙 경감은 두 번째 잔을 다 비우고 나서 긴장을 풀었고 태도도 상냥해졌다. 이 특별한 와인의 효과였다.

"그게 어디인지 목사님께서 신경 쓰실 일은 아니라고 생각합니다만, 목사님. 비밀을 지켜 주실 수 있겠습니까? 교구 신자들 입에 오르내리지 않게 해 주세요."

나는 그렇게 하겠다고 그를 안심시켰다.

"이 모든 일이 목사님이 사시는 곳에서 일어났으니 이 정도는 아셔야 할 것 같기는 합니다."

"내 생각이 바로 그렇네."

"그렇다면 목사님, 살인이 있기 전날 밤 프로더로 대령을 찾아간 부인을 어떻게 생각하십니까?"

"레스트랭 부인."

나는 큰 소리로 말했다. 놀라서 목소리가 평소보다 더 커졌다.

경감은 책망하는 듯한 눈길을 던졌다.

"그렇게 큰 소리로 말씀하지 마십시오. 레스트랭 부인은 제가 주의 깊게 살펴보고 있는 사람입니다. 전에 말씀 드렸던 걸로 기억하는데요. 공갈 협박 말입니다."

"그 정도가 살인의 이유가 되기는 어렵지. 황금알을 낳는 거위를 죽일 이유가 어디 있겠나? 자네 추리가 진실이라면 그렇다는 걸세. 물론 나는 그 추리를 전혀 인정하지 않네만."

슬랙 경감은 경망스럽게 윙크를 했다.

"아! 그 부인은 신사들이 자기편을 들게 하는 그런 부류죠. 하지만 보십시오, 목사님. 과거에는 아주 성공적으로 그 늙은 신사를 협박해서 한몫 챙겼다고 가정해 보는 겁니다. 몇 년이 흐르고 우연히 프로더로 대령에 관한 소식을 알게 된 그녀가 여기로 내려와 다시 한 번 우려먹으려 했다고 생각해 보세요. 하지만 상황이 달라져 있었습니다. 법이 달라졌거든요. 요즘은 공갈 협박을 법에 호소하기에 딱 좋거든요. 협박당한 사람의 이름은 절대 언론에 오르내리지 않게 보호하죠. 아마 프로더로 대령은 상황을 살펴보고 부인에게 법대로 하겠다고 으름장을 놓았을 겁니다. 부인은 매우 불리한 위치에 놓이게 된 거죠. 공갈 협박에 관해서는 아주 엄한 형량이 매겨지거든요. 형세가 완전히 달라져 버린 거죠. 그러니 자신이 살기 위해 할 수 있는 유일한 일은 프로더로 대령을 재빨리 해치워 영원히 사라지게 하는 겁니다."

나는 침묵을 지켰다. 슬랙 경감이 추리한 내용이 그럴듯하게 들린다는 것을 인정하지 않을 수 없었다. 하지만 내심 그것을 용인하기 어려운 이유는 오직 하나, 레스트랭 부인의 품성 때문이었다.

"경감, 나는 자네 말에 동의하지 않네. 레스트랭 부인이 협박을 할 사람으로 보이지는 않아. 구식으로 들리겠지만, 아무튼 그녀는 요조숙녀일세."

경감은 딱하다는 듯 나를 보았다.

"아 네. 목사님이시니 그렇게 생각하시겠죠. 지금 일이 어떻게 돌아가는지 절반도 모르시니까요. 숙녀라니! 제가 알고 있는 사실을 아시면 깜짝 놀라실 겁니다."

그는 관대하게 말했다.

"내가 말한 건 사회적 지위만을 의미한 것이 아닐세. 나는 레스트랭 부인이 데클라세, 즉 '몰락한 귀족'이라고 생각하네. 그러니까 내가 말하고자 하는 건 인격적 세련미의 문제라는 걸세."

"목사님과 제가 그 부인을 보는 눈이 같지 않은 것 같군요. 저도 남자입니다만 그 전에 경찰이기도 합니다. 인격적인 세련미로 저를 속일 수는 없죠. 저런 여자들은 칼로 목사님을 찌르면서 고개도 돌리지 않을 그런 대담한 부류입니다."

이상하게도 레스트랭 부인이 협박을 했다는 것은 믿어지지 않았지만, 어쩐지 살인을 했을 거라는 말은 믿어졌다.

"하지만 물론 그녀가 이웃에 사는 늙은 노처녀에게 전화를 걸고 나서 동시에 프로더로 대령을 총으로 쏘아 죽였을 리는 없습니다."

경감이 갑자기 사정없이 다리를 내려치는 통에 목소리가 제대로 들리지 않았다. 그가 소리쳤다.

"맞아. 그게 바로 전화의 목적이었어요. 일종의 알리바이죠. 그 전화를 첫 번째 전화와 연관 지어 생각할 거라고 예상한 거죠. 이걸 조사해 봐야겠군요. 마을에 있는 꼬마에게 돈을 주고 자기 대신 전화를 하라고 시켰을 수도 있어요. '아이'라면 이걸 살인과 연결지어 생각하지 못했을 거예요."

경감은 서둘러 자리에서 일어났다.

그때 그리젤다가 고개를 쑥 내밀며 말했다.

"마플 양이 당신을 만나고 싶대요. 조리에 맞지 않는 쪽지를 보내왔네요. 거미 다리같이 가늘게 휘갈겨 쓴 필체에 밑줄이 잔뜩 쳐져 있어요. 나는 거의 읽을 수가 없어요. 분명한 건 마플 양이 집을 비울 수 없는 상황인 모양이에요. 어서 서둘러 가서 무슨 일인지 좀 알아보세요. 2분 후면 할머니들이 오기로 되어 있어요. 그것만 아니라면 나도 갈 텐데. 그 늙은이들은 정말이지 싫어요. 다리가 아프다는 소리나 늘어놓고 때로는 그 다리를 당신에게 들이밀어 보이기까지 하잖아요. 심리가 오늘 오후에 있다니 당신은 운 좋은 줄 알아야 해요. 소년 클럽 크리켓 경기를 보러 가지 않아도 되잖아요."

나는 서둘러 집을 나서며 마플 양이 무엇 때문에 호출했는지 열심히 생각해 보았다.

마플 양은 몹시 당황한 상태였다. 그녀는 매우 격앙된 어조로 약간 횡설수설하며 설명했다.

"제 조카가 말이에요. 제 조카 레이먼드 웨스트는 작가랍니다. 그 아이가 오늘 올 거예요. 야단이네요. 모든 걸 제가 다 알아봐야 하거든요. 침대를 바람에 말리는 것도 하녀에게 믿고 맡길 수 없답니다.

물론 오늘 밤 저희 집에서는 고기 요리를 먹을 거예요. 남자들은 고기를 많이 먹어야 하잖아요, 그렇죠? 그리고 술도 말이에요. 집 어딘가에 술이 있을 거예요. 그리고 탄산수도 있어야 해요."

"제가 도와드릴 일이 있다면……."

나는 말을 꺼냈다.

"오! 정말 친절하기도 하시지. 하지만 그것 때문에 오시라고 청한 게 아니랍니다. 시간은 아직 많아요. 조카가 자기 담배랑 담배 파이프를 가지고 오기로 해서 정말 기뻐요. 제가 기뻐하는 건 어떤 담배를 사야 할지 고민하지 않아도 되기 때문이랍니다. 하지만 사실 유감스러운 일이기도 해요. 커튼에 담배 냄새가 배면 그걸 다 빼내는데 시간이 많이 걸리거든요. 물론 매일 아침 일찍 창문을 열고 커튼을 털면 되기는 해요. 레이먼드는 아침에 매우 늦게 일어난답니다. 작가들은 종종 그러는 것 같더라고요. 조카는 매우 정교하고 독창적인 책을 쓴답니다. 뭐 조카가 쓰는 것처럼 사람들이 그렇게 즐겁고 유쾌하게 사는 건 아니지만요. 똑똑한 젊은이들은 삶에 대해 거의 아는 게 없거든요. 그렇게 생각하지 않으세요?"

"조카 분과 함께 목사관으로 오셔서 저녁 식사나 하시겠어요?"

나를 부른 이유는 여전히 알 수 없었지만 나는 말했다.

"오! 아니에요. 말씀은 고맙습니다. 정말 친절한 말씀이세요."

"그럼…… 저를 보시고자 한 이유가 있을 텐데요……."

나는 필사적으로 그녀의 주의를 끌려고 애쓰며 말했다.

"어머! 그럼요. 너무 흥분해서 머릿속이 텅 비어 버렸네요."

마플 양은 잠시 말을 멈추고 하녀를 불렀다.

"에밀리, 에밀리. 그 침대보가 아니야. 모노그램 무늬에 주름 장식이 달린 거 말이야. 그리고 너무 난로 가까이 놓으면 안 돼."

마플 양은 문을 닫고 까치걸음으로 자리로 돌아왔다.

"어젯밤에 아주 이상한 일이 일어났답니다."

마플 양이 설명하기 시작했다.

"그 이야기를 목사님께서 듣고 싶어 하실 것 같아서요. 당시에는 참 말도 안 되는 일처럼 보이기는 했지만 말이에요. 어젯밤 저는 좀체 잠을 이룰 수가 없었답니다. 이번에 일어난 이 슬픈 사건에 대해 생각하고 있었죠. 그러다가 자리에서 일어나 창문을 쳐다봤죠. 그런데 뭘 본 줄 아세요?"

나는 호기심에 찬 얼굴로 마플 양을 보았다.

"글래디스 크램 양이었어요."

마플 양이 강조하면서 말했다.

"분명히 여행 가방을 들고 숲 속으로 들어가고 있었어요."

"여행 가방을요?"

"정말 별난 일이지 않아요? 밤 12시에 숲 속에서 여행 가방을 가지고 할 일이 무엇일까요?"

마플 양이 이어 말했다.

"그런데요……. 제가 감히 말하는데 이게 이번 살인 사건과는 연관이 없을 거라는 거예요. 하지만 별난 사건이기는 해요. 그리고 지금과 같은 시기에는 우리 모두 조금이라도 별난 일에 주의를 기울여야 하잖아요."

"정말 놀랍군요. 그런데…… 혹시라도 그 고분에서 잠을 자려고 한 건 아니었을까요?"

"그럴 리는 절대로 없어요. 왜냐하면 곧 다시 돌아왔거든요. 그런데 그때는 여행 가방을 들고 있지 않았답니다."

마플 양이 말했다.

18장

사건 심리는 그날(토요일) 오후 2시에 블루 보어에서 열렸다. 말할 것도 없이 지역 주민들의 흥분은 그야말로 무시무시할 정도였다. 세인트 메리 미드에서 살인 사건이 발생한 것은 적어도 15년 만의 일이었다. 게다가 프로더로 대령 같은 사람이 목사관에서 살해당한 경우는 이 마을에서는 거의 일어날 수 없는 대형 사건이었다.

내가 듣지 못할 거라고 생각하고 내뱉는 사람들의 이런저런 말들이 내 귀로 흘러 들어왔다.

"저기 목사님이다. 창백해 보이는데, 그렇지 않아? 저 분도 가담한 게 아닐까?"

"어쨌든 목사관에서 일어난 일이니까."

"메리 애덤스, 너는 어떻게 그런 생각을 하니? 그때 목사님은 헨리 애보트를 방문하고 있었잖아."

“오! 하지만 프로더로 대령님과 목사님이 만나기로 되어 있었대. 저기 메리 힐이 있다. 목사관에서 일한다고 잘난 척하는 것 좀 봐. 쉿, 저기 검시관이 온다.”

검시관은 우리 마을에 인접해 있는 머치 벤햄의 로버츠 의사였다. 그는 헛기침을 하고 코안경을 고쳐 썼다. 매우 중요한 사람다운 모습을 하고 있었다.

모든 증언을 반복해서 듣는 일은 아주 지루했다. 로렌스 레딩은 사체를 발견했던 당시에 대해 증언했고, 권총이 자신의 것임을 확인해 주었다. 그가 기억하기로 총을 마지막으로 본 것은 화요일로 사건이 일어나기 이틀 전이었다. 총은 그의 집 선반 위에 놓여 있었고, 집 문은 언제나 열어 놓았다고 했다.

프로더로 부인은 남편을 마지막으로 본 것이 두 사람이 마을 거리에서 헤어진 5시 45분경이었다고 증언했다. 나중에 목사관에서 만나 같이 집으로 가기로 했던 것도 동의했다. 그녀가 목사관으로 간 시각은 6시 15분쯤이었고, 뒷골목으로 해서 정원 문을 지나 안으로 들어갔다. 서재에서 사람 목소리가 들리지 않아 그 안에 아무도 없다고 생각했지만 사실 그때 남편은 책상에 엎드려 있어서 그녀가 못 보았을 것이다. 그녀가 아는 한 프로더로 대령은 평상시와 다름없는 건강 상태와 정신 상태를 갖고 있었다. 그리고 그녀는 남편에게 원한을 가질 만한 사람에 대해 아는 바가 전혀 없었다.

다음으로 내가 증언했다. 나는 프로더로 대령과 만나기로 했었다는 것과 애보트 집에서 연락이 온 사실을 증언했다. 그리고 내가 어떻게 사체를 발견하게 되었는지와 의사 헤이독을 부른 것에 대해 설명했다.

"클레멘트 씨, 프로더로 대령이 그날 저녁에 댁으로 찾아가기로 했다는 것을 아는 사람이 얼마나 됩니까?"

"상당히 많을 거라고 생각되네요. 제 부인과 조카가 알고 있었고, 프로더로 대령 자신이 그날 아침에 마을로 가는 길목에서 만났을 때 큰 소리로 떠들어 댔으니까요. 몇몇 사람들이 그 이야기를 들었을 거라고 생각합니다. 대령은 약간 귀가 먹어서 매우 큰 소리로 말하니까요."

"그렇다면 거의 온 동네 사람들이 다 알고 있는 거나 다름없다는 말이군요. 누구라도 알 수 있었다?"

나는 동의했다.

다음은 헤이독이었다. 그는 중요한 증인이었다. 그는 사체의 모습과 상처에 관해 전문적인 용어로 자세하게 설명했다. 헤이독은 사망자가 총을 맞은 시각은 6시 20분에서 6시 30분 사이라고 의견을 말했다. 아무리 늦어도 6시 35분을 넘지 않을 것이라고 했다. 사망 추정 시각에 대해서는 매우 확신에 찬 목소리로 강조했다. 또 자살 가능성은 없으며 스스로 입힌 상처가 아니라고 단언했다.

슬랙 경감의 증언은 신중하고 간략했다. 처음 호출받은 당시를 설명하고 사체를 발견했을 때의 상황을 이야기했다. 쓰다 만 쪽지가 증거로 제출되었다. 그곳에 적혀 있던 시각, '6시 20분'도 기록되었다. 그리고 시계 역시 증거물로 제출되었다. 아무런 구체적인 언급 없이 사망 추정 시각은 6시 22분이라고만 했다. 경찰은 선불리 자신들의 생각을 노출하지 않았다. 프로더로 부인은 심리가 끝난 후에 자신의 방문을 6시 20분보다 조금 이른 시각으로 말하라는 언질을 받았다고 나에게 말했다.

우리 집 하녀인 메리가 다음 증인으로 나서서 상당히 신랄한 증인의 면모를 유감없이 뽐냈다. 메리는 아무것도 들은 바가 없고 듣고 싶지도 않았다고 했다. 목사님을 만나러 온 신사들이 총에 맞아 죽는 일이 자주 일어난다 해도 마찬가지라고 했다. 그리고 사실 그런 일은 흔치 않은 일이니 신경 쓰지 않았다고 했다. 메리는 자신이 해야 할 일을 하고 있었다는 점을 강조했다. 프로더로 대령은 정확히 6시 15분에 목사관에 도착했다. 아니, 메리는 시계를 보지 않았다. 대령을 서재로 안내한 뒤에 교회 종소리를 들었다고 했다. 그때 총소리가 났다면 메리도 들었을 것이다. 물론 메리 역시 총소리가 났을 것이라는 사실은 알고 있었다. 그날 찾아온 신사가 총에 맞은 채 발견되었으니 말이다. 하지만 그게 전부였다. 메리는 아무런 소리도 듣지 않았다고 말했다.

검시관은 으레 알고 있던 것들을 새삼스럽게 주장하지는 않았다. 그가 멜쳇 대령과 사전에 합의했다는 것을 눈치 챌 수 있었다. 레스트랭 부인도 증인으로 소환되었지만 몸이 많이 아파서 참석할 수 없다는 해명과 함께 헤이독이 서명한 진단서가 제출되었다.

이제 남은 증인은 단 한 명, 비틀거리는 노파였다. 슬랙의 표현을 빌리면 로렌스 레딩의 '집안일을 해 주는' 사람이었다.

아처 부인은 권총을 보여 주자 레딩의 거실에서 본 것과 같다고 하며, '책장 위에 아무렇게 놓아둔' 거라고 말했다. 살인이 있던 날 마지막으로 보았다고 했다. 질문을 더 하자 노인은 목요일 점심시간까지 분명 집에 총이 있었다고 말했다. 그녀가 집을 떠난 것은 12시 45분이었다고 했다.

경감이 했던 말이 기억나서 나는 조금 놀랐다. 경감이 물어봤을 때는 전혀 기억나지 않는다고 했던 그녀가 이제는 매우 정확하게 말하고 있었다.

검시관이 사건을 요약했다. 약간 주저하는 면이 있었지만 단호한 말투였다.

배심원의 판결은 거의 즉시 이루어졌다.

'비면식범에 의한 살인.'

방을 나서자 한 무리의 영리하고 기민한 얼굴의 젊은이들이 서 있는 것이 보였다. 모두 엇비슷한 외모를 지니고 있었다. 그중에는 며칠 전 목사관에 쫓아왔던 낯익은 얼굴도 있었다. 도망갈 곳을 찾으며 나는 블루 보어 안으로 다시 들어갔다. 다행히 고고학자 스톤 박사와 마주쳤다. 나는 인사도 건네지 않고 다짜고짜 박사를 붙잡았다.

"기자들 때문에요. 저들의 손아귀에서 나를 좀 구해 주실 수 있겠습니까?"

나는 의미심장한 얼굴로 간략하게 말했다.

"그럼요, 클레멘트 목사님. 저와 함께 2층으로 가시죠."

그는 좁은 계단을 앞서 올라가 거실로 나를 안내했다. 그곳에는 크램 양이 능숙한 솜씨로 타자기 키를 달그락거리며 앉아 있었다. 그녀는 환영의 미소를 활짝 지으며 인사를 건넸고, 잠시 일을 멈출 기회를 놓치지 않았다.

"정말 끔찍한 일이에요, 그렇죠? 누가 범인인지 모른다니 말이에요. 하지만 심리는 정말 실망이었어요. 무기력하기 짝이 없다고 말할 수 있겠네요. 처음부터 끝까지 날카롭고 신랄한 면이라곤 하나도 없었어요."

"그럼 아까 거기 있었습니까, 크램 양?"

"그럼요, 있었죠. 저를 못 보신 모양이군요. 저를 못 보셨다니 조금 기분이 상하려고 하는데요. 아니 기분이 많이 상하네요. 아무리 목사님이시라지만 남자인 데다 머리에 눈은 달리셨잖아요."

"그럼 스톤 박사님도 같이 있었나요?"

나는 크램 양의 장난스런 야유를 피하고자 스톤 박사에게 물었다. 크램 양과 같은 젊은 여자들은 언제나 날 어색하게 만들었다.

"아닙니다. 저는 그런 일에는 거의 관심이 없습니다. 저는 제가 좋아하는 일에만 집중하는 타입이라서요."

"고고학은 무척 재미있는 일인 것 같습니다."

내가 말했다.

"목사님도 좀 아시지 않습니까?"

나는 솔직히 전혀 아는 바가 없는 문외한이라는 사실을 고백해야 했다. 스톤 박사는 모른다고 솔직하게 말했다고 해서 잘난 척하며 위압감을 줄 사람이 아니었다. 그래서 내가 고분 발굴이 내 유일한 소일거리라고 말했더라도 결과는 똑같았을 것이다. 스톤 박사는 열정이 가득 담긴 어조로 흥분하며 이야기하기 시작했다. 긴 고분, 원형 고분, 석기 시대, 청동기 시대, 구석기 시대와 신석기 시대의 환상 열석 등등의 단어들이 억수같이 터져 나왔다. 나는 고개를 끄덕이며 애써 지적인 표정을 짓는 것 외에 할 일이 없었다. 그리고 마지막 말은 매우 낙관적인 내용 같았다. 스톤 박사는 언성을 높이고 있었다. 그는 체구가 작고, 둥근 대머리에, 혈색이 좋은 통통한 얼굴을 가졌다. 그런 그는 두꺼운 안경 너머로 쏘아보듯 사람을 쳐다보았다. 이렇게 조금만 추어올려 주면 금세 열정적으로 변하는 사람은 정말이지 처음이었다. 박사는 자신의 이론에 반대하는 이론과 찬성하는 이론을 일일이 설명해 주었다. 하지만 나는 전혀 이해할 수 없었다.

박사는 프로더로 대령과 의견이 다른 부분에 관해서는 매우 길고 자세하게 말했다.

"고집 센 촌놈 같으니라고."

박사는 열을 내며 말했다.

"네 네, 죽은 사람을 이렇게 악담하는 게 도리가 아니라는 것은 알고 있습니다. 하지만 죽었다고 해서 엄연한 사실이 달라지는 것은 아닙니다. 고집 센 촌놈이라는 말이야말로 그를 묘사하기에 가장 정확한 말입니다. 그는 책 몇 권을 읽었다고 해서 스스로를 대가라고 생각했습니다. 평생을 바쳐 연구해 온 사람의 말을 거부하고 말입니다. 클레멘트 목사님, 저는 평생을 이 연구에 바쳤습니다. 제 일평생을 말입니다 …….”

박사는 흥분해서 침을 튀기며 말했다. 글래디스 크램이 간결하고 야무진 한마디로 그를 현실로 돌아오게 했다.

“자칫하면 기차 놓치시겠어요.”

“이런!”

작은 체구의 박사는 말을 하다 말고 주머니에서 시계를 꺼내 보았다.

“아뿔싸! 15분 전? 이럴 수가.”

“일단 말을 시작하시면 시간을 잊어버리신다니까요. 제가 돌봐드리지 않으면 어떻게 되실지 정말 저도 모르겠어요.”

“그건 맞아요, 정말 맞아요.”

박사는 크램 양의 어깨를 다정하게 두드려 주었다.

“클레멘트 목사님, 여기 이 아가씨는 정말 대단하답니다. 뭐든지 잊어버리는 법이 없죠. 이런 인재를 발견하다니 저는 정말 운이 좋은 사람입니다.”

“어머! 무슨 그런 말씀을요, 스톤 박사님. 자꾸 그러시면 제가 정말 그런 줄로 착각해 버릇이 없어진다구요.”

당사자가 말했다.

나는 장차 스톤 박사와 크램 양의 미래를 법적인 부부 관계로 예견하는 두 번째 학파에 내 지지를 더해야 하는 중차대한 입장에 처해 있는 것이 아닌가 하는 생각이 들었다. 크램 양은 나름대로 영리한 젊은 여성이었다.

"그만 하시는 게 좋겠네요."

크램 양이 말했다.

"그래, 그래요. 그래야겠군."

박사는 옆방으로 사라졌다가 여행 가방을 들고 다시 나타났다.

"어디 떠나십니까?"

내가 놀라서 물었다.

박사가 설명했다.

"급하게 며칠 도시에 갔다 오려고 합니다. 내일 노모를 만나기로 했거든요. 월요일에는 변호사와 일이 있고요. 화요일에 돌아올 겁니다. 그건 그렇고 프로더로 대령이 죽었다고 해서 저희가 맺은 계약이 달라질 것 같지는 않습니다. 고분에 관한 한 프로더로 부인께서는 저희가 계속 작업하는 데 이의가 없으시겠죠?"

"그런 염려는 하지 않으셔도 될 것 같군요."

박사가 말하는 동안 나는 지금 실제로 올드 홀을 좌지우지하는 사람이 누구일까 궁금했다. 재산은 레티스에게 남겼을 가능성이 높았다. 프로더로 대령의 유언장 내용이 무척 흥미로울 거라는 생각이 문득 들었다.

"가족 중의 누군가가 죽게 되면 많은 문제가 생기는 법이죠. 그런 일이 때로는 얼마나 지저분하고 더러운지 모르실 거예요."

크램 양이 우울한 기색을 얼핏 보이며 말했다.

"그럼 이제는 정말 가 봐야겠군요."

스톤 박사가 여행 가방에 커다란 무릎 덮개 그리고 들고 다니기 힘들 정도로 커다란 우산을 정리하느라 낑낑대고 있었다. 나는 그를 도우려 했다. 하지만 박사는 도움을 거절했다.

"신경 쓰지 마십시오. 신경 쓰지 마세요. 나 혼자서도 완벽하게 처리할 수 있습니다. 아래층에 누군가 도와줄 사람이 반드시 있을 겁니다."

하지만 아래층에는 사람의 코빼기도 보이지 않았다. 모두 기자들의 질문 공세에 기꺼이 시달리고 있는 모양이었다. 시간은 계속 지나고 있어서 우리는 함께 역으로 가기로 했다. 스톤 박사는 여행 가방을 들고 나는 무릎 덮개와 우산을 들었다.

그는 서둘러 걸어가는 동안 거친 숨을 헐떡이며 사이사이 큰 소리로 말했다.

"이렇게 폐를 끼치게 되다니……. 이럴려고 했던 게 아닌데……. 정말 너무나 감사합니다……. 기차를 놓치지 말아야…… 할 텐데……. 글래디스는 좋은 아가씨입니다……. 정말 멋진 여자죠……. 매우 상냥해요……. 집에서 가정주부로 만족할 타입이 아니어서 아쉽습니다만……. 분명히…… 어린아이처럼 순진하죠……. 어……린아이 같아요. 장담합니다만 그러니까…… 우리는 나이 차이가 많긴 하지만 많은 공통점을 갖고 있답니다……."

역으로 막 들어서는 길목에 로렌스 레딩의 집이 보였다. 이웃한 집 하나 없이 외따로 있었다. 매우 세련된 외모의 젊은이 두 명이 현관문 앞 계단에 서 있었고, 다른 두 명은 창문으로 안을 들여다보고 있었다. 기자들이 오늘 하루를 무척 바쁘게 보내는 모양이었다.

"레딩 군은 정말 훌륭한 젊은이죠."

나는 스톤 박사가 어떻게 나오는지 보려고 은근히 떠보았다.

그는 이미 숨이 턱까지 차올라 뭔가 말하기가 불가능한 상태였지만 그래도 한 마디 내뱉었다. 처음에는 무슨 소리인지 알아들을 수 없었다.

"위험합니다."

그가 헐떡이며 말하는 바람에 나는 다시 한 번 확인해야 했다.

"위험하다고요?"

"매우 위험해요. 순진한 아가씨들……, 철없고 분별력 없는 아가씨들은……, 저런 녀석에게 속아 넘어가죠……. 주변에 항상 여자들이 들끓는 저런 사람…… 좋지 않아요."

내가 추론한 바로는 아름다운 글래디스가 주목하지 않고 그냥 지나친 유일한 젊은이가 로렌스였다.

"세상에, 기차네!"

스톤 박사가 크게 소리쳤다.

기차역에 거의 도착하자 우리는 전속력으로 달리기 시작했다. 하행 열차는 역에 서 있었고, 런던행 상행 열차는 막 역으로 들어오고 있었다.

매표소 문가에서 우리는 매우 고상하고 세련된 젊은이와 부딪혔다. 막 도착한 마플 양의 조카였다. 그는 한눈에 누군가와 충돌하는 것을 무척 싫어할 타입으로 보였다. 균형 잡힌 반듯한 자세에 초연

함을 드러내 보이는 자신을 자랑스럽게 여기는 그로서는 품위 없는 접촉이 마음의 평정을 깨는 유해한 일일 것이다. 그는 비틀거리며 뒷걸음질쳤다. 나는 서둘러 사과의 말을 했고 우리는 그를 지나쳤다. 스톤 박사는 기차에 기어오르다시피 올라탔고, 내가 짐을 건네자마자 기차는 내키지 않은 듯 한 번 덜컹하더니 출발했다.

나는 손을 흔들어 박사에게 인사하고 뒤로 돌아섰다. 레이먼드 웨스트는 떠나고 없었지만 케루빔이라는 희한한 이름을 가진 약사가 마을로 막 걸음을 옮기고 있었다. 나는 그와 나란히 걸었다.

"간신히 시간에 맞추셨군요. 그래 심리는 어떻게 되었나요, 클레멘트 목사님?"

그가 말했다.

나는 평결 내용을 알려 주었다.

"오! 그렇게 된 거로군요. 저도 그렇게 평결이 나리라 생각하고 있었답니다. 스톤 박사님은 어디로 가시는 건가요?"

나는 박사가 나에게 해 준 말을 그대로 옮겼다.

"기차를 놓치지 않아 다행이군요. 클레멘트 목사님, 이곳 기차에 관해 잘 모르시는 것 같아 드리는 말씀입니다만, 정말 끔찍하도록 수치스러운 일입니다. 불명예스러운 일이라고 말하고 싶군요. 제가 타고 온 기차도 10분이나 연착했어요. 게다가 토요일에는 아예 운행하는 기차가 없다는 것은 말할 것도 없고요. 그리고 수요일, 아니 목요일이군요. 그래요, 목요일은 정말……, 아마 그날이 바로 살인이 있던 날인 것 같군요. 그날 저는 회사에 아주 강력한 항의 서한을 쓸 생각을 하고 있던 터라 정확히 기억하고 있답니다. 그런데 그 살인 사건 덕에 그만 항의 서한을 완전히 잊어버리고 말았어요. 그래요. 그러니까 그게 지난 목요일이었습니다. 저는 약사 협회 모임에서 돌아오는 길이었죠. 6시 50분 차가 얼마나 늦었는 줄 아십니까? 30분이나 늦었어요. 정확히 30분이었습니다. 이 점에 대해 어떻게 생각하십니까? 10분이면 제가 신경도 쓰지 않겠습니다. 하지만 기차가 7시 20분까지도 오지 않으면 집까지 30분 전에 들어갈 수 없습니다. 그럴 거라면 뭐 하러 그 기차를 6시 50분 기차라고 부르느냔 말입니다."

"정말 그렇군요."

나는 약사의 기나긴 독백에서 벗어나고픈 마음에 짧게 말했다. 그리고 길 건너편에서 우리 쪽으로 다가오고 있는 로렌스 레딩을 보고는 그에게 할 말이 있다는 핑계를 대고 냉큼 자리를 옮겼다.

19장

"전에 만났던 일은 정말 좋았습니다. 제 집에 잠시 들러 주시죠."

로렌스가 말했다.

우리는 소박하게 꾸며진 전원풍의 대문 안으로 들어가 진입로를 따라 걸었다. 레딩은 주머니에서 열쇠를 꺼내 자물쇠에 꽂았다.

"이제는 문을 잠그고 다니는군요."

나는 그를 보며 말했다.

레딩은 조금 씁쓸한 웃음을 웃었다.

"네. 소 잃고 외양간 고치는 격이죠, 그렇죠? 딱 그런 모양새네요, 목사님."

레딩이 문을 열어 주어 나는 안으로 들어갔다.

"이번 일에 꺼림칙한 부분이 좀 있습니다. 그러니까 일이 너무나…… 뭐라고 말해야 할까요……. 내부자 범행인 것 같은 구석이 많다는 겁니다. 제 권총에 대해 아는 사람 말입니다. 그러니까 살인범이 누구건 간에 실제로 이 집에 들어와 본 사람이라는 겁니다. 어쩌면 저와 술을 같이 나눈 사람일 수도 있다는 거죠."

나는 반대 의견을 냈다.

"꼭 그렇지는 않아요. 다른 사람일 수도 있죠. 세인트 메리 미드는 마을 전체가 당신이 칫솔을 어디에 두는지 어떤 치약을 사용하는지까지 다 알고 지내는 곳이니까."

"참, 그런 것들을 왜 그리 흥미 있어 하는 겁니까?"

"나도 모르겠군요. 하지만 아무튼 그래요. 만약 당신이 면도 크림을 바꾼다면 당장 그것이 대화 주제가 될 걸요."

"참 뉴스거리가 궁하기도 한 모양입니다."

"그렇죠. 여기서야 뭐 그리 재미난 일이 일어나지 않으니까."

"그렇지만 지금은…… 말 그대로 대단히 재미난 일이 있지 않습니까?"

나는 동의했다.

"그건 그렇고 그 모든 일을 시시콜콜 이야기하고 다니는 건 도대체 누굽니까? 면도 크림이나 그런 것들을 알아내는 게 누구죠?"

"아마 아처 할머니일 겁니다."

"그 쪼그랑이 할머니가요? 제가 아는 한 그 할머니는 거의 반푼이나 다름없어요."

내가 설명해 주었다.

"그건 위장이죠. 그 사람들은 멍청한 가면 뒤에서 안전하게 지냅니다. 그 할머니가 온전한 정신이라는 건 조금만 주의를 기울이면 알 수 있을걸요. 그건 그렇고 그 할머니가 목요일 오후에 권총이 있던 장소를 아주 정확하게 알고 있던데, 어떻게 갑자기 그렇게 정확하게 생각난 거죠?"

"저도 어떻게 된 일인지 전혀 모르겠습니다."

"그 노인 말이 맞다고 생각합니까?"

"그것 역시 전혀 모르겠습니다. 매일 제 물건들 목록을 들고 돌아다니며 확인하지 않으니까요."

나는 조그만 거실을 빙 둘러보았다. 선반과 테이블 위는 잡다한 기사와 논문으로 어지럽혀 있었다. 로렌스는 예술적인 잡동사니들에 둘러싸여 지내고 있었다. 나라면 이런 곳에서 제정신으로 지낼 수 없을 것이다.

레딩이 내 시선을 따라 주변을 둘러보며 말했다.

"때로 뭔가를 찾으려면 한바탕 난리를 쳐야 할 때도 있죠. 반면에 모든 것들이 언제라도 바로 쓸 수 있게 되어 있죠. 구석에 처박혀 있는 법은 없거든요."

"그래요, 처박혀 있는 것은 확실히 없어 보이는군요."

나는 동의했다.

"권총은 좀 구석에 처박아 놓았더라면 좋았을 텐데 말입니다."

"저는 검시관이라는 사람이 그런 소리를 할 거라고 생각했습니다. 검시관이란 작자들은 모두 고집쟁이 바보들입니다. 저를 비난하거나 그 비슷한 말이라도 할 줄 알았는데 말이죠……."

"그건 그렇고 총은 장전되어 있었습니까?"

로렌스는 고개를 가로저었다.

"그렇게까지 부주의하지는 않습니다. 장전되어 있지 않았습니다. 하지만 총과 함께 총알 한 상자가 같이 있었죠."

"그렇다면 여섯 발을 모두 장전했다가 그중에 한 발만 쏜 모양이군요."

로렌스가 고개를 끄덕였다.

"그런데 문제는 누구의 손이 그 총알을 발사시켰는가 하는 거죠? 다 좋다 이겁니다. 하지만 진범이 밝혀지기 전까지 저는 죽을 때까지 혐의를 벗지 못할 겁니다."

"그렇게 말하지 마요."

"하지만 이렇게 말할 수밖에 없습니다."

레딩은 인상을 쓴 채 한동안 말이 없었다. 마침내 그가 자리에서 일어나 말했다.

"하지만 지난밤에 제가 얼마나 일을 진척시켰는지 말씀 드리겠습니다. 아시겠지만 마플 양이라는 할머니는 아주 빈틈이 없는 분이십니다."

"그 때문에 인기가 없죠."

로렌스는 이야기를 하나씩 털어놓았다.

그는 마플 양의 충고를 따라 올드 홀로 갔다고 한다. 거기서 앤의 도움을 받아 하녀와 면담을 했다. 앤은 간단한 한마디만 해 주었다고 했다.

"레딩 씨가 몇 가지 물어볼 게 있다고 하는구나, 로즈."

그리고 앤은 방을 나갔다.

로렌스는 조금 긴장했다. 아름다운 스물다섯 살의 아가씨 로즈가 맑은 눈동자로 레딩을 빤히 바라보았는데, 그 시선에 더욱 당황했다.

"그러니까…… 프로더로 대령의 죽음에 관한 일인데……."

"네, 선생님."

"로즈도 알겠지만 나는 이 사건의 진상을 알고 싶은 마음이 매우 크거든."

"네, 선생님."

"그런데 내 생각에는 누군가, 그러니까 누군가가 아주 우연히 말이지……."

이 시점에서 로렌스는 이런 식으로 일이 잘 되지 않을 거라는 생각에 자신감이 사라졌고, 마음속으로 마플 양과 그녀의 제안에 대해 저주를 퍼붓고 있었다.

"나를 좀 도와줄 수 있을까?"

"네?"

로즈의 태도는 여전히 완벽한 아랫사람의 그것이었다. 매우 정중하고 뭐든지 도와주겠다는 태도이면서도 그 의도나 이유에는 철저히 무심한 모습이었다.

"빌어먹을!"

로렌스는 말했다.

"그러니까 하인들 숙소에서 이 사건에 대해 뭔가 이야기를 나누지 않았냐는 말이야."

공격적인 말투에 로즈의 얼굴이 살짝 붉어졌다. 로즈의 완벽한 자세가 흔들렸다.

"하인들 숙소에서 말입니까, 선생님?"

"아니면 가정부들 방이나 그도 아니면 사환들 대기소라든지 뭐 그런 데서 나눈 얘기들 말이다. 어디선가 모여서 이야기를 나눌 것 아니냔 말이지."

로즈는 재미있어하는 표정을 지었다. 로렌스는 조금 자신감을 얻었다.

"이거 봐, 로즈. 로즈는 정말이지 훌륭하고 착한 사람이야. 내가 어떤 기분인지 이해하리라 생각해. 난 교수형을 당하고 싶지 않아. 난 아가씨 주인을 살해하지 않았단 말이야. 하지만 많은 사람들이 내가 했다고 생각하고 있어. 그러니 날 좀 도와주지 않겠어?"

나는 이 시점에서 로렌스가 얼마나 강렬하게 호소하는 표정을 지었을지 미루어 짐작할 수 있었다. 그 잘생긴 머리를 뒤로 젖히고 아일랜드 혈통의 푸른 눈동자로 매력적인 눈빛을 보냈을 것이다. 로즈는 당장 태도를 누그러뜨리고 순순히 항복했다.

"오, 선생님! 저희가 어떻게든 도움이 된다면야 물론 도와드려야죠. 그리고 우리들 중에는 아무도 선생님께서 그런 일을 하셨다고 생각하는 이가 없답니다. 정말이에요."

"알았어, 우리 착한 아가씨. 그렇지만 그렇게 생각해 준다고 한들 경찰을 상대하는 데 도움이 되진 않거든."

"경찰들이란!"

로즈는 고개를 뒤로 젖히며 말했다.

"선생님, 이건 확실히 말씀 드릴 수 있는데요, 저희는 그 경감이라는 사람을 존중하지 않는답니다. 이름이 슬랙이라고 했던 것 같네요. 그 경찰은 정말이지 엉터리예요."

"그렇지만 경찰이란 굉장한 권력을 갖고 있어. 자, 그러니 로즈, 최선을 다해 나를 도와주겠다고 말했잖아. 그런데 아직도 알고 있는 사실은 그리 많지 않은 것 같구나. 예를 들어 프로더로 대령이 죽기 전날 밤 여기로 찾아온 부인에 대한 이야기 같은 거 말이야."

"레스트랭 부인요?"

"그래, 레스트랭 부인. 그 부인이 찾아온 일은 아무리 생각해도 뭔가 이상한 구석이 있는 것 같은데 말이지."

"네, 정말 그래요, 선생님. 저희도 그렇게 말했어요."

"그랬어?"

"그 여자분이 찾아온 방식도 이상했고, 대령님께 만나자고 청한 것도 이상했죠. 물론 말들이야 많았지만……. 실제로 그분이 왜 여기에 왔는지 아는 사람은 없어요. 그리고 시몬스 부인, 가정부인데요 선생님, 그 부인 생각으로는 그분은 품행이 불량한 사람 같다고 해요. 하지만 글래디가 한 말을 듣고 저는 어떻게 생각해야 할지 모르겠어요."

"글래디가 뭐라고 했는데?"

"오, 아무것도 아니에요, 선생님! 저희끼리 그냥 하는 이야기랍니다."

로렌스는 로즈를 쳐다보았다. 뭔가 숨기고 있다는 느낌이 들었다.

"그 귀부인이 프로더로 대령과 무슨 이야기를 나누었는지 무척 궁금한데."

"네, 선생님."

"로즈는 알고 있지?"

"저요? 오, 아니에요, 선생님. 저는 정말 몰라요. 제가 어떻게 알겠어요?"

"이봐, 로즈. 나를 돕겠다고 했잖아. 혹시 뭔가 엿들은 게 있다면 말해 줘. 어떤 것이라도. 중요하지 않은 것이라고 생각되는 일이라도 무엇이든 말이야……. 그럼 무척 고마울 거야. 그러니까 누군가 어쩌다가 그냥 우연히 뭔가를 엿들었을 수 있잖아."

"하지만 저는 그렇게 하지 않았어요, 선생님. 저는 아니에요."

"그럼 다른 사람이 했겠군."

로렌스는 예리하게 말했다.

"네……, 선생님."

"나한테 말해 줘, 로즈."

"글래디가 뭐라고 할지 잘 모르겠어요."

"글래디도 틀림없이 나에게 말해 주고 싶어 할 거야. 그런데 글래디가 누구지?"

"부엌에서 일하는 하녀랍니다, 선생님. 그때 글래디는 친구와 할 말이 있어서 잠시 자리를 밖으로 나갔답니다. 그러다가 우연히 창가를 지나게 되었는데……. 그 서재 창가 말이에요……. 주인님께서 그 여자와 함께 계셨대요. 물론 주인님은 매우 큰 목소리로 말씀하셨죠. 언제나 그러시니까요. 그래서 자연히 호기심이 조금 생겼대요. 그러니까 제 말은……."

"물론 당연한 일이지. 그러니까 그런 상황이라면 누구라도 자연스럽게 엿듣게 되니까."

로렌스가 말했다.

"하지만 글래디는 다른 사람에게 말을 옮기지는 않았어요. 저만 빼고요. 그런데 우리 둘 다 참으로 이상한 일이라고 생각했답니다. 하지만 글래디는 아무 말도 할 수 없었답니다. 만약 글래디가 일하는 시간에 그…… 친구……, 친구를 만나러 밖으로 나갔다고 하면 요리사인 프래트 부인의 심기가 많이 언짢아질 거예요. 하지만 아마 글래디도 선생님께는 모든 걸 말했을 것 같네요. 기꺼이요."

"그래, 그럼 로즈, 나랑 같이 부엌으로 가서 글래디와 이야기를 나눠 볼까?"

로즈는 로렌스의 제안에 겁에 질린 얼굴을 했다.

"어머, 아니에요. 선생님, 그렇게 하면 안 된답니다. 글래디는 매우 예민한 아이랍니다."

한참 동안 이런저런 문제에 대해 논의한 끝에 마침내 방법을 찾았다. 이 은밀한 만남은 관목 숲 안에서 이루어졌다.

곧 로렌스는 사람이라기보다는 온몸을 벌벌 떠는 토끼라고 말할 수 있는 그 예민한 글래디를 만났다. 그 불쌍한 아가씨의 마음을 진정시키는 데만 족히 10분이 걸렸다. 글래디는 몸을 벌벌 떨면서 로즈가 자신을 배신할 거라고는 생각지도 못했고, 그런 생각은 할 수도 없었다고 말했다. 그리고 다른 사람에게 해를 끼칠 생각을 하지 않았고, 실제로 그런 일은 하지 않았다고 설명했다. 그리고 만에 하나 프래트 부인이 이 이야기를 듣게 되면 크게 꾸지람을 할 거라고도 했다.

로렌스는 그녀를 안심시키고, 회유하고, 설득했다. 마침내 글래디는 마음을 가라앉히고 말을 하기 시작했다.

"여기서 더 이상 일이 커지게 하지 않는다는 것만 확실히 해 주신다면 말씀 드릴게요, 선생님."

"물론 그러지."

"그리고 제가 재판소에 서게 되는 건 아니겠죠?"

"그런 일은 절대 없을 거야."

"그리고 주인 마님께도 절대로 말씀하시지 않을 거죠?"

"무슨 일이 있어도 하지 않겠다."

"혹시라도 이 이야기가 프래트 부인의 귀에 들어가면……."

"그런 일은 없을 거다. 자 그러니 이제 말을 좀 해 봐, 글래디."

"정말 괜찮은 거죠?"

"물론이야. 시간이 지나면 나를 교수형에서 구해 준 일에 대해 너도 기쁘게 생각할 거다."

글래디는 날카로운 비명을 짧게 질렀다.

"어머! 정말 그런 일까지 할 생각은 없답니다, 선생님. 제가 들은 건 정말 아주 조금이에요. 그리고 그것도 순전히 우연히 듣게 된 거라서요……."

"알았다."

"하지만 주인님께서는 분명히 매우 화가 나 있었어요. 주인님께서 이렇게 말씀하셨죠. '그렇게 오랜 세월이 흘렀는데 감히 여기에 오다니.' 그리고 '이건 불법행위요.' 그 부인이 뭐라고 말씀하시는지는 듣지 못했어요. 하지만 잠시 후 주인님께서 '완강히 거절하겠소. 거절……. 완강히…….'라고 하셨어요. 들은 말을 다 기억하지는 못하겠어요. 그렇지만 대장장이가 쇠를 두들기듯이 두 분은 맹렬히 이야기를 나누셨어요. 그 부인은 뭔가를 원하시는데 주인님께서 거절하시는 것 같았죠. '여기에 찾아오다니 정말 부끄러운 일이오.' 주인님이 이렇게도 말씀하셨어요. '만나지 마시오. 그건 내가 용납할 수 없소.' 그렇게도 말씀하셨죠. 그 말에 저는 귀가 솔깃했어요. 그 부인은 프로더로 부인에게 뭔가를 말씀하시려고 하는데 주인님께서는 그것을 꺼리시는 것 같았거든요. 저는 혼자 생각했죠. '주인님이 지금 어떻게 하고 계실까. 정말 독특한 분이야. 아무리 봐도 장점이라고는 없는 분이야. 정말 대단해!' 저는 이렇게 중얼거렸죠. '남자들은 다 똑같다니까.' 그리고 잠시 후에 남자 친구한테 이 이야기를 했죠. 그이가 제 말에 동의한 건 아니에요. 그이는 아니라고 말하더군요. 하지만 프로더로 대령의 행실에 대해서는 놀랐다고 인정했어요. 대령님은 교회 교구 위원으로 주일마다 헌금 접시를 돌리시고, 성서 낭독을 하시는 분이잖아요. 하지만 제가 말했죠. '그래도 그런 사람들 중에 아주 고약한 사람들이 있는 법이야.' 저희 어머니가 어렸을 적에 그렇게 말씀하셨어요. 아주 여러 번요."

글래디는 잠시 숨을 내쉬며 말을 멈추었고, 로렌스는 재치 있게 이야기를 원래 방향으로 돌려놓으려고 노력했다.

"그 밖에 또 들은 건 없나?"

"정확히 기억하기가 어렵네요, 선생님. 거의 비슷한 이야기였어요. 주인님께서 한두 번 이렇게 말씀하셨죠. '난 그 말 믿지 않아.' 뭐 그 비슷한 이야기였어요. '헤이독이 뭐라고 말했건 간에, 난 그 말 믿지 않아.'"

"대령이 그렇게 말했어? '헤이독이 뭐라고 말했건'이라고?"

"네. 그리고 주인님은 모두가 음모라고 하셨죠."

"부인이 하는 말은 전혀 듣지 못했나?"

"마지막 부분만 들었어요. 그 여자분이 일어나 창가 가까이 와서 말씀하신 모양이었어요. 그래서 그분 말이 들렸죠. 그 여자분의 말에 제 피가 온통 차갑게 얼어붙는 것만 같았답니다. 정말이에요. 그래서 잊을 수가 없어요. '내일 밤 이맘때면 당신은 죽어 있을 거예요.' 그 여자분이 매우 사납게 말했죠. 그래서 그 사건을 듣자마자 제가 로즈에게 '거봐.'라고 말했답니다. '그것 봐!'라고요."

로렌스는 의구심이 일었다. 일단 글래디의 이야기를 어디까지 믿어야 할지 알 수가 없었다. 사실 살인 사건이 일어나고 나서 이야기가 상당 부분 윤색되고 각색되었을 가능성이 높다고 보여졌다. 특히 마지막 말의 정확성은 더욱 의심스러웠다. 살인 사건이 일어나자 그런 말을 했던 것으로 여겨진 게 아닌가 하는 생각이 들었다.

로렌스는 글래디에게 고맙다고 인사하고 적당한 대가를 준 다음 그녀의 실수를 프래트 부인이 절대 모르게 하겠다고 다시 확인시켜 주었다. 그리고 생각할 거리를 잔뜩 안고 올드 홀을 떠났던 것이다.

하나는 분명해졌다. 레스트랭 부인이 프로더로 대령과 만난 것은 아주 평화로운 일상의 일이 아니라 아내에게 절대 알리고 싶지 않은 그런 종류의 일이었다.

나는 마플 양이 말한 딴살림을 차렸다는 교구 위원의 이야기를 떠올렸다. 이 사건과 닮았다는 건 이런 이유에서였을까?

그리고 헤이독이 등장한 것이 더욱 의아했다. 그는 레스트랭 부인이 심리에 참석하지 않아도 되게끔 조치를 취해 준 장본인이었다. 그는 경찰로부터 부인을 지키기 위해 각고의 노력을 아끼지 않았던 것이다.

그는 언제까지 부인을 보호하려 들 것인가?

만약 그가 레스트랭 부인이 범인일지도 모른다고 생각하면서도…… 계속 그녀를 감싸고 도는 거라면?

레스트랭 부인은 호기심을 돋우는 이상한 여자였다. 강한 자석처럼 사람을 끌어당기는 매력을 가진 여자이기도 했다. 어찌 된 영문인지 나는 그녀가 이 사건에 연루되었을지도 모른다는 사실을 받아들일 수 없었다.

내 안의 뭔가가 말하고 있었다.

'그럴 리가 없어. 그녀가 그럴 리가 없어! 그럴 이유가 뭐야?'

그렇지만 내 머릿속에서는 이렇게 대꾸하고 있었다.

'그거야 매우 아름답고 매력적인 여자니까 그렇지. 그게 이유야.'

마플 양이 말했듯이 우리 인간은 여러 가지 성격을 동시에 담고 있는 존재다.

20장

목사관으로 돌아와 보니 우리 집에 심각한 위기가 닥쳐 있었다.

복도에서 나를 맞은 그리젤다는 두 눈 가득 눈물을 담고서 나를 응접실로 잡아끌었다.

"그녀가 간대요."

"누구 말이에요?"

"메리요. 메리가 그만두겠다고 알려 왔어요."

나는 정말이지 이 소식을 비극으로 받아들이기 어려웠다.

"그렇다면 다른 사람을 구해야겠군요."

나는 이 말 외에 다른 할 말을 찾을 수가 없었다. 완벽하게 적절한 말이었다. 하인이 나간다고 하면 다른 하인을 구하면 된다. 그런데 그리젤다가 나무라는 표정을 짓자 나는 당황하지 않을 수 없었다.

"렌, 당신 정말 인정머리라고는 하나도 없군요. 그렇게 무심하다니."

사실이었다. 나는 신경 쓰지 않았다. 사실 덜 익은 야채와 태워 먹은 푸딩을 더 이상 보지 않아도 된다는 생각에 마음이 가벼워지기까지 했다.

"어서 일할 아가씨를 찾아 훈련을 시켜야겠어요."

그리젤다는 자기 연민에 잠긴 목소리로 말했다.

"메리도 훈련을 받았었다고요?"

"그럼요."

"메리가 우리를 '주인님, 마님'이라고 부르는 것을 누군가 듣고는 훌륭한 하인이라고 여겨 데리고 가려는 모양이군요. 하지만 내가 해줄 말은 그 사람들 곧 실망할 거라는 것뿐이에요."

"그런 게 아니에요. 메리를 원하는 사람은 아무도 없어요. 도대체 사람들이 그럴 이유가 없죠. 그냥 메리 기분이 그렇대요. 레티스 프로더로가 메리에게 먼지를 제대로 털지도 못한다고 말해서 기분이 상했대요."

그리젤다는 종종 놀라운 말을 내뱉고는 했지만, 이번 말은 너무 놀라워서 의문을 갖지 않을 수 없었다. 세상에 레티스 프로더로가 자신만의 공상에서 벗어나 우리 집 일에 간섭을 했고 우리 집 하녀가 집안일을 제대로 못 한다는 이유로 꾸지람을 했다니 정말 의외였다. 전혀 레티스답지 않은 일이었다. 나는 그리젤다에게 말했다.

"이해가 안 되는군요. 우리 집 먼지가 레티스 프로더로와 무슨 상관이 있는 건지."

"상관없죠. 그러니까 말도 안 되는 일이라는 거예요. 당신이 가서 메리하고 이야기 좀 해 봐요. 메리는 부엌에 있어요."

나는 그 주제를 가지고 메리와 이야기를 나누고 싶은 마음이 전혀 없었다. 하지만 언제나 기운이 넘치고 행동이 잰 아내 그리젤다는 내가 저항할 틈도 주지 않고 어느새 나를 부엌으로 가는 문으로 밀어 넣었다.

메리는 싱크대 앞에서 감자 껍질을 벗기고 있었다.

"아……, 안녕."

내가 긴장해서 말했다.

메리는 고개를 들고 코를 킁킁거리기만 할 뿐 별다른 대꾸를 하지 않았다.

"아내 말이 자네가 우리 집을 나가고 싶어 한다고 하던데."

메리는 내 말에 겸손하게 대꾸했다.

"여자라면 도저히 참을 수 없는 그런 일이 있었거든요."

침울한 어조였다.

"정확히 무슨 일로 그렇게 기분이 상했는지 말해 주겠나?"

"딱 두 단어로 말씀 드릴 수 있어요. (여기서 말해 둘 것은 메리가 두 단어로 요약하겠다고 한 것은 완전한 오산이었다는 사실이다.) 제가 등만 돌리면 사람들이 마구 들쑤시고 다니잖아요. 그리고 도대체 그 여자는 이 집 서재가 얼마 만에 먼지 청소를 하고 정리하는지 왜 신경 쓰는 거죠? 목사님이나 사모님이 그러면 제가 불평을 안 하죠.

하지만 그 외 사람들이 신경 쓸 문제가 아니라는 거예요. 제가 하는 일에 목사님께서 만족하신다면 아무 문제 없는 거잖아요."

메리는 단 한 번도 나를 만족시킨 적이 없었다. 솔직히 고백하건대 나는 매일 아침 먼지가 닦여 있고 깔끔하게 정리된 서재를 간절히 바라고 있었다. 낮은 테이블 위에 쌓여 있는 침전물을 살짝 한 번 치고 가는 정도의 메리식 청소는 내 생각에 전적으로 부족한 것이었다. 하지만 나는 그 순간 청소에 관한 문제를 더 파고들어 봐야 소용이 없다는 생각이 들었다.

"저는 사건 심리까지 참석했단 말이에요! 열두 명 앞에 서서 그딴 짓까지 했잖아요. 저처럼 점잖은 처녀가 말이죠! 무슨 질문을 받게 될지 누가 아냔 말이에요. 분명히 말씀 드리는데요, 저는 이제까지 단 한 번도 살인이 일어난 집에 있어 본 적이 없어요. 그리고 앞으로도 두 번 다시 그런 곳에 있고 싶지도 않고요."

"그건 꼭 그랬으면 좋겠구나. 평균의 법칙에 따르면 앞으로 그런 일이 일어날 확률은 매우 적다고 할 수 있지."

내가 말했다.

"전 그런 법칙 같은 건 믿지 않아요. 대령은 치안판사였어요. 토끼 좀 잡았다고 많은 불쌍한 사람들을 감옥에 보냈죠. 꿩이나 기타 등등의 것들 때문에도 보냈고요. 그런데 그런 그가 제대로 땅에 묻히기도 전에 그 사람의 딸이라는 사람이 돌아다니면서 제가 일을 제대로 못 한다고 말한단 말이에요."

"프로더로 양이 여기 왔었단 말인가?"

"블루 보어에서 돌아와 보니 여기 와 있더군요. 서재에 있었어요. 그러더니 이러는 거예요. '어머! 제 노란색 작은 베레모를 찾는 중이에요. 작고 노란색이죠. 엊그제 여기에 놓고 갔거든요.' 그래서 제가 말했죠. '그런 모자는 못 봤는데요. 목요일 아침에 청소할 때는 없었어요.' 그랬더니 그 여자가 그러는 거예요. '어머! 하지만 그걸 못 봤다니 말이 안 되요. 청소를 시간 들여 하지 않잖아요? 그렇죠?' 그러고는 벽난로 선반 위를 손가락으로 쓱 훑어서 쳐다보는 거예요. 그 사건이 일어난 다음 날 바로 경찰이 서재를 잠갔는데 마치 내가 오늘처럼 시간이 남아돌아서 온갖 장신구를 치웠다가 다시 제자리에 놓았어야 한다는 듯 말이에요. '만약 목사님과 사모님이 이 정도로 만족하신다면 문제없지 않겠어요?'라고 제가 말했죠. 그랬더니 그 여자가 웃으면서 창가로 걸어가서 말하더군요. '오, 그래요! 하지만 정말 만족하신다고 확신해요?'"

"무슨 일인지 이제 알겠군."

내가 말했다.

"아셨죠! 그 여자는 자기 멋대로 생각하는 거라구요! 저는 목사님과 사모님을 위해 뼈 빠지게 일했다고 자신해요. 만약 그 여자가 유행의 첨단을 걷는 음식을 먹고 싶어 한다면 저는 언제라도 만들 준비가 되어 있어요."

"그럼 그렇지."

나는 달래듯 말했다.

"하지만 그 여자가 무슨 말을 들었으니 그런 소리를 하는 게 아니겠어요. 그렇지 않고 그런 소리를 할 턱이 없죠. 그래서 제가 두 분을 만족스럽게 해드리지 못한다면 그만 여길 떠나는 게 좋을 것 같아요. 물론 프로더로 양이 왜 그런 이야기를 했는지 제가 짐작하지 못하는 건 아니에요. 그 여자는 올드 홀에서도 평판이 그리 좋지 못하거든요. 한 번도 부탁한다든가 고맙다는 말을 하는 법이 없고, 여기저기 돌아다니며 물건을 흘리고 다니거나 어지럽히기만 한대요. 데니스 씨가 아무리 그 여자를 대단하게 말씀하셔도 그 여자는 도무지 존경할 수가 없어요. 하지만 그런 여자는 손가락만 튕기면 젊은 남자들을 농락하는 것쯤이야 아무렇지도 않게 할 수 있죠."

이 기나긴 이야기를 하는 동안 메리는 감자에서 완전히 눈을 떼고 있었다. 그래서 감자 껍데기가 우박처럼 온 부엌 안을 날아다니고 있었다. 바로 그때 내 눈에 뭔가가 들어갔고, 우리는 잠시 대화를 멈춰야 했다.

나는 손수건으로 한쪽 눈을 비비며 말했다.

"괜한 일로 공연히 방어적으로 행동했다는 생각은 안 들어? 메리, 네가 나가면 우리 집사람은 무척 안타까워할 거야."

"안주인 마님께는 아무런 감정도 없어요. 물론 목사님께도 이 문제에 관한 한 아무런 감정이 없구요."

"그렇다면 이건 좀 지나치다는 생각이 들지 않아?"

메리는 코를 킁킁거렸다.

"제가 조금 기분이 저조하기는 해요. 심리며 사건 조사며 그런 일 때문에요. 그리고 젊은 여자들은 모두 자기 생각이 있게 마련이랍니다. 하지만 마님께 심려를 끼쳐 드리고 싶지는 않네요."

"그렇다면 다행이군."

내가 말했다.

부엌을 나서자 복도에서 나를 기다리고 있던 그리젤다와 데니스를 만날 수 있었다.

"그래 어떻게 되었어요?"

그리젤다가 새된 목소리로 말했다.

"계속 있기로 했어요."

나는 한숨을 내쉬며 말했다.

"렌, 정말 현명하시기도 하셔라."

아내가 말했다.

나는 아내의 말에 동의할 수 없었다. 내가 현명한 일을 했다는 생각이 들지 않았다. 메리보다 더한 최악의 하인은 없을 것이라는 게 내 확고한 생각이었다. 어떻게든 조금이라도 변할 수만 있다면 변하는 게 좋을 것이다.

하지만 나는 그리젤다를 기쁘게 해 주고 싶었다. 나는 메리가 품은 불만의 원인에 대해 상세하게 말해 주었다.

"정말 레티스답군요. 수요일에 노란색 베레모를 여기 놓고 갔을 리가 없어요. 목요일에 테니스를 칠 때 그 모자를 쓰고 있었거든요."

데니스가 말했다.

"나도 그럴 거라고 생각한다."

내가 말했다.

"항상 자기 물건을 어디에 놓아두었는지도 모른다니까요."

데니스가 우쭐대면서 말했다. 하지만 뭔가 상황에 맞지 않는 애정 어린 감탄이 섞인 어조였다.

"하루에 물건을 열두 개는 잃어버리고 다닐 거예요."

"정말이지 놀랍도록 매력적인 버릇이구나."

내가 말했다.

하지만 데니스는 내가 비꼬아서 한 말이란 걸 알지 못했다.

"정말 매력적인 여자예요."

데니스는 깊은 한숨을 내쉬며 말했다.

"항상 청혼을 받곤 한다지요……. 그녀가 제게 말했어요."

"그렇다면 그건 분명 레티스를 이곳으로 데리고 오지 못할 불법적인 청혼이겠구나. 이 동네에는 독신 남자가 없으니 말이다."

내가 비꼬는 투로 말했다.

"스톤 박사가 있잖아요."

그리젤다가 눈을 빛내며 말했다.

"요전에 레티스에게 고분으로 와서 작업하는 걸 보라고 청하기는 했죠."

내가 인정했다.

"물론 그랬죠. 렌, 레티스는 매우 매력적인 아가씨예요. 대머리 고고학자도 그걸 모를 리는 없죠."

그리젤다가 말했다.

"성적 매력까지 흘러넘치죠."

데니스가 재치 있게 말했다.

하지만 로렌스 레딩이 레티스의 매력에 전혀 끌리지 않은 것은 분명했다. 그렇지만 그리젤다는 뭐든지 다 알고 있는 사람인 양 뻐기면서 그 이유를 설명했다.

"로렌스 자신도 성적 매력이 있거든요. 그런 부류의 사람들은 그러니까……, 뭐라고 할까……. 그러니까 퀘이커 교도 같은 그런 여자를 좋아하죠. 사람들이 차갑다고 여기는 그런 여자들 말이에요. 제 생각에 로렌스가 끌리는 유일한 여자는 아마 앤 정도일 거예요. 그 두 사람이 서로에게 질려 하거나 싫증을 낼 일은 없을 것 같아요. 그렇지만 아무리 봐도 로렌스는 어리석다고 할 수밖에 없어요. 그는 레티스를 이용할 수도 있었다고요. 로렌스는 레티스가 마음을 주고 있었다는 걸 생각이나 해 봤는지 모르겠어요. 그는 여러 면에서 정말 겸손하게 굴어서 눈치를 못 챈 모양이에요. 저는 레티스가 그를 좋아했다고 생각해요."

"하지만 레티스는 로렌스에게 마음이 없었어요. 레티스가 그렇게 말했거든요."

데니스가 말했다.

이 말에 그리젤다는 아무런 대꾸도 하지 못했다. 이렇게 애석한 침묵은 처음이었다.

나는 서재로 갔다. 방 안에 어딘지 모를 섬뜩한 기운이 어려 있는 것 같았다. 어서 이런 생각을 떨쳐 버려야 한다는 것을 알고 있었다. 이런 생각을 자꾸 하면 다시는 이 서재를 사용할 수 없게 될 것이다. 나는 곧바로 책상으로 걸어갔다. 바로 여기였다. 벌건 얼굴에 열성적이고 독선적인 프로더로가 여기 앉아 있다가 죽임을 당했다. 지금 내가 서 있는 이곳에 범인이 서 있었을 것이다…….

그래…… 프로더로는 더 이상 이 세상 사람이 아니다…….

이 펜은 그가 잡았던 것이다.

바닥에는 희미한 얼룩이 있었다. 깔개를 세탁소에 보냈지만 핏자국이 여전히 배어 있었다.

나는 몸을 부르르 떨었다.

"이 방은 못 쓰겠어. 사용할 수 없어."

나는 크게 소리 내어 말했다.

그때 내 시선을 사로잡는 것이 있었다. 아주 작고 밝은 푸른빛이었다. 나는 허리를 굽혔다. 바닥과 책상 사이에 조그만 물건이 있었다. 나는 그것을 집어 들었다.

손바닥에 그것을 올려놓고 빤히 쳐다보고 있는데 그리젤다가 들어왔다.

"렌, 당신에게 할 말이 있었는데 깜빡했어요. 마플 양이 오늘 저녁 식사 후에 좀 와 달라고 했어요. 조카와 어울려 놀아 달라고요. 조카가 심심해할까 봐 걱정이라고 하더라고요. 그래서 가겠다고 했어요."

"좋아요."

"그런데 뭘 보고 있어요?"

나는 손을 말아 쥐고 아내를 쳐다보며 말했다.

"당신이 갔는데도 그 대단한 레이먼드 웨스트가 즐거워하지 않는다면, 여보, 그는 웬만해서는 즐거워하지 않는 까다로운 사람이라고 보는 게 맞을 거예요."

"말도 안 되는 소리 말아요, 렌."

아내는 그렇게 말하고는 얼굴을 붉혔다.

아내가 다시 서재를 나간 뒤 나는 손을 폈다.

내 손바닥 위에는 작은 알갱이의 진주가 파란색 청금석을 둘러싸고 있는 귀고리 한 쌍이 있었다.

흔하지 않은 보석이어서 이것을 마지막으로 본 게 언제인지 나는 정확하게 기억하고 있었다.

21장

나는 레이먼드 웨스트를 특별히 대단하게 생각한 적이 없었다. 물론 그는 대단한 소설가일 것이고, 시인으로서도 꽤 명성을 날리고 있는 듯했다. 그의 시에는 대문자가 하나도 없는데 아무래도 현대문학에서는 꼭 필요한 형식인 모양이었다. 그의 책에는 엄청나게 지루한 삶을 영유해 가는 불쾌한 사람들이 등장한다.

그는 '제인 숙모'에 대해 매우 너그러운 애정을 갖고 있었다. 숙모가 있는 자리에서 넌지시 '생존해 계신'이라는 표현을 썼다.

마플 양은 비위를 맞추는 듯 흥미진진하게 그의 이야기를 경청했지만 이따금 재미있다는 듯 두 눈을 빛냈다. 하지만 조카는 그 사실을 전혀 눈치 채지 못했다.

그는 대번에 그리젤다를 주목하고 멋대가리 없는 아첨의 말을 늘어놓았다. 두 사람은 현대 연극에서 시작해서 현대식 실내장식에 관해 이야기를 계속 나누었다. 그리젤다는 레이먼드 웨스트의 말을 그저 웃어 넘기는 척했지만, 내가 보기에는 그의 말에 상당한 영향을 받고 있는 듯했다.

나는 마플 양과 이야기를 나누고 있었는데(지루한 대화였다.), 중간중간 레이먼드가 '이런 곳에서 묻혀 지내시다니'라고 하는 말이 계속 들렸다.

마침내 나는 울화가 치밀어 불쑥 말했다.

"우리가 이곳에 매우 어울리지 않는 사람들이라고 생각하는 모양입니다."

레이먼드 웨스트는 담배를 흔들어 대며 고압적으로 말했다.

"제가 보기에 세인트 메리 미드는 물이 고여 있는 웅덩이 같은 곳입니다."

그러고는 우리가 발끈해서 뭔가 말하기를 기다리는 듯 우리를 쳐다보았다. 하지만 어느 누구도 성을 내지 않았다. 레이먼드는 상당히 억울해하는 듯 보였다.

마플 양이 활기찬 음성으로 말했다.

"레이먼드, 그건 좋은 직유가 아니구나. 고여 있는 웅덩이에서 떨어지는 물 한 방울도 현미경 아래에서 보면 생명력이 가득하단다."

"생명력이라……, 뭐 대단하지 않은 것이기는 하지만 그렇기는 하죠."

우리의 소설가는 순순히 인정했다.

"생명은 모두 다 똑같이 소중한 거란다. 정말로. 그렇지 않니?"

마플 양이 말했다.

"제인 숙모님, 지금 스스로를 웅덩이에 서식하는 생물에 비유하시는 겁니까?"

"애야, 네가 가장 최근에 쓴 책에 그 비슷한 이야기를 했잖니. 나는 그걸 기억하고 있는 거란다."

머리 회전이 빠른 사람이 자신의 작품이 자신의 의견을 반대하는 데 인용되는 것을 좋아할 리 없었다. 레이먼드 역시 예외가 아니었다.

"그건 전혀 다른 이야기입니다."

그가 쏘아붙였다.

"그렇지만 생명이란 어디에 있건 다 똑같이 매우 소중한 거란다."

마플 양은 평소의 차분한 목소리로 이야기했다.

"있잖니, 나고, 자라고, 그리고 다른 사람들을 만나 부대끼며 지내다가 결혼하고 또 아이를 낳고……."

"그리고 마침내 죽죠. 그 죽음이란 것이 반드시 사망 진단서가 있는 것만을 말하는 건 아니죠. 생기가 죽는 것도 있으니까."

레이먼드 웨스트가 말했다.

"죽음에 관한 이야기가 나와서 말인데요, 여기서 살인 사건이 일어났다는 거 알고 계시나요?"

그리젤다가 말했다.

레이먼드 웨스트는 들고 있던 담배를 흔들어 대며 살인 사건마저 흔들어 던져 버렸다.

"살인은 너무 잔인한 일이라 저는 전혀 관심이 없습니다."

나는 그의 말에 속지 않았다. 세상 사람들은 모두 연인을 사랑한다고 말한다. 그런데 그 말을 살인 사건에 적용하면 그건 거의 틀림없는 진실이라고 할 수 있다. 살인 사건에 흥미를 갖지 않는 사람은 없다. 그리젤다나 나와 같은 단순한 사람들은 그 사실을 솔직히 인정한다. 하지만 레이먼드 웨스트와 같은 사람들은 짐짓 별일 아니라는 듯 지겨운 척한다. 처음 5분 동안은.

마플 양이 한마디 툭 던져 조카를 배신해 버렸다.

"레이먼드와 나는 저녁을 먹는 내내 그 일에 대해서만 이야기를 나눴답니다."

"저는 지역 소식에 관심이 많습니다."

레이먼드가 허둥지둥 말했다. 그는 상냥하게 미소를 지어 보이다가 마플 양에게는 인내심을 발휘하는 미소를 지어 보였다.

"논리적으로 오직 한 사람만이 프로더로를 죽일 수 있었습니다."

레이먼드 웨스트는 담배를 다시 휘두르며 말했다.

"네?"

그리젤다가 말했다.

우리는 짐짓 관심이 있는 듯한 얼굴로 그의 말을 경청했다.

"목사님이시죠."

레이먼드는 비난하는 듯한 손가락질로 나를 가리키며 말했다.

나는 숨이 막힐 정도로 놀랐다.

"물론 목사님이 그런 일을 하지 않으셨다는 건 잘 알고 있습니다.

우리의 삶이란 것이 그렇게 논리적으로 흘러가지 않으니까요. 하지만 드라마라고 생각해 보세요. 타당성이 있죠. 교구 위원이 목사관 서재에서 목사에 의해 살해되었다. 얼마나 구미가 당기는 이야기입니까!"

"그럼 범행 동기는 뭔가요?"

내가 물었다.

"오! 그게 또 흥미롭습니다."

레이먼드는 담뱃불이 저절로 꺼지도록 내버려 두고 자리에서 일어섰다.

"제 생각에는 열등감 때문이었을 것 같습니다. 어쩌면 성직자로서 성무 집행 금지 명령을 너무 많이 받아서 그랬을 수도 있겠죠. 이 사건을 소설로 써야 할 것 같군요. 놀랍도록 복잡하게 얽히고설킨 이야기가 되는 거죠. 매주마다 수십 년간 목사는 그를 만나야 했습니다. 교구 위원 회의에서, 성가대 소풍에서 부딪혀야 했고, 매주 그는 헌금통을 들고 헌금을 걷어 제단으로 가지고 왔죠. 목사는 그 남자가 싫었습니다. 하지만 언제나 그런 마음을 억누르고 참아 왔죠. 매우 비기독교적인 일이니까요. 그런 마음을 품지 않으려고 노력했습니다. 그래서 마음속에서 곪고 곪아 어느 날 ……."

레이먼드는 생생한 몸짓으로 다음 말을 대신했다.

그리젤다는 나에게 고개를 돌렸다.

"렌, 당신 저런 마음을 먹은 적이 있어요?"

"그런 일 절대 없어요."

나는 진심을 담아 말했다.

"하지만 목사님께서 프로더로가 더 이상 이 세상 사람이 아니었으면 좋겠다고 하셨다던데요."

마플 양이 끼어들었다.

(이 비열한 데니스! 하지만 그런 말을 한 내가 잘못이다.)

"그랬었죠. 유감스럽게 생각합니다. 정말 바보 같은 소리였습니다. 그와는 처음에 무척 힘들게 시작했답니다."

"그런 말을 하셨다니 거참 실망스럽군요. 왜냐하면 목사님이 잠재의식 속에서라도 그를 죽일 계획을 정말로 세웠다면, 그런 말을 그렇게 쉽게 내뱉지 않으셨을 테니까요."

레이먼드는 말하고 나서 한숨을 내쉬었다.

"그렇다면 제 추측은 모두 수포로 돌아갔습니다. 아마도 이번 사건은 매우 평범한 살인 사건에 지나지 않는 듯하군요. 앙심을 품은 밀렵꾼이나 뭐 그런 사람이 저지른 것 말이에요."

"크램 양이 오늘 오후에 나를 만나러 왔어요. 마을에서 만났을 때 우리 정원을 보러 한번 오지 않겠냐고 했거든요."

마플 양이 말했다.

"크램 양이 정원에 관심이 있나요?"

그리젤다가 물었다.

"그렇지는 않은 것 같아요. 하지만 수다 떠는 데는 무척 유용한 변명거리가 되지 않겠어요?"

마플 양의 눈이 희미하게 번득였다.

"크램 양을 어떻게 생각하세요? 나는 그녀가 정말 그렇게 나쁜 사람은 아니라고 생각해요."

그리젤다가 말했다.

"그녀는 자진해서 많은 이야기를 해 주었답니다. 정말 많은 이야기를요. 자기 자신이나 가족에 대해 이야기했어요. 그런데 대부분은 죽었거나 인도에 있는 것 같더군요. 그건 그렇고 이번 주말에 올드 홀에 간대요."

마플 양이 말했다.

"뭐라고요?"

"네, 프로더로 부인이 청한 모양이더라고요. 어쩌면 크램 양이 프로더로 부인에게 그렇게 하겠다고 말했는지도 모르지만……. 어느 쪽인지는 정확히 잘 모르겠네요. 아무튼 잡다한 일을 해 주러 간대요. 처리해야 할 서류들이 정말 많이 있다는군요. 하지만 다행히도 스톤 박사가 출타 중이어서 할 일이 없다고 하더군요. 그 고분은 정말 대단히 흥미롭지 않아요?"

"스톤 박사? 고고학자 친구 말입니까?"

레이먼드가 말했다.

"그래. 그가 여기서 고분을 발굴하고 있단다. 프로더로 대령의 땅에 있는 고분이지."

"좋은 사람이죠. 자신의 연구에 철두철미한 멋진 사람이에요. 얼마 전에 저녁 식사 자리에서 만났는데, 이야기를 매우 재미있게 했어요. 저는 정말 그를 존경하게 되었죠."

레이먼드가 말했다.

"그렇다면 안됐군요. 그는 주말 동안 런던에 있을 겁니다. 왜 오늘 오후에 기차역에서 거의 마주치지 않았습니까?"

"그때 목사님과 마주쳤죠. 그리고 목사님 곁에는 작고 뚱뚱한……, 안경 낀 사람이 서 있었고요."

"네, 그 사람이 스톤 박사입니다."

"이런 세상에, 그 사람은 스톤이 아닙니다."

"스톤이 아니라고요?"

"그 고고학자가 아니에요. 스톤은 제가 너무나 잘 압니다. 그때 그 남자는 그 스톤이 아니었어요. 닮은 데라고는 눈곱 만큼도 없었습니다."

우리는 서로 시선을 주고받았다. 나는 특히 마플 양을 뚫어져라 보았다.

"이런 터무니없는 일이……."

내가 말했다.

"그 여행 가방은……."

마플 양이 말했다.

"하지만 왜?"

그리젤다가 말했다.

"가스 점검원 행세를 하면서 마을을 돌아나니던 남자가 생각나네요. 한몫 단단히 챙겼었죠."

마플 양이 중얼거리듯 말했다.

"사기꾼이었군요. 이거 정말 재미있어지는군요."

레이먼드 웨스트가 말했다.

"문제는 이 일이 살인 사건과 관계가 있느냐 하는 거 아니에요?"

그리젤다가 말했다.

"꼭 그렇지만은 않아요. 하지만……."

나는 마플 양을 쳐다보며 말했다.

"이건 말이죠. '별난 일'이에요. 또 하나의 별난 일이죠."

마플 양이 말했다.

"그렇군요. 당장 경감에게 이 사실을 알려야 한다는 생각이 드는군요."

나는 자리에서 일어서며 말했다.

22장

전화 통화를 하자마자 슬랙 경감은 간략하고 단호한 반응을 보였다. '소문내고 다닐 일'은 아니라는 것이었다. 특히 크램 양을 놀라게 해서는 안 된다고 했다. 그리고 고분 근처로 가서 여행 가방을 수색하기로 했다.

그리젤다와 나는 이 새로운 사실에 매우 흥분해 집으로 돌아왔다. 우리는 데니스가 곁에 있는 동안에는 별다른 이야기를 나누지 않았다. 다른 사람에게는 절대로 말하지 않겠다고 슬랙 경감과 분명히 약속했기 때문이다.

여하튼 데니스는 자기 나름의 문제로 머릿속이 복잡했다. 서재로 들어와 이것저것 만지작거리며 이리저리 옮겨 다니는 폼이 무척 초조해 보였다.

"무슨 일이니, 데니스?"

마침내 내가 말했다.

"렌 삼촌, 저는 바다로 나가고 싶지 않아요."

나는 깜짝 놀랐다. 지금까지 이 아이는 장래 자신이 할 일에 대해 확고한 신념을 갖고 있었다.

"하지만 넌 그 일에 매우 열중해 있었잖니."

"네, 하지만 마음이 바뀌었어요."

"그럼 무얼 하고 싶니?"

"금융업을 하고 싶어요."

"무슨 말이지……? 금융업이라면?"

"그냥 금융업을요. 도시로 나가고 싶어요."

"하지만, 얘야. 넌 그런 생활을 좋아하지 않을 게다. 내가 어찌어찌해서 은행에 네 자리를 마련해 준다 하더라도……."

데니스는 그런 뜻이 아니라고 했다. 그는 은행에 들어가고 싶지는 않다고 했다. 나는 그럼 정확하게 무슨 말을 하려는 건지 말해보라고 했다. 물론 데니스는 내 짐작대로 자신도 정확하게 모르겠다고 말했다.

'금융업에 종사하고 싶다'는 데니스의 말은 아마 그저 빨리 부자가 되고 싶다는 뜻이리라. 젊은이의 치기 어린 낙천주의로 그는 '도시로 나가면' 그렇게 될 것이라고 생각한 듯했다. 나는 가능한 한 다정하게 그 생각을 바로잡아 주었다.

"무슨 생각을 하고 있는 거니? 너는 해운업에 종사하기로 한 계획을 무척 만족스럽게 생각하고 있었잖니."

내가 물었다.

"네, 렌 삼촌. 하지만 생각을 해 봤어요. 저도 언젠가는 결혼하고 싶어질 거고……, 그러면…… 그러니까 제 말은 결혼하려면 부자여야 한다는 거죠."

"현실은 그 이론이 틀리다는 것을 반증해 주고 있단다."

내가 말했다.

"저도 알아요. 하지만 진짜 멋진 여자 말이에요. 그러니까 제 말은 세련된 여자들요."

무슨 말인지 알아듣기 어렵게 말하고 있었지만 나는 그의 말을 이해했다.

"그걸 알아야 한단다. 모든 여자들이 레티스 프로더로 같지 않다는 걸 말이다."

나는 다정하게 말했다.

데니스는 당장 발끈했다.

"삼촌은 레티스를 지나치게 비하하세요. 그녀를 좋아하지 않으시죠. 그리젤다도 그렇고요. 레티스가 비위에 거슬리는 여자라고까지 말했어요."

여자의 눈으로 보면 그리젤다의 말은 정확했다. 레티스는 정말로 비위에 거슬리는 여자였다. 그렇지만 이 아이가 그런 표현에 매우 분개하고 있다는 것은 이해할 수 있었다.

"사람들이 조금만 관대해질 수는 없는 건가요? 하틀리 네이퍼스는 하필 이런 때 레티스에 대해 불평을 하면서 돌아다니난 말이죠!

레티스가 그 고루한 테니스 파티에서 조금 일찍 자리를 떠났다는 이유만으로 말이에요. 지겨워 죽겠는데 끝까지 있어야 할 이유가 어디 있느냔 말이에요. 그런 곳에 참석했다는 것만으로도 대단히 예의 바른 일이라고 생각해요."

"정말 대단한 호의를 베풀었구나."

하지만 데니스는 내가 비꼬는 것이라고는 전혀 생각하지 않고 있었다. 레티스를 위한 분노로 가득 차 있는 모양이었다.

"그녀는 정말이지 너무 이기적이에요. 그저 삼촌에게 보여 주려고 나를 머물게 했던 거라고요. 당연히 저도 자리를 떠나고 싶었거든요. 하지만 그 여자는 내 말을 들으려고 하지도 않았어요. 네이퍼스 집안에 너무하는 일이라나요. 그래서 저는 그 여자 기분을 맞춰 주려고 15분 동안이나 그곳에 있었다고요."

젊은이들이 생각하는 이기심의 의미는 참으로 묘했다.

"그런데 수잔 하틀리 네이퍼스는 여기저기 돌아다니며 레티스가 무례하고 예의 없는 사람이라고 떠들고 다닌단 말이에요."

"내가 너라면 그런 걱정은 하지 않겠다."

"그거 참 좋은 생각이네요. 하지만……."

갑자기 데니스가 말을 멈췄다.

"저는 레티스를 위해서라면 무슨 일이라도 할 수 있어요."

"다른 사람을 위해 무슨 일이라도 할 수 있는 사람은 극히 드물지. 아무리 간절히 그렇게 하기를 원해도, 우리는 아주 미약한 존재에 불과하단다."

"죽고 싶어요."

데니스가 말했다.

불쌍한 녀석. 풋사랑은 치명적인 질병이다. 나는 이런 상황에서 쉽게 입 밖으로 내뱉을 수 있는 노골적이고 조금 자극적인 말이 튀어나오려는 것을 억지로 눌러 참았다. 대신 그저 잘 자라는 인사를 하고 침실로 향했다.

다음 날 아침 나는 8시 예배를 드리고 집으로 돌아왔다. 그리젤다가 손에 쪽지 하나를 들고 아침상을 물리지도 않고 그대로 앉아 있었다. 앤 프로더로에게서 온 것이었다.

그리젤다에게

오늘 목사님과 함께 여기로 와서 점심을 같이 해 주시면 정말 감사하겠어요. 매우 이상한 일이 일어나서 목사님의 충고를 듣고 싶어요.

이따가 와서는 이에 관련된 이야기는 다른 사람에게 하지 말아 줘요. 저도 다른 사람에게 말하지 않았거든요.

사랑을 담아서

당신의 친구 앤 프로더로

"당연히 가야겠죠?"

그리젤다가 말했다.

나는 동의했다.

"도대체 무슨 일이 일어난 걸까요?"

나 역시 궁금했다.

"있잖아요, 이번 사건이 아직 끝나지 않았다는 생각이 들어요."

나는 그리젤다에게 말했다.

"누군가가 체포되기 전에는 그렇다는 말인가요?"

"아니, 그런 뜻이 아니야. 우리가 알지 못하는 뭔가 부수적인 일이 드러나지 않은 채 진행되고 있는 것 같다는 거예요. 우리가 진상을 알게 되기까지 해결해야 할 일들이 너무나 많아요."

"별로 중요하지 않아 보이는 문제들이 알고 보면 다 이 사건을 푸는 데 영향을 주고 있다는 말인가요?"

"그래요. 그렇게 표현하는 게 적당하겠군요."

"제가 보기에는 우리가 지나치게 소란을 피우고 있는 것 같아요."

데니스는 마멀레이드를 먹으며 말했다.

"프로더로 노인이 죽은 건 대단히 잘된 일이에요. 그를 좋아하는 사람은 아무도 없었잖아요. 오! 물론 경찰들이야 골치 아프게 됐지만요. 하지만 그건 그 사람들 일이니까 뭐. 그렇지만 저 개인적인 생각으로는 그 사람들이 절대로 사건을 해결하지 못하면 좋겠어요. 슬랙 경감이 자신이 영리하다고 거드름을 피우면서 잘난 척하고 승진하는 꼴을 생각만 해도 치가 떨려요."

나 역시 인간이므로 슬랙 경감의 승진에 관한 한 데니스의 의견에 동감했다. 자기 마음대로 사람을 재단해서 엉뚱하게 모는 사람이 호감을 살 리 없었다.

"헤이독 의사 선생님 역시 저랑 같은 생각인 것 같았어요."

데니스가 말을 이어 갔다.

"그분은 살인자를 법에 맡기지 않을 거라고 했어요. 그렇게 말하는 걸 분명히 들었어요."

헤이독의 생각은 위험했다. 그런 말이 일견 타당성이 있을 수는 있지만(이 말도 목사인 내가 할 말은 아니지만) 그 말은 어린 친구들에게 헤이독이 의도하지 않은 잘못된 생각을 심어 줄 수 있었다.

그리젤다는 창문을 바라보더니 정원에 기자들이 와 있다고 말했다.

"서재 창문을 또 찍는 모양이에요."

그리젤다는 한숨을 내쉬며 말했다.

우리는 한참이나 이런 시달림을 받아 왔다. 처음에는 온 마을 사람들의 호기심에 시달려야 했다. 모든 사람들이 집 근처로 와서 흘깃대고 안을 훔쳐보았다. 다음에는 카메라로 무장한 기자들이 몰려왔고 또다시 마을 사람들은 기자들을 보기 위해 몰려 들었다. 결국 우리는 창문 밖에 머치 벤햄에서 온 경관을 세워야만 했다.

"뭐, 장례식이 내일 아침에 있어요. 그 후에는 이 소란도 잠잠해지겠지."

내가 말했다.

올드 홀에 도착했을 때 몇몇 기자들이 그 근처까지 어슬렁거리고 있다는 것을 알 수 있었다. 그들은 당돌하게 나에게 다가와 질문을 해댔다. 나는 언제나와 마찬가지로 대답했다.(그것이 최선이라는 사실을 이제는 알게 되었던 탓이다.)

"말씀 드릴 것이 아무것도 없습니다."

우리는 집사의 안내를 받아 응접실로 갔다. 크램 양이 그곳을 혼자 차지하고 있었다. 매우 기분이 좋아 보였다.

크램 양은 고개를 절레절레 저으며 말했다.

"놀라셨죠, 그렇죠? 저도 생각도 못했던 일이에요. 하지만 부인은 참 친절한 분이세요. 물론 목사님 부부도 저같이 젊은 여자가 기자들이 얼씬거리는 블루 보어 같은 곳에서 혼자 지내는 것이 좋다고 생각하시지는 않을 거예요. 그렇다고 제가 여기서 아무짝에도 쓸모없이 그저 허송세월을 보내고 있었다고 생각하시면 안 된답니다. 이런 때는 비서가 정말 필요하거든요. 프로더로 양은 아무런 도움도 되지 않아요."

나는 그녀가 레티스에 대해 해묵은 적개심을 가지고 있다는 것을 기억해 내고 재미있다고 생각했다. 하지만 이 아가씨는 앤에 대해 많은 호감을 갖게 된 것이 분명해 보였다. 동시에 나는 그녀가 여기로 오게 된 사연이 정확히 어떤 것인지 궁금했다. 크램 양의 설명에 의하면, 처음 이야기를 꺼낸 것은 앤이었다고 한다. 하지만 정말 그런지 의구심이 생겼다. 블루 보어에 혼자 있기 싫다는 처음 말은 아마도 이 아가씨가 먼저 했을 것 같았다. 이 문제에 관해 단정적인 결론을 내리지는 않기로 했지만 그래도 나는 크램 양이 믿을 만한 사람이라고 생각하지는 않았다.

그때 프로더로 부인이 응접실로 들어왔다.

매우 얌전한 스타일의 검은색 옷을 입고 있었다. 그녀는 애처로운 시선을 보내며 손에 들고 있던 일요신문을 나에게 내밀었다.

"이런 일은 처음 겪는 거라서요. 정말이지 매우 언짢은 일이에요. 심리할 때 기자를 한 명 만나기는 했어요. 저는 그냥 기분이 너무 좋지 않고 할 말이 없다고만 했거든요. 그랬더니 그 사람이 남편을 죽인 범인을 찾고 싶지 않느냐고 묻기에 그냥 '네.'라고만 했어요. 그랬더니 저보고 의심 가는 사람이 있느냐고 하길래 '아니요.'라고 했거든요. 그러고 나서 범인이 우리 지역에 대해 잘 아는 사람인 것 같지 않냐고 묻길래 그런 것 같다고 덧붙였죠. 그것뿐이었어요. 그런데 이걸 좀 보세요!"

신문 한가운데 사진이 실려 있었는데, 최소한 10년은 더 된 것으로 보였다. 그런 사진을 어디서 구했는지는 하느님만이 아실 일이었다. 그리고 큼직한 기사 제목이 있었다.

미망인이 남편의 살인범을 찾아낼 때까지는 절대로 편히 쉴 수 없다고 단언하다

살해당한 남자의 미망인인 프로더로 부인은 남편을 죽인 범인을 같은 지역 사람 중에서 찾아야 한다고 확신하고 있었다. 그리고 의심이 가는 사람은 있지만 확실하게 말할 수는 없다고도 했다. 미망인은 슬픔으로 지쳐 쓰러질 지경이었지만 남편을 살해한 범인을 끝까지 찾아내고야 말겠다는 의지를 연거푸 표명했다.

"한눈에도 제가 할 말은 아닌 것 같죠, 그렇죠?"
앤이 말했다.
"이만하길 다행이라고 말씀 드리고 싶군요."
나는 신문을 돌려주며 말했다.
"정말 뻔뻔스럽군요. 그치들이 나한테서 뭔가 알아내려고 한다면 제대로 한번 상대해 주고 싶네요."
크램 양이 말했다.
그리젤다의 눈이 빛나는 것으로 보아 아내는 크램 양이 말하는 것 이상으로, 즉 말 그대로 받아들이고 재미있어하는 것이 분명했다.
점심 식사가 준비되었음을 알려 오자 우리는 안으로 들어갔다. 식사를 반절쯤 먹었을 무렵 레티스가 들어왔다. 그녀는 그리젤다를 향해 미소를, 나를 향해서는 가벼운 목례를 보이며 빈자리로 흘러 들어와 앉았다. 나는 나름의 이유가 있어서 레티스를 주목해 보았다. 하지만 그녀는 평상시와 다름없이 멍한 얼굴을 하고 있었다. 대단히 아름다웠다. 공정하게 말하면 그렇게 인정할 수밖에 없었다. 여전히 상복을 입지 않았다. 하지만 미묘한 옅은 녹색 옷을 입고 있어 창백한 피부가 더욱 돋보였다.
커피를 다 마신 후, 프로더로 부인이 조용히 말했다.
"목사님과 잠시 할 이야기가 있어요. 안쪽 거실로 모시겠습니다."
마침내 우리 내외를 호출한 이유를 알게 된 것이다. 나는 자리에서 일어나 프로더로 부인을 따라 계단을 올라갔다. 부인은 방 문 앞에서 잠시 멈춰 섰다. 내가 막 말을 꺼내려고 하자 부인은 손을 뻗어 나를 제지했다. 부인은 귀를 기울인 채 복도를 쳐다보았다.

"좋아요. 모두들 정원으로 나가고 있군요. 아니요, 그쪽으로 들어가지 마세요. 앞으로 더 가야 해요."

놀랍게도 부인은 복도를 따라 계속 걸어 별채의 끝으로 나를 안내했다. 그곳에는 사다리처럼 보이는 좁은 계단이 위층으로 나 있었다. 부인은 그 계단을 올라갔다. 나도 뒤를 따라갔다. 먼지를 뒤집어쓴 판자 통로가 나왔다. 앤이 문을 열고 안으로 인도했다. 커다랗고 어둠침침한 다락방이 나왔다. 헛간으로 쓰면서 잡동사니를 넣어두는 곳으로 보였다. 여기저기 트렁크며 낡고 부서진 가구들, 사진더미 등등 흔히 창고에나 있을 법한 온갖 잡동사니들이 있었다.

내가 너무 놀란 얼굴을 하자 부인은 얼핏 미소 지었다.

"일단 먼저 설명을 좀 드려야겠네요. 요즘 제가 선잠을 잔답니다. 지난밤 아니 오늘 새벽이라고 하는 게 낫겠네요. 3시경에 저는 누군가가 집 안을 돌아다니는 소리를 확실히 들었답니다. 한동안 귀를 기울이고 있다가 마침내 자리에서 일어나 살펴보러 나왔죠. 층계까지 나와 보니 소리가 아래에서 들리는 게 아니라 위에서 들린다는 걸 깨달았어요. 저는 이 계단 아래까지 오게 되었죠. 그리고 다시 소리가 들리는 것 같았어요. 저는 크게 소리쳐 보았죠. '거기 누구 있어요?' 하지만 아무런 대답이 없었어요. 그래서 저는 더욱 귀를 기울여 보았죠. 그러다가 아무래도 신경이 예민해져서 헛소리를 들었나 보다고 생각하고 침대로 돌아갔답니다.

그리고 오늘 아침 일찍 이곳으로 와 보았어요. 순전히 호기심으로요. 그런데 이걸 발견하게 된 거예요!"

프로더로 부인은 허리를 숙여 뒤집은 채 벽에 기대어 놓은 액자 하나를 집어 들었다.

나는 놀라 숨을 몰아쉬었다. 그 그림은 분명 유화 초상화였지만 얼굴 부분이 형태를 알아볼 수 없을 정도로 마구 난도질되어 있었다. 게다가 그 칼질은 최근에 한 것이 분명했다.

"정말 기묘한 일이군요."

내가 말했다

"그렇죠? 목사님, 이게 도대체 어떻게 된 일인지 설명하실 수 있으시겠어요?"

나는 고개를 절레절레 저었다.

"아주 잔인하고 흉포한 일이군요. 꺼림칙한 일이에요. 거의 정신병적인 분노로 저질러진 것 같습니다."

"그래요. 저도 그렇게 생각했어요."

"누구의 초상화입니까?"

"전혀 모르겠어요. 처음 보는 그림이거든요. 여기 다락에 있는 것들은 루시어스와 결혼해서 이곳으로 와 살 때부터 여기에 있었답니다. 전에는 한 번도 이것들을 살펴보지 않았어요. 신경 쓸 일이 없었거든요."

"정말 묘한 일이네요."

내가 할 수 있는 말은 고작 그게 다였다.

나는 허리를 굽혀 다른 그림들도 자세히 살펴보았다. 그림들은 흔히 볼 수 있는 것들이었다. 그저 그런 풍경화들과 유화식 석판화, 그리고 싸구려 복제품들이었다.

도움이 될 만한 것은 없었다. 오래된 구식 트렁크는 '궤'라고 불릴 만한 것으로 위에 'E. P.'라는 머리글자가 적혀 있었다. 뚜껑을 들어 올려 보았으나 안은 텅 비어 있었다. 다락에는 더 이상 뭔가를 암시할 만한 물건이 없었다.

"정말로 놀라운 사건입니다. 정말 대단히…… 말이 안 되는 일인 듯하군요."

내가 말했다.

"그래요. 그래서 제가 조금 놀랐답니다."

프로더로 부인이 말했다.

더 이상 살펴볼 것은 없었다. 나는 부인과 함께 안채 거실로 돌아갔다. 부인은 거실 문을 닫고 말했다.

"이 일에 대해 뭔가 조치를 취해야 한다고 생각하세요? 경찰에 말할까요?"

나는 잠시 망설였다.

"얼핏 보기에는 이 일이 관계가 있는지……."

"살인 사건과 관계가 있는지 모르겠다는 말씀이시죠?"

부인은 내 말을 받았다.

"저도 알아요. 그래서 더 곤란해하고 있어요. 얼핏 보기에는 다른 일들과 아무런 연관이 없어 보여요."

"아닙니다. 이건 마플 양이 말한 별난 일의 하나입니다."

내가 말했다.

우리 둘은 미간을 찡그린 채 한참 동안 침묵을 지켰다.

"어떻게 하실 건지 물어봐도 되겠습니까?"

이윽고 내가 물었다.

부인은 고개를 들어올리고는 도전적으로 말했다.

"저는 앞으로 적어도 6개월은 이곳에서 살아야 해요. 하지만 그렇게 하고 싶지 않아요. 여기 살아야 한다고 생각하는 것만으로도 싫어 죽겠어요. 하지만 다른 선택의 여지가 없어요. 그렇게 하지 않으면 사람들은 제가 도망갔다고 생각할 거예요……. 양심의 가책을 느껴서 말이에요."

"그럴 리가 없습니다."

"오! 그럴 거예요. 특히 제가……."

프로더로 부인은 잠시 뜸을 들이다가 이어 말했다.

"6개월이 지나면……, 전 로렌스와 결혼할 거거든요."

그녀는 나와 눈을 마주쳤다.

"우리 둘 모두 더 이상 기다릴 수 없어요."

"그러시겠죠."

내가 말했다.

프로더로 부인은 갑자기 무너지듯 두 손에 얼굴을 묻었다.

"제가 목사님께 얼마나 감사하고 있는지 모르실 거예요. 정말 모르실 거예요. 저희는 서로에게 작별을 고했답니다. 그는 떠나기로 했었죠. 저는……. 남편의 죽음은 정말 끔찍한 일이 되었을 거예요.

저희가 함께 도망가기로 했고 그때 그가 죽었다면……, 지금보다 훨씬 더 끔찍할 거예요. 하지만 목사님 덕분에 저희 둘은 우리가 얼마나 잘못하고 있는지 알게 되었죠. 그래서 감사하답니다."

"저 역시 감사합니다."

나는 차분한 어조로 말했다.

"하지만 다 소용없어요. 목사님도 아시겠지만 설혹 진짜 범인이 잡힌다 하더라도 사람들은 로렌스가 한 짓이라고 생각할 거예요……. 오! 그래요. 사람들은 그렇게 생각할 거예요. 더구나 그가 저와 결혼하면요."

"부인, 헤이독의 증언에 의하면 로렌스의 혐의는 완전히 벗겨진 거나 다름없어서……."

"사람들이 증언 같은 걸 신경이나 쓰겠어요? 사람들은 증언에 대해서는 알지 못해요. 게다가 의학적 증거라는 것은 외부인들에게는 아무런 의미도 없죠. 그래서 제가 여기에 계속 있으려는 거랍니다. 클레멘트 목사님, 저는 진실을 반드시 알아내고야 말겠어요."

프로더로 부인은 눈동자를 빛내며 덧붙였다.

"그래서 저 아가씨를 오라고 했답니다."

"크램 양 말인가요?"

"네."

"그럼 부인께서 크램 양에게 오라고 하셨군요. 그러니까 제 말은 부인 생각이셨다는 거죠?"

"네. 전적으로 제 생각이었어요. 아! 엄격하게 말하면 그 아가씨가 살짝 언질을 주긴 했죠. 심리가 열릴 때요……. 제가 도착했을 때 그곳에 있더군요. 하지만 제가 일부러 이곳에 와 있으라고 청한 건 맞는 말이에요."

"하지만 설마 저런 아무것도 모르는 어린 아가씨가 그런 범죄와 무슨 연관이 있으리라고 생각하시는 건 아니시겠죠?"

"클레멘트 목사님, 아무것도 모르는 척하기란 너무나 쉬운 일이랍니다. 세상에서 가장 쉬운 일 중의 하나일 거예요."

"그럼 부인께서는……?"

"그럼요. 솔직히 말해서 저는 목사님처럼 그 아가씨가 순진하다고 생각하지 않아요. 제가 생각하는 것은 저 아가씨가 뭔가 알고 있지 않을까 하는 거예요. 아니면 뭔가 알고 있는 지도 모른다는 거죠. 가까이에 두고 살펴보고 싶었어요."

"그런데 그녀가 도착한 바로 그날 밤, 그 그림이 마구 베어졌다는 거군요."

나는 생각에 잠겨 말했다.

"목사님께서는 그녀가 그렇게 했다고 생각하시는 건가요? 너무 어처구니없고 불가능한 이야기예요."

"남편분이 제 서재에서 살해되신 것도 제가 보기에는 어처구니없고 불가능한 일입니다."

나는 씁쓸하게 말했다.

"하지만 실제로 일어났죠. 그래요. 정말 끔찍하시겠어요. 제가 비록 말하지는 않았지만 그러실 거라는 생각은 하고 있었답니다."

프로더로 부인은 내 팔에 손을 얹었다.

나는 주머니에서 파란색 청금석 귀고리를 꺼내 그녀의 앞에 내밀었다.

"부인 것 같은데요?"

부인은 활짝 웃으며 손을 뻗었다.

"어머, 네! 어디서 찾으셨어요?"

하지만 나는 부인이 내민 손에 보석을 올려 주지 않았다.

"괜찮으시다면 제가 조금 더 보관하고 있어도 되겠습니까?"

"네, 그러셔도 돼요."

부인은 당황스러워하면서 의아한 표정을 지었다. 하지만 나는 그녀의 호기심을 채워 주지 않았다.

대신 현재 재정 상태가 어떤지 물었다.

"무례한 질문이 되겠지만 그저 안부를 여쭈는 차원입니다."

"전혀 무례하다고 생각하지 않아요. 목사님과 그리젤다는 여기서 만난 가장 절친한 친구들이신걸요. 그리고 그 재미있는 마플 양도 무척 좋아한답니다. 루시어스는 매우 부유했어요. 그는 꽤 많은 재산을 레티스와 저에게 똑같이 남겨 주었답니다. 올드 홀은 제가 소유하게 됐지만 레티스가 조그만 집을 꾸밀 만한 가구를 골라 가져가도록 해 줄 거예요. 레티스는 집을 살 만한 몫을 따로 받았답니다. 그래야 공평하게 나누는 거니까요."

"그럼 레티스가 앞으로 어떻게 할 계획인지 알고 계십니까?"

부인은 우스꽝스럽게 얼굴을 찡그렸다.

"레티스는 그런 말을 저에게 하지 않아요. 제 생각에는 가능한 한 빨리 이곳을 떠날 것 같아요. 레티스는 저를 좋아하지 않아요. 한 번도 좋아한 적이 없죠. 다 제 잘못이에요. 언제나 잘해 주려고 노력했지만 말이에요. 하지만 그 또래 아가씨들은 대개 젊은 계모를 마뜩찮게 생각할 거예요."

"부인은 레티스를 좋아하셨습니까?"

내가 직설적으로 물었다.

프로더로 부인은 즉시 답하지 않았다. 그 모습을 보며 나는 프로더로 부인이 매우 정직한 여자라고 확신했다.

"처음에는 좋아했어요. 정말 예쁜 아가씨잖아요. 그렇지만 지금은 좋아하지 않는 것 같네요. 이유는 모르겠어요. 아마도 그 아이가 저를 싫어하기 때문일 거예요. 저도 저를 좋아해 주는 사람이 좋답니다."

"다들 그렇죠."

내 말에 프로더로 부인은 미소를 지었다.

나는 아직 할 일이 남아 있었다. 레티스 프로더로와 단둘이 이야기를 나누는 것이었다. 아무도 없는 응접실에 혼자 앉아 있는 레티스를 생각보다 쉽게 찾을 수 있었다. 그리젤다와 글래디스 크램은 정원에 나가 있었다.

나는 응접실로 들어가 문을 닫았다.

"레티스, 이야기를 좀 했으면 하는데."

레티스는 무심한 얼굴로 나를 쳐다보았다.

"네?"

미리 할 말을 생각해 두었던 나는 청금석 귀고리를 내밀며 조용히 말했다.

"어째서 내 서재에 이걸 떨어뜨렸지?"

순간 레티스의 몸이 경직되는 것이 보였다. 거의 눈 깜짝 할 순간에 일어난 일이었다. 그녀가 어찌나 빨리 충격에서 벗어났는지 정말 몸이 경직되는 걸 보았는지조차 확신이 가지 않을 정도였다. 레티스는 별일 아니라는 듯 무심하게 말했다.

"목사님 서재에 뭘 떨어뜨린 적 없어요. 그건 제 것이 아니에요. 새어머니 거예요."

"그건 나도 알고 있다."

"그럼 어째서 저에게 이런 질문을 하시는 거죠? 새어머니가 떨어뜨린 것이 분명한데요."

"프로더로 부인은 살인 사건이 일어나기 전 내 서재에 단 한 번 왔었다. 그때 그녀는 검은 상복을 입고 있었지. 그러니 이런 푸른 보석이 달린 귀고리를 달았을 리가 없다."

"그렇다면 그 전에 하고 가서 떨어뜨린 모양이죠. 논리적으로 그렇게밖에 설명이 안 되잖아요."

레티스가 말했다.

"매우 논리적인 설명이구나. 네 새어머니가 마지막으로 이 귀고리를 했던 게 언제인지 기억 못 하는 모양이지?"

"아! 그게 중요한가요?"

레티스는 순진한 눈으로 당황스러운 표정을 지으며 나를 보았다.

"그럴 거다."

"그럼 생각해 볼게요."

레티스는 앉은 채로 미간을 찡그렸다. 나는 그녀가 지금 이 순간보다 더 매력적으로 보였던 적이 없다는 생각을 했다.

레티스가 갑자기 말했다.

"오, 그래요! 새어머니가 그 귀고리를 한 건…… 목요일이었어요. 이젠 기억이 나요."

나는 천천히 말했다.

"목요일. 바로 살인 사건이 있던 날이지. 프로더로 부인은 그날 정원에서 서재 쪽으로 갔지. 하지만 기억하는지 모르겠다만, 부인은 그날 서재 창가까지만 갔지 안으로 들어오지 않았다고 했다."

"이건 어디서 찾으셨죠?"

"책상 밑에 굴러다니고 있었다."

"그렇다면 새어머니가 솔직하게 말하지 않은 걸로 보이는데요. 그렇지 않나요?"

레티스는 냉정한 어조로 말했다.

"그렇다면 네 말은 네 새어머니가 서재에 들어와 책상 옆에 서 있었다는 거냐?"

"네, 그렇게 보는 게 맞지 않겠어요?"

레티스의 차분한 시선이 나와 마주쳤다.

"솔직한 제 생각을 알고 싶으시다면, 저는 단 한 번도 새어머니가 진실을 말하고 있다고 생각한 적이 없어요."

레티스는 차분한 목소리로 말했다.

"그런데 레티스, 나는 네가 진실을 말하지 않고 있다는 것을 알고 있다."

"무슨 말씀이세요?"

레티스는 화들짝 놀랐다.

"내 말은 내가 이 귀고리를 마지막으로 본 것이 지난 금요일 아침이었다는 거다. 그때 멜쳇 대령과 함께 여기 찾아왔었지. 그때는 이 귀고리가 제 짝과 나란히 네 계모의 화장대 위에 얌전히 놓여 있었다. 사실 나는 그 귀고리를 만져 보기까지 했지."

"오……!"

레티스는 동요하더니 갑자기 앉아 있던 의자 팔걸이 한쪽으로 상반신을 쓰러뜨리고 울음을 터트렸다. 그녀의 짧은 금발이 거의 바닥에 닿을 지경이었다. 정말 묘한 자세였다. 그렇지만 동시에 매우 아름답고 자연스러워 보였다.

나는 아무 말도 하지 않고 한동안 그녀가 울도록 내버려 두었다가 다정하게 말을 건넸다.

"레티스, 어째서 이런 일을 한 거지?"

"뭘요? 뭐를 말씀이세요?"

레티스는 벌떡 일어나 머리를 거칠게 뒤로 쓸어 넘겼다. 헝클어진 모습이었다. 거의 겁에 질려 있는 듯 보였다.

"어째서 그런 일을 한 거지? 질투심 때문이었니? 네 새어머니가 싫어서?"

"오……, 그래요!"

레티스는 얼굴에 흘러내린 머리카락을 뒤로 넘겼다. 갑자기 평소의 냉정함을 완전히 되찾은 것처럼 보였다.

"네, 질투 때문이라고 할 수도 있겠네요. 저는 항상 새어머니를 싫어했어요. 여기 와서 여왕 행세를 하고 다닐 때부터요. 제가 빌어먹을 그 물건을 목사님 서재 책상 밑에 갖다 놓았어요. 그것 때문에 그 여자가 곤란해지기를 바랐거든요. 목사님이 이처럼 오지랖 넓은 분이 아니어서 화장대 위의 물건들이나 만지작거리시지 않았다면 제 생각대로 잘되었을 거예요. 그건 그렇고 언제부터 경찰 일이나 도와주고 다니는 게 성직자의 일이 된 건지 모르겠네요."

발끈한 그녀는 아주 심술궂고 유치하게 무차별 공격을 퍼부었다. 그래서 나는 완전히 무시하기로 했다. 그 순간 레티스는 정말로 구제불능인 어린아이처럼 보였다.

프로더로 부인에 대한 유치한 복수는 심각하게 생각할 일이 아닌 것 같았다. 나는 그렇게 말하고 나서 귀고리는 프로더로 부인에게 돌려줄 것이며 그것을 어떻게 발견했는지에 대해서는 아무 말도 하지 않겠다고 말했다.

"그렇게 해 주시면 감사하죠."

레티스는 잠시 말을 멈추고 있다가 고개를 외면한 채 신중하게 말을 골라 말했다.

"그러니까 클레멘트 목사님, 제가 곧 데니스를 여기서 쫓아낼게요. 목사님이라면…… 그러는 편이 더 좋다고 생각하실 거라고 생각해요."

"데니스?"

나는 약간 놀라 눈썹을 움찔했다. 하지만 동시에 조금 재미있기도 했다.

레티스는 어색한 얼굴로 말했다.

"그러는 편이 좋을 것 같아요. 데니스 일은 정말 유감이에요. 저는 그를……. 어쨌든 죄송해요."

그 이야기는 거기에서 끝나고 말았다.

23장

집으로 돌아오는 길에 나는 그리젤다에게 조금 돌아서 고분에 들러 보자고 말했다. 경찰이 할 일을 잘하고 있는지 보고 싶었고, 잘하고 있다면 무얼 찾아냈는지 알고 싶었다. 하지만 그리젤다는 집에 일이 있다고 했다. 그래서 나는 혼자 원정을 떠나야 했다.

현장을 책임지고 있는 허스트 순경이 보였다.

"지금까지는 특별한 것이 없습니다, 목사님. 하지만 이곳이 뭔가를 '은닉'할 만한 유일한 장소라는 이유에서 이렇게 지키고 있습니다."

은닉이라는 그의 말에 나는 잠시 어리둥절했다. 그의 발음이 이상해 거의 '음식'이라고 말한 것처럼 들렸기 때문이다. 하지만 곧 그가 무슨 말을 했는지 이해했다.

"그러니까 지 마른 마립니다,(어색한 발음을 옮겨적었다 — 옮긴이) 젊은 아가씨가 저 숲 속에서 오솔길을 따라 온다면 어디서 오는 거겠느냔 마립니다. 이 길은 올드 홀로 이어져 있죠. 그리고 여기로 이어져 있구요. 그러니 그렇다는 겁니다."

"내 생각에 슬랙 경감은 그 젊은 아가씨에게 단도직입적으로 물어보는 건 별로 소용없는 방법이라 여기는 모양이군."

"그 여자분을 놀라게 해 봐야 좋을 게 없죠."

허스트가 말했다.

"그녀가 스톤 박사에게 쓴 편지나 반대로 스톤 박사가 그녀에게 쓴 편지는 무엇이라도 문제를 해결하는 데 도움이 될지도 모릅니다. 우리가 그녀에게 주목하고 있다는 것을 알게 되면 그녀는 '저렇게' 입을 꼭 다물 것입니다."

그 '저렇게'가 구체적으로 어떤 것을 말하는지는 알 수 없었지만, 어쨌든 크램 양이 어떤 식으로든 입을 꼭 다무는 일이 생길지는 개인적으로 의문이었다. 언제나 대화가 넘쳐나는 모습 이외의 그녀를 상상하기란 불가능했다.

"사람이 사기를 치면 그 사기를 치게 된 이유를 알아내야 하는 법이죠."

허스트 순경은 설교조로 말했다.

"당연하지."

내가 말했다.

"그렇다면 답은 바로 여기 고분에 있을 거라는 겁니다. 그렇지 않고서야 이곳에서 빈둥거리며 놀았겠습니까?"

"먹이를 찾아 배회하는 것이 레종 데트르(존재의 이유)인지도 모르지."

내가 슬쩍 말했지만 이 약간의 프랑스어가 허스트 순경에게는 과했던 모양이었다. 그는 차갑게 한마디 대꾸하는 것으로 앙갚음을 했다.

"그거야 아마추어적인 관점에서나 그렇죠."

"어쨌든 여행 가방은 찾지 못했군."

내가 말했다.

"곧 찾을 겁니다, 목사님. 의심의 여지가 없습니다."

"난 잘 모르겠네. 계속 생각해 봤는데 말일세. 마플 양이 말하기를 크램 양이 빈손으로 돌아오기까지 시간이 얼마 안 걸렸다고 했네. 그렇다면 여기까지 올라왔다가 돌아갈 시간이 전혀 없었을 것 아닌가?"

"그 노처녀 할머니의 말은 무시하셔도 됩니다. 뭔가 호기심을 자극하는 일을 보기만 하면 온 정신을 쏟아 그 일을 기다리기 때문에, 그 뭐냐, 시간이 쏜살같이 흘러간 것처럼 느껴지게 마련입니다. 게다가 여자들에겐 시간관념이란 게 없으니까요."

나는 종종 세상 사람들이 어째서 이처럼 매사 성급하게 일반화하는지 의아했다. 뭐는 어떻게 되는 법이라는 식의 일반화는 진실인 경우가 드물고 대부분은 완전히 틀린 것이다. 나만 하더라도 남자지만 시간관념이 형편없다. (그래서 나는 시계를 빨리 맞춰 놓는다.) 그리고 분명히 말하지만 마플 양은 시간관념이 매우 정확한 사람이다. 그녀의 시계는 1분 1초도 틀리지 않고 그녀 역시 어떤 경우에도 시간을 어기는 법 없이 정확했다.

그렇지만 나는 허스트 순경과 그 점에 대해 토론을 벌이고 싶지 않았다. 그에게 잘 있으라는 인사와 행운을 빈다는 말을 전하고는 내 갈 길을 떠났다.

그러다가 그 생각이 머릿속에 떠오른 건 집에 거의 도착했을 무렵이었다. 생각을 하다가 논리적인 귀결로 떠오른 그런 종류의 아이디어는 아니었다. 그저 번뜩 머릿속에 그럴싸한 해결책으로 떠오른 생각이었다.

독자들도 살인 사건이 일어난 다음 날 문제의 오솔길을 처음으로 조사했던 때의 일을 기억하고 있을 것이다. 그때 어떤 특정한 곳의 덤불이 짓밟혀 있는 것을 발견했다. 당시에는 그것이 나와 같은 용무로 그곳에 온 로렌스가 밟은 것이라고 생각했다.

하지만 그 후에 로렌스와 내가 함께 희미하게 길이 난 다른 곳을 따라가다가 그것이 경감이 밟은 것이라는 사실을 발견한 기억이 났다. 그때 일을 곰곰이 생각해 보자, 첫 번째 덤불에 난 자국이 (그러니까 로렌스가 밟은 것이) 두 번째 것보다 훨씬 더 선명하게 보였다는 사실이 불현듯 떠올랐다. 그건 마치 한 명 이상이 그곳을 지나간 것 같았다. 생각해 보니 로렌스가 애초에 그곳으로 간 것도 거기에 사람이 지나간 흔적이 있었기 때문이라는 생각이 들었다. 만약 그것이 원래는 스톤 박사나 크램 양의 흔적이었다면?

기억이 났다. 아니 기억이 난다는 생각이 들었다. 부러진 나뭇가지에 말라비틀어진 이파리 몇 개가 올려져 있었다. 그건 그 흔적이 그날 오후 우리가 헤매 다니며 만든 것이 아니라는 반증이었다.

나는 문제의 장소로 막 다가서고 있었다. 한눈에 장소를 찾아낼 수 있었고 다시 한 번 덤불을 헤치고 앞으로 나가 보았다. 로렌스와 내가 지나간 이후에 또 다른 '누군가'가 이 길을 또 지나간 모양이었다.

곧 나는 로렌스와 마주친 장소에 도착했다. 그때 희미하던 흔적이 더욱 선명해져 있었다. 나는 그 흔적을 따라 걸어갔다. 갑자기 길이 넓어지더니 조그만 개간지 같은 곳이 나왔다. 최근에 대변동을 겪은 것이 분명해 보였다. 내가 개간지라는 표현을 쓴 것은 빽빽하던 덤불이 그 부분에서 갑자기 사라졌기 때문이다. 하지만 나뭇가지들이 머리 위로 우거져 있는 데다 기껏해야 지름 몇 미터 정도 되는 넓이였다.

건너편에 다시 덤불이 우거져 있는 것으로 보아 최근에는 이곳에 온 사람이 없는 것이 분명했다. 그런데 한 곳에 사람이 지나간 흔적이 있는 듯 보였다.

나는 개간지를 가로질러 그곳으로 걸어가 무릎을 꿇고 두 손으로 덤불을 갈라 보았다. 얼핏 엿보이는 반짝이는 갈색 여행 가방이 나를 반겨 주었다. 나는 몹시 흥분해서 손을 뻗어 가방을 잡고 온 힘을 다해 그 조그만 가방을 끌어냈다.

나는 승리의 함성을 질렀다. 내가 해낸 것이다. 허스트 순경의 냉정한 퇴박을 물리치고 내 추론이 맞다는 것을 증명해 낸 것이다. 여기까지 여행 가방을 운반한 사람은 의심할 여지 없이 크램 양이었다. 자물쇠를 잡아당겨 보았지만 단단히 잠겨 있었다.

자리에서 막 일어나는데 바닥에 떨어져 있는 조그만 갈색 크리스털 조각이 눈에 들어왔다. 거의 반사적으로 나는 그것을 주워 주머니에 넣었다. 그리고 습득한 물건의 손잡이를 잡고 오솔길로 되돌아왔다.

골목으로 들어서는 울타리 계단을 넘어서는데 바로 옆에서 매우 흥분한 큰 목소리가 들려왔다.

"오! 클레멘트 목사님. 찾아내셨군요. 정말 대단하세요!"

남의 눈에 띄지 않으면서 남을 보는 기술에 있어서는 그녀를 따라갈 사람이 없다는 사실을 마음에 새기면서 나는 마플 양과 나를 가르고 있는 울타리 위에 내가 찾아낸 물건을 조심스레 올려놓았다.

"그거로군요. 단번에 알아봤다니까요."

마플 양이 말했다.

이건 좀 과장된 말이라고 생각했다. 반짝이는 재질의 싸구려 여행 가방 중에 비슷한 모양을 가진 것이 수천 개였다. 그 어떤 사람도 단번에 특정한 가방을 알아볼 수 없었다. 게다가 달빛 아래 저만치 떨어진 곳에서라면 더했다. 하지만 여행 가방에 관한 건 전적으로 마플 양의 승리라고 할 수 있으므로 그 정도 애교 섞인 과장을 할 자격이 충분했다.

"잠겨 있죠, 목사님?"

"네, 지금 경찰서로 가지고 가려는 참입니다."

"전화로 알리는 게 더 낫다는 생각은 안 드세요?"

물론 전화로 알리는 게 더 나았다. 여행 가방을 들고 마을을 가로질러 활보하는 짓은 아마도 바람직하지 않은 평판을 초래할 것이다.

그래서 나는 마플 양의 정원 문 빗장을 풀고 프랑스식 유리문을 통해 안으로 들어가 응접실 문을 닫고 은밀한 가운데 전화를 걸어 내가 가방을 찾아냈다는 소식을 알렸다.

슬랙 경감은 곧 오겠다고 했다.

잠시 후 도착한 슬랙 경감은 지금까지 본 것 중 가장 심술궂은 표정을 하고 있었다.

"해내셨군요, 그렇죠? 목사님, 이렇게 혼자서만 알고 계시면 안 됩니다. 문제가 되는 물건이 어디에 있는지 짐작되시면 즉시 당국에 연락해 주셔야 합니다."

"이건 순전히 우연이었네. 순간적으로 생각이 떠올라서."

"참 그럴듯하게도 말씀하십니다. 그러니까 우연히 거의 1킬로미터 이상 수풀 속을 헤치고 들어가 우연히 손을 쑥 내밀었더니 물건이 있었다는 거로군요."

나는 그 특정한 장소로 가게 된 이유를 차근차근 설명해 줄 수도 있었다. 하지만 사람을 화나게 하는 그의 태도는 평소와 다름없는 결과를 낳았다. 나는 아무 말도 하지 않았다.

"그렇죠?"

슬랙 경감은 심드렁한 표정으로 여행 가방을 쳐다보았다. 그리 중요하게 여기지 않는다는 뜻이었다.

"그럼 안에 무엇이 있는지 열어 보는 게 좋겠군요."

경감은 각종 열쇠와 철사가 달린 꾸러미를 가지고 왔다. 자물쇠는 간단하게 처리됐다. 몇 초 후 가방이 열렸다.

무엇을 보게 될지 예상도 하지 못했다. 그저 뭔가 대단히 충격적인 것이 있으리라 짐작할 뿐이었다. 하지만 처음 눈에 들어온 물건은 기름투성이 격자 무늬 스카프였다. 경감이 손으로 들어 올렸다. 다음으로 나온 것은 색 바랜 감청색 코트로 이번에도 입을 수 없을 정도로 낡아 있었다. 그리고 이어 체크 무늬 모자가 나왔다.

"싸구려들이군요."

경감이 말했다.

다음으로 나온 것은 굽이 매우 낮은 낡아빠진 부츠 한 켤레였다. 여행 가방 맨 아래는 신문으로 감싼 꾸러미 하나가 남아 있었다.

"제 생각에는 근사한 셔츠 같군요."

슬랙 경감이 씁쓸한 어조로 말하며 포장을 뜯었다.

잠시 후 우리는 놀라 숨을 멈췄다.

꾸러미 안에는 품위 있는 작은 은제품들과 같은 재질로 만든 크고 둥근 접시가 있었다.

마플 양은 새된 비명 같은 목소리로 무엇인지 알겠다고 했다.

"소금 그릇이에요. 프로더로 대령의 소금 그릇요. 찰스 2세 시대의 접시예요. 전에 이것에 대해 들은 적이 있을 거예요!"

마플 양은 큰 소리로 말했다.

슬랙 경감의 얼굴이 심하게 붉어졌다.

"그래, 이게 사냥감이었군요. 도둑질이에요. 하지만 이해가 안 되는군요. 이 물건들이 없어졌다는 말은 없었단 말이에요."

경감은 중얼거리듯 말했다.

"아마도 아직 잃어버린 것을 모르고 있겠지. 이렇게 가치 있는 물건이 평상시에 사용되었을 리는 없다고 보네. 프로더로 대령은 아마도 금고에 안전하게 넣어 두었을 거야."

내가 생각을 말했다.

"이걸 조사해 봐야겠군요. 지금 당장 올드 홀로 가 보겠습니다. 그래서 우리의 스톤 박사님께서 은근슬쩍 도망가신 거로군요. 살인사건이니 뭐니 하는 일로 우리가 그의 행적에 대해 수상쩍게 여기게 될 거라고 우려했던 겁니다. 그래서 크램 양에게 이 물건들로 위장해서 숲 속에 숨겨 놓으라고 시켰던 거고요. 크램 양이 여기 머물면서 의심을 피하는 동안 그는 밤에 다른 길로 돌아와 이것을 가지고 갈 생각이었던 겁니다. 이 일이 그에게는 오히려 다행일 수 있겠군요. 적어도 그는 살인 사건에 대한 혐의는 벗었으니까요. 그는 살인 사건과는 아무런 관계가 없는 겁니다. 완전히 다른 사건인 거죠."

경감은 마플 양이 권한 셰리주를 거절하고 여행 가방을 다시 챙겨 자리를 떠났다.

"그럼 이렇게 해서 수수께끼 하나는 깨끗이 해결되었네요. 슬랙의 말은 꽤 그럴듯합니다. 스톤 박사라던 그 작자를 살인범으로 의심할 근거가 없어요. 모든 것이 꽤 만족스럽게 맞아떨어지고 있어요."

내가 한숨을 내쉬며 말했다.

“정말 그렇게 보이네요. 하지만 섣불리 확신할 수는 없는 거 아닐까요?”

마플 양이 말했다.

“범행 동기가 없습니다. 그가 원하던 것을 갖게 되었고 안전하게 도망가는 중이니까요.”

“그…… 그렇죠.”

마플 양은 조금도 만족스럽지 않은 듯했다. 나는 호기심 어린 눈으로 그녀를 쳐다보았다. 그녀는 캐묻는 듯한 나의 시선에 미안한 투로 황급히 말했다.

“제가 완전히 잘못 짚은 게 분명해요. 이 일에 관해서는 제가 정말 멍청하게 굴었어요. 하지만 조금 궁금하군요……. 그러니까 그 은제품들은 매우 값어치가 있는 것들이잖아요, 그렇죠?”

“그 큰 접시는 얼마 전에 1000파운드가 넘는 가격에 팔린 것으로 알고 있습니다.”

“그러니까 제 말은……, 그 접시의 은 자체가 가치 있는 건 아니라는 거죠.”

“그렇죠. 감식안을 가진 사람들이나 알 수 있는 그런 물건이죠.”

“그러니까요. 그런 물건을 팔려면 미리 판로를 주선해 놓아야 할 거고, 설혹 마련해 놓았다 하더라도 엄격하게 비밀을 유지하지 않는 한 옮길 수도 없을 거예요. 그러니까 제 말은……, 도난당한 사실이 밝혀져 경찰이 호루라기를 불어 대며 난리를 피우면, 이 물건들은 아예 팔러 내놓을 수도 없다는 거죠."

"무슨 말씀을 하시는지 잘 모르겠군요."

내가 말했다.

"제가 표현을 제대로 못 하고 있네요."

마플 양은 더욱 허둥대며 사과조로 말했다.

"하지만 저는 그렇게 생각해요……. 말하자면 그 물건들을 단순히 훔쳤을 것 같지는 않다는 거죠. 일을 제대로 벌이는 유일한 방법은 모조품을 가져다 살짝 바꿔치기 하는 거예요. 그러면 아마도 도난 사실이 한동안 발각되지 않을 테니까요."

"그것 참 독창적인 생각이시군요."

내가 말했다.

"그렇게 하는 것만이 유일한 방법 아니겠어요? 물론 그렇다고 본다면 목사님도 말씀하셨다시피, 진품을 대체할 수 있는 모조품을 가져다 놓는다면 프로더로 대령을 죽일 이유 같은 건 없어지는 거죠. 아니 오히려 그 반대로 괜히 사람을 죽여서는 되레 곤란해질 뿐이에요."

"제 생각이 바로 그겁니다."

"네, 하지만 제가 궁금한 건요……. 물론 저도 잘 모르지만…… 프로더로 대령은 무언가를 하려고 할 때마다 그 일에 대해 여기저기 떠들고 다니던 사람이라는 거예요. 물론 때로는 말만 해 놓고 전혀 일을 하지 않은 경우도 있지만 그가 이런 말을 했거든요."

"네?"

"그의 물건을 전부 감정하겠다고. 런던에서 사람이 온다고 했어요. 유언 검인을 위해서……. 오, 아니 그건 죽었을 때 하는 거예요. 그러니까 말하자면 그렇다는 거죠. 누군가 대령에게 그 일을 해야 한다고 말했대요. 대령은 그 일에 대해 대단히 많이 말했어요. 그 일의 중요성에 대해서도 많이 강조했고요. 물론 그가 실제로 감정을 준비했는지는 저도 모르죠. 하지만 만약 그가 그렇게 했다면……."

"아, 이제 무슨 이야기인지 알겠습니다."

내가 천천히 말했다.

"물론 전문가는 그 은제품을 보자마자 알아차렸을 것이고, 프로더로 대령은 그 물건들을 스톤 박사에게 보여 준 적이 있다는 것을 생각해 냈겠죠. 그랬다면 일이 꼬였을 거예요. 그래서 교묘한 술수를 부린 거죠. 보통 그렇게 부르죠? 너무나 교묘하고 정교한 속임수요……. 옛날 표현을 빌리면 불에 기름을 부은 격이죠."

"무슨 생각을 하시는지 알겠습니다. 확실하게 알아봐야 할 것 같군요."

나는 다시 한 번 전화기로 다가갔다. 몇 분 후 나는 올드 홀에 전화를 걸어 프로더로 부인에게 말했다.

"아닙니다. 별로 중요한 일은 아닙니다. 경감은 아직 도착하지 않았나요? 오, 그렇군요. 아마 가는 중일 겁니다. 프로더로 부인, 올드 홀의 물건들을 감정한 적이 있는지 말씀해 주실 수 있겠습니까? 뭐라고요?"

부인은 기꺼이 분명한 대답을 해 주었다. 나는 고맙다는 인사를 하고 수화기를 내려놓은 다음 마플 양에게 돌아섰다.

"딱 맞아떨어지는군요. 프로더로 대령이 런던에서 사람을 불러 감정을 하기로 월요일에 약속했다고 합니다. 내일이군요. 보유하고 있는 물건을 모두 감정할 생각이었다는군요. 그러나 프로더로 대령의 죽음으로 약속이 미뤄졌답니다."

"그렇다면 범행 동기는 있는 거네요."

마플 양이 조용히 말했다.

"네, 동기는 있군요. 하지만 그게 다예요. 잊으신 모양이군요. 총소리가 났을 때, 스톤 박사는 막 다른 사람들과 만나 함께 길을 걸어가고 있었거나 아니면 그렇게 하기 위해 울타리 계단을 막 넘어가고 있는 중이었습니다."

"네. 그러니 그것으로 그도 용의선상에서 제외되는군요."

마플 양은 사려 깊게 말했다.

24장

목사관으로 돌아와보니 호즈가 서재에서 나를 기다리고 있었다. 그는 초조하게 서재를 서성이다가 내가 안으로 들어서자 마치 총이라도 맞은 듯 멍한 얼굴로 나를 쳐다보았다.

"무례를 용서하십시오."

호즈가 손으로 이마를 훔치며 말했다.

"요즘은 신경이 갈갈이 찢겨져 나가는 것 같아서요."

"이런 이 친구야. 아무래도 당분간 일을 좀 놓고 변화를 가져 보게나. 이러다가는 몸이 크게 상하겠네. 그런 일이 있어서는 안 되는데 말이야."

내가 말했다.

"맡은 일을 방기할 수는 없습니다. 그럼요. 그것이야말로 해서는 안 되는 일이죠."

"이건 일을 방기하는 그런 문제가 아닐세. 자네는 아프잖나. 헤이독 역시 내 생각에 동의할 거라고 확신하네."

"헤이독……, 헤이독……. 도대체 무슨 의사 선생이 그런답니까? 아무것도 모르는 시골 의사일 뿐입니다."

"그런 말은 좀 부당하군. 그는 자신의 직업에 있어서는 매우 유능한 사람이라는 평판을 늘 받아 왔네."

"하! 그럴지도 모르죠. 네, 그럴 겁니다. 하지만 저는 그 사람이 싫습니다. 그나저나 제가 이런 이야기를 하려고 온 건 아닙니다. 오늘 밤 저 대신 설교를 맡아 주실 수 있으신지 여쭈러 왔습니다. 제가…… 그 일을 감당할 수 있을 것 같지 않아서요."

"그래 얼마든지. 내가 대신 예배를 인도하도록 하지."

"아니 아닙니다. 예배 인도는 제가 하고 싶습니다. 그건 할 수 있습니다. 다만 설교단에 서는 것이 좀 그래서요. 사람들이 저를 뚫어져라 쳐다보는 것이 말입니다……."

호즈는 두 눈을 감고 침을 꿀꺽 삼켰다.

아무래도 그를 괴롭히는 어떤 문제가 있는 것이 분명했다. 내 생각을 알아차린 듯 그는 눈을 뜨고 재빨리 말했다.

"저한테 무슨 문제가 있는 건 아닙니다. 그저 두통 때문이랍니다. 극심한 두통요. 저기 물 한 잔 주실 수 있으신지요?"

"물론이지."

나는 직접 밖으로 나가 수돗물을 받아 왔다. 우리 집에서 벨을 울리는 행위는 아무런 소용이 없는 무익한 형식에 지나지 않았다.

물을 가져다주자 호즈는 고맙다고 말했다. 그리고 주머니에서 조그만 종이 상자를 꺼내 뚜껑을 열고 그 안에 있는 캡슐 약을 물과 함께 삼켰다.

"두통약입니다."

그가 설명해 주었다.

나는 갑자기 호즈가 마약에 중독된 것은 아닐까 하는 의구심이 일었다. 그렇다면 그의 특이한 행적들이 상당 부분 설명될 듯했다.

"너무 많이 먹지는 말게."

내가 말했다.

"네, 아닙니다. 많이 먹지 않습니다. 그렇잖아도 헤이독 의사 선생이 그러지 말라고 말씀하셨어요. 하지만 이 약은 정말 신통합니다. 먹는 즉시 편안해지니까요."

실제로 그는 금세 침착해졌고 편안해 보였다.

호즈는 자리에서 일어섰다.

"그럼 오늘 밤에 설교해 주실 거죠? 정말 감사합니다, 목사님."

"천만에. 그리고 예배 인도도 내가 하겠네. 집에 가서 좀 쉬게나. 아니, 더 이상 왈가왈부하지 말게. 다른 말 말고 내 말대로 하게."

호즈는 다시 감사하다고 말했다. 그리고 내 뒤에 있는 창문을 쳐다보며 말했다.

"오늘…… 올드 홀에 가셨다고요, 목사님?"

"그랬네."

"죄송합니다만…… 그곳에서 와 달라고 청해서 가신 건가요?"

나는 놀란 얼굴로 그를 보았다. 호즈는 얼굴을 붉혔다.

"죄송합니다, 목사님……. 그저 뭔가 새로운 걸 알아내서 프로더로 부인이 목사님을 청한 건 아닌가 생각해 봤습니다."

나는 호즈의 호기심을 채워 줄 생각이 전혀 없었다.

"장례식 절차와 한두 가지 다른 문제를 이야기하고 싶다고 해서 갔었네."

"아! 그러셨군요."

나는 아무런 대꾸도 하지 않았다. 호즈는 안절부절못하며 서성거리다가 마침내 말했다.

"어젯밤에 레딩 씨가 저를 보러 왔었습니다. 무슨 일 때문인지 모르겠습니다."

"그가 말하지 않았나?"

"그는…… 그저 어떻게 지내는지 보러 왔다고만 하더군요. 저녁에는 조금 외로운 거라면서요. 전에는 그런 적이 한 번도 없었는데 말입니다."

"그래, 그는 함께 있으면 즐거운 친구지."

나는 미소를 지으며 말했다.

"도대체 그가 왜 저를 만나러 온 걸까요? 마음에 들지 않습니다."

호즈의 목소리가 앙칼지게 올라갔다.

"자꾸 그냥 들렀다고만 하는데, 그게 도대체 무슨 의미일까요? 그의 머릿속에 무슨 생각이 있는 것 같지 않습니까?"

"어째서 그에게 숨은 저의가 있을 거라고 생각하는 건가?"

내가 물었다.

"마음에 들지 않습니다."

호즈는 완강한 어조로 또다시 말했다.

"전에는 단 한 번도 그를 나쁘게 생각한 적이 없었습니다. 그가 범인일지도 모른다고 생각하지 않았다는 겁니다. 심지어 그가 자수했다는 말을 들었을 때도 그럴 사람이 아니라고 말했습니다. 의심이 가는 사람이 있다고 하면 그건 아처였지 그는 아니었습니다. 아처는 완전히 다른 사람이니까요. 신을 믿지 않는 불경한 건달에 술주정뱅이 불량배죠."

"말이 조금 심한 것 같지 않나?"

내가 말했다.

"어찌 되었건 사실 우리는 그에 대해 잘 모르지 않나."

"밀렵꾼이라는 건 알고 있죠. 감옥을 들락거리고 어떤 짓이든 저지를 만한 사람이라는 것도요."

"정말 그가 프로더로 대령을 쐈다고 생각하나?"

나는 이상해하며 물었다.

호즈는 '네, 아니요' 식의 분명한 대답을 계속 피하고 있었다. 최근에 계속 그런 식으로 말하는 경향이 분명 있었다.

"목사님께서는 그것만이 유일한 해결책이라고 생각하시지 않으세요?"

"우리가 아는 한 그 밀렵꾼에게 혐의를 둘 만한 증거는 하나도 없네."

"그가 협박을 했잖습니까. 그건 잊으셨군요."

호즈는 열심히 말했다.

나는 아처의 협박에 대한 이야기를 듣는 것이 지겨웠다. 내가 아는 한 그가 진짜로 협박을 했다는 직접적인 증거조차 없는 상황이었다.

"그는 프로더로 대령에게 복수하기로 마음먹었던 겁니다. 그리고 술에 취해 대령을 쏜 거구요."

"그건 순전히 추측일 뿐일세."

"하지만 완벽하게 그럴듯한 추측이라는 건 인정하시겠죠?"

"아니, 인정 못 하겠네."

"그럼 가능성은요?"

"가능성이 조금 있다는 데는 동의하지."

호즈는 나를 곁눈질로 보았다.

"어째서 아처가 범인일지도 모른다는 생각은 전혀 하시지 않는 겁니까?"

"그거야 아처 같은 사람이라면 권총으로 사람을 쏘지 않을 테니까. 그에게 어울리지 않는 무기일세."

호즈는 내 반박에 놀란 듯 보였다. 내가 반대 의견을 내리라고는 전혀 예상하지 못한 모양이었다.

"아처가 범인이 아니라는 생각이 정말 확고하신 겁니까?"

호즈는 미심쩍다는 듯 물었다.

"내가 생각하기에는 아처가 그러한 범죄를 저질렀다고 보는 것은 크게 무리가 있네."

내가 분명하게 주장하자, 호즈는 더 이상 아무 말도 하지 않았다. 그저 나에게 다시 한 번 감사하다는 말을 하고 서재를 떠났다.

나는 현관까지 따라 나갔다가 복도 테이블 위에 있는 쪽지 네 개를 보았다. 그 쪽지는 모두 공통점이 있었다. 모두 여성의 글씨체였고, 모두 같은 내용을 담고 있었다. '인편으로 보냄, 긴급 사항.' 다만 그중에 하나가 다른 것들보다 유난히 더럽혀져 있었던 것이 도드라지는 차이였다.

모두 비슷한 모양이어서 보고 싶은 호기심이 일었다. 평소의 두 배 아니, 네 배 정도 더 강한 호기심이었다. 메리가 부엌에서 나오다가 쪽지를 보고 있는 나를 보았다.

"점심시간에 인편으로 온 것들이에요."

물어보지도 않았는데 메리가 말해 주었다.

"하나는 아니고요. 그건 우편함에서 제가 발견했어요."

나는 고개를 끄덕이며 편지를 모아 서재로 가지고 갔다.

첫 번째 편지는 아래와 같았다.

클레멘트 목사님, 목사님께 말씀 드려야 할 것이 생각났어요. 프로더로 대령의 죽음과 관계된 일이랍니다. 그 문제에 대해 목사님께서 해 주신 충고 정말 감사해요. 경찰에게 갈 것이냐 말 것이냐에 관한 말씀 말이에요. 사랑하는 남편이 죽은 뒤, 저는 사람들의 시선을 받으면 위축되곤 한답니다. 오늘 오후에 잠시만 시간을 내셔서 저에게 들러 주시면 좋겠어요.

마사 프라이스 리들리

나는 두 번째 편지를 꺼냈다.

클레멘트 목사님, 저는 너무나 불안합니다. 마음이 너무나 들떠 있습니다. 제가 무얼 해야 할지 갈피를 잡지 못하겠습니다. 매우 중요하다고 생각되는 일에 대해 듣게 되었습니다. 하지만 저는 경찰과 얽히는 것이 무척 싫습니다. 지금 매우 뒤숭숭하고 고민스럽습니다. 존경하는 목사님께서 언제나처럼 잠시 시간을 내셔서 저의 이 곤혹스러움과 당혹감을 해결해 주십사 부탁 드리면 큰 무례가 될는지요?

괜한 일로 심려를 끼쳐 드렸다면 죄송합니다.

캐롤라인 웨더비

세 번째 편지는 보지 않아도 무슨 내용인지 거의 짐작할 수 있을 것 같았다.

클레멘트 목사님, 매우 중요한 일에 대해 듣게 되었습니다. 목사님께서 제일 먼저 아셔야 할 것 같아서요. 오늘 오후에 잠시 짬을 내서 저를 찾아와 주시겠습니까? 기다리고 있겠습니다.

단순 명확하게 할 말만 딱 적어 놓은 이 편지에는 '아만다 하틀리'라는 서명이 적혀 있었다.

네 번째 편지를 열었다. 이제까지는 익명의 편지로 괴롭힘을 당하는 일이 다행히 거의 없었다. 익명의 편지란 가장 잔인하고 비열한 공격 수단이라고 생각한다. 이 익명의 편지 역시 예외가 아니었다. 이 편지는 교양 없는 사람이 쓴 것처럼 보이려고 노력한 모양이었다. 하지만 몇 가지 점 때문에 그렇지 않을 거라는 생각이 들었다.

목사님, 무슨 일이 벌어지고 있는지 목사님께서 아셔야 한다고 생각합니다. 사모님께서 레딩 씨 집에서 은밀하게 나오시는 모습을 보았습니다. 무슨 말인지 아실 겁니다. 그 두 사람이 바람을 피우고 있는 겁니다요. 목사님이 아셔야 한다고 생각해 말씀 드립니다.

친구로부터

나는 넌더리를 치며 종이를 구겨 열려 있던 벽난로 쇠살대로 던져 버렸다. 그때 그리젤다가 서재로 들어왔다.

"그렇게 경멸하며 던지는 게 뭐예요?"

그녀가 물었다.

"음담패설이에요."

나는 주머니에서 성냥을 꺼내 불을 붙이고 허리를 구부려 난로 앞에 앉았다. 하지만 그리젤다는 나보다 더 재빨랐다. 허리를 숙여 구겨진 종이 뭉치를 집어 들어 내가 미처 제지할 틈도 없이 펼쳐 읽었다.

다 읽고 난 그리젤다 역시 넌더리를 치며 나에게 종이를 돌려주고 그대로 뒤로 돌아섰다. 나는 종이에 불을 붙여 타는 모습을 지켜보았다. 그리젤다는 뒤로 물러서서 창가로 가 정원을 내다보았다.

"렌."

그리젤다는 뒤돌아보지 않은 채 말했다.

"그래, 여보."

"당신한테 할 말이 있어요. 아니요, 내 말을 막지 말아요. 말하고 싶어요. 로렌스 레딩이 여기 왔을 때, 나는 당신에게 이전에 얼핏 만난 적이 있는 것처럼 말했죠. 하지만 그건 사실이 아니었어요. 나는…… 그를 잘 알고 있었어요. 사실 당신을 만나기 전에 난 그를 사랑했었어요. 아마 로렌스와 함께 있으면 대부분의 사람들이 그렇게 될 거라고 생각해요. 나는…… 한때 그에게 빠져 완전히 넋을 빼놓고 있었죠. 그렇다고 책에 나오는 것처럼 찬사를 담은 편지를 쓰거나 하는 그런 바보짓을 하진 않았어요. 하지만 한때 그에게 열중한 적이 있다는 거예요."

"왜 나에게 그런 이야기를 하지 않았던 거요?"

내가 물었다.

"오! 그건……. 나도 잘 모르겠어요. 그건…… 당신이 때때로 어리석게 행동하니까 그랬는지도 몰라요. 나보다 나이가 훨씬 더 많다고 해서 당신은 늘……, 그러니까 내가 다른 사람을 좋아할 거라고 생각하잖아요. 어쩌면 당신이 나와 로렌스가 친구로 지내는 걸 언짢아할 거라고 생각했어요."

"정말 감쪽같이 비밀을 감추고 있었군."

나는 불과 일주일 전 이 방에서 그리젤다가 했던 말을 기억하며 말했다. 그 얼마나 솔직하고 꾸밈 없이 말했던가.

"네, 난 언제나 뭔가를 감추는 걸 좋아해요. 사실 어떤 면에서는 그런 일을 즐기죠."

아내의 목소리에는 어린아이 같은 만족감이 어려 있었다.

"하지만 내가 한 말은 다 사실이에요. 난 프로더로 부인의 일은 몰랐어요. 그저 난 로렌스가 어째서 그렇게 나에게 무관심할까 의아해하기만 했어요. 그러니까…… 정말 나한테 눈길도 주지 않더라고요. 나로서는 의아한 일이었죠."

아내는 잠시 말을 멈추었다.

"렌, 이해할 수 있어요?"

그리젤다가 걱정스럽게 물었다.

"그래, 이해해요."

나는 말했다.

하지만 정말 이해한 걸까?

25장

익명의 편지로 인해 어지럽혀진 생각을 떨쳐 내기가 어려웠다. 생각이 꼬리에 꼬리를 물고 커져 갔다.

그러나 나는 다른 편지를 모으며 손목시계를 흘깃 보고 길을 나섰다.

이 여자들 셋이 동시에 '알게 되었다'는 그 일이 무엇인지 무척 궁금했다. 아마도 모두 같은 소식을 들었을 것이라는 생각이 들었다. 남의 심리를 이해하는 데는 별로 소질이 없는 나였지만 말이다.

가는 길에 경찰서를 꼭 지나쳐야 했다고는 말하지 못하겠다. 내 발이 저절로 나를 그쪽으로 이끌었다. 나는 슬랙 경감이 올드 홀에서 돌아왔는지 꼭 알고 싶었다.

그는 돌아와 있었다. 게다가 크램 양이 함께 있었다. 아름다운 글래디스는 경찰서에서도 고압적인 태도로 앉아 있었다. 그녀는 여행 가방을 가지고 숲 속에 갔었다는 사실을 완강히 부인했다.

“남의 험담이나 하고 돌아다니는 늙은 고양이들 중의 한 명이 밤새 창가나 쳐다보며 죽치고 있다가 한 이야기만 가지고 저를 몰아세우시다니. 그 여자가 사람을 잘못 본 거예요. 살인이 있던 날 오후에도 골목길 끝에서 절 보았다고 그 여자가 말했던 거 기억하시죠. 그때 그 환한 대낮에도 엉뚱한 것을 본 사람이 어떻게 달빛 아래서 저를 제대로 알아볼 수 있겠어요? 정말 고약한 일이에요. 그 늙은이들이 몰려다니며 하는 짓거리들이요. 그래요. 하고 싶은 대로 말하고 다니라고 그래요. 저는 아무것도 신경 쓰지 않고 침대에 얌전히 누워 있을 테니까요. 경감님도 지금 이런 행동이 얼마나 부끄러운 일인지 아셔야 해요. 정말 부끄럽게 생각하셔야 해요.”

“그럼 블루 보어의 주인이 이 여행 가방이 당신 것이라고 확인해준다면 그때는 어떻게 될까요, 크램 양?”

“그 여자가 그런 말을 한다면 그건 잘못 본 거죠. 가방에 이름이 쓰여 있는 것도 아니잖아요. 이런 가방이야 거의 모든 사람들이 갖고 있는 거예요. 그 불쌍한 스톤 박사님을 도둑에 사기꾼으로 몰다니! 스톤 박사님 이름으로 온 편지가 한두 개가 아니었다고요.”

“그렇다면 저희한테 어떤 해명도 하지 않으시겠다는 건가요, 크램 양?”

“해명하지 않겠다는 게 아니에요. 경감님이 지금 실수하고 계신 거란 말이죠. 그게 다예요. 당신과 그 오지랖 넓은 마플의 무리들이 전부요. 저는 더 이상 말하지 않겠어요. 변호사가 동석하지 않는 한 더 이상 말하지 않겠어요. 저는 이만 가겠어요……. 절 체포하시는 게 아니라면요."

그에 대한 경감의 답은 머리를 흔들어 대며 자리에서 일어나 문을 열어 주는 것이었다. 크램 양은 밖으로 나갔다.

"저렇게 말하는 게 당연하죠."

슬랙은 자리로 돌아와 앉으며 말했다.

"완강히 부인해야죠. 그리고 진짜로 그 할머니가 잘못 보았을 수도 있습니다. 달빛만 비치는 한밤중에 상당히 떨어진 곳에서 누군가를 알아볼 수 있다고 믿는 배심원은 없을 테니까요. 그래요. 전에도 말씀 드렸듯이 그 노처녀 할머니가 잘못 보았을 수도 있습니다."

"그럴 수도 있겠지. 하지만 내 생각에는 그랬을 것 같지 않네. 마플 양의 말은 대개 정확했으니까. 바로 그런 이유로 인기가 없지."

경감은 씨익 웃었다.

"허스트도 그렇게 말하더군요. 정말이지 여기 사람들은 못 말리겠네요!"

"그 은제품들은 어떻게 되었나?"

"완벽하게 정리된 것 같습니다. 물론 제 말은 한 두어 무더기는 가짜인 것 같다는 겁니다. 머치 벤햄에 오래된 은제품에 대해 일가견이 있는 사람이 있다고 합니다. 전화로 연락해 두었고 그분을 모셔오도록 차를 보냈습니다. 곧 무엇이 어떻게 된 일인지 알게 될 겁니다. 도둑이 목적을 달성한 건지 아니면 미수에 그친 것인지 말입니다. 어느 쪽이든지 크게 달라지는 것은 없을 겁니다. 그러니까 저희가 생각하는 한은 그렇습니다. 도난 사건은 살인 사건에 비하면 별것 아닙니다. 이 두 가지 일은 이번 살인 사건과 연관되어 있지 않습니다. 그 스톤 박사라고 사칭하고 다닌 녀석은 크램 양을 통해서 잡을 수 있을 겁니다. 바로 그런 이유로 오늘 순순히 크램 양을 놔준 것이죠."

"나도 어쩐 일로 그러는가 했네."

내가 말했다.

"레딩 씨만 불쌍하게 되었습니다. 번거로움을 무릅쓰고 다른 사람을 돕는 그런 이는 요즘 보기 드물죠."

"그런 것 같네."

나는 살짝 미소 지으며 말했다.

"항상 여자들이 말썽이라니까요."

경감은 훈계조로 말했다. 그는 한숨을 내쉬고 나서 조금 놀라운 말을 했다.

"그래요, 이젠 아처예요."

"아니! 자네는 그를 염두에 두고 있었나?"

내가 말했다.

"네, 당연하죠, 목사님. 가장 먼저 생각한 사람입니다. 익명의 편지가 아니었어도 그를 추적하려고 했습니다."

"익명의 편지라니. 그럼 익명의 편지를 받았단 말인가?"

"새삼스러울 것도 없는 일입니다, 목사님. 경찰에는 하루에 열 통도 넘는 익명의 제보가 들어옵니다. 오, 아처에 대해 이야기한 사람 역시 있었습니다. 마치 경찰이 자기 일도 제대로 못 하고 있다는 식으로 쓴 편지였죠. 아처는 처음부터 용의선상에 있던 인물입니다. 문제는 그에게는 분명한 알리바이가 있다는 것이죠. 그게 그리 대수로운 것은 아닙니다만, 그래도 수사를 진행하기 어렵게 만들기는 합니다."

"대수로운 일이 아니라는 말은 무슨 뜻인가?"

내가 물었다.

"그게 그날 그 사람은 친구 두 명과 오후 내내 같이 있었던 것 같습니다. 하지만 말씀 드렸듯이 그게 그다지 중요하지 않다는 겁니다. 아처와 같은 사내와 그 친구들이라면 무슨 짓이든 못 하겠습니까? 그런 사람들의 말을 곧이곧대로 믿을 수는 없다는 거죠. 저희 경찰들이야 뻔히 아는 일입니다. 하지만 일반인들은 전혀 모르죠. 그리고 배심원들도 그 일반인 중에서 뽑은 이들이니 더하죠. 배심원들은 아무것도 모르고 십중팔구 증인석에서 하는 말이 다 사실이라고 생각한단 말입니다. 그게 누가 하는 말인가는 상관하지 않고요. 물론 아처는 얼굴이 새파랗게 질리도록 혼나기 전까지는 절대로 자신이 그런 일을 저지르지 않았다고 장담하겠죠."

"레딩처럼 협조적일 리 없지."

나는 미소 지으며 말했다.

"그럴 사람이 아니죠."

경감은 명백한 사실인 양 자신 있게 말했다.

"그거야 당연한 일이지. 사람들이란 자기 생명에 집착하게 마련이니까."

나는 생각에 잠겼다.

"살인범들이 인정 많은 배심원들 덕에 무사히 빠져나갈 수 있다는 사실을 아시면 무척 놀라실 겁니다."

경감은 침울한 어조로 말했다.

"하지만 정말 아처가 범인이라고 생각하나?"

그 순간 내내 의아했던 것이 퍼뜩 생각났다. 슬랙 경감은 살인 사건에 관해 개인적인 의견을 전혀 갖고 있지 않는 것 같았다. 그의 관심은 그저 유죄 판결을 받기가 쉬울 것이냐 어려울 것이냐에 집중되어 있는 것처럼 보였다.

"조금만 더 확실한 증거가 있었으면 좋겠습니다."

경감은 솔직하게 말했다.

"지문이나 발자국 아니면 범죄가 일어난 시각에 현장 근처에서 누군가가 그를 목격했다면 좋겠죠. 하지만 그런 것 없이 그를 체포하는 모험을 감행할 수는 없습니다. 그가 한두 번 레딩 씨 집 근처를 배회하는 모습은 목격되었지만 그건 자신의 어머니를 찾아가는 중이었다고 말하더군요. 그의 모친은 정말 점잖은 분이시죠. 네, 전체적으로 저는 그 마플 양의 이야기에 동의합니다. 명백한 협박의 증거만 찾을 수 있다면 ……. 하지만 이번 사건에서는 그 어떤 증거도 찾을 수가 없습니다. 그저 추측, 추측, 추측만이 난무하죠. 클레멘트 목사님, 목사님 댁으로 가는 큰 길가에 독신 노처녀가 살지 않는 것이 정말이지 안타깝고 슬픈 일입니다. 그랬다면 분명 뭔가를 봤을 텐데요."

경감의 말에 나는 원래 가기로 했던 곳이 있다는 사실을 떠올렸고, 곧 그와 헤어졌다. 그가 그렇게 온화한 분위기를 풍기기는 처음인 것 같았다.

가장 먼저 찾아간 사람은 하트넬 양이었다. 그녀는 창가에 서서 내가 오는 것을 바라보고 있었던 게 틀림없었다. 내가 초인종을 누르기도 전에 현관문을 열고 내 손을 꼭 잡아 당겨 문턱을 넘도록 했기 때문이다.

"이렇게 와 주시니 너무 반가워요. 이쪽으로 들어오세요. 사람들 눈이 좀 더 적은 곳으로요."

우리는 아주 작은 방으로 들어갔다. 새장만 한 크기였다. 하트넬 양은 방문을 닫고 조심스레 손을 흔들어 앉으라는 시늉을 했다. (의자는 세 개밖에 없었다.) 하지만 어딘지 재미있어하는 듯 보였다.

"저는 원래 돌려 말하는 타입이 아니랍니다."

하트넬 양은 밝은 어조로 말하다가 마지막에서야 상황에 어울릴 법한 약간 무거운 어조로 돌아왔다.

"이런 마을이 어떻게 돌아가는지는 목사님도 잘 아실 거예요."

"불행히도 잘 알고 있습니다."

"목사님께서 무슨 말씀을 하시는지 저도 잘 안답니다. 저도 험담이라면 아주 질색이거든요. 하지만 어쩔 수 없는 경우도 있답니다. 저는 살인 사건이 있던 날 오후에 레스트랭 부인에게 전화를 걸었는데 그때 그녀가 집에 없었다는 것을 경감에게 말해 주는 것이야말로 양심에 따라 반드시 해야 할 의무라고 생각했답니다. 물론 제가 그런 의무를 다했다고 해서 공치사를 바라거나 하지는 않아요. 그냥 해야 할 일이니까 하는 거죠. 그런데 참 사람이 살아간다는 게 그렇더군요. 배은망덕한 일이 얼마나 많은지. 그게요, 어제만 해도 그래요. 그 무례한 베이커 부인이 …….”

“네, 네.”

나는 평소에 익히 알고 있는 장광설을 어떻게든 피할 수 있기를 바라며 중간에 말을 자르고 끼어들었다.

“매우 슬프고 안타까운 일입니다. 하지만 전에도 이 말씀은 하셨습니다.”

“정말이지 하층민 사람들은 누가 자신들을 진심으로 위하는지 모른다니까요. 저는 언제나 그 사람들을 찾아가 시기적절한 말을 하곤 하죠. 그렇다고 제가 공치사를 바라거나 감사의 인사를 받으려는 건 아니에요.”

“레스트랭 부인에게 전화를 걸었던 사실을 경감에게 이야기하셨다는 거죠.”

나는 다음 말을 재촉했다.

“네, 그랬죠. 그건 그렇고 그 사람도 저에게 고맙다는 말조차 하지 않았어요. 필요하면 나중에 더 물어보겠다고만 하더군요. 아니 정확히 그렇게 말한 건 아니었지만 대충 그런 식이었어요. 요즘은 경찰도 하층민 사람들로 뽑는 모양이에요.”

“그럴지도 모르죠. 하지만 저를 부르신 건 뭔가 다른 이야기를 하시려고 하신 거 아니었나요?"

내가 물었다.

"이번에는 그 고약한 경감 근처에도 가지 않기로 했어요. 그래도 목사님들은 신사적이시니……. 적어도 몇몇은 그렇다는 거죠."

하트넬 양은 마지막 말을 힘주어 덧붙였다.

나는 그녀가 말한 자질 있는 사람에 나도 포함되겠거니 생각하기로 했다.

"그럼 제가 뭘 도와드릴 일이 있으면……."

내가 말을 꺼냈다.

"이건 의무의 문제거든요."

그녀는 말을 하다가 말고 갑자기 입술을 굳게 다물었다.

"이런 말을 해야만 하는 상황을 원하지 않았어요. 이런 상황을 좋아할 사람이 어디 있겠어요. 하지만 의무는 의무죠. 해야 할 일을 방기할 수는 없는 일이에요."

나는 잠자코 다음 말을 기다렸다.

"레스트랭 부인이 그날 하루 종일 집에 있었다고 말했다고 들었어요."

하트넬 양은 조금 상기된 얼굴로 말을 이어 갔다.

"그런데 문을 두드리는 소리를 일부러 무시한 거라고 했다더군요. 그러니까 그럴 마음이 생기지 않아서 그랬다고요. 점잖은 척 고상한 척은 혼자 다 하죠. 저는 그저 의무감에서 전화를 했던 거예요. 그런데 그런 대접을 받다니!"

"아팠었다고 하더군요."

나는 조심스레 말했다.

"아팠다? 엉터리예요. 클레멘트 목사님, 정말 순진하기도 하시군요. 그 여자는 아무렇지도 않다구요. 너무 아파서 심리에도 참석하지 못했다죠? 헤이독 의사 선생님이 진단서를 떼어 주셨다고요. 그 여자라면 손가락 하나만으로도 순진한 의사 선생님을 마음대로 희롱할 수 있을 거예요. 그건 누구라도 한눈에 알 수 있는 일이죠. 그런데 제가 어디까지 말했죠?"

나도 알 수 없었다. 하트넬 양과 이야기를 나누다 보면 어디서부터 이야기가 시작되었고, 어디서부터 남을 질책하기 시작했는지 알기가 무척 어려웠다.

"아, 그날 오후에 그 여자에게 전화를 걸었던 것까지 이야기했군요. 그래요. 그 여자가 그날 집에 있었다는 건 다 엉터리예요. 그 여자는 집에 없었어요. 제가 분명히 알아요."

"어떻게 그걸 알 수 있다는 말씀입니까?"

하트넬 양의 얼굴이 더욱 붉어졌다. 엄밀히 말하면 그녀의 행동은 매우 당혹스러워 보인다고 할 수 있었다.

"제가 그 집에 가서 문을 두드리고 초인종을 눌렀거든요. 두 번씩이나요. 세 번은 아니었어요. 그러다가 문득 초인종이 고장 났을지도 모른다는 생각이 들었답니다."

이야기를 하는 동안 그녀는 내 얼굴을 똑바로 보지 못했다. 나는 그 사실을 눈치 채고 내심 재미있어했다. 우리 마을의 집은 모두 같은 건축 회사에서 지었기 때문에 초인종 역시 모두 같은 것이어서 현관 밖에 놓인 매트 위에 서 있으면 안에서 울리는 초인종 소리가 분명히 들린다는 것을 나는 잘 알고 있었다. 하트넬 양과 나는 이 사실을 잘 알고 있었지만 나는 그녀의 체면을 지켜 주어야 한다고 생각했다.

"그래서요?"

나는 작게 말했다.

"우편 상자에 카드를 밀어 넣고 돌아오고 싶지는 않았어요. 그렇게 하면 무례하게 보일 수도 있으니까요. 제가 다른 건 몰라도 무례한 사람은 아니거든요."

그녀는 이 놀라운 말을 너무나도 태연하게 내뱉었다.

"그래서 저는 집 뒤로 돌아가 보기로 했죠. 창틀을 흔들어 보기라도 하려고요."

하트넬 양은 부끄러워하지도 않고 말을 이어 갔다.

"저는 집을 빙 돌아 둘러보며 창문마다 들여다보았어요. 하지만 집 안에는 아무도 없었어요."

나는 그녀가 무슨 말을 하는지 이해했다. 집이 비어 있다는 것을 이용해서 그녀는 호기심을 왕성히 풀어헤치고 집 주위를 돌아다니며 정원을 살피고 창문으로 안을 훔쳐보며 할 수 있는 한 최대한 집 안을 살펴보았다는 뜻이다. 그녀가 이 이야기를 나에게 하기로 결정한 것은 내가 경찰보다는 열심히 그녀의 말을 경청할 것이고 그녀에게 호의적일 것이라는 계산에서였을 것이다. 목사란 자고로 남의 미심쩍은 점을 선의로 해석해야 하는 사람들이었다.

나는 그 상황에 대해서는 아무런 언급도 하지 않고 다른 것을 물어보았다.

"그때가 몇 시였습니까, 하트넬 양?"

"제가 기억하기로는 거의 6시가 다 되었을 때였어요. 저는 그 후 곧 집으로 돌아왔는데 도착했을 때 시각이 대략 6시 10분쯤이었거든요. 프로더로 부인이 한 30분 후에 왔어요. 스톤 박사와 레딩 씨가 밖에서 기다리고 있었고요. 우리는 구근식물에 대해 이야기를 나누었어요. 그러는 동안 불쌍한 대령이 살해당한 거죠. 정말 슬픈 세상이에요."

"세상이 때로 마음에 들지 않죠."

나는 그렇게 말하고 자리에서 일어섰다.

"그럼 이제 하실 말씀은 다 하신 겁니까?"

"이게 중요할 수도 있다고 생각해서 말씀 드린 거랍니다."

"그럴 수 있을 것 같습니다."

나는 동의했다.

그리고 더 있으라는 말을 뿌리쳐 그녀를 실망시킨 채 나는 그 집을 나왔다.

다음으로 웨더비 양을 찾아갔다. 그녀는 조금 흥분한 모습으로 나를 맞이했다.

"존경하는 목사님, 정말 친절하시기도 하셔라. 차 드셨나요? 정말요? 등에 쿠션이라도 받쳐 드릴까요? 이렇게 즉시 찾아와 주시다니 정말 감사합니다. 언제나 다른 사람들을 위해서 이렇게 애써 주시고."

한참이나 이런 공치사를 듣고서야 간신히 본론에 들어갈 수 있었다. 하지만 본론에 들어가서도 계속 이리저리 말을 돌리는 것을 참고 들어야 했다.

"제가 아주 믿을 만한 소식통을 통해 이 말을 전해 들었다는 걸 꼭 알아주세요."

세인트 메리 미드에서 믿을 만한 소식통이라면 그건 아마도 어떤 집의 하인일 것이다.

"누가 말했는지는 말해 주실 수 없나요?"

"약속을 했거든요, 목사님. 저는 언제나 약속이란 신성한 것이라고 생각한답니다."

웨더비 양은 매우 진지해 보였다.

"그냥 지나가는 작은 새가 전해 준 말이라고 할까요? 그러는 게 안전하지 않겠어요?"

나는 '그런 바보 같은 소리를 하다니.'라고 말하고 싶었다. 차라리 그렇게 말했다면 좋았을 것이다. 그 말을 듣고 웨더비 양이 어떻게 나올지 본다면 무척 흡족할 것 같았다.

"그러니까 그 작은 새가 말하기를 어떤 여자를 봤다는 거예요. 그러니까 그 여자는 익명의 누군가라고 할 수 있어요."

"또 다른 새인가요?"

놀랍게도 내 말에 웨더비 양은 발작하듯 웃음을 터트리고는 내 팔을 장난스럽게 톡톡 치며 말했다.

"어머, 목사님, 이렇게 장난을 치시면 안 되는 거 아닌가요?"

그리고 웃음을 진정시키고 나서 말을 이어 갔다.

"어떤 여자가 있었는데요, 그 여자가 어디로 갔을 것 같으세요? 그 여자는 목사관으로 가는 길로 막 접어들고 있었답니다. 그런데 완전히 길에 들어서기 전에 그녀는 아주 묘한 자세로 길 위아래를 살펴보았답니다. 그러니까 누군가 자기를 알아보는 사람이 있는지 살핀 것 같아요."

"그러면 우리의 작은 새는……?"

내가 물었다.

"생선 가게에 가는 길이었죠. 상점 위에 있는 그곳 말씀이에요."

나는 하녀들이 어디를 가는지 잘 알고 있었다. 그리고 어떻게 해서든지 가고 싶어 하는 곳이 있다는 것도 잘 알았다. 그것은 집 밖이었다. 밖이라면 어디라도 좋을 사람들이었다.

"그런데 그때가 말이죠."

웨더비 양은 조심스러운 태도로 앞으로 몸을 숙이고 말을 이었다.

"6시가 되기 직전이었다는 거죠."

"그게 언제였죠?"

그녀는 살짝 새된 소리를 질렀다.

"당연히 살인 사건이 있던 날이죠. 제가 말씀 드리지 않았나요?"

"그럴 거라고 생각은 하고 있었습니다."

나는 대꾸했다.

"그럼 그 여자 이름은?"

"L로 시작해요."

웨더비 양은 고개를 여러 번 끄덕이며 말했다.

그녀가 말하려던 것을 다 들었다고 생각한 나는 자리에서 벌떡 일어섰다.

웨더비 양은 두 손으로 내 손을 꽉 잡고 불쌍한 어조로 말했다.

"경찰이 저를 심문하거나 하지는 않겠죠? 저는 사람들 앞에 서면 위축된답니다. 그런데 법정에 서야 한다면!"

"특별한 경우에는 법정에서도 앉아서 증언할 수 있으니 걱정 마십시오."

나는 그렇게 말하고 그 자리를 빠져나왔다.

아직도 찾아가 봐야 할 사람이 남았다. 프라이스 리들리 부인이었다. 이 부인은 나를 보자마자 단도직입적으로 말했다.

"저는 경찰서나 법정 같은 데 얽히고 싶은 생각이 전혀 없어요."

부인은 냉정하게 나에게 악수를 청한 뒤 단호하게 말했다.

"이해하시겠지만 설명이 필요한 상황을 겪게 되니 적절한 관계 당국에 알릴 필요가 있다고 생각되더군요."

"레스트랭 부인에 관한 이야기입니까?"

내가 물었다.

"어째서 그렇게 생각하시죠?"

그녀는 차가운 어조로 물었다.

나는 처음부터 불리한 입장에 몰리게 되었다.

"아주 단순한 일에 관한 거예요."

부인은 계속 말을 이었다.

"제 하녀인 클라라가 현관에 서 있었답니다. 한 일이 분 정도 그곳에 나가 있었는데, 그 아이 말로는 신선한 공기를 맡으려고 했다더군요. 참 말도 안 되는 소리라고 생각합니다. 아마도 생선 장수 청년을 만나려고 했던 거라면 몰라도 말이죠. 사실 청년은 무슨 청년, 자기 말로 청년이죠. 그 예의 없고 무례하고 눈꼴사납게 구는 어린 아이는 자기가 열입곱 살이니 모든 아가씨들에게 농지거리를 하고 다닐 수 있다고 생각하는 것 같아요. 어쨌든 말씀 드렸다시피 하녀 아이가 문가에 서 있는데 재채기 소리가 들렸답니다."

"네."

나는 추임새를 넣으며 다음 이야기를 기다렸다.

"그게 다예요. 제가 드리고 싶은 말은 하녀 아이가 재채기 소리를 들었다는 거예요. 혹시 제가 더 이상 젊지 않으니 실수를 했을지도 모른다는 말씀일랑 마세요. 왜냐하면 그 소리를 들은 건 클라라였고 그 아이는 이제 겨우 열아홉 살이니까요."

"하지만 클라라라는 아이가 재채기 소리를 들으면 안 되는 이유라도 있습니까?"

내가 물었다.

프라이스 리들리 부인은 나의 지적 부족함을 딱하게 여기는 듯한 시선을 보냈다.

"목사님 집에 아무도 없던 바로 그 시간, 그러니까 살인 사건이 일어난 그때 우리 집 하녀 아이가 재채기 소리를 들었다고요. 그 살인범이 때를 기다리며 숲 덤불 속에 숨어 있었던 게 당연하잖아요. 이제 목사님께서는 코감기 걸린 사람만 찾으시면 되는 거예요."

"아니면 꽃가루 알레르기가 있는 사람을 찾으면 되겠죠. 하지만 프라이스 리들리 부인, 실제로 이 미스테리는 아주 간단하게 풀 수 있을 것 같습니다. 우리 집 하녀 메리가 심한 코감기를 앓고 있거든요. 사실 요즘에는 킁킁거리는 게 한층 더 심해졌답니다. 아마도 부인의 하녀가 들었다는 재채기 소리는 메리가 낸 걸 겁니다."

"그건 남자의 재채기 소리였어요."

프라이스 리들리 부인이 단호하게 말했다.

"그리고 목사님 댁 하녀가 부엌에서 내는 재채기 소리가 우리 집 대문까지 들릴 리가 없죠."

"그렇다면 부인 집 대문에서 저희 서재에서 나는 재채기 소리를 들으실 수 없는 것도 마찬가지죠. 들릴지도 모르지만 적어도 저는 듣지 못할 것 같군요."

"제 말씀은 남자가 관목 숲에 숨어 있었을 거라는 겁니다."

프라이스 리들리 부인이 말했다.

"네, 물론 그럴 가능성도 있죠."

나는 달래는 듯한 투로 말하지 않으려고 신경을 썼다. 하지만 실패한 모양이었다. 부인이 갑자기 나를 노려보기 시작했다.

"사람들이 제 말을 귀담아 듣지 않는 것에 이제 익숙하기는 합니다만, 이 말을 하지 않을 수 없네요. 테니스 라켓을 정리하지 않고 잔디밭 위에 아무렇게나 던져 놓으면 결국 그 라켓을 버리게 된다는 거예요. 요즘 테니스 라켓은 매우 값나가는 물건인데 말이죠."

이 뜬금없는 측면 공격은 도무지 무슨 영문인지 어떤 장단인지 알 수가 없었다. 나는 완전히 당황하고 말았다.

"하지만 목사님은 제 말에 동의하시지 않는 모양이군요."

"오! 아닙니다. 동의하고말고요."

"다행이네요. 그렇다면 이제 제 얘기는 다 끝났습니다. 저는 이 일에 대해 완전히 손을 떼겠습니다."

부인은 뒤로 기대어 앉으며 이 세상 일이 모두 지긋지긋하다는 듯 두 눈을 꼭 감았다. 나는 감사의 말과 작별 인사를 차례로 전했다.

문가에 서서 나는 클라라에게 주인 마님의 이야기에 대해 물어보았다.

"목사님, 정말이에요. 재채기 소리를 들었답니다. 그런데 그게 흔히 들을 수 있는 그런 재채기 소리가 아니었어요. 절대 평범하지 않았어요."

범죄와 관련된 것 중에 평범한 것이란 없다. 문제의 총성도 흔히 들리던 그런 소리가 아니었다. 이 재채기 역시 평범한 재채기가 아니라 한다. 그렇다면 특별한 살인범의 특별한 재채기였던 모양이다. 나는 클라라에게 몇 시쯤 소리를 들었는지 물어보았다. 하지만 클라라는 희미한 기억으로 6시 15분에서 30분 사이였다고만 말했다. 어쨌든 분명한 건 '주인 마님이 전화를 하시고 나서 기분이 나빠지시기 전'이었다고 했다.

나는 클라라에게 혹시 총소리 같은 건 못 들었냐고 물어보았다. 그랬더니 끔찍한 총소리가 몇 번 들렸다고 말했다. 그 말에 나는 그녀의 말이 신빙성 있게 들리지 않았다.

나는 막 집 대문으로 들어서려다 친구의 집을 잠시 찾아가기로 마음먹었다.

손목시계를 흘끔 보니 저녁 예배를 드리기 전에 잠시 짬이 있었다. 나는 길을 따라 내려가 헤이독의 집으로 갔다. 헤이독은 현관 계단까지 나와 나를 맞아 주었다.

그의 얼굴은 초췌하고 걱정스러워 보였다. 이번 일로 그는 상상을 초월할 정도로 급속히 나이를 먹은 것처럼 보였다.

"이렇게 만나게 되어 다행이야. 뭐 새로운 게 좀 있나?"

헤이독이 말했다.

나는 스톤에 관한 최신 소식을 알려 주었다.

"고급 도둑이군."

헤이독이 한마디로 말했다.

"그렇다면 그걸로 많은 게 해명되겠군. 그가 자기 연구를 하는 동안에도 이따금씩 나에게 실수를 하기도 했었네. 프로더로는 단번에 그의 정체를 알아냈던 모양이군. 그 두 사람이 시끄럽게 말다툼을 하곤 했던 걸 기억하나? 그럼 그 아가씨는 어떻게 생각하나? 그녀 역시 공범일까?"

"그 점에 대해서는 결정된 게 없네. 내 생각으로는 그 아가씨는 괜찮은 것 같네."

이렇게 말하고 나서 나는 한마디 덧붙였다.

"그녀는 그저 바보같이 이용당한 것 같아."

"오! 난 그렇게 보지 않네. 그녀는 꽤 약삭빨라. 글래디스 크램 양이라고. 정말 놀랍도록 건강한 종족이지. 나 같은 직업을 가진 사람들을 절대 괴롭히지 않는 사람이란 말일세."

나는 호즈가 걱정스럽다는 이야기를 하고, 잠시 시간을 갖고 일에서 물러나 편안히 쉬면서 변화를 가져 볼 필요가 있다고 말했다.

내가 말을 하는 동안 헤이독의 태도가 미묘하게 달라지는 것 같았다. 그의 대답은 전혀 그럴듯한 구석이 없었다.

"그래, 내 생각에도 그게 최선일 것 같네. 불쌍한 친구야, 불쌍한 친구."

그는 천천히 말했다.

"자네가 호즈를 좋아하지 않는다고 생각했는데."

"그래……. 그리 좋아하지 않지. 하지만 나는 좋아하지 않는 사람들도 안쓰럽게 생각하네."

그리고 잠시 동안 뜸을 들인 후 헤이독은 이렇게 덧붙였다.

"프로더로도 안쓰럽게 생각하네. 불쌍한 친구지. 좋아해 주는 사람 하나 없었으니. 너무나 고지식하고 자기 주장만 하는 사람이었지. 좋아할 수 없는 성격만 가졌어. 그는 항상 똑같았어……. 심지어 젊은 시절에도."

"옛날에도 알고 지내던 사이인지는 몰랐네."

"아, 그랬다네. 그가 웨스트몰랜드에서 살던 시절에 그곳에서 그리 멀지 않은 곳에서 개업했었지. 아주 오래전 일일세. 거의 20년 전이야."

나는 한숨을 내쉬었다. 20년 전이라면 그리젤다가 다섯 살 적이었다. 시간이란 참 묘한 것이다…….

"클레멘트, 그게 다인가?"

나는 놀라 고개를 들었다. 헤이독은 예리한 눈으로 나를 바라보았다.

"뭔가 더 있는 거지, 그렇지?"

헤이독이 말했다.

나는 고개를 끄덕였다.

처음에 헤이독에게 오면서는 말을 할지 말지 확신이 서지 않았다. 하지만 이제는 말하기로 마음먹었다. 나는 그 누구보다 헤이독을 좋아했다. 그는 모든 면에서 뛰어난 친구였다. 그에게 이번 일을 말하면 도움이 될 거라는 생각이 들었다.

나는 하트넬 양과 웨더비 양이 한 이야기를 그대로 옮겼다.

내가 이야기를 마치자 헤이독은 한참을 침묵했다.

마침내 헤이독이 말했다.

"다 사실이네, 클레멘트. 나는 내가 할 수 있는 한 레스트랭 부인이 불편하지 않도록 보호하려고 노력해 왔네. 사실 그녀는 내 오랜 친구일세. 하지만 그것 때문만은 아니었네. 내가 써 준 진단서는 자네나 다른 사람들이 모두 생각하듯 짜고 만든 가짜가 아닐세."

헤이독은 잠시 말을 멈추었다가 심각한 어조로 말했다.

"클레멘트, 이건 자네에게만 하는 말일세. 레스트랭 부인은 사형 선고를 받은 사람이네."

"뭐?"

"죽어 가고 있는 여자일세. 길어야 한 달 정도 남았어. 그녀가 질문을 받거나 사람들에게 시달리는 일을 막았던 것을 의아하게 생각했지?"

헤이독은 계속 말했다.

"그날 저녁 이 길로 접어든 것은 바로……, 이 집으로 오기 위해서였네."

"전에는 그렇게 말하지 않았잖나."

"이야깃거리를 만들고 싶지 않았네. 6시에서 7시는 보통 환자들을 보는 시간이 아니지 않나. 다들 그렇게 알고 있지. 하지만 그녀가 여기에 있었다는 내 말을 자네는 믿어 줄 수 있겠지?"

"하지만 메리가 자네를 부르러 왔을 때는 레스트랭 부인이 없었잖나. 그러니까 우리가 사체를 발견했을 때 말일세."

헤이독은 당황하는 기색을 보였다.

"그랬지. 그때는 이미 떠났었네. 약속이 있어서."

"약속 장소가 어디였지? 그녀의 집에서였나?"

"클레멘트, 그건 잘 모르네. 맹세컨대 나는 모르네."

나는 헤이독을 믿었다. 하지만…….

"그럼 혹시라도 아무 죄도 없는 사람이 교수형에 처해진다면 어떻게 하겠나?"

내가 말했다.

"아닐세. 프로더로 대령을 살해한 혐의로 교수형에 처해질 사람은 아무도 없을 걸세. 그 점에 대해서는 내 말을 믿어도 좋네."

그런 말을 믿을 수는 없었다. 하지만 그의 목소리에는 확신이 어려 있었다.

"누구도 교수형에 처해지지 않을 걸세."

헤이독이 다시 한 번 말했다.

"아처라는 사람이 있는데……."

헤이독은 내 말을 더 이상 참을 수 없어 했다.

"그 사람에게는 권총에 묻은 지문을 완전히 지울 정도의 머리가 없네."

"아닐 수도 있지."

나는 미심쩍게 말했다.

그러다가 순간 기억이 떠올랐다. 그래서 숲 속에서 찾은 갈색 크리스털 유리 조각을 주머니에서 꺼냈다. 헤이독에게 그것을 내밀며 무엇이겠냐고 물었다.

"흠."

헤이독은 망설였다.

"피크르산 병처럼 보이는군. 어디서 찾았나?"

"그건 셜록 홈즈의 비밀일세."

내가 대꾸했다.

헤이독은 미소를 지었다.

"그런데 피크르산은 뭔가?"

"그러니까 폭발물이지."

"그래, 그건 나도 알고 있네. 하지만 또 다른 사용처가 있지 않나?"

헤이독이 고개를 끄덕였다.

"의학적으로도 사용되네. 화상을 치료하는 데 쓰지. 아주 효과가 좋아."

내가 손을 내밀자 헤이독은 마지못해하며 다시 돌려주었다.

"어쩌면 별로 중요하지 않은 일일 수도 있네만, 워낙 어울리지 않는 이상한 장소에서 발견해서 말이야."

내가 말했다.

"어디에서 찾았는지 말해 주지 않을 텐가?"

조금 유치한 행동이었지만 나는 끝까지 말하지 않았다.

헤이독도 비밀을 갖고 있었다. 그러니 나도 나만의 비밀을 가질 것이다.

나는 그가 나를 전적으로 신뢰하지 않고 있었다는 사실에 약간 상처를 받았다.

26장

그날 밤 나는 묘한 기분으로 설교단에 올랐다.

교회는 평상시와 달리 사람들로 가득 찼다. 단지 호즈의 설교를 들으려고 이렇게 많은 사람들이 모였다고는 할 수 없었다. 호즈의 설교는 지루하고 교조적이었다. 그리고 내가 그 대신에 설교한다는 소식이 전해졌다 하더라도 역시 사람들이 모일 이유는 없었다. 내 설교는 지루하고 지나치게 학문적이었다. 유감스럽게도 우리 둘 중 그 누구의 설교도 이렇게 많은 사람들을 이끌어 낼 수는 없었다.

결국 나는 교회에 참석한 모든 사람들은 교회에 누가 왔는지 보고, 예배 후 교회 현관에서 약간의 쑥덕공론을 나눌 목적으로 온 것이라고 결론 내렸다.

헤이독도 예배에 참석했다. 흔하지 않은 일이었다. 그리고 로렌스 레딩도 있었다. 놀랍게도 로렌스의 곁에는 하얗게 질린 얼굴로 긴장하고 있는 호즈가 보였다. 앤 프로더로 부인도 와 있었다. 그녀는 평소에도 일요일 저녁 기도 예배에 참석하곤 했지만 오늘도 참석하리라고는 생각지 못했다. 무엇보다 나를 놀라게 한 사람은 레티스였다. 교회에 나가는 일은 일요일 아침의 의무 사항으로 프로더로 대령이 완강하게 주장한 것이었다. 하지만 레티스는 이제까지 저녁 예배에 나타난 적이 한 번도 없었다.

글래디스 크램도 있었다. 주변에 있는 쭈글쭈글한 노처녀들과 대조되어 그 어느 때보다 건강하고 젊어 보였다. 그리고 늦게 도착해 맨 뒷자리에 조용히 자리를 잡고 앉아 어슴프레하게 보이는 사람은 레스트랭 부인인 듯했다.

물론 프라이스 리들리 부인, 하트넬 양, 웨더비 양 그리고 마플 양이 총출동했음은 말할 나위도 없었다. 마을 사람들이 거의 빠짐없이 다 모인 듯했다. 이전에도 이렇게 많은 신도들이 모인 적이 있었는지 모르겠다.

군중이란 묘한 것이었다. 그날 밤 그곳에는 자석에 이끌리듯 사람을 잡아당기는 분위기가 있었다. 그 효과를 가장 먼저 느낀 사람은 바로 나였다.

평소에 나는 설교를 미리 세심하고 꼼꼼하게 준비하는 편이었다. 그래서 그 누구보다 내 설교의 부족함과 모자람을 잘 알고 있었다.

하지만 그날 밤 나는 즉석 설교를 할 필요가 있다고 느꼈고, 얼굴을 치켜들고 나를 쳐다보는 사람들을 보자 갑작스럽게 광기가 느껴졌다. 나는 더 이상 하느님의 종이 아니었다. 나는 배우가 되었다.

내 앞에는 관객이 있었고, 나는 그들을 감동시키고 싶었다……. 나에게는 그들의 마음을 움직일 힘이 있다는 생각이 들었다.

나는 그날 밤 내가 했던 일을 자랑스럽게 여기지는 않는다. 하지만 그날 밤 나는 감정에 휩싸여 미쳐 날뛰며 계속 지껄여 대는 부흥강사의 역할을 기꺼이 수행했다.

나는 천천히 성경을 읽었다.

"나는 의인을 부르러 온 것이 아니요, 죄인을 부르러 왔노라 하시니라."

나는 이 구절을 두 번 반복해서 읽었다. 내 귓가에 울리는 내 목소리는 평소 레너드 클레멘트의 목소리와는 전혀 다르게 힘차고 명확하며 낭랑했다.

맨 앞줄에 앉아 있던 그리젤다가 놀라서 고개를 드는 모습이 눈에 들어왔다. 데니스 역시 마찬가지였다.

나는 숨을 들이마시고 잠시 참았다가 거친 어조로 말을 쏟아 내기 시작했다.

그날 교회에 모인 신도들은 감정을 억누르고 있어서 조금만 자극해도 금세 반응할 태세가 되어 있었다. 나는 그들을 자극했다. 죄인들에게 회개를 촉구했다. 나는 격정적인 광란 상태였다. 나는 비난의 손가락질을 해댔고 계속 같은 말을 반복했다.

"내가 진실로 말하노니……."

그럴 때마다 교회 곳곳에서 한숨이 흘러나왔다.

군중 심리는 묘하고 끔찍한 것이었다.

나는 마지막으로 아름답고 통렬한 성경 구절로 설교를 마쳤다. 아마 성경 중에 가장 가슴에 사무칠 만한 구절이라고 할 수 있을 것이다.

"오늘 밤에 네 영혼을 다시 찾으리니……."

그날의 설교는 악마에게 영혼이 홀린 듯한 찰라에 행한 것과 같았다. 목사관으로 돌아왔을 때 나는 예의 애매모호하고 시들시들한 본모습으로 돌아와 있었다. 그리젤다의 얼굴이 창백했다. 아내는 나에게 안겼다.

"렌, 오늘 밤 당신은 정말 끔찍했어요. 난……, 난 그런 모습이 마음에 들지 않아요. 당신이 그런 설교를 한 건 처음이잖아요."

"앞으로도 다시 들을 일은 없을 거라고 생각되는군요."

나는 힘없이 소파에 주저앉으며 말했다. 나는 피곤했다.

"왜 그런 거예요?"

"갑작스레 광기에 사로잡혔어요."

"아! 그럼 그…… 뭔가 특별한 일이 있었던 건 아닌가요?"

"무슨 말이지……. 특별한 일이라니?"

"그냥…… 그런 생각이 들었어요. 당신은 정말 알 수 없는 사람이에요, 렌. 난 당신을 정말 잘 알고 있다는 확신이 들지 않아요."

우리는 차가운 저녁 식사가 차려진 식탁 앞에 앉았다. 메리는 외출하고 없었다.

"복도에 당신에게 온 편지가 있던데요."

그리젤다가 말했다.

"좀 가져다줄래, 데니스?"

조용히 앉아 있던 데니스는 순순히 따랐다.

편지를 받아 든 나는 신음하는 듯한 소리를 냈다. 종이 위 왼편에 이렇게 적혀 있었다.

'인편으로, 긴급.'

"이건 분명 마플 양이 보낸 걸 거야. 마지막으로 남은 사람이니."

내 짐작은 완벽하게 들어맞았다.

클레멘트 목사님, 제가 생각해 본 한두 가지에 대해 목사님과 잠시 이야기를 나누었으면 합니다. 저는 우리 모두가 이 슬픈 미스터리를 해결하는 데 조력을 다할 필요가 있다고 생각한답니다. 허락하시면 제가 9시 30분쯤 댁으로 찾아가 서재 테라스 유리문을 두드리겠습니다. 친애하는 그리젤다 사모님은 저희 집으로 건너오셔서 제 조카의 기운을 돋워 주시면 정말 감사하겠습니다. 물론 데니스 군도 생각이 있다면 같이요. 아무런 회신이 없으면 사모님과 조카분이 저희 집으로 오시는 줄 알고 있다가 시간이 되면 저도 말씀 드린 시각에 그쪽으로 가겠습니다.

제인 마플

나는 편지를 그리젤다에게 건네주었다.

"어머, 우리 갈게요!"

아내는 기분 좋게 말했다.

“집에서 직접 담근 술 한두 잔이야말로 주일 저녁 사람들에게 꼭 필요한 것이죠. 메리가 만든 블라망주(한천에 우유를 섞어 만든 푸딩 — 옮긴이)는 정말이지 엄청나게 우울한 음식이라고 생각해요. 영안실에서 나온 것 같다니까요.”

데니스는 그리 기대되지 않는 듯 시들한 표정을 짓고 있었다.

“그리젤다 숙모님이야 신나시겠어요. 책이며 미술에 관해 지식인인 양 떠들어 댈 수 있으니까요. 저는 그런 말을 멍하니 앉아서 듣고 있다 보면 완전 멍청이가 된 것 같아요.”

데니스는 불만스럽게 말했다.

“그건 너한테도 좋은 일이야. 너는 원래 그런 소양을 갖고 있어. 그런데 말이야, 레이먼드 웨스트 씨는 자신이 말하는 것처럼 그렇게 대단히 영리하고 똑똑한 사람은 아닌 것 같아.”

그리젤다가 침착한 어조로 말했다.

“대부분 그렇게 생각하고 있을 거예요.”

내가 말했다.

나는 마플 양이 어떤 이야기를 하려는지 전혀 감을 잡을 수가 없었다. 내가 볼 때 오늘 예배에 참석한 모든 여자들 중 통찰력이 가장 뛰어나고 예민한 사람은 마플 양이었다. 이 마을에서 일어나는 모든 일을 실제로 보고 들어서가 아니라 주의를 기울여 알게 된 사실로부터 놀랍도록 재치 있고 훌륭하게 적절한 유추를 해내기 때문이었다.

내가 만약 사기 행각을 벌이려 마음먹고 있다면 가장 두려워해야 할 사람이 바로 마플 양이었다.

그리젤다는 '조카 즐겁게 해 주기 파티'를 9시 조금 넘어서 시작하겠다고 했다. 그러는 동안 나는 마플 양이 오기를 기다리면서 이번 사건과 연관된 다른 사건들과, 알려진 사실들을 가지고 일종의 시간표를 그려 보았다. 가능한 한 시간 순서대로 정리했다. 나는 시간에 철두철미한 사람은 아니었지만 깔끔한 사람이었다. 그래서 질서정연하게 정리해 기록하는 것을 좋아했다.

정확히 9시 30분이 되자, 유리문을 가만히 두드리는 소리가 들려왔다. 나는 자리에서 일어나 마플 양을 맞았다.

그녀는 고급스러운 셰틀랜드산 숄을 머리부터 두르고 있었는데 상당히 늙고 약해 보였다. 들어오자마자 흥분한 듯 말을 마구 쏟아 놓기 시작했다.

"이렇게 만나 주셔서 정말 감사해요. 그리고 그리젤다 사모님께서도 정말 친절하세요. 레이먼드는 사모님을 무척 높이 평가하고 있답니다. 완벽한 그뢰즈(프랑스 화가 — 옮긴이)의 작품 같다고 말하죠……. 오, 아니에요, 발받침은 필요 없답니다."

나는 셰틀랜드산 숄을 받아 의자에 걸쳐 놓고 손님의 건너편 의자에 앉기 위해 돌아섰다. 우리는 서로 마주 보고 앉았다. 어딘지 모르게 애원하는 듯한 미소가 마플 양의 얼굴에 살짝 피어났다.

"지금 목사님께서는 아마도……, 제가 왜 이 모든 일에 이토록 흥미를 가지는지 궁금해하실 것 같네요. 이런 행동이 매우 여자답지 못한 것이라고 생각하시겠죠? 아니라고 하지 마세요……. 허락하시면 제가 직접 설명해 드렸으면 하네요."

마플 양은 잠시 말을 멈추었다. 두 볼이 온통 분홍빛으로 물들어 있었다.

"아시겠지만 저처럼 세상으로부터 완전히 동떨어져 혼자 살아가는 사람들은 취미가 필요한 법이랍니다. 물론 취미를 찾는 건 어렵지 않죠. 털실 자수며 바느질, 복지사업, 그림 그리기 등등 많이 있어요. 하지만 제 취미는…… 아주 옛날부터 그랬는데요……. 바로 인간의 품성에 대해 연구하는 거랍니다. 인간의 품성이란 너무나 다양하거든요. 그래서 매우 매력적이랍니다. 물론 기분 전환할 거리 하나 없는 이런 작은 마을에서도 연구에 필요한 훈련을 할 기회가 충분하답니다. 일단 사람들을 구분하는 거예요. 마치 새나 꽃을 분류하듯이 종, 속, 목 등으로 명확히 나누는 거예요. 물론 사람이다 보니 실수로 잘못 구분하는 경우도 있죠. 하지만 시간이 지나면 지날수록 실수가 줄어들어요. 그러고 나서 실험도 해 보죠. 작은 과제를 정해 보는 거예요. 예를 들어 그리젤다 사모님이 무척 재미있어 하신 다듬어진 식용 새우 사건 같은 일이요. 이건 그리 대수롭지 않은 미스터리였지만 누군가 정확하게 풀어내지 못하면 절대로 이해가 안 되는 일이었죠. 그런데 거기에는 진해정(기침을 멎게 하는 알약—옮긴이)이 바뀐 일과 푸줏간 안사람의 우산이라는 문제가 있었죠. 이건 채소 장수가 약사 부인에게는 절대로 친절하게 굴지 않는다는 것을 전제로 하지 않았으면 무의미한 것이기만 했죠. 하지만 결국에는 사실이 그러하다는 것이 밝혀졌어요. 목사님도 아시겠지만 사람들에 대해 판단하고 그것이 옳았다는 것을 발견하는 일은 매우 재미있답니다."

"제가 보기엔 그 판단이 거의 맞으신 것 같은데요."

내가 미소 지으며 말했다.

"그것 때문에 제가 좀 우쭐대는 경향이 있기는 한 것 같아요."

마플 양은 솔직하게 털어놓았다.

"하지만 언젠가 정말로 큰 미스터리가 발생하면, 그때도 이런 일들처럼 똑같이 해결할 수 있을까 늘 궁금하답니다. 미스터리를 제대로 풀어낼 수 있을까 하는 거죠. 논리적으로는 해낼 수 있을 거예요. 실제로 사용할 수 있게끔 만든 실용 모형 어뢰는 아무리 작아도 진짜 어뢰와 똑같이 작동하는 법이니까요."

"그러니까 상대성의 문제일 뿐이다 이런 말씀이시군요. 논리적으로는 그렇죠. 하지만 정말 실제로도 그런지는 잘 모르겠군요."

"분명히 그럴 거예요. 학교에서 흔히들 요소 또는 인자라고 말하는 것은 큰 일이건 작은 일이건 모두 같으니까요. 돈이 있고, 사람들…… 어……, 그러니까 서로 다른 성에게 끌리는 사람들이 있고, 그리고 수상쩍은 행동들을 하죠. 많은 사람들이 조금씩은 이상한 구석을 갖고 있거든요. 그렇지 않나요? 사실 사람들은 친해지면 조금씩 이상한 구석이 있다는 것을 알게 되잖아요. 지극히 정상적인 사람들도 때로 깜짝 놀랄 만한 일들을 하곤 하죠. 비정상적인 사람도 때로는 매우 합리적이고 분별 있게 굴거나 일상의 일을 잘 해내요. 사실 사람들을 판단하는 가장 좋은 방법은 기존에 알고 있거나 우연히 알게 된 사람들과 비교하는 거랍니다. 사람들이 대부분 서로 거의 다를 게 없이 비슷비슷한 면을 갖고 있다는 사실을 알게 되면 무척 놀라실걸요."

"마플 양 때문에 이미 놀랐습니다. 제가 마치 현미경 아래 놓여 있었던 것 같다는 생각이 드네요."

"물론 저는 이런 말을 멜쳇 대령님에게 할 생각은 절대로 없답니다. 그는 참으로 독재자 같아요. 그리고 그 불쌍한 슬랙 경감님도 마찬가지고요……. 그는…… 목사님이 갈색 송아지 가죽 부츠를 원한다는 사실은 안중에도 없고, 크기가 맞는다는 이유만으로 에나멜 가죽 부츠를 억지로 목사님께 팔았던 부츠 가게 젊은 아가씨와 정확히 비슷한 사람이에요."

그건 슬랙에 관한 참으로 적절한 설명이었다.

"하지만 클레멘트 목사님, 알다시피 저는 이번 사건에 대해 슬랙 경감님만큼이나 해결할 수 있다는 확신을 갖고 있답니다. 우리 둘이 힘을 합한다면 반드시 이 사건을……."

"아무래도 우리 둘 모두 마음속으로 자기가 셜록 홈즈쯤 된다고 생각하며 지낸 공통점이 있는 모양입니다."

그러고 나서 나는 그날 오후에 받은 세 건의 호출에 대해 말해 주었다. 그리고 앤 프로더로가 얼굴이 찢겨진 그림을 발견한 것도 알려 주었다. 또한 크램 양이 경찰서에서 발끈했던 일도 말했다. 그리고 내가 주운 크리스털 유리 조각을 헤이독이 알아봐 준 이야기도 했다.

"그 유리 조각은 내가 발견해서인지는 모르지만 무척 중요하다는 생각이 듭니다. 어쩌면 이번 사건과 아무런 연관이 없을 수도 있겠지만요."

나는 이 말을 마지막으로 덧붙였다.

"저는 요즘 도서관에서 미국의 탐정소설들을 많이 빌려 읽고 있답니다. 도움을 좀 얻을까 해서요."

마플 양이 말했다.

"거기에 피크르산에 관한 이야기가 나오던가요?"

"유감스럽게도 그렇지는 않았어요. 하지만 예전에 읽은 이야기 하나가 생각나네요. 피크르산과 리놀린으로 독살된 남자 이야기인데, 그때 보니 연고처럼 몸에 바르더군요."

"하지만 여기는 독살된 사람이 아무도 없지 않습니까? 그러니 그건 문제 삼을 필요가 없을 것 같군요."

나는 말을 마치고 아까 만든 시간표를 집어 들어 마플 양에게 건넸다.

"이번 사건과 관련된 사항들을 가능한 한 일목요연하게 정리해 보았습니다."

시간표: 목요일, 이 달 10일.

오후 12시 30분: 프로더로 대령이 6시에서 6시 15분으로 약속 시간을 옮겼다. 이 말은 마을 사람들 절반 이상이 다 들었을 것이다.

12시 45분: 권총이 원래 자리에 있던 것이 확인된 마지막 시각이다.(하지만 이건 조금 의심스럽다. 처음에 아처 부인은 기억이 나지 않는다고 말했다.)

5시 30분(대략): 프로더로 대령과 그 부인이 올드 홀에서 차를 타고 마을로 떠난 시각이다.

5시 30분: 올드 홀의 북쪽 수위실에서 나에게 속임수 전화가 걸려 왔다.

6시 15분(또는 1~2분 정도 일찍): 프로더로 대령이 목사관에 도착했다. 메리가 서재로 안내했다.

6시 20분: 프로더로 부인이 뒷골목을 통해 와서 목사관 정원을 가로질러 서재 유리문으로 다가갔다. 프로더로 대령은 보이지 않았다고 한다.

6시 29분: 로렌스 레딩의 집에서 프라이스 리들리 부인에게 전화가 걸려 왔다.(교환수가 준 정보다.)

6시 30분에서 6시 35분 사이: 총성이 들렸다.(전화가 온 시각이 정확하다고 전제하면 이 시각이다.) 로렌스 레딩, 앤 프로더로 그리고 스톤 박사의 증언에 의하면 총성은 이보다 더 일찍 났다고 한다. 하지만 프라이스 리들리 부인의 말이 맞을 것 같다.

6시 45분: 로렌스 레딩이 목사관에 도착해 사체를 발견했다.

6시 48분: 로렌스 레딩과 내가 만났다.

6시 49분: 내가 사체를 발견했다.

6시 55분: 헤이독이 사체를 검사했다.

메모: 6시 30분에서 6시 35분 사이에 알리바이가 전혀 없는 사람은 크램 양과 레스트랭 부인이다. 크램 양은 그때 고분에 있었다고 했지만 증명해 줄 사람이 아무도 없다. 하지만 그녀가 이번 사건과 아무런 연관이 없는 것으로 보이니 그녀를 용의선상에서 제외하는 것이 합리적일 것이다.

레스트랭 부인은 6시 조금 넘은 시각에 약속이 있다며 헤이독 의사의 집을 나왔다고 한다. 그 약속은 누구와 어디서 만나기로 한 것일까? 프로더로 대령과의 약속일 가능성은 거의 없다. 그 시각에 대령은 나와 만나기로 되어 있었기 때문이다. 레스트랭 부인이 범행이 벌어질 당시 범행 현장에 가장 가까이 있었다는 것은 사실이다. 하지만 프로더로 대령을 살해할 만한 범행 동기를 찾기 어렵다. 그의 죽음으로 레스트랭 부인에게 생기는 이득이 없다. 그렇다면 슬랙이 말한 협박이 있었을 거라는 추측은 받아들일 수 없다. 레스트랭 부인은 그럴 여자가 아니다. 게다가 그녀가 로렌스 레딩의 권총을 입수했을 가능성도 거의 없어 보인다.

마플 양은 칭찬하는 뜻으로 고개를 끄덕이며 말했다.

"매우 분명하게 정리하셨군요. 정말이지 일목요연하네요. 신사들이란 자고로 이렇게 멋진 메모를 하는 법이죠."

"제가 정리한 내용에 모두 동의하시나요?"

내가 물었다.

"오, 그럼요……. 빠짐없이 잘 적어 놓으셨네요."

그러고 나서 나는 끝까지 참으려고 했던 질문을 마플 양에게 던지고 말았다.

"마플 양, 누가 범인이라고 생각하십니까? 전에 용의자가 일곱 명이라고 하셨잖아요."

"그래요. 그런 것 같아요."

마플 양은 천천히 말했다.

"제 생각에 우리 마을 사람 모두가 각자 범인이라고 생각하는 사람이 있을 거예요. 사실 그건 당연한 일이죠."

마플 양은 나에게 누구를 범인이라고 생각하느냐고 묻지 않았다.

"핵심은 그게 누구든 이 모든 것을 해명해 줄 수 있는 사람이어야 한다는 거죠. 하나씩 하나씩 사건과 관련된 모든 일을 만족스럽게 해명해 줄 수 있어야 한다는 거예요. 모든 사실에 부합되는 추리를 할 수만 있다면 그게 바로 정답이에요. 하지만 그건 매우 어려운 일이죠. 그 쪽지만 없었다면……."

"쪽지요?"

나는 놀라서 되물었다.

"네. 전에도 말씀 드렸잖아요. 그 쪽지가 계속 골치예요. 아무래도 맞아떨어지지 않아요."

"그건 이젠 완전히 해결되었습니다. 그 쪽지는 6시 35분에 쓰인 건데 또 다른 사람이, 그러니까 살인범이 사람들을 속일 목적으로 쪽지 맨 위에 '6시 20분'이라고 써놓았던 겁니다. 그 문제는 완전히 입증되었다고 생각합니다."

"하지만 그렇다고 해도 도무지 맞지 않아요."

마플 양이 말했다.

"네? 어째서요?"

"들어 보세요."

마플 양은 열을 올리며 몸을 앞으로 기울였다.

"프로더로 부인이 저희 집 정원을 지나갔잖아요. 제가 전에 말씀드렸듯이 말이에요. 그녀는 서재 유리문까지 가서 안을 들여다보았는데 프로더로 대령을 보지 못했어요."

"그거야 그때 책상 앞에 앉아 글을 쓰고 있었으니까요."

내가 말했다.

"그런데 그게 맞지 않는다는 거예요. 그 시각이 6시 20분이었거든요. 우리는 프로더로 대령이 더 이상 기다릴 수 없다는 말을 쓴 건 6시 30분 이후일 거라는 데 의견 일치를 봤잖아요. 그런데 그 시각에 대령이 책상 앞에 앉아 있을 이유가 어디 있겠어요?"

"그 점은 생각해 보지 못했습니다."

나는 천천히 말했다.

"클레멘트 목사님, 우리 다시 한 번 처음부터 살펴보죠. 프로더로 부인이 유리문으로 가서 보니 안에 아무도 없는 것 같았어요. 그건 분명한 것 같아요. 그렇지 않다면 그녀가 화실로 가서 레딩 씨를 만나지 않았을 테니까요. 안전하다고 생각하지 않으면 못할 일이죠. 그렇다면 서재는 프로더로 부인이 아무도 없다고 생각할 정도로 완전히 적막했다는 거예요. 그렇다면 우리가 생각해 볼 수 있는 경우는 세 가지예요."

"그 말씀은……."

"그래요. 첫 번째는 프로더로 대령이 이미 죽었을 경우죠. 이건 가능성이 가장 큰 경우예요. 일단 그가 도착한 지 겨우 5분밖에 지나지 않은 시각에 일이 벌어졌다면 프로더로 부인이나 내가 총소리를 들었어야 했어요. 게다가 그가 이미 그 전에 책상 앞에 앉아 있어야 한다는 전제가 필요한데 이것도 불가능한 일이죠. 두 번째로 생각해 볼 수 있는 경우는 그가 책상 앞에 앉아 쪽지를 쓰는 거예요. 그랬다면 그때는 쪽지 내용이 완전히 달라져야 해요. 겨우 그 시각에 더 이상 기다릴 수 없다는 내용을 쓸 리 없으니까요. 그리고 세 번째 경우는 ……."

"세 번째 경우는요?"

내가 물었다.

"물론 세 번째 경우는 프로더로 부인의 말대로 그 방에 정말 아무도 없었던 거죠."

"그 말씀은 대령이 목사관 서재에 있다가 다시 밖으로 나간 뒤 나중에 돌아왔다는 말씀이신가요?"

"네."

"하지만 대령이 그럴 이유가 어디 있을까요?"

마플 양은 자신도 모른다는 듯 두 손을 쫙 펴 보였다.

"그렇게 본다면 이 사건을 완전히 다른 각도에서 보아야겠군요."

내가 말했다.

"때로는 모든 일을 그렇게 볼 필요가 있답니다. 그렇게 생각하지 않으세요?"

나는 아무런 대꾸도 하지 않았다. 나는 마음속으로 마플 양이 말한 세 번째 경우를 곰곰이 생각해 보았다.

가벼운 한숨을 흘리며 이 노처녀 할머니는 자리에서 일어섰다.

"이만 가 봐야겠네요. 이렇게 이야기를 주고받을 수 있어서 정말 기뻐요. 비록 그리 많은 진전은 없지만요, 그렇죠?"

"솔직히 말씀 드리면……."

나는 마플 양의 숄을 가지러 가면서 말했다.

"이 모든 일이 저에게는 갈피를 잡기 어려운 미로 같습니다."

"오, 제 말은 그런 게 아니었는데요. 대체로 한 가지 추리가 거의 모든 것을 해명해 주고 있다고 생각한답니다. 그러니까 하나만 우연의 일치라고 생각한다면요. 사실 우연의 일치가 하나 정도 있는 것은 괜찮지 않나 싶어요. 물론 우연의 일치라는 것이 하나 이상일 일은 거의 없죠."

"정말 그렇게 생각하십니까? 그러니까 그 추리가요?"

나는 마플 양을 똑바로 보고 물었다.

"솔직히 말씀 드리면 제 추리에 한 가지 결점이 있답니다. 제가 도저히 해결하지 못하고 있는 결점이에요. 오! 그 쪽지 내용이 완전히 다른 것이었다면 정말 좋았을 텐데요."

마플 양은 한숨을 내쉬고 고개를 절레절레 흔들었다. 그녀는 유리문으로 걸어가 멍하니 손을 뻗어 받침대 위에 놓인 화분의 시든

식물을 만졌다.

"클레멘트 목사님, 아시겠지만 이런 애들은 물을 자주 주어야 한답니다. 불쌍해라. 물을 많이 주셔야겠어요. 하녀에게 매일 물을 주라고 하세요. 이것을 돌보는 일을 그 하녀가 하는 거 맞죠?"

"뭐 다른 일을 하는 만큼 그 화분도 돌보고 있죠."

내가 말했다.

"아직은 일이 익숙하지 않은 모양이네요."

마플 양이 넌지시 말했다.

"네. 그리젤다가 한사코 그 아이를 해고하지 않으려고 해서요. 아내 생각에는 사람들이 모두 탐탁지 않게 여기는 그런 사람만이 우리랑 같이 있을 거라는군요. 그렇지만 메리가 요전에 우리에게 그만두겠다고 말했었습니다."

"그렇군요. 저는 그 아이가 목사님 부부를 매우 좋아하는 모양이라고 늘 생각했답니다."

"저는 전혀 못 느꼈는데요. 그렇지만 사실 이번에 화가 난 것도 저희 때문이 아니라 레티스 프로더로 때문이었답니다. 메리가 심리가 끝나고 나서는 심기가 상당히 불편했는데 레티스가 여기 와 있는 것을 본 모양이에요. 그러고 나서는…… 말다툼을 좀 한 모양입니다."

"어머!"

마플 양이 갑자기 외쳤다. 그녀는 막 유리문을 넘어서려다가 걸음을 멈췄다. 얼굴 표정이 계속해서 바뀌어 도무지 무슨 생각을 하는지 갈피를 잡을 수 없었다.

마플 양은 혼잣말처럼 중얼거렸다.

"이런 세상에! 전 정말 바보였어요. 그렇게 된 것이었군요. 정말 그럴듯하네요."

"지금 뭐라고 하신 겁니까?"

마플 양은 걱정스러운 표정으로 고개를 돌려 나를 보았다.

"아무것도 아니에요. 어떤 생각이 막 떠올라서요. 빨리 집에 가서 좀 더 찬찬히 생각해 봐야겠어요. 그거 아세요? 제가 그동안 완전히 바보짓을 했던 거예요……. 정말 믿을 수 없을 정도로 멍청했어요."

"그러셨을 것 같지 않은데요."

나는 정중하게 말했다.

나는 마플 양이 유리문을 나가 잔디밭을 다 지나갈 때까지 배웅했다.

"아까 갑자기 떠오르셨다는 그 생각이 무엇인지 말씀해 주실 수는 없나요?"

내가 물었다.

"아직은…… 말씀 드리지 않는 게 좋을 것 같아요. 당분간은요. 제가 실수할 가능성이 아직도 있거든요. 물론 그럴 가능성이 거의 없다고 생각되지만요. 우리 집 정원으로 가는 문에 다 왔네요. 정말 감사합니다. 더 이상은 배웅해 주지 않으셔도 된답니다."

"그 쪽지가 아직도 걸림돌이 되고 있습니까?"

마플 양이 문을 넘어서 건너편으로 간 다음 뒤로 문을 닫으려는 찰라에 내가 물었다. 마플 양은 다른 생각을 하는 중이었는지 멍한 눈으로 나를 보았다.

"쪽지요? 아. 물론 그 쪽지는 모두 엉터리예요. 전에는 그렇게 생각하지 못했거든요. 그럼 안녕히 주무세요, 클레멘트 목사님."

나는 그대로 서서 집으로 향하는 길을 따라 잰걸음으로 사라져 가는 마플 양을 바라보았다.

나는 무엇을 어떻게 생각해야 할지 종잡을 수 없었다.

27장

그리젤다와 데니스는 아직도 돌아오지 않고 있었다. 마플 양과 함께 그 집으로 가서 두 사람을 데리고 오는 것이 가장 자연스러운 일이었다는 것을 새삼 깨달았다. 마플 양이나 나나 두 사람 모두 이 미스테리에 완전히 빠져 있어서 이 세상에 우리 둘 외에 다른 사람들도 있다는 것을 완전히 잊고 있었다.

나는 복도에 서서 어떻게 할지 생각했다. 지금이라도 그 집으로 가서 같이 있을까 어쩔까 생각하는데 초인종이 울렸다.

나는 문으로 나갔다. 우편함에 편지가 꽂혀 있었다. 이것 때문에 초인종이 울린 모양이었다. 나는 편지를 꺼내 들었다.

그때 다시 초인종이 울렸다. 나는 서둘러 편지를 주머니에 집어넣고 현관문을 열었다.

멜쳇 대령이었다.

"안녕하신가, 클레멘트. 차를 타고 읍내에서 집으로 가는 중에 잠시 자네한테 들러 가볍게 한잔 얻어 마실까 싶어서 왔네."

"얼마든지. 서재로 가세."

멜쳇은 입고 있던 가죽 코트를 벗으며 나를 따라 서재로 들어왔다. 나는 위스키와 소다수 그리고 유리잔 두 개를 집어 들었다. 멜쳇은 벽난로 앞에 두 다리를 쩍 벌리고 서서 바짝 자른 콧수염을 어루만졌다.

"클레멘트, 전해 줄 소식이 하나 있네. 지금껏 이보다 더 간담이 서늘한 이야기는 들어 본 적이 없을 걸세. 하지만 그 이야기는 잠시 뒤로 미루지. 그래 여기는 어떤가? 단서를 찾는다며 열심히 쫓아다니는 노처녀들은 더 이상 없나?"

"그렇게 말하지 말게. 다 엉터리는 아니니까. 그중에는 사건이 있을 때마다 해결해 내는 사람도 있다네."

"우리의 친애하는 마플 양 말인가?"

"우리의 친애하는 마플 양 맞네."

"그런 여자들은 언제나 자기가 모든 걸 다 알고 있다고 생각하지."

멜쳇 대령이 말했다.

그는 소다수를 탄 위스키를 음미하며 조금씩 마셨다.

"내가 이런 말 하는 게 불필요한 간섭이 될지도 모르겠네만, 누군가 그 생선 장수 아이에게 물어봐야 하는 게 아닐까? 살인범이 현관으로 나갔다면 그 소년이 범인을 보았을 수도 있잖은가."

내가 말했다.

"슬랙이 이미 충분히 물어봤다네. 하지만 그 소년은 아무도 못 봤다고 했다는군. 그랬을 거야. 살인범이 다른 사람의 눈을 끌 만한 행동을 할 리가 없지 않은가. 자네 집 현관문 옆에는 몸을 숨길 만한 곳이 많네. 살인범은 아마도 길에 아무도 없다는 것을 확인했을 걸세. 그 소년은 목사관뿐만 아니라 헤이독의 집에도 가야 했고, 프라이스 리들리 부인의 집에도 들러야 했잖아. 그러니 그의 눈을 피하는 것쯤이야 간단했을 걸세."

멜쳇이 말했다.

"그래, 그렇겠군."

"하지만 반면에 그 파렴치한 아처가 일을 저질렀고 꼬마 프레드 잭슨이 그를 그 장소에서 보았다면 그때는 그 아이가 순순히 말하지 않을 거라고 생각하네. 아처는 그의 사촌이니까."

"정말 아처가 범인일 거라고 생각하는 건가?"

"그게, 프로더로 대령이 아처를 지독하게 몰아붙이고 못살게 했잖은가. 그 둘은 앙숙이었어. 프로더로는 사람들에게 아량을 베풀고 관대하게 대하는 걸 잘 못 했으니까."

"그렇지. 매우 가차 없고 무정한 사람이었지."

"그러니까 내 말은 '각자 제멋대로 살도록 너그럽게 봐주자'는 걸세. 물론 법은 지켜야지. 하지만 어떤 사람의 미심쩍은 점을 선의로 해석한다고 해서 해가 될 일은 없단 말이지. 그런데 프로더로는 그걸 못 했어."

멜쳇이 말했다.

"프로더로는 그런 자신을 오히려 자랑스럽게 생각했지."

그리고 나는 잠시 말을 멈칫했다가 조심스레 물었다.

"그런데 아까 들려주겠다는 그 '간담이 서늘한' 이야기란 게 대체 뭔가?"

"그게 정말 간담이 서늘한 이야기야. 프로더로가 살해된 당시 썼던 그 쪽지 알고 있지?"

"그래."

"그걸 전문가에게 보여 주었거든. '6시 20분'이라는 글씨가 다른 사람의 필체라는 걸 확인하기 위해서였지. 감정을 의뢰하면서 당연히 프로더로 대령이 쓴 다른 글을 같이 보냈지. 그런데 감정 결과가 어떻게 나왔는지 아나? 그 쪽지는 애당초 프로더로가 쓴 게 아니었다네."

"그럼 위조했단 말인가?"

"위조된 거지. 그런데 그 위에 쓴 '6시 20분'은 또 다른 사람이 덧붙인 것 같다는군. 하지만 그건 확실하지 않다고 해. 시각을 적은 부분에 사용된 잉크가 나머지와 다른 건 분명하고. 어쨌든 그 쪽지 자체가 모두 위조된 건 분명해. 프로더로는 아예 그런 쪽지를 쓰지 않았던 걸세."

"확실한 건가?"

"그럼. 전문가가 한 말이니 확실하지. 전문가들이 어떤지는 자네도 잘 알잖은가. 정말이지 마음에 들지 않아. 하지만 어쨌든 그 전문가가 확실하다고 했네."

"놀랍군."

그 순간 내 머릿속을 스치고 지나가는 것이 있었다.

"세상에. 애초에 프로더로 부인이 그 필체가 남편의 것과 전혀 다르다고 말한 기억이 나는군. 그때는 그 말에 전혀 주의를 기울이지 않았었네만."

내가 말했다.

"정말인가?"

"그때는 그냥 여자들이 하는 쓸데없는 소리로 치부했지. 그 당시 확실한 것이라고는 프로더로가 그 쪽지를 썼다는 사실뿐이라고 생각했으니까."

우리는 서로를 바라보았다.

"정말 별난 일이야. 마플 양이 오늘 저녁에 그 쪽지가 다 엉터리라고 말했거든."

내가 천천히 말했다.

"이런 빌어먹을 여자 같으니라구. 자기가 이 살인을 저지르기라도 한 것처럼 모르는 게 없군."

그 순간 전화벨이 울렸다. 전화벨에 묘한 느낌이 묻어났다. 전화벨은 계속 울리면서 뭔가 심상치 않은 불길한 기운을 전했다.

나는 전화기로 다가가 수화기를 집어 들었다.

"목사관입니다. 누구십니까?"

내가 말했다.

신경질적인 고음의 목소리가 전화선을 타고 울려 왔다.

"자백하고 싶습니다."

수화기 너머에서 말했다.

"오, 주여, 참회하고 싶습니다."

"여보세요, 여보세요. 이런, 전화가 끊어졌잖아. 전화 건 쪽 번호를 알려 주실 수 있습니까?"

교환수는 기운 없는 목소리로 번호를 모르겠다고 말했다. 그리고 심려를 끼쳐 미안하다는 말도 덧붙였다.

나는 수화기를 내려놓고 멜쳇에게 돌아섰다.

"전에 자네가 말했었지. 누군가 또 자기가 범행을 저질렀다고 나서면 미쳐 버릴 거라고."

"무슨 이야긴가?"

"누군가 참회하고 싶다고 전화했네……. 그런데 중간에 전화가 끊어졌어."

멜쳇은 전화기 앞으로 달려와 수화기를 집어 들었다.

"내가 전화국에 이야기해 보지."

"그렇게 하게."

내가 말했다.

"자네가 좀 알아보게. 난 좀 나가 봐야겠네. 누구 목소리인지 알 것도 같아서 말이야."

28장

나는 서둘러 거리를 따라 내려갔다. 11시였다. 일요일 밤 11시에는 세인트 메리 미드 전체가 죽은 듯 고요했다. 하지만 1층에 불이 켜진 집이 보였다. 호즈가 아직도 깨어 있는 모양이었다. 나는 걸음을 멈추고 초인종을 울렸다.

무척 오랫동안 기다린 듯했다. 호즈의 집 주인인 새들러 부인이 열심히 두 개의 빗장과 하나의 쇠사슬을 풀고, 열쇠를 돌려 문을 연 다음 미심쩍은 눈으로 나를 쳐다보다가 크게 소리쳤다.

"어머, 목사님이시네요!"

"안녕하십니까. 호즈를 좀 만나러 왔습니다. 창문에 불이 켜져 있더군요. 그러니 아직 잠자리에 들지 않은 것 같습니다."

"그럴지도 모르죠. 저녁 식사 이후에는 뵙지 못했어요. 오늘 저녁에는 유난히 조용하시네요. 얼굴을 못 뵈었어요. 그렇다고 밖에 나가신 것도 아니구요."

나는 고개를 끄덕이고 부인의 옆을 지나 재빨리 현관 계단을 올라갔다. 호즈는 1층의 침실과 거실을 쓰고 있었다.

나는 거실로 들어갔다. 호즈는 긴 의자에 반듯이 누워 잠들어 있었다. 내가 들어갔는데도 전혀 깨어날 줄을 몰랐다. 텅 빈 약상자와 물이 반쯤 들어 있는 잔 하나가 그의 옆에 있었다.

그의 왼발 아래에는 글씨가 쓰인 종이가 동그랗게 구겨져 있었다. 나는 그것을 주워 들고 폈다.

글은 '클레멘트 목사님……'으로 시작하고 있었다.

나는 글을 다 읽고 나서 탄성을 내지르며 그 종이를 주머니에 찔러 넣었다. 그리고 허리를 숙여 호즈를 주의 깊게 살펴보았다.

그리고 그의 팔꿈치 옆에 있던 전화기에 손을 뻗어 수화기를 집은 다음 목사관 번호를 댔다. 멜쳇이 아직도 발신자를 추적하고 있는 모양인지 통화 중이라고 했다. 교환수에게 이쪽으로 전화해 달라는 전언을 남기고 수화기를 내려놓았다.

나는 방금 주운 종이를 다시 보기 위해 주머니에 손을 넣었다. 그것과 함께 집 우편함에 있던, 아직 뜯어 보지 않은 편지를 꺼냈다.

두 개는 너무나도 비슷했다. 필체가 그날 오후에 익명으로 온 편지의 필체와 정확히 일치했던 것이다.

나는 편지 봉투를 찢어 내용을 읽어 보았다.

한 번, 두 번 연거푸 읽어도 그 내용을 이해할 수 없었다.

세 번째 읽으려고 하는데 전화벨이 울렸다. 나는 꿈을 꾸는 사람처럼 멍하게 수화기를 집어 들고 말했다.

"여보세요."

"여보세요."

"멜쳇, 자넨가?"

"그래, 지금 어디 있나? 전화를 추적했네. 번호가……."

"그 번호를 이제 알았네."

"오, 세상에! 그럼 지금 거기서 전화하는 건가?"

"그렇네."

"그래 그 참회는 어떻게 되었나?"

"참회는 모두 받았다네."

"그럼 살인범을 잡았다는 말인가?"

그 순간 나는 일생일대의 시험에 빠졌다. 나는 익명의 편지를 쳐다보았다. 그리고 지품 천사의 이름이 새겨진 텅 빈 약상자를 바라보았다. 이전에 나누었던 일상적인 대화 하나가 떠올랐다.

나는 각고의 노력을 해야 했다.

"잘…… 모르겠네. 자네가 어서 와서 보는 게 좋겠네."

그리고 나는 멜쳇에게 주소를 알려 주었다.

나는 호즈의 맞은편 의자에 앉아 생각에 잠겼다.

생각을 정리할 시간은 딱 2분뿐이었다.

2분 뒤면 멜쳇이 도착할 것이다.

나는 익명의 편지를 들고 세 번째로 읽기 시작했다.

그러고는 두 눈을 감고 생각에 잠겼다…….

29장

얼마나 그렇게 앉아 있었는지 모르겠다. 실제로는 몇 분 정도였을 거라고 생각한다. 하지만 나에게는 마치 영원과도 같이 느껴지는 시간이 흐른 후 문이 열렸다. 고개를 돌려 보니 멜첫이 안으로 들어서는 모습이 보였다.

그는 의자에 누워 잠들어 있는 호즈를 뚫어지게 보다가 나에게 고개를 돌렸다.

"뭔가, 클레멘트? 이게 다 무슨 일인가?"

내 손에 있던 편지 두 개 중 하나를 들어 멜첫에게 건넸다. 멜첫은 낮은 목소리로 소리 내어 편지를 읽었다.

클레멘트 목사님, 이런 이야기를 직접 말씀 드리면 무척 불쾌해하실 것 같아 이렇게 편지로 쓰는 편이 더 낫다고 생각했습니다. 이 문제에 관해서는 나중에 의논할 수 있습니다. 다름 아니라 최근 일어난 횡령에 관한 이야기입니다. 용의자를 밝히는 문제가 대단히 만족스러운 결과를 낳았다는 말씀을 드리게 되어 송구스럽습니다. 교회 성직자로 임명된 분을 기소해야만 한다고 생각하니 저도 마음이 편치 않습니다. 하지만 제 의무인 것은 너무나도 명백합니다. 본보기를 보여야 하니까요…….

멜쳇이 의아한 얼굴로 나를 보았다. 그쯤에서 글은 알아볼 수 없게 갈겨져 있었다. 그 순간 죽음이 글을 쓰던 사람의 손을 덮쳤던 것이다.

멜쳇은 크게 숨을 들이마시고 호즈를 쳐다보았다.

"그렇다면 이게 답이 되겠군. 우리가 생각지도 못한 사람이 범인이었어. 그리고 그는 양심의 가책으로 자백했고!"

"호즈가 요즘 매우 이상하게 굴었네."

내가 말했다.

갑자기 멜쳇은 "아차!" 소리를 지르고 잠자고 있는 호즈에게 성큼성큼 다가갔다. 그는 호즈의 어깨를 잡고 흔들었다. 처음에는 부드럽게 흔들다가 나중에는 격하게 마구 흔들었다.

"잠자고 있는 게 아닐세! 약을 먹었어! 이게 도대체 어떻게 된 일이지?"

멜쳇의 눈은 텅 빈 약상자를 향했다. 그는 상자를 집어 들었다.

"이 사람이……."

"나도 그렇게 생각하네. 요전에 나에게 이 약을 보여 준 적이 있네. 너무 많이 먹으면 안 된다는 경고를 받았다더군. 이 약이 그의 도피처였던 거야. 불쌍한 친구. 아마도 이게 최선이었겠지. 그에 대한 심판은 우리 손을 떠났군."

내가 말했다.

하지만 멜쳇은 우리 지역의 경찰서장이었다. 나에게는 통하는 논리가 그에게는 전혀 소용이 없어 보였다. 그는 살인범을 잡았으니 교수형에 처하고 싶은 모양이었다.

멜쳇은 곧 전화기 앞으로 다가가 수화기를 확 들어 올렸다 내렸다를 계속하며 초조하게 응답이 오기를 기다렸다. 그리고 헤이독의 집 전화번호를 불렀다. 수화기를 귀에 대고 전화가 연결되기를 기다리는 동안에도 멜쳇의 시선은 의자 위에 축 늘어져 있는 사람에게서 떨어질 줄을 몰랐다.

"여보세요, 여보세요, 여보세요, 헤이독 의사 선생 댁입니까? 의사 선생, 지금 당장 하이 스트리트로 좀 와 줄 수 있겠나? 호즈의 집으로 말이야. 응급 상황이야……. 뭐라고요……? 그래 거기 전화번호가 어떻게 되죠……? 오, 죄송합니다."

멜쳇은 발끈해서 전화를 끊었다.

"잘못 걸었다는군. 언제나 이 모양이라니까! 사람 목숨이 달려 있는 문제인데 말이야. 여보세요, 엉뚱한 데 연결해 줬잖습니까. 그래, 시간이 없단 말입니다. 39……. 아니 5가 아니라 9번."

다시 한 번 초조한 기다림이 지나갔다. 이번에는 아까보다 좀 더

빨리 연결됐다.

"여보세요. 자넨가, 헤이독? 멜첫일세. 지금 즉시 하이스트리트 19번지로 와 주겠나? 호즈가 약을 남용했네. 당장 와야 하네. 긴급 상황이야."

멜첫은 전화를 끊고 초조하게 방 안을 서성거렸다.

"도대체 자네는 왜 즉시 의사한테 연락할 생각을 못 했나, 클레멘트? 자네 완전히 정신이 나가 있었던 모양이군."

다행히 멜첫은 가만히 있는 사람에게 대처하는 방법이 사람마다 다를 수도 있다는 생각은 전혀 못 하는 모양이었다. 나는 아무 말 없이 묵묵히 있었다. 멜첫은 계속 말했다.

"이 편지는 어디서 찾았나?"

"구겨진 채 바닥에 놓여 있었네. 그의 손에서 떨어졌을 법한 곳이었네."

"정말 이상한 일이군. 그 노처녀 할머니가 우리가 발견한 쪽지가 엉터리라고 했던 것이 다 맞았어. 그 여자가 어떻게 그걸 알아냈는지 궁금하군. 하지만 이 친구가 이 쪽지를 없애 버리지 않았으니 다행이야. 바보 같은 친구. 이걸 계속 갖고 있을 생각을 하다니. 이건 그 무엇보다 자신에게 불리한 증거인데!"

"인간 품성이란 게 원체 모순적이라네."

"그렇지 않았다면 우리가 살인범을 잡을 수 없지! 아무튼 일을 저지른 사람들은 머잖아 꼭 바보 같은 짓을 하지. 클레멘트, 자네 영 안 좋아 보이는군. 이 일이 자네에게 가장 끔찍한 충격이었나 보군."

"그렇네. 말했듯이 호즈가 한동안 이상한 행동을 했는데도 설마 이런 일이 있으리라고는 꿈에도……."

"누구지? 차 소리가 난 것 같은데."

멜쳇은 창문으로 걸어가 내리닫이 창을 밀어 올리고 상체를 밖으로 내밀었다.

"그래, 헤이독이야."

잠시 후 의사가 안으로 들어왔다.

멜쳇은 몇 마디로 간결하게 상황을 설명했다.

헤이독은 감정을 함부로 드러내는 사람이 아니었다. 그저 눈썹을 추켜올리고 고개를 끄덕인 다음 성큼성큼 환자에게 다가갔다. 맥박을 재고 눈꺼풀을 들어 올려 동공을 유심히 살펴보았다.

그러고 나서 멜쳇에게 고개를 돌렸다.

"교수대에 세우기 위해 이 친구를 살리기를 원하는 건가?"

그가 물었다.

"이미 상태가 현저히 나빠져 있네. 아슬아슬하겠어. 다시 살려 낼 수 있을지 자신이 없네."

"할 수 있는 조치는 다 취해 주게."

"알았네."

헤이독은 가지고 온 가방을 열어 분주히 움직이며 피하주사를 준비하고 나서 호즈의 팔에 주삿바늘을 꽂았다. 그리고 자리에서 일어섰다.

"지금 최선의 조치는 머치 벤햄으로 이송하는 거네. 그곳 병원으로 말이야. 차에 옮기게 좀 도와주게나."

우리는 기꺼이 협력했다. 헤이독이 운전석에 앉으면서 어깨너머로 인사를 건넸다.

"멜쳇, 자네는 이 친구를 교수형에 처하지 못할 걸세."

"회복하지 못할 거란 뜻인가?"

"그럴 수도 있고 아닐 수도 있지. 난 그걸 말한 게 아닐세. 만약 회복된다 하더라도 이 불쌍한 친구는 이 일에 아무런 책임이 없다는 걸 알게 될 거야. 내가 그런 취지의 증언을 할 걸세."

"헤이독의 말이 도대체 무슨 소린가, 어?"

멜쳇은 다시 현관 계단을 올라가며 나에게 물었다.

나는 호즈가 기면성 뇌염의 희생양이라는 뜻일 거라고 설명해 주었다.

"수면병이란 말이지? 요즘은 온갖 고약한 짓거리 뒤에 참으로 그럴듯한 이유도 많단 말이야. 자네도 그렇게 생각하지 않나?"

"과학이 우리에게 많은 것을 가르쳐 주고 있지."

"빌어먹을 과학. 자네 앞에서 이런 식으로 말해서 미안하네, 클레멘트. 하지만 그놈의 나약한 감상주의는 늘 짜증스러워. 난 계획대로 하는 걸 좋아해서 말이지. 그럼 여기나 조금 더 둘러보는 게 좋겠네."

하지만 그 순간 우리 일을 중단시킨 사람이 있었다. 전혀 예상치 못한 사람이었다. 문이 열리고 마플 양이 안으로 들어왔다.

그녀는 상기된 얼굴에 조금 안절부절못하고 있었다. 우리가 당황한 기색을 분명히 알아차린 것 같았다.

"정말 죄송해요……. 너무나 죄송합니다. 이렇게 마구 끼어들어서요……. 안녕하세요, 멜쳇 대령님. 다시 말씀 드리지만 정말 죄송해요. 하지만 호즈 씨가 편찮으시다는 말을 듣고는 당장 달려와 뭔가 할 일이 있을까 살펴봐야겠다는 생각이 들어서요."

마플 양은 잠시 말을 끊었다. 멜쳇 대령은 못마땅한 표정을 감추지 않은 채 마플 양을 쳐다보았다.

"친절하기도 하시네요, 마플 양."

멜쳇은 냉담하게 말했다.

"하지만 애쓰실 필요 없습니다. 그런데 어떻게 아신 거죠?"

그것이야말로 내가 간절히 묻고 싶은 것이었다.

"전화 때문에요. 자꾸 엉뚱한 곳에 연결하다니 정말 너무 부주의한 것 같지 않아요? 대령님께서 저에게 먼저 말씀하셨죠. 제가 헤이독 의사 선생님인 줄 알고요. 제 번호가 35로 시작한답니다."

"그렇게 된 거로군요!"

나는 탄성을 질렀다.

마플 양이 모든 것을 아는 데는 언제나 그럴듯하고 완벽한 이유가 있었다.

"그래서 제가 혹시라도 도움이 될까 해서 와 본 거랍니다."

마플 양이 이어 설명을 마무리했다.

"정말 자상하십니다."

멜쳇이 다시 말했다. 전보다 더 냉정한 투였다.

"하지만 특별히 할 일이 없습니다. 헤이독 의사 선생이 호즈를 병원으로 데리고 갔으니까요."

"정말 병원으로 갔나요? 오, 이제 안심이 되는군요. 정말 다행이에요. 거기라면 호즈 씨는 아주 안전하겠죠. 그런데 할 일이 없다고 하신 건 호즈 씨가 회복하지 못할 거라는 뜻인가요?"

"가능성이 매우 희박하다고 하더군요."

내가 말했다.

마플 양의 시선이 약상자에 꽂혔다.

"약을 과다 복용한 모양이죠?"

마플 양이 말했다.

멜쳇은 입을 다물고 있는 편이 낫겠다고 생각한 모양인지 묵묵부답이었다. 나도 다른 상황이었다면 그 편을 택했을 것이다. 하지만 이 사건에 대해 마플 양과 나누었던 이야기가 너무나 생생히 떠올라 멜쳇처럼 무심할 수 없었다. 물론 현장에 신속하게 나타난 점이나 왕성한 호기심을 보이는 것 때문에 약간 불쾌하기는 했다.

"이걸 보시죠."

나는 프로더로가 못다 쓴 편지를 마플 양에게 건넸다.

마플 양은 전혀 놀라는 기색 없이 편지를 들고 읽어 내려 갔다.

"이미 이런 것이 있을 거라고 추론하고 계셨군요, 그렇죠?"

내가 물었다.

"네. 사실 그래요. 그런데 클레멘트 목사님, 죄송하지만 오늘 밤에 어떻게 이곳으로 오시게 된 거죠? 그 점이 저를 당황스럽게 하네요. 목사님과 멜쳇 대령님이 모두 계시다니……. 제가 전혀 예상하지 못했던 일이에요."

나는 이상한 전화가 왔고 그게 호즈의 목소리라고 짐작했다고 말했다. 마플 양은 생각에 잠겨 신중한 얼굴로 고개를 끄덕였다.

"무척 재미있네요. 하늘의 도우심이 너무나 심한데요. 말하자면 그렇다는 거죠. 하느님의 섭리로 목사님이 시간에 맞춰 여기에 오신 거라는 말입니다."

"무슨 시간에 맞췄다는 겁니까?"

내가 씁쓸하게 물었다.

마플 양은 놀란 표정을 지었다.

"그거야 호즈 씨의 생명을 구하기에 딱 맞는 시간이죠, 당연히."

"하지만 호즈가 이대로 회복하지 못하는 게 더 낫다고 생각하지 않으십니까? 그에게도, 또 다른 모든 사람에게도 말입니다. 우리는 이제 진실을 알게 되었고……."

나는 하던 말을 멈추었다. 마플 양이 묘하게도 너무 열심히 고개를 끄덕여 그만 말하려고 했던 것을 놓치고 말았다.

"물론 그렇죠. 네, 물론 그렇게 생각하실 거예요! 그게 바로 그가 노린 거니까요! 목사님은 진실을 아시니 지금 이대로가 모든 사람들을 위해 최선이라고 생각하실 거라는 걸 알았던 거예요. 오, 그래요. 이젠 모든 게 맞아떨어지네요. 그 쪽지, 약물 과다 복용, 그리고 불쌍한 호즈 씨의 정신 상태와 그의 고백까지. 모두 아귀가 딱 들어맞고 있어요. 하지만 이건 아니랍니다. 틀렸어요."

멜첫과 나는 마플 양을 쳐다보았다.

"그래서 제가 호즈 씨가 안전한 게 다행이라고 말한 거랍니다. 병원에서는 그 누구도 그에게 접근할 수 없으니 정말 다행이에요. 몸이 회복되면 그가 진실을 말해 줄 거예요."

"진실?"

"네, 진실을요. 그가 프로더로 대령의 털끝 하나도 건드리지 않았다는 진실 말이죠."

"그렇지만 그 전화는? 그리고 그 쪽지에 약물 과다 복용까지 있었잖습니까. 모두 너무나 명백하게 사실을 말하고 있어요."

"그가 노린 것이 바로 목사님께서 이렇게 생각하도록 만드는 것이죠. 오, 정말 영리한 사람이에요. 쪽지를 가지고 있다가 이런 식으로 이용하다니 정말 영리해요."

"지금 '그'라고 지칭하는 사람이 누구인가요?"

내가 물었다.

"살인범 말씀이에요."

마플 양이 말했다.

그리고 매우 차분하고 조용한 목소리로 덧붙여 말했다.

"그러니까 로렌스 레딩 씨 말입니다……."

30장

멜첫과 나는 멍하니 마플 양을 바라보았다. 잠시 동안은 진지하게 마플 양이 미친 게 아닐까 생각하기까지 했다. 그녀의 주장은 말도 안 되는 상식 밖의 것이었다.

가장 먼저 입을 연 건 멜첫 대령이었다. 그는 상냥함을 잃지 않고 있었지만 동정하는 듯한 표정으로 인내심을 발휘하고 있었다.

"그건 말이 안 됩니다, 마플 양. 레딩의 혐의는 완전히 벗겨졌습니다."

"당연하죠. 그가 그렇게 꾸몄으니까요."

마플 양이 말했다.

"아니, 그 반대로 그는 자기가 살인범을 알아내겠다며 최선을 다하고 있습니다."

멜첫 대령이 말했다.

"네, 그렇게 해서 우리 모두를 자신의 생각대로 움직였죠. 다른 사람들과 마찬가지로 저 역시 속았어요. 클레멘트 목사님은 기억하실 거예요. 레딩 씨가 자백했다는 말을 들었을 때 제가 상당히 놀랐던 걸요. 그 때문에 제가 생각했던 것을 다 지우고 그가 무죄라고 다시 생각해야 했거든요. 그 전까지는 그가 범인일 거라고 확신하고 있었는데 말이에요."

"그럼 용의자로 생각하고 있던 사람이 로렌스 레딩이었습니까?"

"책에서야 가장 범인일 것 같지 않은 사람이 범인인 경우가 많아요. 하지만 실제로 그 규칙이 적용된 적이 없더라고요. 종종 아주 뻔한 것이 그대로 진실이랍니다. 제가 프로더로 부인을 좋아하긴 했지만 그녀가 레딩의 손아귀에 놀아나서 그가 시키는 일은 무엇이든 하고 있다는 결론을 피할 수가 없었어요. 그래요, 레딩 씨는 돈 한 푼 없는 여자와 야반도주를 할 그런 젊은이가 아니에요. 그로서는 프로더로 대령을 없애야만 했을 거예요. 그래서 그를 없앤 거죠. 젊고 매력적인 남자지만 도덕관념이란 게 없는 사람이죠."

멜첫 대령은 조바심을 내며 코를 킁킁거렸다. 이제 그는 더 이상 참지 못하고 폭발했다.

"정말 터무니없는 소리군요. 전부 다 말입니다! 6시 50분까지 레딩의 모든 행적이 확인되었습니다. 헤이독은 프로더로가 그때 총을 맞았을 리가 없다고 자신 있게 말했습니다. 아무리 그래도 의사보다 더 잘 아신다고 말씀하시는 건 아니시겠죠? 아니면 헤이독이 고의로 거짓말을 했다고 보시는 겁니까? 도대체 무슨 이유로요?"

"헤이독 의사 선생님의 증언은 매우 정확하다고 생각해요. 그는 무척 반듯한 사람이죠. 그래요, 프로더로 대령을 실제로 쏜 건 프로더로 부인이지 레딩 씨가 아니에요."

우리 두 사람은 다시 마플 양을 뚫어져라 쳐다보았다. 그녀는 가슴에 묶은 레이스 달린 삼각 숄을 매만지고 어깨에 걸친 모직 숄을 잡아당겼다. 그리고 다정한 노처녀다운 태도로 강연을 시작했다. 그녀는 놀라운 말들을 너무나 태연하고 자연스럽게 쏟아 놓았다.

"아직은 말할 때가 아니라고 생각했답니다. 옳다고 믿는 것이 아무리 분명하고 확신이 든다 해도 그것이 그대로 증거가 될 수는 없는 일이니까요. 만약 모든 사실에 부합되는 설명을 할 수 없다면(이 이야기는 오늘 저녁에 클레멘트 목사님께 말씀 드렸던 것이기도 하네요.) 그걸 설득력 있게 주장할 수 없으니까요. 그런데 제가 이 사건을 해명하는 데 부족한 것이 있었답니다. 딱 하나가 빠져 있었어요. 하지만 갑자기, 그러니까 클레멘트 목사님 서재를 막 나가려는 순간 창가에 놓인 화분에 심어 놓은 종려나무 가지를 보면서 모든 것이 완벽하게 갖춰졌어요! 대낮처럼 명명백백해졌다니까요!"

"미쳤어……. 완전히 미쳤어."

멜쳇이 나를 보며 작게 말했다.

하지만 마플 양은 우리를 보며 잔잔한 미소를 방긋 지어 보였다. 그리고 상냥하고 우아한 목소리로 계속 말을 이어 갔다.

"제가 추리해 낸 사실이 저도 무척 유감스럽답니다. 정말 유감스러워요. 저는 그 두 사람을 무척 좋아했거든요. 하지만 인간 품성이란 게 어떤 건지 잘 아시죠? 일단 맨 처음 두 사람이 정말 바보같이 어설프게 자백을 했다고 했을 때, 저는 정말 안심이 되었답니다. 제 생각이 틀렸다고 생각했죠. 그래서 프로더로 대령이 방해가 된다고 생각할 만한 다른 용의자들을 생각하기 시작했어요."

"그 일곱 명의 용의자들 말이군요!"

내가 중얼거렸다.

마플 양은 나를 보며 미소 지었다.

"네, 그래요. 먼저 아처라는 남자가 있었죠. 별로 가능성은 없어 보였지만 술에 취해(그것도 매우 독한 술에 취했을 때 말이에요.) 비틀거리는 상황이라면 뭐 가능하기도 하죠. 그리고 목사님 댁 하녀인 메리 역시 용의선상에 있었어요. 오랫동안 아처와 사귀어 오던 터였고, 묘하게 한 성질 하는 아가씨였으니까요. 범행 동기도 있고, 범행을 저지를 수 있는 기회도 갖고 있었죠. 목사관에 그녀 혼자 있었으니까요. 아처의 어머니인 아처 부인이 마음만 먹는다면 레딩 씨의 집에서 권총을 가져다 이 둘 중 누구에게라도 줄 수 있었죠. 그리고 다음으로는 레티스가 있었어요. 자유와 돈을 원하던 그녀가 범행을 저질렀을 수도 있었죠. 매우 아름답고 우아한 아가씨들이야말로 도덕적 양심을 찾아보기 힘든 경우가 많다는 걸 알고 있었거든요. 물론 신사분들이야 그런 사실을 절대 믿고 싶어 하지 않겠지만요."

나는 움찔했다.

"그리고 문제의 테니스 라켓이 있었어요."

마플 양이 말을 이어 갔다.

"테니스 라켓이라니요?"

"네, 프라이스 리들리 부인 댁의 하녀 클라라가 목사관 대문 옆 잔디밭에 놓여 있는 걸 보았다는 테니스 라켓 말이에요. 그것으로 보아 데니스 군이 테니스 모임에서 돌아온 시각이 그가 말한 것보다 더 이른 듯했어요. 열여섯 살 소년들이란 감수성이 매우 예민하고, 그래서 또 매우 불안정하죠. 범행 동기야 무엇이든 간에, 그러니까 레티스를 위한 일이었을 수도 있고, 아니면 자신을 위한 일이었을 수도 있지만, 그런 일을 저지를 가능성이 있었죠. 그리고 마지막으로 남은 사람은 불쌍한 호즈 씨와 목사님이에요. 물론 두 분이 범인일 리는 없었죠. 하지만 변호사들이 흔히 말하는 최후의 복안 같은 것이었어요."

"저요?"

나는 크게 놀라 소리쳤다.

"네, 그랬답니다. 정말 사과 드려요. 그리고 사실 진심으로 목사님을 의심하지는 않았답니다. 하지만 헌금 총액이 달라진 것에 대해 의문을 갖고 있었죠. 목사님이나 호즈 씨 두 분 중 한 사람이 저지른 일인 것이 뻔했고, 프라이스 리들리 부인이 온 마을을 돌아다니며 목사님이 부정을 저질렀다는 식의 말을 흘리고 다녔죠. 그런데 목사님께서 그 문제에 대해 그 어떤 조사도 완강히 거부하셨으니 그렇게 생각했던 거예요. 물론 저는 내심 문제의 장본인은 호즈 씨라고 생각하고 있었답니다. 그를 보며 저는 전에 제가 말했던 그 불행한 오르간 주자를 떠올렸어요. 하지만 아무리 그래도 함부로 확신할 수는 없었죠 ……."

"인간 품성이란 그런 거니까요."

내가 씩 웃으며 마무리를 대신했다.

"네, 바로 그거예요. 그리고 다음으로는 그리젤다 사모님이 있었어요."

멜쳇이 끼어들었다.

"하지만 그녀는 용의선상에서 완전히 제외되어야 합니다. 6시 50분 기차로 집에 돌아왔으니까요."

마플 양이 대꾸했다.

"그거야 사모님이 하신 말씀이죠. 사람들 말만 믿어서는 안 되는 법이랍니다. 그날 밤 6시 50분 기차는 30분 가량 연착했어요. 하지만 7시 15분에 저는 제 눈으로 똑똑히 올드 홀로 향하는 사모님의 모습을 보았답니다. 그러니 사모님은 그 전 기차로 돌아왔다는 결론을 내릴 수밖에 없죠. 실제로 더 이른 시각에 기차에서 봤다는 사람도 있었고요. 그런데 목사님은 이미 알고 계셨을걸요?"

마플 양은 나에게 질문을 담은 시선을 던졌다.

그녀의 시선에서 느껴지는 강한 자석과도 같은 압력에 나는 방금 전에 읽은 마지막 익명의 편지를 내밀었다. 그 편지는 그리젤다가 사건이 발생하던 날 6시 20분이 지나서 로렌스 레딩의 집 뒤쪽 유리문을 나서는 것을 보았다는 내용을 자세히 말하는 것으로 시작하고 있었다.

그때 나는 아무런 말도 하지 않았다. 한동안 끔찍한 의심에 마음이 괴로웠다. 악몽 같은 상상을 하기도 했다. 로렌스와 그리젤다가 오래전부터 음모를 꾸민다. 그 사실을 우연히 알게 된 프로더로 대령이 나에게 그 사실을 알리려 한다. 절박해진 그리젤다는 권총을 훔쳐 프로더로를 영원히 침묵시킨다. 이 모든 생각은 한낱 악몽에 지나지 않았다. 하지만 한동안 매우 끔찍하리만큼 생생한 현실감으로 다가오기도 했다.

마플 양이 이런 나의 생각까지 눈치 챘는지는 모르겠다. 아마 알고 있을 것이다. 그녀에게 숨길 수 있는 일은 거의 없으니.

마플 양은 살짝 고개를 끄덕이며 편지를 돌려주었다.

"이 이야기는 온 마을에 퍼져 있답니다. 정말 의심스러워 보이지 않았겠어요? 특히 아처 부인이 심리에서 권총이 그날 오후까지 분명히 집에 있었다고 장담했으니 더욱 그렇죠."

마플 양은 잠시 머뭇거리다가 계속 말했다.

"하지만 저는 이 부분에서 갈팡질팡했어요. 그러니까 제가 하고 싶은 이야기는 말이죠……, 이게 제 의무라고 생각해서 하는 말인데, 이 미스터리에 관한 제 추리를 목사님께 모두 말씀 드리고 싶었어요. 말씀 드려도 믿지 않으시면 뭐 그거야 제 할 일은 다 했으니 더 바랄 게 없었죠. 하지만 그렇게 하기도 전에 불쌍한 호즈 씨가 생명을 잃을지도 모르는 지경이 되었네요."

마플 양이 다시 머뭇거렸다. 다시 말하기 시작했을 때 그녀의 목소리 톤이 달라져 있었다. 미안해하는 기색은 줄어들었고 매우 단호했다.

"이 사건에 대한 제 추리는 이래요. 목요일 오후까지 범죄는 세부적인 사항까지 완벽하게 계획되어 있었어요. 로렌스 레딩이 먼저 목사관을 찾아왔어요. 물론 목사님께서 외출 중이라는 것을 알고 있었죠. 그리고 권총을 가지고 와서 서재 테라스 유리문 옆에 있는 화분에 숨겨 놓았죠. 목사님이 들어오자 로렌스는 자신이 이곳을 떠나기로 마음먹었다는 준비된 이야기를 했습니다. 그리고 5시 30분에 로렌스 레딩은 올드 홀의 북쪽 수위실에서 목사관으로 전화를 걸었습니다. 그는 여자 목소리를 흉내 냈죠.(그가 꽤 실력 있는 아마추어 배우였다는 걸 기억하실 겁니다.) 이때 프로더로 부인과 그 남편은 막 마을로 향하고 있었습니다. 그런데 매우 이상하게도(비록 아무도 이걸 이상하게 여긴 사람이 없었습니다만) 프로더로 부인은 핸드백을 가지고 나가지 않았습니다. 여자들에게 정말로 흔치 않은 일이죠. 6시 20분이 되기 직전에 그녀는 우리 집 정원을 가로질러 가다가 걸음을 멈추고 저에게 말을 걸어 자신이 아무런 무기도 지니지 않았다는 것을 보여 주었습니다. 또한 평소와 다름없는 모습이라는 것도 과시했죠. 그 두 사람은 제가 사람들을 유심히 본다는 것을 알고 있었던 거예요. 프로더로 부인은 집을 끼고 돌아 서재 유리문으로 들어갔습니다. 불쌍한 대령은 책상 앞에 앉아 목사님께 쪽지를 쓰고 있었죠. 그는 알다시피 귀가 거의 안 들립니다. 프로더로 부인은 미리 갖다 놓은 권총을 꺼내 그의 뒤로 다가가서 머리에 대고 쏘았습니다. 그리고 권총을 던져 놓고 재빨리 서재를 빠져나와 정원을 지나 화실로 갔습니다. 거의 모든 사람들이 살해할 시간이 없었을 거라고 생각하게 만든 거죠!"

"하지만 총성은 어떻게 된 겁니까? 총성을 들은 사람이 없지 않습니까?"

대령이 반대 의견을 내놓았다.

"그건 맥심 소음기라는 발명품 덕이었을 것 같군요. 이건 탐정소설에서 알아낸 거랍니다. 어쩌면 클라라라는 하녀가 들었다는 재채기 소리가 바로 그 총성이 아니었을까요? 하지만 그건 어쨌든 크게 중요한 건 아니에요. 프로더로 부인은 화실에서 레딩 씨를 만났죠. 그 두 사람이 함께 벌인 일이었어요. 정말 인간 품성이란 어쩔 수 없는 일이죠. 유감스럽게도 그 두 사람은 제가 자신들이 다시 나올 때까지 정원을 떠나지 않으리란 걸 알고 있었다는 겁니다!"

나는 이 순간 마플 양이 너무나 좋아졌다. 자신의 약점을 유머러스하게 표현하다니.

"두 사람이 밖으로 나왔을 때 분위기는 명랑하고 자연스러웠어요. 그렇지만 그 둘은 실수를 했죠. 두 사람이 설정한 대로 서로에게 작별을 고한 상황이라면 그런 표정을 짓지 말았어야 했어요. 하지만 알다시피 그게 약점이 되었죠. 두 사람은 도무지 우울할 수 없었던 겁니다. 그후 10분 동안 두 사람은 소위 말하는 알리바이를 세우기 위해 각고의 노력을 기울인 것 같아요. 그리고 레딩 씨는 가능한 한 시간을 벌다가 마침내 목사관으로 갔어요. 아마도 먼발치에서 목사님이 오솔길로 오시는 걸 보고 있다가 시간을 딱 맞춰 나타났을 거라고 생각해요. 그는 권총과 소음기를 줍고, 다른 잉크와 다른 필체로 적은 거짓 쪽지를 남겨 두고 나왔죠. 사람들은 그 위조된 쪽지를 발견하고는 앤 프로더로를 모함하려는 가학한 시도로 생각하게 될 테니까요.

하지만 그 쪽지를 내려놓다가 실제로 프로더로가 쓴 쪽지를 발견하게 됩니다. 전혀 예상치 못한 일이었죠. 그렇지만 그는 매우 영리한 젊은이라서 이 편지가 매우 유용하게 쓰일 것을 알고 가지고 갔답니다. 그리고 편지에 적힌 대로 시곗바늘을 옮겨 놓았죠. 물론 그 시계가 15분 빠르다는 것을 익히 알고 있으면서도 일부러 그렇게 한 것입니다. 쪽지와 마찬가지 생각에서였죠. 프로더로 부인에게 혐의를 씌우려고 한 것처럼 보이게 하려는 의도에서요. 그러고 나서 서재에서 나와 목사님을 대문 앞에서 만났을 때 완전히 정신이 나간 사람처럼 연기한 거예요. 말씀 드렸듯이 그는 정말 대단히 영리해요. 살인을 저지른 범인이라면 그 상황에서 어떻게 했겠어요? 물론 자연스럽게 보이려고 했을 거예요. 그래서 레딩 씨는 그렇게 하지 않았던 거예요. 그는 소음기를 치우고 권총을 가지고 경찰서로 씩씩하게 걸어 들어가 모두를 속여 넘긴 어리숙한 자백을 완벽하게 한 겁니다."

마플 양의 사건 개요 설명은 어딘지 매혹적인 구석이 있었다. 그녀의 목소리에 어린 확신에 우리 두 사람은 그녀가 말한 방식만이 범죄의 전 과정이라고 믿게 되었다.

"그럼 숲 속에서 들렸다는 총소리는 뭐죠? 아까 저녁에 말씀하신 우연의 일치가 그건가요?"

내가 물었다.

"어머, 목사님, 아니에요!"

마플 양은 거세게 고개를 가로저었다.

"그건 제가 말한 우연의 일치가 아니랍니다. 그것과는 거리가 먼 일이에요. 총소리가 들려야만 했던 거예요. 그렇지 않으면 프로더로 부인에 대한 혐의가 지속될 테니까요. 레딩 씨가 그걸 어떻게 준비했는지는 저도 잘 모르겠어요. 하지만 피크르산에 무게를 가하면 폭발한다고 알고 있어요. 기억하실지 모르겠지만 목사님께서 레딩 씨를 만났을 때 그가 숲 한편에서 커다란 돌덩이를 들어 나르고 있었다고 하셨죠? 그 장소에서 나중에 유리 조각을 찾으셨고요. 신사분들은 그런 일에 능숙하시죠. 그 돌덩이가 유리병 위에 매달려 있다가 신관, 그러니까 도화선 같은 거 있죠? 그런 걸 걸어놓고 6시 30분에 터지도록 해놓았을 거예요. 그때쯤이면 프로더로 부인과 레딩 씨가 화실에서 나와 사람들 눈에 띌 시각이죠. 매우 안전한 장치였어요. 사건이 일어난 후 그곳을 주목할 사람은 없을 테니까요. 겨우 커다란 돌덩이 하나뿐이었잖아요! 하지만 그것조차 깨끗이 치우려고 했던 거죠, 레딩 씨는. 그러다가 목사님을 만나게 된 거구요."

"맞는 것 같군요."

나는 그날 나를 보고 깜짝 놀라던 로렌스의 얼굴을 떠올리며 소리쳤다. 그 당시에는 지극히 당연하게 생각했다.

마플 양은 내 생각을 읽었는지 재빨리 고개를 끄덕였다.

"그래요. 하필 그때 목사님을 만났으니 무척 놀라고 난처했을 거예요. 하지만 그는 매우 능숙하게 주의를 돌렸죠. 제 정원에 놓을 돌을 가져가고 있었던 것처럼요. 하지만……."

마플 양은 갑자기 매우 강한 어조로 말했다.

"그건 암석 정원에 사용하는 그런 종류가 아니었어요. 바로 그것 때문에 저는 길을 제대로 찾아가게 되었죠."

멜쳇 대령은 내내 비몽사몽간을 헤매는 사람처럼 앉아 있었다. 이제야 정신이 돌아오는 모양인지 대령은 한두 번 킁킁거리다가 당혹스러운 모습으로 코를 풀고 나서 말했다.

"이것 참! 거참!"

멜쳇은 그 외에 다른 말은 하지 않았다. 아마도 나처럼 그 역시 마플 양의 추론에 담긴 명확한 논리에 탄복한 모양이었다. 하지만 끝까지 순순히 인정하지 않는 척했다.

대신 그는 한 손을 뻗어 구겨진 편지를 집어 들고 갑자기 외쳤다.

"다 좋습니다. 하지만 이 호즈라는 친구에 대해서는 어떻게 설명하시겠습니까? 그가 실제로 전화를 걸고 자백하겠다고 한 건 사실이잖습니까?"

"그래요. 그게 바로 하느님의 섭리라는 거예요. 오늘 목사님의 설교 때문인 것 같아요. 클레멘트 목사님, 오늘 정말 놀라운 설교를 하셨어요. 그 설교에 호즈 씨가 깊은 감명을 받았던 것 같아요. 그는 더 이상 견딜 수가 없어서 모든 걸 고백해야겠다고 생각했던 거예요. 교회 기금을 착복한 일 말이에요."

"네?"

"그래요. 하지만 하느님의 섭리로 그의 목숨을 구했어요. (저는 그를 구했을 거라고 감히 단정 짓고 싶네요. 헤이독 의사 선생님은 훌륭한 의사시니까요.) 그리고 제가 보기에 레딩 씨는 이 편지를 갖고 있다가(정말 위험천만한 짓이었으니 매우 안전한 곳에 보관해 두었을 거라고 생각되네요.) 이 편지에서 언급한 사람이 누구인지 분명히 알게 될 때까지 기다렸던 거예요. 그리고 곧 그게 호즈 씨라는 걸 알아냈죠. 아마 어젯밤에 호즈 씨와 함께 이곳으로 와서 한동안 이야기를 했던 것 같아요. 제 생각에는 미리 준비해 온 약을 호즈 씨의 약과 바꾸어 놓았을 것 같네요. 그리고 호즈 씨의 실내복 주머니에 이 쪽지를 넣어 두었고요. 불쌍한 호즈 씨는 아무것도 모른 채 극약을 먹게 된 거죠. 호즈 씨가 죽고 나면 그의 물건을 조사하는 과정에서 이 편지가 나올 것이고 그럼 모든 사람들이 그가 프로더로 대령을 살해했다가 양심의 가책 때문에 스스로 목숨을 끊었다고 섣불리 단정 지으리라 생각했던 거죠. 하지만 제 생각에 호즈 씨가 극약을 먹기 전에 이 쪽지를 발견한 것 같아요. 정신적으로 불안해 있던 그로서는 이 쪽지를 뭔가 초자연적인 사건으로 받아들였을 것이고, 거기에 목사님의 설교까지 더해지자 모든 것을 고백해야겠다고 생각하기에 이른 거죠."

"이거 참!"

멜첫 대령이 말했다.

"나 원 참! 정말 말도 안 되는군요. 나는……, 단 한 마디도 믿을 수가 없습니다."

하지만 그의 목소리는 그 어느 때보다 힘이 없었다. 자신의 귀에도 그렇게 들렸는지, 멜쳇은 서둘러 말을 이었다.

"그렇다면 다른 전화에 대해서도 설명하실 수 있겠군요. 레딩의 집에서 프라이스 리들리 부인에게 걸려 온 전화 말입니다."

"아! 그건 제가 우연의 일치라고 말씀 드린 일이에요. 그 전화는 그리젤다 사모님이 건 거예요. 사모님과 데니스 둘이서 꾸민 일이 아닐까 생각해요. 프라이스 리들리 부인이 목사님을 모함하고 다닌다는 소리를 듣고 부인의 입을 막을 방법으로 생각해 낸 것 같아요. (조금 유치했죠.) 우연의 일치는 그 전화가 숲에서 총성이 들린 바로 그 시각에 걸려 왔다는 겁니다. 그래서 사람들은 두 사건이 뭔가 연관이 있지 않을까 생각했던 거죠."

갑자기 나는 모든 사람들이 그 총소리가 평상시에 듣던 것과 '달랐다'고 말했던 것이 생각났다. 그들의 말이 옳았다. 폭발음이었으니 어떻게 '달랐'는지 설명하기가 무척 어려웠던 것이다.

멜쳇 대령은 헛기침을 했다.

"매우 그럴싸한 결론입니다, 마플 양. 하지만 물증이 될 만한 것이 하나도 없다는 사실을 지적하지 않을 수 없군요."

"저도 알아요. 하지만 제 말이 사실이라는 건 믿으시죠?"

마플 양이 말했다.

잠시 머뭇거리던 대령은 내키지 않은 듯한 어조로 말했다.

"네, 믿습니다. 모든 걸 종합해 볼 때 그렇게 보는 것이 옳겠습니다. 하지만 증거가 없습니다. 티끌만 한 것도 없어요."

마플 양이 마른기침을 했다.

"그래서 이런 상황에서라면 어쩌면 가능하겠다 싶은 생각이 있는데요……."

"네?"

"살짝 함정을 파는 건 어떨까요?"

31장

멜칫 대령과 나는 마플 양을 뚫어지게 바라보았다.

"함정이라니요? 무슨 함정 말씀이십니까?"

마플 양은 약간 수줍어했다. 하지만 이미 만반의 계획을 세워 놓고 있는 것이 분명했다.

"레딩 씨가 협박 전화를 받는다면 어떨까요?"

멜칫 대령은 미소를 지었다.

"'모든 건 밝혀졌다. 도망가라!' 뭐 이런 거 말씀이십니까? 그 방법은 너무 진부합니다, 마플 양. 그렇다고 성공하지 못할 거라고 말씀 드리는 것은 아닙니다. 하지만 레딩이 워낙 약삭빠른 친구라 그런 식으로 잡기가 쉽지 않을 것 같군요."

"좀 더 구체적인 내용을 말하면 될 거예요. 그러니까 말이죠, 제 생각에는……. 이건 그냥 제 생각을 말씀 드리는 건데요, 살인 사건에 대해 남다른 시각을 갖고 있는 사람으로부터 경고를 듣게 하는 거죠. 헤이독 의사 선생님의 말을 생각해 보면 그분이 살인 사건에 대해 일반인들과는 다른 시각을 갖고 있다는 걸 알 수 있잖아요. 만약 그런 헤이독 선생님이 누군가에게, 그러니까 새들러 부인이나 아니면 그의 자녀에게 약상자가 바뀐 걸 알게 되었다는 식으로 말을 흘리는 거예요. 만약 레딩 씨가 결백하다면 이런 말을 듣고도 아무렇지 않게 생각할 거예요. 하지만 그렇지 않다면……."

"그렇다면 당황해서 뭔가 바보짓을 할 거라는 거군요."

"그래서 스스로 우리 손아귀로 떨어진다, 그럴듯하군요. 매우 독창적이고 교묘한 방법입니다, 마플 양. 하지만 헤이독이 그런 일을 해 줄까요? 말씀하셨듯이 그는 살인 사건에 대해……."

마플 양은 밝은 목소리로 대령의 말을 막았다.

"오, 하지만 헤이독 의사 선생님의 말은 어디까지나 이론이잖아요. 실제로는 완전히 다를 수도 있어요. 어쨌든 여기 헤이독 의사 선생님이 오시네요. 한번 청해 보죠."

헤이독은 마플 양이 우리와 함께 있는 것을 보고 상당히 놀란 듯했다. 그는 피곤하고 초췌해 보였다. 헤이독이 말했다.

"아슬아슬했네. 정말 위기일발의 상황이었어. 하지만 호즈가 잘 견뎌 주었어. 환자를 살리는 건 의사의 일이니 내가 그를 구했네. 하지만 그렇게 하지 않았으면 더 좋았을 거라는 생각이 드는군."

"우리 이야기를 들으면 생각이 달라질 걸세."

멜쳇이 말했다.

곧이어 멜쳇은 간단명료하게 마플 양의 추리를 말해 주고 마지막 제안을 덧붙였다.

우리는 마플 양이 말한 이론과 실제의 차이가 무엇인지 곧 정확하게 이해했다.

헤이독의 관점은 완전히 달랐다. 그는 로렌스 레딩의 머리를 댕강 잘라 큰 쟁반 위에 올려놓기를 바라는 사람 같았다. 하지만 그의 적의를 불타오르게 한 건 프로더로 대령을 살해한 행위 자체가 아니었다. 바로 불쌍한 호즈에 대한 부당한 공격이 그를 분노케 한 것이었다.

"그 빌어먹을 악당. 나쁜 자식! 불쌍한 호즈. 그에게는 어머니와 누이도 있네. 살인범의 어머니와 누이라는 불명예를 평생 지고 살 뻔했잖은가. 그들이 겪을 뻔한 정신적 고통을 생각해 보게. 정말 비열하고 비겁한 계략이야!"

헤이독을 발끈하게 만들어 원초적인 분노를 이끌어 내기 위해서는 철저히 인도주의에 호소하는 게 제일이었다.

"그게 사실이라면 내게 맡기게. 그 녀석은 살 가치가 없어. 호즈와 같은 무방비한 사람을 이용하려 들다니."

다리를 절뚝거리는 개처럼 불쌍한 사람은 언제든지 헤이독의 동정심을 기대해도 좋았다.

그는 멜쳇과 함께 자세한 내용에 대해 열을 내며 준비했다. 마플 양은 자리에서 일어섰다. 나는 집까지 데려다 주겠다고 했다.

"정말 친절하기도 하셔요, 목사님."

마플 양은 인적 없는 거리를 걸으며 말했다.

"어머 이런. 벌써 2시가 지났네요. 레이먼드가 기다리지 않고 잠자리에 들었으면 좋겠는데."

"조카분과 같이 오시지 그러셨어요."

내가 말했다.

"여기 온다는 말은 하지 않았답니다."

마플 양이 말했다.

나는 레이먼드 웨스트가 이 사건에 대해 어설프게 심리 분석을 했던 것을 떠올리고 씩 미소 지었다.

"마플 양의 추리가 진실로 밝혀지면, 물론 저는 이미 모든 게 사실일 거라고 확신합니다만, 그러면 조카분에게 단단히 본때를 보여주실 수 있겠습니다."

마플 양 역시 미소 지었다. 아주 관대한 미소였다.

"패니 대고모님께서 늘 하시던 말이 기억나네요. 당시 열여섯 살이었던 저는 그 말이 참 바보 같다고 생각했었죠."

"네?"

"대고모님은 이렇게 말씀하셨어요. '젊은 것들은 나이 먹은 사람들을 바보로 알아. 하지만 나이 먹은 사람들은 젊은 것들이 바보라는 것을 잘 알고 있지!'"

32장

이제 더 이상 들려 줄 말이 거의 없다. 할 말을 다 했기 때문이다. 마플 양의 계획은 성공했다. 로렌스 레딩은 결백하지 않았고, 약이 바뀐 것을 알게 됐다는 말을 듣고 그는 '바보 같은 짓'을 했다. 죄책감의 힘이라고 하겠다.

그는 스스로 자신의 정체를 드러내고야 말았다. 그가 첫 번째로 느낀 충동은 모든 걸 버리고 도망가는 것이었을 것이다. 하지만 그의 공범을 생각해야 했다. 그녀에게 아무런 말도 없이 도망갈 수는 없었을 것이다. 아침까지 기다리지 않고 그날 밤 그는 바로 올드 홀로 찾아갔다. 멜쳇의 유능한 부하 두 명이 그를 미행했다. 그는 앤 프로더로의 창문에 자갈을 던지고 낮은 목소리로 다급하게 당장 내려와 달라고 했다. 두 사람이 레티스가 돌아다닐 수도 있는 집 안보다 밖이 더 안전하다고 생각하는 것은 당연한 일이었다. 하지만 그

바람에 경찰은 두 사람의 대화를 모두 엿들을 수 있었다. 더 이상 의심의 여지가 없었다. 마플 양의 이야기가 모두 맞았다.

로렌스 레딩과 앤 프로더로의 재판은 모든 사람에게 초미의 관심사가 되었다. 나는 그 재판에 참석하지는 않을 생각이다. 그저 슬랙 경감의 평판이 매우 좋아졌다는 말만 하겠다. 사람들은 그의 열의와 명석함이 이 범죄자들을 정의의 심판대에 세운 것이라고 했다. 당연히 마플 양의 공은 알려지지 않았다. 그녀는 사람들에게 알려진다는 말만 들어도 끔찍해할 것이다.

재판이 열리기 직전 레티스가 나를 찾아왔다. 여전히 혼령 같은 분위기를 자아내며 서재 테라스 유리문으로 흘러 들어와서는 자기는 줄곧 계모가 연루되어 있을 거라고 확신했다고 말했다. 노란색 베레모를 잃어버렸다는 건 서재를 둘러보기 위한 핑계였다고도 했다. 경찰이 놓친 뭔가를 찾을지도 모른다는 희망을 갖고 있었다고 했다.

"아시겠지만 경찰은 저처럼 그 여자를 싫어하지 않잖아요. 미움은 일을 더 쉽게 만들죠."

레티스는 꿈꾸는 듯한 목소리로 말했다.

아무리 찾아봐도 별다른 게 나오지 않자 레티스는 책상 근처에 일부러 프로더로 부인의 귀고리를 떨어뜨렸다고 했다.

"그 여자가 저지른 일이 확실하니 무슨 상관이겠어요? 이렇게 하나 저렇게 하나 진실인걸요. 그 여자가 아버지를 죽였잖아요."

나는 살짝 한숨을 내쉬었다. 레티스는 하나만 보고 둘은 보지 못했다. 자신에게 유리한 것에 대해서는 도덕적으로 엄격하게 굴면서 자신에게 불리한 것은 멋대로 해석하는 것이었다. 어떤 면에서 그녀는 도덕적 색약이라고 할 수 있었다.

"레티스, 이제 어떻게 할 거지?"

내가 물었다.

"일이…… 다 마무리되면 해외로 나갈 거예요."

레티스는 잠시 머뭇거리다가 말을 이었다.

"친엄마와 같이 해외로 갈 거예요."

나는 놀라 고개를 들었다.

레티스가 고개를 끄덕였다.

"모르셨어요? 레스트랭 부인이 제 친엄마예요. 엄마는…… 알고 계시듯이 죽어 가고 있어요. 그래서 제가 보고 싶어 이곳에 오신 거예요. 헤이독 의사 선생님께서 엄마를 도와주셨어요. 의사 선생님은 엄마의 오랜 친구라더군요. 한때 엄마를 열렬히 흠모하셨다는데요. 그거야 당연한 일이죠! 어쩌면 지금도 그러신지 몰라요. 남자들은 엄마한테 언제나 정신을 빼앗기니까요. 지금도 여전히 매력적이시죠. 어쨌든 헤이독 선생님께서 엄마를 위해 많은 일을 해 주셨어요. 엄마는 사람들의 입방아에 함부로 오르내리는 일이 없게 하려고 가명으로 이곳에 오신 거죠. 그날 밤 아버지를 찾아갔을 때 엄마는 자신이 죽어 가고 있으니 저를 꼭 만나고 싶다고 말씀하셨어요. 하지만 아버지는 짐승이에요. 엄마의 모든 권리를 박탈해 놓았고, 제가 이미 엄마가 죽은 줄 알고 있다고 말했어요. 마치 제가 그 말도 안 되는 소리를 믿고 있는 것처럼 말했대요. 아버지 같은 남자들은 자기 코앞에 있는 진실도 보지 못하죠. 하지만 엄마는 쉽게 포기하지 않았어요. 먼저 아버지를 만나 이야기하는 게 예의라고 생각해서 그렇게 했지만 아버지가 단칼에 거절하자 저에게 편지를 보내왔어요. 저는 테니스 모임에서 일찍 나와 6시 15분에 집 앞에서 엄마를 만나기로 했죠. 우리는 잠시밖에 시간을 가질 수 없어서 다시 만날 약속을 하고 6시 30분경에 헤어졌어요. 그 후 저는 혹시라도 엄마가 아버지를 죽인 용의자로 지목될까 봐 노심초사했어요. 어찌 되었든 엄마는 아빠에게 원한을 갖고 있기는 했으니까요. 그래서 다락방에 있던 엄마의 낡은 초상화를 찢어 놓았던 거예요. 혹시라도 경찰이 낌새를 알아차리고 초상화를 찾아 엄마를 알아볼까 봐요. 헤이독 의사 선생님도 그 점을 걱정하셨죠. 가끔은 의사 선생님이 정말 엄마가 그랬다고 의심하는 것 같기도 했어요. 엄마는 매우 절박한 상황에 처해 있었으니까요. 일이 어떻게 되든 결과 따윈 신경 쓰지 않으시니까."

여기서 레티스는 잠시 말을 멈추었다.

"이상해요. 엄마와 저는 서로 통해요. 아버지와는 그렇지 못했죠. 하지만 엄마는……. 어쨌든 전 엄마와 해외로 나갈 거예요. 엄마와 함께…… 마지막 순간을 보낼 거예요."

레티스는 자리에서 일어났다. 나는 그녀의 손을 잡았다.

"두 사람 모두에게 하느님의 은총이 함께하기를. 언젠가 너에게 큰 행복이 찾아가기를 빈다, 레티스."

레티스는 억지로 웃음을 지어 보이며 말했다.

"그래야죠. 지금까지는 정말 그런 일이 없었거든요. 어머, 하지만 전 괜찮아요. 그럼 안녕히 계세요, 목사님. 목사님은 언제나 저에게 너무 잘해 주셨어요. 사모님과 목사님 모두."

아, 그리젤다!

나는 아내에게 익명의 편지가 나를 얼마나 괴롭혔는지 말하지 않을 수 없었다. 아내는 처음에는 웃다가 나중에는 진지한 얼굴로 나에게 설교조로 말했다.

"그렇지만 나도 머잖아 매우 진지하고 엄숙하며 하느님을 경외하는 사람이 될 거예요. 순례자들처럼요."

하지만 아무리 생각해도 그리젤다에게 순례자의 모습은 어울리지 않았다.

아내는 계속 말했다.

"렌, 사람들은 살아가면서 끊임없이 이런저런 영향을 받으며 변하게 마련이잖아요. 이번 일을 겪으면서 나는 크게 변하게 되었어요. 당신 삶도 마찬가지로 변하게 될 거예요. 하지만 당신 경우에는 그 영향이…… 다시 젊어지는 그런 것이기를……. 적어도 그러기를 바라요! 진짜 우리 아이가 태어나면 이제 당신은 더 이상 나를 '우리 아이'라고 부르지 못할 거예요. 그래서 말인데요 렌, 이제부터는 진짜 '아내와 엄마'가 되기로 결심했어요. (책에 나오는 그런 아내와 엄마 말이에요.) 그러려면 가정주부 역할도 해야겠죠. 가사에 관한 책과 모성애에 관한 책 두 권을 사왔어요. 그 책이라면 나도 분명 변할 수 있을 거예요! 모두 너무 재미있어요. 물론 내가 억지로 이렇게 말하는 건 아니에요. 특히 아이를 키우는 내용은 정말 재미있어요."

"혹시 남편 다루는 법에 관한 책도 산 거예요?"

나는 아내에게 다가가며 문득 떠오른 생각을 말했다.

"그럴 필요는 없어요. 난 좋은 아내예요. 당신을 매우 사랑하잖아요. 더 이상 뭘 바라요?"

그리젤다가 말했다.

"더 이상 바라는 건 없어요."

"날 미치도록 사랑한다고 한 번만 말해 줄래요?"

"그리젤다, 난 당신에게 완전히 빠져 있어요! 당신을 경배해! 나는 정신없이, 그리고 성직자답지 않게 미친 듯이 당신을 사랑한다고!"

아내는 깊은 한숨을 만족스럽게 내쉬었다.

그러다가 갑자기 뒤로 물러났다.

"아이 귀찮아! 저기 마플 양이 오네요. 혹시라도 눈치 채지 못하게 해 줘요. 만나는 사람들마다 쿠션을 주면서 다리를 올려놓으라고 수선 떠는 걸 보고 싶지 않아요. 나는 골프장에 갔다고 말해 줘요. 그럼 눈치 채는 데 시간이 좀 걸리겠죠. 그리고 아주 틀린 이야기도 아니에요. 골프장에 노란색 스웨터를 놓고 왔거든요. 그런데 지금 몸이 으슬으슬해서 그 옷이 필요하기도 해요."

마플 양은 유리문으로 들어와서 겸손하게 멈춰 선 다음 그리젤다를 만나러 왔다고 말했다.

"그리젤다는 골프장에 갔습니다."

마플 양의 눈동자에 걱정스러운 기색이 떠올랐다.

"오, 하지만 그건 현명하지 못한 일인데요. 지금과 같은 때에는 말이에요."

마플 양이 말했다.

그리고 보수적인 미혼 숙녀답게 얼굴을 붉혔다.

우리는 곤혹감을 지우기 위해 서둘러 프로더로 사건과 아주 명성이 자자한 강도로 이름을 몇 개나 가지고 있는 우리의 '스톤 박사'에 관해 이야기를 나누었다. 어쨌거나 크램 양은 공범 혐의를 벗었다. 그 여행 가방을 숲 속으로 가지고 간 것은 인정했지만 그것은 모두 선의에서 한 일이었다. 스톤 박사가 크램 양에게 자신의 이론에 흠집을 내기 위해 강도짓도 서슴지 않을 몇몇 경쟁 고고학자들이 걱정된다고 말하며 그 일을 부탁했다고 했다. 크램 양은 전혀 있을 법하지 않은 이야기를 순순히 받아들였다고 한다. 마을 사람들의 말에 의하면 이제 그녀는 비서를 필요로 하는 나이 많은 독신 남자들 중 진짜 쓸 만한 다른 사람을 고르느라 정신이 없다고 한다.

이야기를 나누다가 나는 마플 양이 우리 부부의 최근 비밀을 어떻게 알아냈는지 무척 궁금했다. 하지만 곧 사려 깊은 마플 양은 나에게 슬며시 언질을 주었다.

"그리젤다 사모님이 무리하지 않았으면 좋겠네요."

그녀는 중얼거리는 듯한 목소리로 말한 다음 신중하게 잠시 말을 멈추었다가 다시 말을 이었다.

"어제 머치 벤햄에 있는 서점에 저도 있었거든요."

불쌍한 그리젤다. 모성애에 관한 그 책이 화를 부른 것이다.

"마플 양, 당신이 직접 살인을 저지른다면 절대로 발각되지 않을 겁니다."

"무슨 그런 끔찍한 말씀을 하세요. 그런 악한 짓을 하는 일이 없기를 바라요."

마플 양은 충격을 받은 듯 놀란 투로 말했다.

"하지만 인간 품성이란 게 다 그렇지 않습니까."

내가 낮은 목소리로 말했다.

마플 양은 귀부인다운 웃음으로 내 공격을 막아 냈다.

"정말 장난스러우세요, 클레멘트 목사님."

마플 양은 자리에서 일어섰다.

"하지만 기분이 좋으신 것도 당연하죠."

그녀는 유리문 옆에서 걸음을 멈추었다.

"그리젤다 사모님께 안부 전해 주세요. 그리고…… 어떤 비밀이라도 저에게라면 안전하다고 말해 주세요."

정말 마플 양은 꽤 귀여운 구석이 있었다…….

〈끝〉

옮긴이 | 김지현

숙명여대 영어영문학과를 졸업하고, 동대학원 영어교육과에서 석사학위를 받았다. 번역가들의 모임인 '바른번역' 회원이며 독자와의 만남 공간 '왓북'의 운영진으로 활동 중이다. 옮긴 책으로는 『악마와의 계약』, 『뉴욕타임스가 선정한 교양8-미디어 지리』, 『기도』, 『구원의 사랑』, 『헌터 부인의 죽음』, 『다시 찾아간 나니아』 등이 있다.

애거서 크리스티 전집
목사관의 살인

2판 1쇄 펴냄 2017년 1월 18일
2판 2쇄 펴냄 2020년 11월 20일

지은이 | 애거서 크리스티
옮긴이 | 김지현
발행인 | 박근섭
편집인 | 김준혁
책임편집 | 최고운
펴낸곳 | 황금가지

출판등록 | 2009. 10. 8 (제2009-000273호)
주소 | 135-887 서울 강남구 신사동 506 강남출판문화센터 5층
전화 | **영업부** 515-2000 **편집부** 3446-8774 **팩시밀리** 515-2007
홈페이지 | www.goldenbough.co.kr

도서 파본 등의 이유로 반송이 필요할 경우에는 구매처에서 교환하시고
출판사 교환이 필요할 경우에는 아래 주소로 반송 사유를 적어 도서와 함께 보내주세요.
06027 서울 강남구 도산대로 1길 62 강남출판문화센터 6층 민음인 마케팅부

ISBN 978-89-8273-724-4 04840
ISBN 978-89-6017-956-1 04840 (set)

㈜민음인은 민음사 출판 그룹의 자회사입니다.
황금가지는 ㈜민음인의 픽션 전문 출간 브랜드입니다.